Vixen 03

2530

Van dezelfde auteur

Dodelijk tij
Operatie Dragon
Inferno op zee
Licht de Titanic!
Operatie IJsberg
Duik in het duister
Het logboek

Clive Cussler

Vixen 03

Zwarte Beertjes
Utrecht

Oorspronkelijke titel: Vixen 03

Vertaling: R.K. van Spengen
Omslagbeeld: Wil Immink Design / Fotolia
Omslagontwerp: Wil Immink Design

ISBN 978 90 461 1447 6
NUR 313

Voor de klas van ’49
van de Alhambra High School,
die nooit een reünie
heeft gehouden

Vergetelheid

Buckley Field, Colorado - januari 1954

De Boeing C-97 Stratocruiser leek op een onderaards gewelf. Misschien kwam dat door de koude winternacht, of misschien door de dichte sneeuw, die een ijzige sluier om romp en vleugels aan het leggen was. De flikkerende lichten uit de voorruit van de cockpit en de vluchtige schaduwen van de onderhoudsploeg accentueerden het spookachtige effect alleen maar.

Majoor Raymond Vylander van de Amerikaanse luchtmacht was niet blij met wat hij zag. Zwijgend zag hij de brandstoftruck wegrijden en verdwijnen in de stormachtige duisternis. Onder de grote walvisbuik werd de laadbrug neergelaten en de luiken gingen langzaam dicht, waarbij ze een vierkante lichtplek afsneden, die over een zwaar geladen vorkheftruck scheen. Hij veranderde iets van kijkrichting en staarde naar de dubbele rij witte lampen langs de ruim drieduizend meter lange startbaan van de marine-luchthaven Buckley, over de vlakten van Colorado. De spookachtige lichten liepen door, de nacht in, om langzaam te verdwijnen achter het gordijn van vallende sneeuw.

Hij concentreerde zijn blik op dichtbij en bekeek het vermoeide gezicht dat zich in de ruit weerspiegelde. Zijn pet stond achteloos naar achteren en liet een dichte bos bruin haar zien. Zijn schouders waren iets naar voren gebogen en zijn gezicht had de gespannen uitdrukking van een honderdmetersprinter aan de start. Zijn doorschijnende spiegelbeeld, dat door het glas werd vermengd met dat van het vliegtuig op de achtergrond, deed hem onwillekeurig huiveren. Hij deed zijn ogen dicht en drukte het beeld zo ver mogelijk weg; toen keek hij opnieuw de kamer in.

Admiraal Walter Bass zat op de rand van een bureau netjes een weerkaart op te vouwen; daarna ging hij met een zakdoek over zijn bezwete voorhoofd en knikte Vylander toe.

'Het front trekt weg van de oostelijke helling van de Rockies. Ergens bij de continentale landscheiding zult u wel kans zien om boven het wolkendek uit te komen.'

'Gesteld dat ik dit zware kreng van de grond krijg.'

'Dat lukt u wel.'

'Het opstijgen met een zwaar toestel vol brandstof en met een lading van dertigduizend kilo, midden in een sneeuwstorm, met een dwarswind van dertig knopen en op vijftienhonderd meter boven de zeespiegel is bepaald geen kinderwerk.'

'Alle factoren zijn zorgvuldig bestudeerd,' zei Bass koel. 'Je wielen moeten loskomen van de grond met een marge van bijna een kilometer aan startbaan.'

Vylander viel als een leeggelopen ballon in een stoel. 'Is dit echt belangrijk genoeg om er de levens van mijn bemanning voor te gaan wagen, admiraal? Wat is er eigenlijk zo verdomd belangrijk voor de marine, dat ze in het holst van de nacht ergens een vliegtuig van de luchtmacht vandaan moeten halen om er een hoop rotzooi mee naar een eiland in de Stille Oceaan te brengen?'

Even werd het gezicht van Bass rood; toen kalmeerde hij weer. Toen hij sprak, klonk het zachter, bijna verontschuldigend. 'Het is eigenlijk doodeenvoudig, majoor. Die rotzooi, zoals u het noemt, is een prioriteitslading die bestemd is voor een geheim testprogramma. Aangezien uw Stratocruiser binnen een straal van vijftienhonderd kilometer het enige zware transportvliegtuig is waar dit karwei mee kan worden uitgevoerd, heeft de luchtmacht er in toegestemd het uit te lenen aan de marine. U en uw mannen waren daarbij inbegrepen; dat is alles.'

Vylander keek Bass doordringend aan. 'Ik bedoel dit niet als insubordinatie, admiraal, maar dat is niet alles, lang niet.'

Bass liep om het bureau heen en ging zitten. 'U dient dit te beschouwen als een routinevlucht en niet meer dan dat.'

'Ik zou het bijzonder op prijs stellen, admiraal, als u een

tipje van de sluier wilt oplichten en me vertelt wat die bussen in mijn laadruim bevatten.'

Bass ontweek zijn blik. 'Sorry, dat is topgeheim.'

Vylander wist wanneer hij verloren had. Hij hees zich moeizaam overeind, pakte de plastic map met zijn vliegroute en kaarten op en liep naar de deur toe. Daar aarzelde hij en draaide zich om. 'Gesteld dat we de lading overboord . . .'

'Nee! Mocht zich onderweg een noodsituatie voordoen,' zei Bass ernstig, 'dan dient u het toestel aan de grond te zetten in een onbevolkt gebied.'

'Dat is teveel gevraagd.'

'Ik vraag ook niets; ik geef een bevel! Tussen hier en de plaats van bestemming mogen u en uw bemanning het toestel niet verlaten, hoe moeilijk de omstandigheden ook zijn.'

Het gezicht van Vylander betrok. 'Dat is dan wel alles, denk ik.'

'Er is nog één ding.'

'Wat dan?'

'Veel geluk,' zei Bass met een grijnslachje.

Het was niet het soort lachje waar Vylander erg op gesteld was, zeker niet. Hij trok de deur open en liep zonder nog iets te zeggen de kou in.

In de cabine, zo ver achterover dat zijn achterhoofd meer dan dertig centimeter onder zijn hoofdsteun lag, hield luitenant Sam Gold, Vylanders tweede piloot, zich bezig met een controlelijst van de vlucht, terwijl links achter hem kapitein George Hoffman, de navigator, zat te morrelen aan een plastic gradenboog. Geen van beiden besteedde ook maar de geringste aandacht aan Vylander, toen deze vanuit het laadruim de cabine binnenstapte.

'Koers uitgezet?' vroeg Vylander aan Hoffman.

'Al het voorbereidende vuile werk is opgeknapt door experts van de marine. Maar ik kan niet zeggen dat ik enthousiast ben over hun keuze van touristische routes. Ze laten ons over het meest onherbergzame gedeelte van het Westen vliegen.'

Op het gezicht van Vylander verscheen een bezorgde uitdrukking, die Hoffman niet ontging. De majoor keek over zijn schouder naar de grote metalen bussen in het laadruim en trachtte zich een voorstelling te maken van de inhoud.

Zijn overpeinzingen werden onderbroken door het strakke

Buster Keatongezicht van sergeant-majoor Joe Burns, de boordwerktuigkundige, dat in de deuropening verscheen. 'Alles zit vast en is klaar voor het wilde blauw, majoor.'

Vylander knikte zonder zijn blik van de sinister uitziende bussen af te wenden. 'Goed, laten we dan maar op weg gaan met dit gruwelkabinet.'

De eerste motor kwam knetterend tot leven en werd snel gevolgd door de andere drie. Vervolgens werd de hulpaansluiting afgekoppeld en werden de blokken voor de wielen weggehaald, en Vylander liet zijn overbelaste toestel naar het begin van de startbaan taxiën. De mannen van de bewakingsdienst en de onderhoudsploeg keerden zich om en zochten haastig de warmte op van een hangar in de buurt toen ze de wind van de propellers over hun ruggen voelden gaan.

Admiraal Bass stond in de verkeerstoren van Buckley te kijken naar de Stratocruiser, die als een drachtige tor over het besneeuwde terrein kroop. Hij hield een telefoon in zijn hand geklemd en zei kalm: 'U kunt de president melden dat de Vixen 03 op het punt staat om op te stijgen.'

'Wat is volgens u de geschatte aankomsttijd?' vroeg de stem van Charles Wilson, minister van defensie.

'Met een tussenlanding om bij te tanken in Hickam Field, op Hawaii, zal de Vixen om ongeveer 14 uur Washington-tijd landen in het proefgebied.'

'Ike verwacht ons morgenochtend om acht uur. Hij staat op gedetailleerde beschrijvingen van de geplande proeven en op een doorlopend vluchtrapport van de Vixen 03.'

'Ik zal meteen naar Washington vertrekken.'

'Ik hoef u toch geen beschrijving te geven, admiraal, van wat er zou gebeuren als dat toestel neerstort op of bij een grote stad?'

Bass aarzelde een eindeloos lang lijkend ogenblik. 'Nee, excellentie, dat zou werkelijk een nachtmerrie zijn waar we geen van alleen mee zouden kunnen leven.'

'Inlaatdruk en startkoppel zijn nog een tikje te laag,' meldde sergeant Burns. Hij zat volledig geconcentreerd op het instrumentenbord te kijken.

'Te laag om op te stijgen?' vroeg Gold hoopvol.

'Sorry, luitenant. Inwendige verbrandingsmotoren werken in de dunne berglucht van Denver niet helemaal zoals op zeespiegelniveau. De hoogte in aanmerking genomen, zijn de aflezingen voldoende voor de vlucht.'

Vylander staarde naar de asfaltstrook voor zich. De sneeuw was iets dunner geworden en hij kon bijna het bord halverwege zien. Zijn hart begon wat vlugger te kloppen, op de maat van de ruitewissers. God, dacht hij, het ziet er niet veel groter uit dan een sjoelbak. Als in trance pakte hij zijn microfoon op.

'Buckley controle, dit is Vixen 03. Klaar voor de start.'

'U hebt het rijk alleen, Vixen 03,' kraste de vertrouwde stem van admiraal Bass. 'Bewaar een inboorlinge met grote borsten voor me.'

Vylander hing zonder meer op, zette de remmen los en liet de vier gaskleppen in actie komen.

De C-97 duwde zijn bolle neus de sneeuwjacht in en begon aan de moeizame tocht over de lange asfaltstrook, terwijl Gold monotoon de toenemende grondsnelheid begon af te roepen.

'Vijftig knopen.'

Maar al te vlug flitste er een verlicht bord met een grote 9 voorbij.

'Nog zevenentwintighonderd meter,' dreunde Gold op. 'Grondsnelheid zeventig.'

De witte lichten van de startbaan flitsten de uiteinden van de vleugels voorbij. De Stratocruiser stromde naar voren, met krachtige Pratt-Whitney-motoren zwoegend in hun frames en de vierbladspropellers graaiend in de dunne lucht. Vylander zat met zijn handen zo strak om het stuur geklemd dat de knokkels wit afstaken. Over zijn lippen kwam een gemompeld mengsel van vloeken en gebeden.

'Honderd knopen . . . nog eenentwintighonderd meter.'

De ogen van Burns verlieten zijn instrumentenbord geen ogenblik en namen elke trilling van de wijzers op, gespitst op iedere geringe aanduiding van iets onregelmatigs. Hoffman kon alleen maar hulpeloos toe zitten kijken hoe de startbaan onder hem wegschoot met wat hem een veel te hoge snelheid leek.

'Honderdvijfentwintig.'

Vylander was in gevecht met zijn bedieningsapparaten, nu

de gemene dwarswind op de stuurvlakken aanviel. Een straaltje zweet liep ongemerkt over zijn linkerwang en viel in zijn schoot. Somber zat hij te wachten op een aanwijzing dat het toestel wat lichter begon te worden, maar het voelde nog steeds aan alsof er een reuzehand op het dak van de cabine drukte.

'Honderdvijfendertig knopen. Daar gaat het bordje vijftienhonderd meter.'

'Omhoog, liefje, omhoog,' smeekte Hoffman, terwijl de aankondigingen van Gold elkaar steeds vlugger begonnen op te volgen.

'Honderdvijfenveertig knopen. Nog negenhonderd meter.' Hij wendde zich tot Vylander. 'We zijn net de laatste stopmogelijkheid gepasseerd.'

'Dat was dus de veiligheidsmarge van admiraal Bass,' mompelde Vylander.

'Nog zeshonderd meter. Grondsnelheid honderdvijfenvijftig.'

Vylander kon de rode lampen aan het eind van de startbaan al zien. Het voelde aan alsof hij een rots bestuurde. Gold keek voortdurend nerveus zijn kant op, in afwachting van de beweging van zijn ellebogen die aangaf dat de majoor had overgeschakeld op stijgen. Vylander zat stil, onbeweeglijk als een zak cement.

'O God . . . daar komt het bordje driehonderd meter . . . daar is het . . . weg!'

Vylander trok voorzichtig de stuurkolom naar achteren. Bijna drie seconden, die een eeuwigheid leken, gebeurde er niets. Maar toen kwam de Stratocruiser tergend langzaam van de grond en ging wankelend omhoog, een meter of vijftien voor het eind van de baan.

'Landingsgestel intrekken,' zei hij schor.

Er volgden een paar onbehaaglijke ogenblikken, tot het landingsgestel binnen was en Vylander de snelheid iets voelde toenemen.

'Landingsgestel ingetrokken en vastgezet,' zei Gold.

Op honderdtwintig meter hoogte werden de kleppen opgezet en de mannen in de cabine slaakten één zware, collectieve zucht van opluchting, toen Vylander naar het noordwesten begon af te buigen. Onder de linkervleugel waren de lichten van Denver te zien, maar even later waren ze verdwenen, toen het toestel het wolkendek binnendrong. Vylander bleef gespannen tot de luchtsnelheid boven de tweehonderd knopen was gekomen en de hoogtemeter bijna duizend meter aangaf tussen het vliegtuig en de grond.

'Omhoog, omhoog en weg,' zuchtte Hoffman. 'Ik moet toegeven dat ik er even aan heb zitten twijfelen.'

'Je bent de enige niet,' grijnsde Burns.

Zodra hij boven de wolken was gekomen en de Stratocruiser op vijfduizend meter horizontaal in een westelijke koers over de Rocky Mountains had gebracht, wenkte Vylander Gold.

'Neem maar over. Ik ga even achter controleren.'

Gold keek hem even aan. Normaal gaf de majoor nooit het stuur zo vroeg op de vlucht uit handen.

'Ik heb het,' meldde Gold en zette zijn handen op het stuur.

Vylander maakte zijn veiligheidsriemen los en liep het laadruim in, waarbij hij de verbindingsdeur met de cabine zorgvuldig achter zich sloot.

Hij telde zesendertig glanzende, roestvrijstalen bussen, stevig vastgemaakt aan houten blokken op de vloer. Hij begon de buitenkant van iedere bus zorgvuldig te controleren. Hij zocht naar de gebruikelijke gestencilde opgaven van gewicht, fabricagedatum, initialen van inspecteur, gebruiksaanwijzing. Die waren er niet.

Na bijna een kwartier stond hij op het punt het op te geven en terug te gaan naar de cabine, toen hij een aluminium plaatje zag, dat tussen de blokken was gevallen. Het had een gelijmde achterkant, en Vylander kreeg even een zelfvoldaan gevoel, toen hij het vastdrukte op het kleverige stukje roestvrij staal waar het had gezeten. Hij hield het plaatje omhoog tegen het zwakke licht in het ruim en keek scherp langs de gladde kant. Het kleine ingegraveerde tekentje bevestigde zijn ergste vermoedens.

Een tijdlang bleef hij staren naar het kleine aluminium plaatje. Opeens werd hij opgeschrikt uit zijn overpeinzingen door een schokkende beweging van het vliegtuig. Hij rende het laadruim door en smeet de tussendeur open.

De cockpit stond vol rook.

'Zuurstofmaskers!' riep Vylander. Hij kon de omtrekken van Hoffman en Burns nog maar nauwelijks ontwaren. Gold was volkomen verdwenen in de blauwachtige mist. Op de tast vond hij zijn plaats en zijn zuurstofmasker, huiverend bij de scherpe lucht van een elektrische kortsluiting.

'Verkeerstoren Buckley, hier Vixen 03,' brulde Gold in een microfoon. 'We hebben rook in de cockpit. Verzoeken instructies voor noodlanding. Over.'

'Neem besturing over,' zei Vylander.

'Goed.' Zonder aarzelen gaf Gold de zaak over.

'Burns?'

'Ja, majoor?'

'Wat is er verdomme aan de hand?'

'Met al die rook weet ik het niet zeker, majoor.' De stem van Burns klonk hol van onder het zuurstofmasker. 'Ik denk een kortsluiting in de buurt van de radio.'

'Verkeerstoren Buckley, hier Vixen 03,' hield Gold aan. 'Geef antwoord alstublieft.'

'Heeft geen zin, luitenant,' hijgde Burns. 'Ze kunnen u niet horen. Niemand kan u horen. De schakelaar van de radio-apparatuur blijft niet in.'

Vylanders ogen traanden zo, dat hij bijna niets meer zag. 'Ik draai om richting Buckley,' meldde hij kalm.

Maar voordat hij honderdtachtig graden had gedraaid, begon de C-97 plotseling te trillen op de maat van een metaalachtig kletterend geluid. De rook verdween als bij toverslag en een ijskoude luchtstroom drong de kleine ruimte binnen en viel op de huid van de mannen aan als een zwerm wespen. Het vliegtuig was bezig zichzelf in stukken te schokken.

'Motor nummer drie heeft een schroefblad verloren!' riep Burns.

'Jezus, een ongeluk . . . Drie uitschakelen!' blafte Vylander, 'en de rest van de schroef in vaanstand zetten.'

Golds handen vlogen over het instrumentenbord heen en even later hield het trillen op. Met een loodzwaar hart testte Vylander de bedieningsapparaten.

'Het schroefblad is door de romp heengegaan,' meldde Hoffman. 'In de wand van het laadruim zit een scheur van bijna twee meter. Er hangen overal kabels en hydraulische leidingen uit.'

'Dat verklaart waar de rook is gebleven,' zei Gold zuur. 'Die is naar buiten gezogen toen we druk begonnen te verliezen in de cabine.'

'Het verklaart ook waarom roer en ailerons niet reageren,' voegde Vylander eraan toe. 'We kunnen nog wel stijgen en dalen, maar niet meer links of rechtsaf.'

'Misschien kunnen we iets in die richting doen door openen en sluiten van de kieuwen van motoren één en vier,' stelde Gold voor. 'Althans genoeg om in de goede landingskoers voor Buckley te komen.'

'Buckley halen we niet,' zei Vylander. 'Zonder motor nummer drie verliezen we bijna dertig meter hoogte per minuut. We zullen de kist ergens in de Rocky Mountains neer moeten zetten.'

Op deze aankondiging volgde een ontsteld zwijgen. Hij kon de angst zien opkomen in de ogen van zijn bemanningsleden, kon hem bijna ruiken.

'Mijn God,' kreunde Hoffman. 'Dat kan niet. We vliegen zeker recht tegen een berghelling op.'

'We zitten onder de wolken, dus we kunnen tenminste nog zien waar we heenvliegen.'

'De Heer zij geloofd,' gromde Burns.

'Wat is onze koers?' vroeg Vylander.

'Twee-twee-zeven zuidwest,' antwoordde Hoffman. 'We liggen bijna tachtig graden uit de oorspronkelijke koers.'

Vylander knikte alleen maar. Er viel verder niets te zeggen. Hij concentreerde zich volkomen op zijn pogingen om de Stratocruiser horizontaal te houden. Maar aan het snelle hoogteverlies was niets te doen. Zelfs met de resterende drie motoren op volle toeren was het niet mogelijk het zwaar beladen toestel op hoogte te houden. Hij en Gold konden alleen maar machteloos zitten toekijken, terwijl ze begonnen aan een lange glijvlucht naar de grond door de dalen tussen de vierduizend meter hoge toppen van de Rocky Mountains.

Al spoedig konden ze de boomtoppen onderscheiden die door de sneeuwlaag heen te zien waren op de berghellingen. Op vierendertighonderd meter begonnen de pieken boven de vleugels uit te steken. Gold schakelde de landingslichten in en tuurde door de voorruit op zoek naar een open plek. Hoffman en Burns zaten doodstil te wachten op de onvermijdelijke val.

De hoogtemeter zakte tot onder de drieduizend meter. Drieduizend meter. Het was een wonder dat ze zo laag waren gekomen; een wonder dat er niet plotseling een rotswand was opgedoken om een eind aan hun daling te maken. Toen, bijna recht voor het vliegtuig uit, weken de bomen uiteen en lieten de landingslichten een vlak en met sneeuw bedekt veld zien.

'Een weiland!' riep Gold uit. 'Een prachtige, schitterende bergwei vijf graden aan stuurboord!'

'Ik zie het,' beaamde Vylander. Hij werkte hard met verstellingen van motorkieuwen en regulateurs om de Stratocruiser te verleiden tot een geringe koerscorrectie.

Voor het verrichten van alle voorgeschreven controles hadden ze geen tijd. Het zou volkomen een kwestie van nu of nooit worden, het klassieke voorbeeld van een echte noodlanding. De zee van bomen verdween onder de neus van de cockpit, en Gold schakelde de ontsteking en elektrische circuits uit, terwijl Vylander de Stratocruiser op een meter of drie boven de grond stilzette. De drie nog draaiende motoren kwamen tot stilstand en de grote, donkere schaduw beneden kwam snel omhoog en werd één geheel met de vallende romp.

De schok was veel minder hard dan ze een van allen hadden durven verwachten. De romp raakte de sneeuw en maakte nog tweemaal een sprongetje, om vervolgens als een enorme ski door te glijden. Vylander had er geen idee van hoe lang deze kwellende en ongecontroleerde glijtocht duurde. De korte seconden gingen voorbij als minuten. Toen kwam het gevallen vliegtuig wankelend tot stilstand en er volgde een stilte, doodstil en dreigend.

Burns reageerde het eerst.

'God nog aan toe . . , we hebben het gered,' mompelde hij met trillende lippen.

Gold staarde met een asgrauw gezicht naar de voorruit. Zijn ogen zagen alleen maar wit. Een ondoordringbare sneeuwlaag had zich tegen het glas opgestapeld. Langzaam keerde hij zich naar Vylander toe en deed zijn mond open om iets te zeggen, maar woorden kwamen er niet. Ze bleven hem in de keel steken.

De Stratocruiser werd plotseling geschud door een rommelende trilling, gevolgd door een scherp krakend geluid en het gekwelde gillen van metaal dat verbogen en verwrongen wordt.

Het wit buiten de ramen verdween in een dichte wand van koude zwartheid en toen was er niets meer – helemaal niets.

Op zijn kantoor van het marine-hoofdkwartier in Washington zat admiraal Bass verstrooid een kaart te bestuderen waar de vliegroute van de Vixen 03 op was uitgezet. Zijn vermoeide ogen, de diepe groeven in zijn ingevallen wangen en zijn vermoeid hangende schouders spraken boekdelen. De afgelopen vier maanden was Bass jaren ouder geworden. De telefoon op zijn bureau ging en hij nam op.

'Admiraal Bass?' klonk een vertrouwde stem.

'Ja, excellentie.'

'Ik hoor van minister Wilson dat u het zoeken naar de Vixen 03 wilt beëindigen.'

'Dat is waar,' zei Bass kalm. 'Ik zie geen heil in een verdere verlenging van de lijdensweg. Oppervlaktevaartuigen van de marine, verkenningsvliegtuigen van de luchtmacht en grondtroepen van het leger hebben naar beide kanten toe tot tachtig kilometer van de uitgezette vliegroute iedere centimeter land en zee uitgekamd.'

'Wat is uw mening?'

'Ik denk dat de resten op de zeebodem van de Stille Oceaan liggen,' antwoordde Bass.

'U denkt dus dat ze voorbij de westkust zijn gekomen?'

'Dat denk ik, ja.'

'Laat ons bidden dat u gelijk hebt, admiraal. God zij ons genadig als ze boven land zijn neergestort.'

'Als dat zo was, zouden we het nu al wel weten,' zei Bass.

'Ja' – de president aarzelde – 'Dat zal ook eigenlijk wel.'

Weer een pauze. 'Sluit het dossier Vixen 03 af en begraaf het. Begraaf het heel diep.'

'Ik zal ervoor zorgen, excellentie.'

Bass legde de hoorn op de haak en liet zich achterover zakken in zijn stoel, een verslagen man aan het eind van een lange en verder eervolle marineloopbaan.

Weer keek hij naar de kaart. 'Waar?' zei hij hardop bij zichzelf. 'Waar zitten jullie? Waar zijn jullie verdomme toch gebleven?'

Het antwoord kwam nooit. Geen enkele aanwijzing over de verdwijning van de rampspoedige Stratocruiser werd ooit gevonden. Het was alsof majoor Vylander en zijn bemanning de vergetelheid in waren gevlogen.

1

Colorado – september 1988

Dirk Pitt maakte zich los van de slaap, geeuwde diep en behaaglijk en nam de omgeving in zich op. Toen hij was aangekomen in de berghut was het donker geweest en de vlammen in de grote open haard van rotsblokken hadden samen met de scherp ruikende petroleumlampen het interieur niet op zijn best verlicht.

Zijn blik werd getrokken naar een oude hangklok aan een van de muren. De vorige avond had hij die klok gelijkgezet en opgewonden; het had toen iets geleken dat je hoorde te doen. Toen keek hij naar de massieve en met spinrag overdekte kop van een eland, die hem met stoffige glazen ogen aan leek te kijken. Even voorbij de eland was een panorama-ruit, met een adembenemend uitzicht op de woeste Sawatch-bergen, in het hartje van de Rocky Mountains.

De laatste resten slaap trokken weg en Pitt zat zich voor zijn eerste beslissing van de dag gesteld: of hij zijn ogen zou vergasten op het grootse landschap, of op de soepele lijnen van het lichaam van Loren Smith, lid van het congres voor Colorado, die naakt op een gewatteerde mat verdiept was in yoga-oefeningen.

Scherpzinnig koos Pitt voor congreslid Smith.

Zij zat met gekruiste benen in de lotushouding en leunde achterover met haar ellebogen en hoofd op de mat. Het nestje tussen haar dijen en de gespannen heuveltjes op haar borst, vond Pitt, waren dingen waar de granieten toppen van de

Sawatch niet tegenop konden.

'Hoe noem je deze weinig damesachtige wringhouding?' vroeg hij

'De Vis,' antwoordde zij, zonder zich te bewegen. 'Hij dient om de boezem steviger te maken.'

'Ik als man,' zei Pitt spottend pompeus, 'ben niet zo voor die keiharde tieten.'

'Had jij ze liever slap en hangend?' Haar violette ogen gingen zijn kant op.

'Nou . . . dat nou ook weer niet. Maar misschien dat een beetje silicon hier en een beetje silicon daar . . .'

'Dat is de moeilijkheid met jullie mannen,' snauwde zij en ze kwam overeind en streek haar lange, lichtgele haren naar achteren. 'Jullie denken dat alle vrouwen van die opgeblazen uiers moeten hebben, zoals die smakeloze wezens op de binnenpagina's van bepaalde tijdschriften.'

'Als je maar genoeg wilt, komt het wel.'

Ze keek hem pruilend aan. 'Zielig, hoor. Je zult het met mijn B-cups maat 34 moeten doen. Ik heb niet anders.'

Hij stak zijn armen uit, sloeg een ijzeren arm om haar middel en trok haar half over het bed heen. 'Kolossaal of miniem' – hij boog zich voorover en kuste beide tepels – 'laat geen vrouw Dirk Pitt beschuldigen van discriminatie.'

Zij kwam omhoog en beet hem in zijn oor. 'Vier hele dagen samen alleen. Geen telefoontjes, geen commissievergaderingen, geen cocktailparties, geen hulpjes die achter me aanzitten. Bijna te mooi om waar te zijn.' Haar hand kroop onder de dekens en streelde zijn buik. 'Wat dacht je van een beetje sport vóór het ontbijt?'

'Ha, wat een toverwoord.'

Ze glimlachte scheef naar hem. 'Sport of ontbijt?'

'Wat je eerst zei, je yoga-houding.' Pitt sprong uit bed, zodat Loren wijdbeens op haar gebeeldhouwde achterste terechtkwam. 'Waar is het dichtstbijzijnde meer?'

'Meer?'

'Natuurlijk.' Pitt lachte om haar verwonderde gezicht. 'Waar een meer is, is ook vis. We kunnen de dag niet gaan liggen verknoeien op bed, terwijl er een sappige regenboogforel ademloos ligt te wachten op ons aas om in te bijten.'

Zij boog haar hoofd vragend achterover en keek naar hem op. Hij was groot, bijna één meter negentig, met een goedgebouwd lijf, geheel bruingebrand, op een strookje om zijn heupen heen na. Zijn ruige zwarte haardos omringde een gezicht dat eeuwig somber leek en toch een glimlach wist op te brengen waar hij een volle zaal mee kon verwarmen. Nu glimlachte hij niet, maar Loren kende hem voldoende om het plezier te zien in de rimpeltjes om zijn ongelooflijk groene ogen heen.

'Grote, verwaande vlerk,' viel ze uit. 'Je probeert me ertussen te nemen.'

Ze kwam omhoog van de vloer, ramde haar hoofd in zijn maag en duwde hem terug op het bed. Ze maakte zichzelf geen seconde lang illusies over haar schijnbaar superieure sterkte. Als Pitt zich niet had ontspannen en haar stoot had opgevangen, zou zij als een volleybal teruggekaatst zijn.

Voordat hij een schijnprotest kon lanceren, klom Loren op zijn borst en ging schrijlings bovenop hem zitten, met haar handen op zijn schouders. Hij spande zich, bracht zijn handen achter haar bij elkaar en kneep in haar zachte billen. Zij voelde hem onder zich omhoog komen en zijn hitte leek door haar huid heen te stralen.

'Vissen, ja,' zei ze hees. 'De enige hengel waar jij mee om kunt gaan is er een zonder haak.'

Om twaalf uur ontbeten ze. Pitt ging zich wassen en aankleden en kwam toen terug in de keuken. Loren stond over de aanrecht gebogen en heftig op een zwartgebrande pan te borstelen. Ze droeg een schort en verder niets. Hij stond in de deuropening naar het wiebelen van haar kleine borsten te kijken en zonder veel haast zijn hemd dicht te knopen.

'Ik vraag me af wat je kiezers zouden zeggen, als ze je nu konden zien,' zei hij.

'Mijn kiezers kunnen de pot op,' zei ze met een vals lachje. 'Met mijn privéleven hebben ze geen donder te maken.'

'Mijn kiezers kunnen de pot op,' herhaalde Pitt plechtig, met een gebaar alsof hij aantekeningen maakte. 'Weer een blik op het schandalige leven van de kleine Loren Smith, afgevaardigde voor het congres van het door steekpenningen geteisterde zevende district van Colorado.'

'Denk maar niet dat je leuk bent.' Ze draaide zich om en bedreigde hem met de koekepan. 'In het zevende district komt geen politiek gerotzooi voor, en ik ben de laatste op Capitol Hill van wie je kunt zeggen dat hij of zij te koop is.'

'Ja, [illegible] maar je uitspattingen op seksgebied. Bedenk eens wat een slaatje de media daaruit zouden kunnen slaan. Ik zou het zelfs in eigen persoon kunnen doen en er een bestseller over kunnen schrijven.'

'Zolang ik mijn minnaars niet op de loonlijst zet of tracteer op kosten van het Congres, kunnen ze me niets maken.'

'En ik dan?'

'Jij hebt de helft van de kruideniersrekening betaald, weet je nog?' Ze droogde de pan af en zette hem in de kast.

'Hoe kan ik zo nou een zaak opbouwen van onderhouden te worden,' zei Pitt verdrietig, 'als ik een goedkope trut als maîtresse krijg?'

Ze sloeg haar armen om zijn nek en kuste zijn kin. 'Ik stel voor dat als je weer eens een geile griet oppikt op een cocktailparty in Washington, dat je eerst een overzicht van haar financiën vraagt.'

Grote God, dacht ze, die verschrikkelijke party van de minister van milieu. Zij haatte het sociale gebeuren in de hoofdstad. Als niet een van die gelegenheden te maken had met de belangen van Colorado of met haar werk voor commissies, ging ze na kantoortijd meestal meteen naar huis, naar een schurftige kat genaamd Ichabod en een of andere film op TV.

Lorens ogen werden magnetisch door hem aangetrokken, zoals hij daar in het flikkerende licht van de tuinlantaarns stond. Zij stond hem brutaal aan te staren, terwijl ze een partijgesprek voerde met een ander congreslid van de onafhankelijke partij, Morton Shaw, uit Florida.

Zij voelde haar pols op een vreemde manier sneller gaan. Dat gebeurde bijna nooit en ze vroeg zich af waarom het nu wel gebeurde. Hij was niet knap, geen filmster-type, maar hij had iets mannelijks over zich, iets van 'geen onzin', dat haar aansprak. Hij was groot en ze hield van grote mannen.

Hij was alleen, praatte met niemand en stond de mensen om zich heen op te nemen met een blik van oprechte belangstelling, meer dan hooghartige verveling. Toen hij de starende blik van Loren voelde, keek hij gewoon terug, met een oprecht taxerende blik.

'Wie is die muurbloem daar in de schaduw?' vroeg zij aan Morton Shaw.

Shaw draaide zich om en keek in de richting die Loren met een hoofdknikje aangaf. 'Twee jaar in Washington en je weet nog niet wie dat is?'

'Als ik het wist, zou ik het je niet vragen,' zei ze luchtig.

'Zijn naam is Pitt, Dirk Pitt. Hij is directeur voor bijzondere projecten bij het National Underwater and Marine Agency, het Nationale Instituut voor Diepzeeonderzoek. Je weet wel . . . de man die de berging van de *Titanic* heeft geleid.'

Zij vond het dom van zichzelf dat ze daar niet op was gekomen. Zijn foto en het verhaal van de succesvolle berging van het beroemde schip hadden wekenlang de voorpagina's van de kranten en de televisie in beslag genomen. Dus dit was de man die het onmogelijke had gepresteerd. Ze excuseerde zich bij Shaw en baande zich een weg door de mensen heen naar Pitt.

'Meneer Pitt,' zei ze. Verder kwam ze niet. Op dat moment werden de vlammen van de fakkels door een briesje een eindje verplaatst en de nieuwe hoek liet ze glinsterend weerspiegelen in de ogen van Pitt. Loren kreeg een koortsachtig gevoel in haar maag, dat ze nog maar eenmaal had gekregen, toen ze heel jong was en verliefd werd op een prof-skiër. Ze was dankbaar dat de felle blos die ze wel op haar wangen moest hebben bij dit vage licht niet te zien was.

'Meneer Pitt,' zei ze weer. Het leek wel of ze er de juiste woorden niet uit kon krijgen. Voorstellen, idioot, schreeuwde een stem ergens van binnen. In plaats daarvan flapte zij eruit: 'Nu u de *Titanic* hebt geborgen, wat is het volgende project dat u in gedachten hebt?'

'U loopt wel hard van stapel,' zei hij met een warme glimlach. 'Maar goed, mijn volgende project zal me veel persoonlijke voldoening schenken en ik zal er met bijzonder veel genoegen aan werken.'

'En dat is?'

'Het verleiden van congreslid Loren Smith.'

Ze zette grote ogen op. 'Dat is toch een grapje?'

'Ik maak nooit grapjes over sex met een betoverende politica.'

'Heel aardig. Is dit soms een idee van de oppositie?'

Pitt gaf geen antwoord. Hij nam haar bij de hand en leidde haar door het huis heen, dat propvol zat met de politieke elite van Washington, naar buiten en naar zijn wagen. Zij volgde zonder protest, meer uit nieuwsgierigheid dan uit gehoorzaamheid.

Toen hij met zijn wagen de rijweg opdraaide, tussen de bomen door, vroeg ze eindelijk: 'Waar brengt u me naar toe?'

'Als eerste stap' – met een aanstekelijke glimlach – 'zoeken we een knus barretje op, waar we kunnen uitrusten en onze intiemste wensen kunnen uitwisselen.'

'En de tweede stap?' vroeg ze zacht.

'Dan neem ik je mee voor een race van honderdzestig kilometer per uur in een draagvleugelboot in Chesapeake-Baai.'

'Dit meisje niet.'

'Mijn theorie is,' ging Pitt verder, 'dat avontuur en opwinding nooit nalaten van een prachtige congresvrouw een dol en onverzadigbaar dier te maken.'

Later, toen de ochtendzon de drijvende boot begon te verwarmen, zou Loren de laatste ter wereld zijn geweest om de verleidingstheorie van Pitt te bestrijden. Met intense voldoening zag zij dat zijn schouders als bewijs door haar tanden en klauwen waren gemerkt.

Loren liet los en duwde Pitt naar de voordeur van de hut. 'Afgelopen met de spelletjes. Ik heb een hele stapel correspondentie door te werken en dan kunnen we ons morgen te buiten gaan in de winkels van Denver. Waarom ga je niet een paar uur lang een natuurwandeling maken of zoiets. Later zal ik dan een voedzame maaltijd bereiden en dan kunnen we weer een perverse avond bij het haardvuur doorbrengen.'

'Ik geloof niet dat ik nog veel perversiteiten aankan,' zei hij en rekte zich uit. 'Bovendien zijn natuurwandelingen niet mijn sterke punt.'

'Ga dan vissen.'

Hij keek haar aan. 'Je bent er niet aan toegekomen om me te zeggen waar.'

'Een paar honderd meter over de heuvel heen, achter de hut. Het Tafelmeer. Pa placht daar altijd zijn maximum aan forellen te vangen.'

'Dank zij jou,' – hij keek haar streng aan – 'krijg ik een late start.'

'Wat zielig.'

'Ik heb ook geen visgerei meegebracht. Heb je hier iets rondslingeren van je vader?'

'Onder de hut, in de garage. Daar bewaarde hij altijd alles. De sleutels vind je op de schoorsteenmantel.'

Het slot zat vast omdat het al jarenlang niet gebruikt werd. Pitt spuugde er op en wrong de sleutel zo hard hij maar durfde zonder bang te zijn voor breuk. Tenslotte lieten de grendels los en kon hij de oude dubbele deuren piepend openen. Na een minuut gewacht te hebben om zijn ogen aan de duisternis te laten wennen, stapte hij naar binnen en keek om zich heen. Er stond een stoffige werkbank met keurig op hun plaats hangende gereedschappen. Een paar planken stonden vol bussen van verschillende grootte, sommigen met verf, andere met spijkers en andere ijzerwaren.

Al spoedig vond Pitt een bak met visgerei onder de bank. De hengel was niet zo gemakkelijk te vinden. Eindelijk zag hij er vaag een staan in een donkere hoek van de garage. Iets dat er uitzag als een groot apparaat onder een dekzeil stond hem in de weg. Hij kon net niet bij de hengel komen en probeerde daarom over het obstakel heen te klimmen. Het schoof weg onder zijn gewicht en hij viel achterover, waarbij hij het dekzeil vastgreep in een vruchteloze poging om zich in evenwicht te houden en op de grond terecht kwam.

Pitt vloekte, klopte zich af en keek naar wat hem afhield van een middag vissen. Over zijn gezicht kwam een verwonderde frons. Hij hurkte neer en ging met zijn hand over de beide grote voorwerpen die hij per ongeluk had blootgelegd. Toen stond hij op, liep naar buiten en riep Loren.

Zij verscheen op het balkon. 'Wat is er aan de hand?'

'Kom eens even hier beneden.'

Mopperend trok ze een lichtbeige regenjas aan en kwam de trap af. Pitt nam haar mee de garage in en wees. 'Waar heeft je vader die gevonden?'

Zij boog zich voorover en keek aandachtig. 'Wat zijn dat?'

'Dit ronde gele ding is een zuurstoftank van een vliegtuig. Het andere is het voorste stuk van een landingsgestel, compleet met wielen en banden. Verdomd oud, zo te zien aan roest en vuil.'

'Voor mij zijn ze nieuw.'

'Je moet ze toch weleens eerder hebben gezien. Gebruik je deze garage nooit?'

Zij schudde haar hoofd. 'Niet meer sinds ik me kandidate heb gesteld. Dit is voor het eerst dat ik Pa's hut gebruik sinds hij drie jaar geleden bij een ongeval is omgekomen.'

'Weleens iets gehoord over een vliegtuigongeluk hier in de buurt?' viste Pitt.

'Nee, maar dat betekent niet dat er geen gebeurd zou kunnen zijn. Ik zie mijn buren haast nooit, dus ik ben niet zo bij op het gebied van kletspraatjes.'

'Welke kant op?'

'Hè?'

'Je buren. Waar wonen ze?'

'Verder naar beneden, richting stad. Eerste afslag links.'

'Hoe heten ze?'

'Raferty. Lee en Maxine Raferty. Hij is een gepensioneerd marineman.' Loren pakte Pitts hand en kneep er hard in. 'Vanwaar al die vragen?'

'Nieuwsgierigheid, verder niets.' Hij tilde haar hand op en kuste hem. 'Je ziet me wel verschijnen voor die voedzame maaltijd.' Toen keerde hij zich om en begon naar beneden te sjokken.

'Ga je niet vissen?' riep ze hem achterna.

'Altijd een hekel aan gehad.'

'Wil je de jeep niet hebben?'

'Die natuurwandeling was een idee van jou, weet je nog?' riep hij over zijn schouder heen.

Loren keek hem na tot hij verdween in een bosje, schudde toen haar hoofd over de onbegrijpelijke grillen van mannen en rende terug naar de hut om te ontkomen aan de kou van de vroege herfst.

2

Maxine Raferty zag er echt uit als een vrouw uit het Westen. Ze was zwaar gebouwd en ze droeg een wijde katoenen jurk, een bril zonder randen en een netje over haar blauwzilveren haar. Zij zat ineengedoken op het voorbalkon van een cederhouten hut een detective-pocket te lezen. Lee Raferty, een magere snijboon, zat op zijn hurken de vooraslagers van een gedeukte oude International open vrachtwagen te smeren, toen Pitt kwam aanstappen en hen begroette.

'Goeiemiddag.'

Lee Raferty haalde een goed afgekauwde sigarepeuk die uitgegaan was uit zijn mond en knikte. 'Hallo.'

'Mooie dag om te wandelen,' zei Maxine en bekeek Pitt kritisch over haar boek heen.

'Dat koele briesje werkt wel mee,' zei Pitt.

Hun gezichten waren vriendelijk, maar vertoonden ook de achterdocht van het platteland tegen indringende vreemdelingen, vooral als die vreemdelingen er uitzagen als stadsmensen. Lee veegde zijn handen af aan een vettige lap en kwam op Pitt toelopen.

'Kan ik u ergens mee van dienst zijn?'

'Dat kan, als u Lee en Maxine Raferty bent.'

Daar kwam Maxine voor uit haar stoel. 'Wij zijn de Raferty's.'

'Mijn naam is Dirk Pitt. Ik ben een gast van Loren Smith, verderop aan de weg.'

De achterdochtige uitdrukking maakte plaats voor brede glimlachen. 'De kleine Loren Smith. Natuurlijk,' zei Maxine stralend. 'We zijn hier allemaal heel trots op haar, nu ze ons daar in Washington vertegenwoordigt en zo.'

'Ik dacht dat U mij misschien wat meer over deze streek zou kunnen vertellen.'

'Zeker, heel graag,' antwoordde Lee.

'Sta daar niet als een houten klaas,' zei Maxine tegen haar man. 'Geef die man wat te drinken. Hij ziet er dorstig uit.'

'Natuurlijk. Wat dacht u van een biertje?'

'Klinkt goed,' zei Pitt glimlachend.

Maxine deed de voordeur open en duwde Pitt naar binnen. 'U blijft hier voor de lunch.' Het klonk meer als een bevel dan als een verzoek en Pitt kon niet anders dan toestemmend knikken.

De huiskamer van de hut had een hoog balkendak en een slaapzolder. Het interieur was een dure mengelmoes van art deco meubelen. Pitt had het gevoel terug te zijn in de dertiger jaren. Lee haastte zich naar de keuken en kwam even later terug met twee flessen bier. Pitt zag dat er geen etiketten op de flessen zaten.

'Ik hoop dat u zelfgemaakt brouwsel lust,' zei Lee. 'Het heeft me vier jaar gekost om de middenweg te vinden tussen te zoet en te bitter. Het volumepercentage aan alcohol is ongeveer acht.'

Pitt proefde het bier. Het was anders dan hij verwacht had. Als hij niet een flauw spoortje gist had geproefd, zou hij het geschikt hebben gevonden voor verkoop in de slijterij.

Maxine dekte de tafel en wenkte hen om te komen. Ze zette een grote schaal aardappelsalade neer, een pot met gebakken bonen en een bord met dunne vleesschijfjes. Lee verving de snel geledigde bierflessen door nieuwe en begon schotels door te geven.

De aardappelsalade was hartig en precies zuur genoeg. De gebakken bonen zaten vol honing. Pitt kon de smaak van het vlees niet thuisbrengen maar hij vond het heerlijk. Al had hij nog maar een uur geleden bij Loren gegeten, toch deed het aroma van dit maal van eigen produkten hem schransen als een bootwerker.

'Woont u allang hier?' vroeg Pitt tussen twee happen in.

'Al in de jaren vijftig brachten we onze vakantie hier altijd door,' zei Lee. 'We zijn hier komen wonen nadat ik gepensioneerd ben bij de marine. Ik was diepzeeduiker en ik kreeg nogal last van kramp, dus daarom ben ik met vervroegd pensioen gegaan. Laat eens kijken, dat moet zomer eenenzeventig zijn geweest.'

'Zeventig,' corrigeerde Maxine.

Lee knipoogde naar Pitt. 'Max vergeet nooit iets.'

'Weet u iets van een verongelukt vliegtuig, zeg binnen een straal van vijftien kilometer?'

'Ik zou het niet weten,' Lee keek naar zijn vrouw. 'En jij, Max?

'Nou vraag ik je, Lee, waar zitten jouw hersens? Weet je dan niet meer die arme dokter die met zijn hele gezin is omgekomen toen zijn vliegtuig neerstortte bij Diamond? . . . Hoe vindt u de bonen, meneer Pitt?'

'Uitstekend,' zei Pitt. 'Is Diamond een stad hier in de buurt?

'Dat was het. Nu is het alleen nog maar een kruispunt met een vakantieboerderij.'

'Ja, nu weet ik het weer,' zei Lee en hielp zich aan een

tweede portie vlees. 'Het was een van die kleine eenmotorige toestelletjes. Volkomen uitgebrand. Niets meer van over. De sheriff en zijn mensen hebben een week nodig gehad om de resten te identificeren.'

'Dat was in april vierenzeventig,' zei Maxine.

'Wat ik bedoel is een veel groter vliegtuig,' zei Pitt geduldig. 'Een lijntoestel. Waarschijnlijk zo'n dertig of veertig jaar geleden neergestort.'

Maxine vertrok haar ronde gezicht en keek zonder iets te zien naar het plafond. Toen schudde zij haar hoofd. 'Nee, ik geloof niet dat ik ooit iets heb gehoord over een luchtramp van zo'n omvang. Tenminste niet hier in de buurt.'

'Waarom vraagt u dat, meneer Pitt?' vroeg Lee.

'Ik heb bij juffrouw Smith in de garage een paar oude vliegtuigonderdelen gevonden. Die moet haar vader daar hebben opgeborgen. Ik dacht dat hij ze wellicht hier in de buurt had gevonden, in de bergen.'

'Charlie Smith,' zei Maxine weemoedig. 'God hebbe zijn ziel. Hij dacht altijd meer plannen uit om snel rijk te worden dan een werkloze oplichter die in de steun loopt.'

'Hij zal die onderdelen wel gekocht hebben in een of andere schrootwinkel in Denver om er een van zijn fantastische apparaten mee te bouwen.'

'Ik krijg de indruk dat Lorens vader een mislukte uitvinder is geweest.'

'Dat was hij zeker, de arme ouwe Charlie.' Lee lachte. 'Ik herinner me nog die keer dat hij een automatisch uitwerpapparaat voor hengelaars had uitgevonden. Het rotding wierp het aas overal heen, behalve in het water.'

'Waarom noemt u hem "arme ouwe Charlie?"'

Er kwam een verdrietige uitdrukking op het gezicht van Maxine. 'Ik denk om de vreselijke manier waarop hij gestorven is. Heeft Loren u daar niets van verteld?'

'Alleen maar dat het drie jaar geleden is gebeurd.'

Lee maakte een gebaar naar Pitts bijna lege bierfles: 'Nog een biertje?'

'Nee dank u; ik heb nog genoeg.'

'In feite komt het er op neer,' zei Lee, 'dat Charlie is opgeblazen.'

'Opgeblazen?'

'Dynamiet, denk ik. Niemand weet er het fijne van. Het

enige herkenbare dat ze ooit hebben gevonden was een schoen en een duim.'

'Volgens het rapport van de sheriff was het weer een van Charlie's uitvindingen die niet werkte,' voegde Maxine eraan toe.

'Gelul, daar blijf ik bij,' gromde Lee.

'Foei.' Maxine wierp haar man een puriteinse blik toe.

'Zo denk ik erover. Charlie wist meer over explosieven dan wie ook. In het leger was hij expert bij het onschadelijk maken. Kom nou, in de tweede wereldoorlog heeft hij in alle delen van Europa bommen en granaten onschadelijk gemaakt.'

'Let maar niet op hem,' zei Maxine hooghartig. 'Lee heeft zich nu eenmaal het idee in zijn hoofd gehaald dat Charlie vermoord is. Bespottelijk. Charlie Smith had geen enkele vijand op de hele wereld. Zijn dood was domweg een ongeluk zonder meer.'

'Iedereen heeft het recht op een eigen mening,' zei Lee.

'Wilt u iets toe, meneer Pitt?' vroeg Maxine. 'Ik heb een paar appelflappen gemaakt.'

'Ik zou geen hap meer naar binnen kunnen krijgen. Dank u wel.'

'En jij, Lee?'

'Ik heb helemaal geen honger meer,' gromde Raferty.

'Trek het u niet aan, meneer Raferty,' zei Pitt verzoenend. 'Het schijnt dat ik me ook op hol heb laten brengen door mijn verbeelding. Als je midden in de bergen stukken van een vliegtuig vindt... Natuurlijk dacht ik dat die afkomstig waren van een neergestort wrak.'

'Mannen kunnen soms echt kinderen zijn.' Max lachte Pitt guitig toe. 'Ik hoop dat het u gesmaakt heeft.'

'Echt een feestmaal,' zei Pitt.

'Alleen die *Rocky Mountain oysters* hadden wat langer moeten opstaan. Ik vond ze een beetje ongaar. Dacht je ook niet, Lee?'

'Ze hebben mij best gesmaakt.'

'*Rocky Mountain oysters?*' vroeg Pitt.

'Ja, weet u wel,' zei Maxine. 'Die gebakken stiereballen.'

'U zei toch "stiereballen"?'

'Lee staat erop dat ik die minstens tweemaal per week op tafel breng.'

'Slaat vleespastei met stukken,' zei Lee en begon plotseling te lachen.

'Dat is dan niet het enige,' mompelde Pitt. Hij keek naar zijn maag en vroeg zich af of de Raferty's Alka-Seltzer in huis zouden hebben. Opeens had hij spijt dat hij niet was gaan vissen.

3

Om drie uur in de nacht lag Pitt klaarwakker. Terwijl hij in bed lag met Loren tegen zich aangedrukt en naar de silhouetten van de bergen buiten keek, projecteerde zijn geest een bonte opeenvolging van beelden als een kaleidoscoop. Het laatste stuk van wat een goed opgeloste puzzle had geleken paste nergens in. In het oosten begon het al licht te worden, toen Pitt zich uit bed liet glijden, een broek aantrok en vlug naar buiten stapte.

De oude jeep van Loren stond in de inrit. Hij haalde een zaklantaarn uit het handschoenenkastje en ging de garage binnen. Hij haalde het dekkleed weg en bestudeerde de zuurstoftank. De tank was cilindervormig en werd door Pitt geschat op ruim negentig centimeter lang, met een doorsnede van vijfenveertig centimeter. De tank was gedeukt en zat vol krassen, maar wat Pitt vooral interesseerde was de condities van de fittings. Na een paar minuten richtte hij zijn aandacht op de neuswielen.

De beide wielen waren onderling verbonden door een as aan de naven, die een T vormde met de middenstang. De banden hadden de vorm van oliebollen en vertoonden betrekkelijk weinig slijtage. Ze waren ongeveer negentig centimeter hoog en tot zijn verbazing zat er nog lucht in.

De garagedeur piepte. Pitt keek om en zag Loren het donkere hol inloeren. Hij bescheen haar met zijn lantaarn. Ze droeg niets dan een blauwe nylon peignoir. Haar haren zaten in de war en haar gezicht vertoonde een mengsel van angst en onzekerheid.

'Ben jij dat, Dirk?'

'Nee,' zei hij glimlachend in het donker. 'Het is je vriendje, de melkboer uit de bergen.'

Ze slaakte een zucht van verlichting, kwam binnen en greep zijn arm vast. 'Als komediant ben je geen succes. Wat doe je hier eigenlijk?'

'Er zat me iets dwars over die dingen daar.' Hij wees met de lichtbundel op de vliegtuigonderdelen. 'Ik weet nu wat het was.'

Loren stond te rillen in die vuile en stoffige garage naast de stille hut. 'Je maakt een hoop drukte om niets,' mompelde zij. 'Je hebt me zelf al verteld dat de Raferty's een logische verklaring hadden voor hoe die troep hier terecht is gekomen. Pa heeft het waarschijnlijk opgepikt in een schrootwinkel.'

'Daar ben ik niet zo zeker van,' zei Pitt.

'Hij kocht altijd oude rommel op,' hield zij vol. 'Kijk maar om je heen; het staat hier vol met gekke en half afgewerkte uitvindingen van hem.'

'Half afgewerkt, ja. Maar met die andere dingen deed hij in ieder geval iets. Die zuurstoftank en die neuswielen heeft hij nooit aangeraakt. Waarom niet?'

'Niets bijzonders aan. Pa zal waarschijnlijk verongelukt zijn voordat hij daaraan toe was.'

'Mogelijk.'

'Dat is dan afgehandeld,' zei ze gedecideerd. 'Kom mee terug naar bed, voordat ik hier doodvries.'

'Sorry, maar ik ben hier nog niet klaar.'

'Wat blijft er dan nu nog over?'

'Daar wringt hem de schoen nu juist,' zei hij. 'Moet je zien, die fittings van de tank.'

Ze keek over zijn schouder heen. 'Die zijn gebroken. Wat had je dan verwacht?'

'Als dat ding van een verouderd vliegtuig afgehaald was, zouden ze de beugels en koppelingen met tangen hebben losgedraaid of met snijbranders hebben losgemaakt. Deze hier zijn met geweld verbogen en verwrongen. En die neuswielen ook: de steun is verbogen en afgebroken vlak onder de hydraulische schokdemper. Maar het gekke is dat die breuk niet in één keer plaats heeft gevonden. Kijk maar, het grootste gedeelte van het breukvlak is verroest en gecorrodeerd, maar hier van boven is een stukje dat er nieuw uitziet. Alsof er jaren tussen de oorspronkelijke beschadiging en de uiteindelijke breuk hebben gelegen.'

'En wat bewijst dat allemaal?'

'Niets wereldschokkends. Maar wel dat die stukken niet afkomstig zijn van een schrootwinkel of zo.'

'En ben je nu tevreden?'

'Niet helemaal.' Hij pakte de zuurstoftank, nam hem mee naar buiten en legde hem in de jeep. 'Die neuswielen red ik niet alleen. Daar zul je me even bij moeten helpen.'

'Wat was je van plan?'

'Je zei dat we naar Denver zouden gaan om daar te winkelen.'

'Nou en?'

'Nou, terwijl jij de stad leegkoopt, ga ik met deze troep naar het vliegveld Stapleton om iemand te zoeken die het vliegtuig kan identificeren waar dit vandaan komt.'

'Pitt,' zei ze. 'Je bent Sherlock Holmes niet. Waarom zou je je zoveel moeite geven?'

'Om iets te doen te hebben. Ik verveel me. Jij hebt je congres-besognes om je bezig te houden. Ik heb er genoeg van om de hele dag tegen bomen te kletsen.'

'Je hebt 's avonds mijn onverdeelde aandacht.'

'De mens kan bij sex alleen niet leven.'

Gefascineerd keek ze toe hoe hij twee lange planken opscharrelde en ze tegen de neergelaten achterklep van de jeep opzette.

'Klaar?' vroeg hij.

'Ik ben niet helemaal gekleed voor de gelegenheid,' zei ze, bibberend en met kippevel.

'Trek dat ding dan uit; dan wordt het niet vuil.'

Als in een droom hing ze haar peignoir op aan een spijker, perplex van de manier waarop vrouwen instinctief toegeven aan de onvolwassen eigenaardigheden van hun mannen. Toen reden ze samen – Pitt in zijn slipje en Congreslid Loren Smith naakt – steunend de stoffige neuswielen over de provisorische laadhelling de jeep op.

Terwijl Pitt de achterklep dichtmaakte, stond Loren in het vroege ochtendlicht naar de vuil- en vetvlekken op haar dijen en buik te kijken en zich af te vragen wat haar toch bezield had om een stapelgekke minnaar te nemen.

4

Harvey Dolan, eerste onderhoudsinspecteur van het luchtvrachtdistrictskantoor van de FAA, hield zijn bril tegen het licht, zag er geen vlekken op en zette hem op een pyramidevormige neus.

'In de bergen gevonden, zei u?'

'Ongeveer vijftig kilometer ten noordwesten van Leadville, in het Sawatch-gebergte,' antwoordde Pitt. Hij moest hard praten om zich verstaanbaar te maken boven het lawaai van de vorkheftruck uit, die het neuswiel en de zuurstoftank van de jeep naar de enorme deur van de FAA-inspectieloods reed.

'Niet veel om van uit te gaan,' zei Dolan.

'Maar kunt u een redelijke gok doen?'

Dolan haalde zijn schouders op. 'Je kunt het vergelijken met een politieagent, die een verdwaald klein kind van de straat heeft opgepikt. De agent kan zien dat het een jongetje is met twee armen en twee benen, een jaar of twee oud. Het kind draagt confectiekleren en Hema-schoentjes. Hij zegt dat zijn voornaam Joey is, maar zijn achternaam, adres of telefoonnummer weet hij niet. We zitten ongeveer in dezelfde positie als die agent, meneer Pitt.'

'Kunt u deze vergelijking omzetten in concrete details?' vroeg Pitt glimlachend.

'Kijk,' zei Dolan met een geroutineerd gebaar. Hij haalde een ballpoint tevoorschijn en wees er mee als met een schoolstok. 'We hebben hier voor ons het neuswielstel van een vliegtuig, een toestel dat ongeveer dertigduizend kilogram zal hebben gewogen. Het was een toestel met propeller-aandrijving, want de banden zijn niet berekend op de belasting van de snelle landing van een straalvliegtuig. Verder is de steunconstructie van een type dat na de vijftiger jaren niet meer is gebouwd, dus het zal dertig of vijfendertig jaar oud zijn. De banden zijn van Goodyear en de wielen van Rantoul Engineering, in Chicago. Maar wat fabrikaat of eigenaar van het vliegtuig betreft, heb ik verder geen aanknopingspunten.'

'Dus daar blijft het dan bij,' zei Pitt.

'Niet te gauw opgeven,' zei Dolan. 'De steun is voorzien van een uitstekend leesbaar serienummer. Als we er achter kunnen komen voor welk type vliegtuig dit model neuswielen geconstrueerd is, wordt het een eenvoudige routinekwestie via het serienummer bij de fabrikant het bijbehorende vliegtuig na te gaan.'

'Zoals u het zegt, klinkt het gemakkelijk,'

'Nog meer onderdelen gevonden?'

'Alleen wat u hier ziet.'

'Hoe kwam u op het idee om er mee bij ons te komen?'

'Ik dacht dat, als iemand ze zou kunnen identificeren, dat de *Federal Aviation Administration* moest zijn.'

'We moeten ons waar maken, hè?' zei Dolan grijnzend.

'Geen kwade bijbedoelingen,' zei Pitt en grijnsde terug.

'Niet veel aanknopingspunten,' zei Dolan, 'maar je kunt nooit weten; misschien hebben we geluk.'

Met zijn duim wees hij naar een plek op de betonnen vloer waar met rode verf een cirkel was aangebracht. De bestuurder van de vorkheftruck knikte en liet de bak met de onderdelen zakken. Toen reed hij achteruit, sloeg rechtsaf en verdween rammelend naar een andere hoek van de hangar.

Dolan pakte de zuurstoftank op, draaide hem rond in zijn handen met het air van een kenner die een Griekse vaas bewondert en zette hem weer neer. 'Daar hebben we geen donder aan,' zei hij koeltjes. 'Standaardtanks zoals deze worden nog steeds door diverse fabrieken afgeleverd voor een stuk of twintig verschillende vliegtuigtypes.'

Dolan begon nu warm te lopen. Hij liet zich op zijn knieën zakken en bestudeerde het neuswielstel centimeter voor centimeter. Op een gegeven moment liet hij zich door Pitt helpen om het in een andere stand te draaien. Vijf minuten gingen voorbij zonder dat hij een woord liet horen.

Eindelijk verbrak Pitt het stilzwijgen: 'Zegt dit u iets?'

'Heel veel.' Dolan kwam overeind. 'Maar helaas niet het antwoord waar we naar zoeken.'

'Het gaat er dus uitzien als een jacht op spoken,' zei Pitt. 'Ik voel me een beetje schuldig door u zoveel last te bezorgen.'

'Onzin,' zei Dolan. 'Daar word ik door Jan Publiek voor betaald. In de FAA-archieven staan tientallen vliegtuigen waarvan het lot nooit achterhaald is. We grijpen gretig iedere kans die we krijgen om zo'n dossier af te kunnen sluiten.'

'Hoe gaan we te werk om achter het fabrikaat van het toestel te komen?'

'Gebruikelijk is om er een research-technicus van onze afdeling machinebouw bij te halen. Maar ik denk dat ik ditmaal een gokje waag en het vlugger probeer te doen. Phil Devine, de chef van de afdeling onderhoud van United Airlines, is een wandelende encyclopedie op het gebied van vliegtuigen. Als iemand het ons op het eerste gezicht kan vertellen, is hij het.'

'Is hij zo goed?' vroeg Pitt.

'Geloof me maar op mijn woord,' zei Dolan met de glimlach van een ingewijde. 'Dat is hij.'

'Een fotograaf ben je niet. Je belichting is waardeloos.'

Met een sigaret zonder filter tussen zijn lippen bestudeerde Phil Devine de Polaroid-foto's die Dolan van het neuswielstel had gemaakt. Devine was een W.C.Fields-type, met een zwaar middel en een trage jammerstem.

'Ik ben hier niet gekomen voor kunstkritiek,' antwoordde Dolan. 'Kun je hier een vliegtuigtype bij noemen of niet?'

'Het heeft wel iets vertrouwds - zoiets als wat er bij de oude B-29 werd toegepast.'

'Dat is niet voldoende.'

'Wat had je dan verwacht van een stel wazige foto's, een absolute en onweerlegbare identificatie?'

'Op zoiets had ik wel gehoopt, ja,' antwoordde Dolan zonder blikken of blozen.

Pitt begon zich af te vragen of hij straks als scheidsrechter bij een gevecht zou moeten optreden. Devine zag de onbehaaglijke uitdrukking van zijn ogen.

'Rustig, meneer Pitt,' zei hij met een glimlach. 'Harvey en ik hebben een vaste regel: onder werktijd gaan we nooit met elkaar om als behoorlijke mensen. Maar zodra het vijf uur heeft geslagen, houden we op en pakken we samen een biertje.'

'Waar ik altijd voor betaal,' voegde Dolan er droogjes aan toe.

'Jullie regeringsjongens zitten gunstiger als het om bijverdiensten gaat,' schoot Devine terug.

'Maar dat neuswielstel . . .' probeerde Pitt rustig.

'O ja, ik geloof dat ik wel iets kan opvissen.' Devine kwam moeizaam achter zijn bureau omhoog en maakte een kast open die van de vloer af tot aan het plafond gevuld was met dikke, in zwart vinyl gebonden boeken. 'Oude onderhoudshandleidingen,' legde hij uit. 'Waarschijnlijk ben ik de enige idioot bij de burgerluchtvaart die ze allemaal nog heeft.' Hij pakte er zonder aarzelen een uit en begon erin te bladeren. Een minuut later had hij gevonden wat hij zocht en schoof hij het boek open over het bureau heen. 'Dat dicht genoeg bij voor u?'

Pitt en Dolan bogen zich voorover en bekeken een 'exploded view' van een neuswielstel.

'Gietstukken van de wielen, onderdelen en afmetingen . . .' Dolan tikte met zijn vinger op het papier – 'die kloppen allemaal.'

'Welk toestel?' vroeg Pitt.

'Boeing Stratocruiser,' antwoordde Devine. 'In feite zat ik er niet zo ver naast toen ik aan een B-29 dacht. De Stratocruiser is gebaseerd op de constructie van de bommenwerper. De luchtmachtversie werd C-97 genoemd.'

Pitt sloeg de eerste bladzijde van het handboek op en vond daar een afbeelding van het toestel in de lucht. Een vreemd uitziend vliegtuig: de romp met zijn twee verdiepingen had veel weg van een grote walvis met een dubbele buik.

'Ik herinner me die als kind weleens gezien te hebben,' zei Pitt. 'Ze waren in gebruik bij Pan-American.'

'Bij United ook,' zei Devine. 'Wij hebben ermee gevlogen op de Hawaii-route. Het was een verdomd fijn toestel.'

'En toen?' Pitt wendde zich tot Dolan.

'Nu geef ik het serienummer van het neuswielstel op aan Boeing, in Seattle, met het verzoek om na te gaan bij welk vliegtuig het hoort. Verder zal ik het Nationale Bureau voor Verkeersveiligheid in Washington opbellen, waar ze me zullen vertellen of boven land in de Verenigde Staten iets bekend is van zoekgeraakte Stratocruisers.'

'En als dat zo is?'

'Dan zal de FAA een officieel onderzoek instellen,' zei Dolan, 'en dan zien we wel wat er uit de bus komt.'

5

Pitt bracht de volgende twee dagen door in een gecharterde helikopter, waarmee hij kriskras over de bergen vloog in een steeds breder zoeknet. Tweemaal vonden hij en zijn piloot een vliegtuigwrak, maar in beide gevallen was dat bekend en geregistreerd. Na uren in de lucht - met stijve billen van het zitten en de rest van zijn lichaam uitgeput door de motortrilling en het gebeuk van windstoten - was hij oprecht dankbaar, toen hij de hut van Loren in het zicht kreeg en de piloot het toestel neerzette op een weiland in de buurt.

De glijders zonken weg in het zachte, bruine gras en de rotorbladen hielden op met slaan en liepen uit. Pitt maakte zijn veiligheidsgordel los, opende de deur en klom naar buiten, waar hij zich eens even goed uitrekte.

'Morgen zelfde tijd, meneer Pitt?' De piloot had een Oklahoma-accent en de bijbehorende kortgeknipte haren.

Pitt knikte. 'Dan draaien we naar het zuiden en proberen we het lage stuk van het dal.'

'De hellingen boven de boomgrens wilt u laten voor wat ze zijn?

'Als daar een vliegtuig neer zou storten, zou het geen dertig jaar onopgemerkt blijven liggen.'

'Je kunt nooit weten. Ik herinner me een trainingsvliegtuig van de luchtmacht dat bij San Juan in de buurt tegen een berghelling opvloog. Door de schok ontstond er een lawine en het wrak werd bedolven. De slachtoffers liggen nog steeds onder de stenen.'

'Zoiets is natuurlijk wel mogelijk,' zei Pitt vermoeid.

'Als u het mij vraagt, meneer, dan is dat de enige mogelijkheid.' De piloot zweeg even om zijn neus te snuiten. 'Een klein, licht vliegtuig zou in het bos kunnen vallen en eeuwig verborgen blijven liggen, maar een viermotorig lijntoestel niet. Dennen en espen kunnen een wrak van die grootte niet verbergen. En zelfs als dat wel kon, dan zou er nu langzamerhand weleens een jager tegenop zijn gelopen.'

'Ik sta open voor iedere theorie waar wat uitkomt,' zei Pitt. Uit zijn ooghoek zag hij Loren de hut uit en de wei op komen rennen. Hij smakte de deur dicht, wuifde naar de piloot en draaide zich om, zonder nog achterom te kijken toen de motor weer begon te loeien. Het toestel steeg op en zoemde weg over de boomtoppen.

Loren vloog hem in de armen, buiten adem van haar renpartij in de ijle lucht. Ze zag er vief en levendig uit in haar strakke witte broek met rode coltrui. Haar sierlijk gebeeldhouwde gezicht leek te gloeien in het licht van de late middagzon, dat het effect nog versterkte door er schuin op te vallen en haar huid een gouden tint te geven. Hij zwaaide haar rond en drukte zijn tong tussen haar lippen door, waarbij hij in een paar violette ogen keek, die recht terugkeken. Het amuseerde Pitt steeds weer opnieuw, dat Loren onder het kussen of vrijen altijd haar ogen openhield, onder het motto dat ze niets wilde missen.

Eindelijk kreeg ze ademnood en duwde hem weg. Ze trok haar neus op en zei: 'Bah, je stinkt.'

'Dat spijt me, maar de hele dag onder de plastic koepel van een helikopter zitten heeft iets weg van ontwateren in een broeikas.'

'Je hoeft je niet te excuseren. De mannelijke muskusgeur heeft voor een vrouw iets stimulerends. Natuurlijk doet het feit dat je ook naar olie en benzine ruikt er geen goed aan.'

'Ik zal dan ook meteen maar doorlopen naar de douche.'

Ze keek op haar horloge. 'Later. Als we opschieten, krijg je hem misschien nog te pakken.'

'Wie?'

'Harvey Dolan. Hij heeft opgebeld.'

'Hoe dan? Je hebt toch geen telefoon?'

'Alles wat ik weet is dat er een boswachter langs kwam en zei dat je Dolan op zijn kantoor moet bellen.'

'Waar vinden we een telefoon?'

'Bij de Raferty's natuurlijk, waar anders?'

Lee was in de stad, maar Maxine bracht Pitt met het grootste genoegen naar de telefoon. Ze liet hem plaats nemen achter een ouderwets bureau-ministre en gaf hem het toestel aan. De telefoonjuffrouw kende haar werk en binnen tien seconden had hij Dolan aan de andere kant van de lijn.

'Hoe haal je het verdomme in je hoofd om op te bellen voor mijn rekening,' gromde hij.

'De staat kan zich dat wel permitteren,' zei Pitt. 'Hoe heb je kans gezien om me te bereiken?'

'De amateurband in mijn autoradio. Ik heb via de communicatiesatelliet verbinding gekregen met een houtvesterij in het White River National Forest en ze gevraagd de boodschap door te geven.'

'Wat heb je?'

'Goed nieuws en minder goed nieuws.'

'Vertel het maar in die volgorde.'

'Het goede nieuws komt van Boeing. Het neuswielstel werd als origineel onderdeel gemonteerd op casco nummer 75403. Het minder goede nieuws is dat het een toestel voor militair gebruik was.'

'Dus het is van de luchtmacht.'

'Daar ziet het naar uit. In ieder geval heeft het Bureau voor Verkeersveiligheid geen opgave van een vermiste burger-Stratocruiser. Ik ben bang dat ik nu niet verder meer kan gaan. Als je van hier af als burger je onderzoek wilt voortzetten, zul je de militaire autoriteiten moeten inschakelen. Hun veiligheid in de lucht valt buiten onze jurisdictie.'

'Dat zal ik doen,' zei Pitt. 'Al was het alleen maar om een eind te maken aan mijn fantasieën over spookvliegtuigen.'

'Ik hoopte al dat je zoiets zou zeggen,' zei Dolan. 'Ik ben dan ook zo vrij geweest om – uiteraard in jouw naam – de hoofdinspecteur voor de veiligheid in de luchtbasis Norton, in California opgave te verzoeken van de tegenwoordige status van de Boeing 75403. Een zekere kolonel Abe Steiger zal contact met je opnemen zodra hij iets weet.'

'Die Steiger, wat heeft die voor functie?'

'In wezen is het mijn militaire tegenhanger. Hij leidt de onderzoeken naar de oorzaken van vliegtuigongelukken bij de luchtmacht in het westen.'

'Dan krijgen we dus binnenkort het antwoord van het raadsel.'

'Zo ziet het er wel uit, ja.'

'Wat is jouw mening, Dolan?' vroeg Pitt. 'Je eerlijke mening?'

'Nou . . .' begon Dolan voorzichtig. 'Ik zal niet tegen je liegen, Pitt. Persoonlijk denk ik dat jouw toestel wel zal opduiken in de boeken van de een of andere schroothandelaar.'

'En ik dacht nog wel dat dit het begin was van een prachtige vriendschap.'

'Je vroeg naar de waarheid en die heb ik je gegeven.'

'In alle ernst, Harvey, bedankt voor al je hulp. Als ik weer eens in Denver kom, is onze lunch voor mijn rekening.'

'Gratis eten sla ik nooit af.'

'Goed. Ik kijk er met plezier naar uit.'

'Voor je ophangt' – Dolan haalde diep adem – 'als ik gelijk heb en er is een doodgewone reden voor de aanwezigheid van dat neuswielstel in de garage van juffrouw Smith, wat dan?'

'Ik heb nu eenmaal het vreemde gevoel dat het niet zo is,' antwoordde Pitt.

Dolan legde de hoorn op de haak en bleef er naar zitten staren. Er kroop iets kouds over zijn rug, zodat hij kippevel kreeg. De stem van Pitt had geklonken alsof hij uit een grafkelder kwam.

6

Loren ruimde de borden af en kwam terug op het balkon met twee dampende kommen koffie. Pitt hing achterover in een stoel met zijn voeten op de veranda. Ondanks de koele septemberavond droeg hij een truitje met korte mouwen.

'Koffie?' vroeg Loren.

Als in trance keerde hij zich om en keek haar aan. 'Wat?' En toen, mompelend: 'Sorry, ik heb je niet horen komen.'

De violette ogen namen hem scherp op. 'Je lijkt wel een bezetene,' zei ze plotseling, zonder eigenlijk te weten waarom.

'Misschien begin ik wel een beetje gek te worden,' zei hij met een dun glimlachje. 'Bij iedere gedachte begin ik vliegtuigwrakken te zien.'

Ze gaf hem een van de kommen aan en sloeg haar handen om de andere heen om er de warmte van op te nemen. 'Die stomme ouwe troep van Pa. Dat is alles waar je nog aan kunt denken sinds we hier zijn. Je hebt er het belang van opgeblazen buiten alle proporties.'

'Echt begrijpen doe ik het ook niet.' Hij zweeg even en dronk koffie. 'Je kunt het de Pitt-vloek noemen; ik kan een probleem niet laten schieten voordat ik er een redelijke oplossing voor heb gevonden.' Hij keerde zich naar haar toe. 'Klinkt dat gek?'

'Ik neem aan dat er mensen zijn die gedwongen zijn antwoorden te vinden op het onbekende.'

Hij ging door met spreken op een bespiegelende toon. 'Dit is niet de eerste keer dat ik ergens een sterk intuïtief gevoel over heb gehad.'

'Krijg je ook altijd gelijk?'

Grijnzend haalde hij zijn schouders op. 'Eerlijk gezegd is mijn succesverhouding ongeveer één op vijf.'

'En als bewezen wordt dat die troep van Pa niet afkomstig is van een vliegtuig dat hier in de buurt is neergestort, wat dan?'

'Dan vergeet ik het en ga ik de reële praktische wereld weer binnen.'

Er viel een soort stilte over hen heen, en Loren kwam naar hem toe en liet zich op zijn schoot zakken, om zijn lichaamswarmte te absorberen in de koele bries die van de bergen kwam.

'We hebben nog twaalf uur voordat we op het vliegtuig moeten, terug naar Washington. Ik wil onze laatste nacht samen door niets laten bederven. Kom, ga alsjeblieft mee naar bed.'

Pitt glimlachte en kuste haar teer op de ogen. Hij verdeelde haar gewicht over zijn armen en stond op uit zijn stoel, waarbij hij haar even makkelijk meenam als hij het een grote pop zou hebben gedaan. Toen droeg hij haar de hut in.

Hij besloot wijselijk dat dit niet het moment was om haar te vertellen dat zij alleen terug zou gaan naar de hoofdstad, en dat hij hier zou blijven om zijn speurtocht voort te zetten.

7

Twee avonden later zat een ingetogen Pitt aan de eettafel van de hut met een stel topografische kaarten. Hij leunde achterover in zijn stoel en wreef zijn ogen uit. Alles wat zijn inspanningen hem hadden opgeleverd was een boos meisje en een forse rekening van de firma van wie hij de helikopter had gehuurd.

De trap dreunde onder het geluid van voeten en even later keek er een volkomen kaalgeschoren hoofd met vriendelijke bruine ogen in een gezicht met een enorme Kaiser Wilhelmsnor door het raam naar binnen.

'Hallo iedereen,' groette een stem die uit een paar schoenen maat zesenvijftig leek te komen.

'Kom binnen,' antwoordde Pitt, zonder op te staan.

Het lichaam van de man was rond en gedrongen en de weegschaal zou, taxeerde Pitt, zeker niet beneden de honderd kilo stoppen. De vreemdeling stak een vlezige hand uit.

'Jij moet Pitt zijn.'

'Ja, ik ben Pitt.'

'Goed, dan heb ik je bij de eerste poging gevonden. Ik was bang dat ik in het donker verkeerd af zou slaan. Ik ben Abe Steiger.'

'Kolonel Steiger?'

'Vergeet die titel maar. Je ziet ook wel dat ik hier in burgervodden naar toe ben gekomen.'

'Ik had nooit kunnen denken dat je me persoonlijk antwoord zou komen geven. Een brief was ook mooi geweest.'

Steiger liet een brede grijns zien. 'Om je de waarheid te zeggen, was ik niet van plan me een goudzoekerstocht te laten ontgaan voor de prijs van een postzegel.'

'Een goudzoekerstocht?'

'Ik sla zo te zeggen twee vliegen in één klap. Ten eerste moet ik volgende week een lezing houden over veiligheid bij vliegtuigen in de luchtmachtbasis Chanute, in Illinois. Ten tweede zit jij hier in het hart van het mijngebied van Colorado, en aangezien ik mijn hart verloren heb aan goudzoeken, ben ik zo vrij om hier maar even te stoppen en te kijken of ik niet wat goud kan wassen voordat ik verder ga naar mijn lezing.'

'Je bent meer dan welkom, want ik speel op het ogenblik voor vrijgezel.'

'Je gastvrijheid wordt graag geaccepteerd, Pitt.'

'Heb je bagage bij je?'

'Buiten ja, in een huurauto.'

'Ga maar halen, dan zal ik koffie zetten.' Toen, als iets dat later opkwam: 'Heb je zin in iets te eten?'

'Nee dank je, ik heb een hapje gegeten met Harvey Dolan, voordat ik hierheen ben gereden.'

'Dus je hebt het neuswielstel gezien.'

Steiger knikte en haalde een oude leren aktentas tevoorschijn. Hij maakte hem open en reikte Pitt een geniete omslag toe. 'Status rapport van luchtmacht-Boeing C-97 nummer 75403, gezagvoerder majoor Vylander. Loop het maar door terwijl ik mijn spullen uitpak. Als je vragen hebt, brul je maar.' Toen Steiger zich in een logeerkamer had geïnstalleerd, kwam hij terug bij Pitt. 'Bevredigt dit je nieuwsgierigheid?'

Pitt staarde naar het dossier. 'Volgens dit rapport is 03 verdwenen boven de Stille Oceaan tijdens een routinevlucht van Californië naar Hawaii in januari 1954.'

'Dat staat in de dossiers van de luchtmacht.'

'Hoe verklaar je dan de aanwezigheid van dit neuswielstel hier in Colorado?'

'Niet zo'n mysterie. In de loop van de diensttijd van het toestel is het waarschijnlijk een keer vervangen. Dat komt wel meer voor. De monteurs ontdekken een constructiefout. Of de beugel is gescheurd door een harde landing, of beschadigd bij het slepen. Er zijn wel tien verschillende redenen waarom vervanging nodig kan zijn.'

'Wordt er in de onderhoudsdossiers een vervanging gemeld?'

'Nee.'

'Is dat niet een beetje vreemd?'

'Onregelmatig misschien, maar niet zo vreemd. Het onderhoudspersoneel van de luchtmacht staat bekend om zijn vaardigheden op het gebied van reparatiewerk, maar niet om zijn boekhoudkundige prestaties.'

'Hier wordt ook gezegd dat er nooit een spoor van toestel of bemanning is gevonden.'

'Ik moet toegeven dat het raadselachtig is. Volgens de rapporten is er op grote schaal gezocht, veel groter dan volgens de boeken normaal is voor die gevallen. En toch hebben de gecombineerde eenheden van luchtmacht en marine een dikke vette nul gehaald.' Steiger knikte dankend toen Pitt hem een dampende kop koffie aanreikte. 'Maar goed, die dingen gebeuren nu eenmaal. Onze archieven zitten stikvol vliegtuigen die de vergetelheid ingevlogen zijn.'

'"De vergetelheid ingevlogen." Wat poëtisch.' Het cynisme in de stem van Pitt was niet te ontkennen.

Steiger negeerde het en dronk zijn koffie op. 'Voor een

onderzoeker van de luchtmachtveiligheidsdienst is ieder onopgelost wrak een doorn in het vlees. We zijn net als chirurgen die weleens een patiënt op de operatietafel kwijtraken. Daar liggen we nachten lang van wakker.'

'En 03?' vroeg Pitt vlakjes. 'Lig je daar ook van wakker?'

'Je vraagt me nu naar iets dat gebeurd is toen ik vier was. Daar kan ik me niet in verplaatsen. Wat mij betreft, Meneer Pitt, en wat de luchtmacht betreft, is de zaak van de verdwijning van 03 afgesloten. Het ligt voor eeuwig op de bodem van de zee en daar ligt ook het geheim van de tragedie.'

Pitt keek Steiger even aan en vulde toen zijn koffiekop weer. 'U hebt ongelijk, kolonel Steiger, volkomen ongelijk. Er is een antwoord en dat ligt hier geen vierduizend kilometer vandaan.'

Na het ontbijt gingen Pitt en Steiger ieder hun eigen weg – Pitt om in een diep ravijn te gaan zoeken, dat te smal voor de helikopter was, en Steiger op zoek naar een beek om goud te wassen. Het weer was fris. Er hingen een paar wolkjes om de bergtoppen heen en de thermometer stond in de buurt van de vijftien graden.

In de loop van de middag klom Pitt het ravijn uit en ging op weg naar de hut. Hij volgde een vaag gemerkt spoor dat door de bomen heen kronkelde en uitkwam aan het strand van het Tafelmeer. Anderhalve kilometer verderop kwam hij bij een beek die in het meer uitmondde en die volgde hij tot hij bij Steiger terechtkwam.

De kolonel zat zielsvergenoegd op een plat rotsblok midden in de beek met een grote pan te schuifelen.

'Succes gehad?' brulde Pitt.

Steiger draaide zich om, wuifde en begon naar de kant te waden. 'Ik zal geen deposito naar Fort Knox brengen. Als ik er een halve gram uitpers zal het mooi zijn.' Hij keek Pitt vriendelijk, maar sceptisch aan. 'En jij? Gevonden wat je zocht?'

'Een verspilde tocht,' antwoordde Pitt, 'maar erg gezond.'

Steiger bood hem een sigaret aan. Pitt bedankte.

'Weet je,' zei Steiger en stak op. 'Jij bent het klassieke type van een koppige vent.'

'Dat heb ik wel meer gehoord,' zei Pitt en lachte.

Steiger ging zitten, inhaleerde diep en liet de rook onder het spreken naar buiten komen. 'Neem mij nou. Ik ben een oprechte slappeling, maar alleen bij dingen die er niet echt op aankomen. Kruiswoordpuzzles, vervelende boeken, huishoudelijke karweitjes – daar maak ik nooit iets van af. Ik denk dat ik zonder al die spanningen tien jaar langer zal leven.'

'Jammer dan dat je niet kunt ophouden met roken.'

'Die zit,' zei Steiger.

Op dat moment kwamen er twee tieners op een geïmproviseerd vlotje om een bocht van de beek aandrijven. Ze lachten met jeugdige uitgelatenheid en passeerden de beide mannen aan de kant zonder ze zelfs maar te zien. Pitt en Steiger keken ze zwijgend na terwijl ze verder stroomafwaarts dreven.

'Dat is pas leven,' zei Steiger. 'Toen ik jong was ging ik altijd met een vlot de Sacramento-rivier op. Heb jij het weleens geprobeerd?'

Pitt hoorde de vraag niet. Hij stond strak te kijken naar de plaats waar de jongen en het meisje waren verdwenen. Zijn gelaatsuitdrukking ging van diep nadenken over in plotseling begrijpen.

'Wat is er met jou aan de hand?' vroeg Steiger. 'Je ziet eruit alsof je God zelf hebt gezien.'

'Al die tijd lag het voor mijn neus en ik negeerde het,' mompelde Pitt.

'Negeerde wat?'

'Een bewijs temeer dat de moeilijkste problemen de eenvoudigste oplossingen hebben.'

'Je hebt me geen antwoord gegeven op mijn vraag.'

'De zuurstoftank en het neuswielstel,' zei Pitt. 'Ik weet waar ze vandaan komen.'

Steiger keek hem alleen maar sceptisch aan.

'Wat ik bedoel,' ging Pitt door, 'is dat we de enige eigenschap die ze gemeen hebben over het hoofd hebben gezien.'

'Ik zie het verband niet,' zei Steiger. 'Gemonteerd in het vliegtuig werken ze op twee volkomen verschillende circuits, de een gas en de ander hydraulisch.'

'Ja, maar als je ze van het vliegtuig afhaalt hebben ze één eigenschap gemeen.'

'Te weten?'

Pitt keek naar Steiger en glimlachte en glimlachte. Toen sprak hij de magische woorden uit.

'Ze drijven.'

8

Vergeleken bij de meeste slanke directie-straalvliegtuigen zag de Catlin M-200 eruit als een vliegende pad. Hij vloog ook langzamer, maar had één eigenschap waar geen ander vliegtuig van die grootte aan kon tippen: de Catlin was er op gebouwd te landen en op te stijgen op onmogelijke plaatsen met ladingen van tweemaal zijn eigen gewicht.

De zon glansde op het lichtblauwe kleurpatroon van de romp, terwijl de piloot het vliegtuig met grote vaardigheid aan de grond zette op de smalle asfaltbaan van het vliegveld Lake County bij Leadville. Het kwam abrupt tot stilstand met een marge van zeshonderd meter, keerde en taxiede naar de plaats waar Pitt en Steiger stonden te wachten. Toen het dichterbij kwam waren de letters NUMA duidelijk aan de zijkant te zien. De Catlin rolde uit, de motoren werden uitgeschakeld en even later kwam de piloot naar buiten en ging op de beide mannen af.

'Bedankt, broer,' zei hij met een grijns naar Pitt.

'Waarvoor, een zorgeloze vakantie in de Rocky Mountains met volledige kostenvergoeding?'

'Nee, omdat je me midden in de nacht uit bed hebt gepord bij een heerlijke roodharige vandaan om een lading bijeen te zoeken en van Washington naar hier te vliegen.'

Pitt wendde zich tot Steiger. 'Kolonel Abe Steiger, mag ik u voorstellen Al Giordino, mijn soms vaardige assistent en altijd voornaamste kankerpit van het Nationale Instituut voor Diepzeeonderzoek.'

Giordino en Steiger taxeerden elkaar als twee beroepsboksers. Afgezien van Steigers kaalgeschoren hoofd en joodse trekken, en Giordino's ondeugende Italiaanse grijns en zijn krullebol, zouden die twee voor broers hebben kunnen doorgaan. Ze hadden precies dezelfde bouw, dezelfde lengte, hetzelfde gewicht, en zelfs de spieren die hun best deden om te ontsnappen aan kleding leken wel uit dezelfde vorm te zijn gegoten. Giordino stak een hand uit.

'Kolonel, ik hoop dat u en ik nooit kwaad worden op elkaar.'

'Dat gevoel is wederzijds,' zei Steiger met een warme glimlach.

'Heb je alles meegebracht wat ik heb opgegeven?' vroeg Pitt.

Giordino knikte. 'Er was wel wat geheim gekonkel voor nodig. Als de admiraal ooit iets van je stiekeme project te horen krijgt, zal hij vast een van zijn beroemde aanvallen krijgen.'

'Admiraal?' vroeg Steiger. 'Ik zie niet in wat de marine hier mee te maken heeft.'

'Niets,' antwoordde Pitt. 'Admiraal James Sandecker, gepensioneerd, is toevallig hoofddirecteur van de NUMA. Hij heeft één zwakke plek: hij kan niet tegen clandestiene uitgaven door gehuurde krachten die niet in het fiscale budget van het instituut zijn inbegrepen.'

Steigers wenkbrauwen gingen plotseling vol ontzetting omhoog. 'Beweer je dat je Giordino een regeringsvliegtuig op kosten van de regering over het halve land hebt laten vliegen zonder vergunning, en dan nog wel met een gestolen lading?'

'Daar komt het wel op neer, ja.'

'We zijn daar echt heel goed in,' voegde Giordino eraan toe.

'Het geeft een enorme tijdbesparing,' zei Pitt. 'Dat bureaucratische gedoe kan zo stomvervelend zijn.'

'Niet te geloven,' zei Steiger zacht. 'Waarschijnlijk word ik als medeplichtige voor de krijgsraad gedaagd.'

'Niet als het ons lukt,' zei Pitt. 'Maar goed, als jullie de lading losmaken, zal ik de jeep naar het vliegtuig toerijden.' Toen liep hij weg naar de parkeerplaats.

Steiger keek hem even na en wendde zich toen tot Giordino. 'Ken je hem al lang?'

'Vanaf de eerste klas. Ik was de bullebak van de klas. Toen Dirk in onze buurt kwam wonen en de eerste dag op school kwam, heb ik hem goed te grazen genomen.'

'Je hebt hem laten zien wie de baas was?'

'Niet helemaal.' Giordino rekte zich uit en opende de laadklep. 'Toen ik hem een bloedneus en een blauw oog had geslagen, kwam hij overeind en schopte me in mijn kruis. Ik heb een week lang krom gelopen.'

'Dat klinkt nogal achterbaks.'

'Je kunt beter zeggen dat Pitt een ton paardelef heeft, de bijbehorende hersens en een griezelige gave om ieder obstakel dat hem in de weg staat kort en klein te slaan. Hij is een zacht eitje voor kinderen en dieren en helpt oude dames de lift in. Voorzover ik weet heeft hij nog nooit in zijn leven een dubbeltje gestolen of zijn sluwheid gebruikt voor persoonlijk gewin. Verder is het gewoon een mieterse vent.'

'Denk je niet dat hij ditmaal te ver is gegaan?'

'Bedoel je deze interesse in een niet-bestaand vliegtuig?'

Steiger knikte.

'Als Pitt je vertelt dat Sinterklaas bestaat, kun je het beste maar je schoen zetten en het geloven.'

9

Pitt zat op zijn knieën in een aluminium roeiboot de TV-monitor bij te stellen. Steiger zat bij de boeg met de riemen te worstelen. Giordino zat in een andere boot, een meter of zes er voor, bijna verborgen achter een stapel batterijzenders. Onder het roeien hield hij een oogje op de kabel die vanuit de boot in het water verdween. Aan het andere uiteinde zat een TV-camera in waterdichte verpakking.

'Maak me maar wakker als er een goed griezelverhaal komt,' zei Giordino gapend over het water heen.

'Doorroeien,' gromde Steiger. 'Ik begin je in te halen.'

Pitt deed niet mee aan het gebabbel. Hij was volledig geconcentreerd op het beeldscherm. Een ijskoude middagbries kwam van de bergen af en bracht de glazige oppervlakte van het meer in beweging, zodat het voor de pijnlijke armen van Steiger en Giordino moeilijk werd om de twee boten op gelijke koers te houden.

Sinds de vroege morgen waren de enige voorwerpen die op het scherm te zien waren geweest rotsblokken op de modderige bodem, rottende resten van lang geleden gestorven bomen waarvan de kale takken naar de camera leken te grijpen en een paar geschrokken forellen.

'Was het niet makkelijker geweest *scuba*-apparatuur te gebruiken voor dit onderzoek?' vroeg Steiger.

Pitt wreef zich in de vermoeide ogen. 'TV is veel efficiënter. Bovendien is het meer op sommige plaatsen zestig meter diep. De tijd die een duiker op die diepte op de bodem kan blijven is in minuten te tellen. Als je dan ook nog bedenkt dat op een meter of vijftien het water al bijna tot het vriespunt is afgekoeld, dan krijg je een verdomd ongemakkelijke situatie. Iemand mag van geluk spreken als zijn lichaam het meer dan tien minuten bij die temperatuur uithoudt.'

'En als we iets vinden?'

'Dan trek ik zelf wel een pak aan en ga ik kijken, maar ook niet één seconde eerder.'

Plotseling werd er iets zichtbaar op het beeldscherm en Pitt boog zich voorover en schermde het licht van buiten af met een zwarte lap.

'Ik geloof dat we nu Giordino's griezelfilm krijgen,' zei hij.

'Wat is het?' vroeg Steiger opgewonden.

'Het ziet eruit als een oude blokhut.'

'Een blokhut?'

'Kijk zelf maar.'

Steiger boog zich over de schouder van Pitt en keek naar het scherm. De camera, ruim veertig meter onder de boten, bracht door het ijskoude water een beeld over van wat een verwrongen constructie leek. Het wazige zonlicht en de nevelachtigheid op die diepte maakten er een spookachtig beeld van.

'Hoe is dat daar in godsnaam gekomen?' vroeg Steiger verbijsterd.

'Dat is niet zo'n mysterie,' zei Pitt. 'Het Tafelmeer is een kunstmatig meer. De rivier die door dit dal stroomt is in 1945 door de staat afgedamd. Een verlaten houtzagerij bij de oude bedding werd overstroomd toen het water omhoog kwam. Die hut die we net zagen zal een van de slaaphuizen zijn geweest.'

Giordino roeide terug om even te kijken. 'Alles wat eraan ontbreekt is een bordje "Te koop",' zei hij.

'Fantastisch goed geconserveerd,' mompelde Steiger.

'Dank zij het bijna bevroren zoete water,' voegde Pitt eraan toe. Toen: 'Tot zover de plaatselijke toeristische attractie. Zullen we verdergaan?'

'Hoe lang nog?' vroeg Giordino. 'Ik zou wel wat vloeibaar voedsel kunnen gebruiken, met name het soort dat uit flessen komt.'

'Over een paar uur is het donker,' zei Steiger. 'Dan is het wel mooi geweest.'

'Mijn stem heb je.' Giordino keek naar Pitt. 'Hoe is het, schipper? Zal ik de camera ophalen?'

'Nee, laat maar. We houden hem diep tot aan de steiger.'

Giordino maakte moeizaam een draai van honderdtachtig graden en begon op huis aan te roeien.

'Ik geloof dat jouw theorie wel ongeveer stukgeschoten is,' zei Steiger. 'We zijn nu tweemaal over het midden van het meer geweest en alles wat het heeft opgeleverd is een stel pijnlijke spieren en een plaatje van een gezonken hut. Leg je nu maar neer bij het onvermijdelijke, Pitt: het enige interessante dat in dit meer te vinden is, is vis.' Steiger zweeg even en knikte naar de TV-apparatuur. 'En over de bewoners van de diepte gesproken - wat zou een visser er niet voor geven om zoiets te bezitten.'

Pitt keek hem nadenkend aan. 'Al, ga op die oude man links van je af, die daar aan de kant staat uit te werpen.'

Giordino draaide zich om en keek in de door Pitt aangewezen richting. Hij knikte zwijgend en veranderde van koers.

Steiger volgde zijn voorbeeld.

Nog een paar minuten roeien brachten de boten binnen gehoorsafstand van een bejaarde hengelaar, die deskundig bezig was een vlieg uit te zetten bij een massief rotsblok, dat boven de oppervlakte van het meer uitstak. Toen Pitt hem groette, keek hij op en tikte aan zijn hoed vol vliegen.

'Succes gehad?'

'Bepaald niet origineel,' mompelde Steiger.

'De zaken gaan niet zo best vandaag,' antwoordde de visser.

'Vist u vaak in het Tafelmeer?'

'De laatste tweeëntwintig jaar vrij geregeld.'

'Kunt u me zeggen welk deel van het meer het meeste aas vangt?'

'Wat zegt u?'

'Is er een gedeelte van het Tafelmeer waar vissers vaak hun aas kwijtraken?'

'Daarginds bij de dam is een boomstronk onder water die daar erg goed in is.'

'Hoe diep?'

'Een meter of tweeëneenhalf, drie.'

'Ik bedoelde een stuk waar het veel dieper is,' zei Pitt.

De oude hengelaar dacht even na. 'Aan de noordkant, bij het grote moeras, is een heel diep stuk. Vorige zomer ben ik daar twee van mijn beste draaiers kwijtgeraakt bij het slepen. Bij warm weer zijn er veel grote vissen die diep gaan zwemmen. Maar ik kan het u daar echt niet aanbevelen. Tenzij u een aandeel hebt in een bergingsbedrijf.'

'Bedankt voor uw hulp,' zei Pitt en wuifde. 'Veel geluk.'

'Insgelijks,' zei de oude visser. Hij begon weer uit te werpen en even later boog zijn hengel door onder een flinke beet.

'Gehoord, Al?'

Giordino keek verlangend naar de steiger en toen naar de noordkant van het meer, een halve kilometer verderop. Berustend bracht hij de camera een eind omhoog om te voorkomen dat die in de modder zou verdwijnen en begon weer te roeien. Steiger wierp Pitt een woedende blik toe, maar hees de witte vlag.

Een half uur vechten tegen een gemene dwarsgolfslag ging eindeloos traag voorbij. Steiger en Giordino werkten zwijgend door; Giordino in blind vertrouwen op het oordeel van Pitt, Steiger omdat hij liever zou barsten dan het eerder opgeven dan Pitt. Pitt bleef gekluisterd aan het beeldscherm en gaf Giordino af en toe aanwijzingen voor diepteverstellingen.

De bodem van het meer ging omhoog naarmate zij dichter bij het moeras kwamen. Toen waren slik en planten plotseling verdwenen en het water werd donkerder. Ze stopten even om de camera te laten zakken en roeiden weer verder.

Ze hadden nog maar enkele meters afgelegd, toen er een gebogen voorwerp op het scherm verscheen. Het was niet scherp omlijnd, maar de vorm was niet natuurlijk.

'Ophouden met roeien,' beval Pitt gespannen.

Steiger liet zich achteruit zakken, blij met deze pauze, maar Giordino wierp een doordringende blik naar de andere boot. Hij had die klank van Pitts stem eerder gehoord.

Beneden in de koude diepte dreef de camera langzaam naar het voorwerp toe dat op het beeldscherm te zien was. Pitt zat als versteend te kijken naar een grote witte ster op een donkerblauwe achtergrond, die steeds duidelijker zichtbaar werd. Met een mond zo droog als woestijnzand wachtte hij af wat de camera verder zou laten zien.

Giordino was naar hem toegeroeid en hield de boten bij elkaar. Steiger werd zich bewust van de spanning, tilde zijn hoofd op en keek vragend naar Pitt.

'Heb je wat?'

'Een vliegtuig met militaire kentekenen,' zei Pitt en beheerste zijn opwinding.

Steiger kroop dichterbij en keek ongelovig naar het beeldscherm. De camera was over de vleugel heen gedreven en zonk nu weer naast de romp. Er verscheen een vierkant luik en daarboven passeerden de woorden MILITARY AIR TRANSPORT SERVICE.

'Grote God!' hijgde Giordino. 'Een MATS-toestel.'

'Kun je zeggen welk type?' vroeg Steiger opgewonden.

Pitt schudde zijn hoofd. 'Nog niet. De camera heeft de motor en de neus gemist, die gemakkelijker te identificeren zijn. Hij is over de linker vleugel gegaan en gaat nu naar de staart, zoals je ziet.'

'Het serienummer moet op het kielvlak geschilderd zijn,' zei Steiger zacht, alsof hij zat te bidden.

Gefascineerd zaten ze te kijken naar het onwereldse beeld beneden. Het toestel had zich diep in de modder gewerkt. De romp was achter de vleugels opengescheurd en het staartgedeelte was een beetje verwrongen.

Giordino liet de riemen voorzichtig zakken en sleepte de camera in een andere koers om het gezichtsveld te corrigeren. Het beeld was zo scherp dat ze bijna de ingelaten klinknagels in het aluminium konden onderscheiden. Het was allemaal heel vreemd en irreëel, zozeer dat het hun moeite kostte om het beeld van de televisiecamera te accepteren.

Ze hielden hun adem in toen het serienummer in beeld kwam. Pitt stelde de cameralens een heel klein beetje bij om iedere vergissing bij de identificatie uit te sluiten. Eerst een 7, toen een 5 en een 4, gevolgd door 03. Even bleef Steiger zitten staren naar Pitt; het verpletterende effect van wat hij nu wist dat waar was, maar nog niet kon aanvaarden, gaf aan zijn ogen de glazige uitdrukking van een slaapwandelaar.

'Mijn God, het is 03. Maar dat is onmogelijk.'

'Je zult er toch aan moeten,' zei Pitt.

Giordino boog zich naar hem toe en schudde hem de hand. 'Nooit aan getwijfeld, maat.'

'Je vertrouwen in mij wordt in dank aanvaard,' zei Pitt. 'En wat doen we nu?'

'We leggen hier een boei neer en houden het verder voor gezien. Morgenochtend gaan we naar beneden en kijken we wat er binnen te zien is.'

Steiger zat nog steeds hoofdschuddend te herhalen: 'Hij wordt niet verondersteld hier te zijn... hij wordt niet verondersteld hier te zijn.'

Pitt glimlachte. 'Onze brave kolonel weigert blijkbaar zijn eigen ogen te geloven.'

'Dat is het niet,' zei Giordino. 'Steiger zit met een psychologisch probleem.'

'Probleem?'

'Ja. Hij gelooft niet in Sinterklaas.'

Ondanks de zeer frisse ochtendlucht stond Pitt te zweten in zijn duikerpak. Hij controleerde zijn ademregelaar, stak zijn duim op naar Giordino en liet zich naast de boot in het water vallen.

Het ijskoude water dat tussen zijn huid en de voering van zijn 5 mm dikke neopreenpak drong, voelde aan als een elektrische schok. Hij bleef een ogenblik vlak onder de waterspiegel hangen, onderging de stekende pijn en wachtte tot zijn lichaamswarmte de opgesloten waterlaag begon te verwarmen. Toen de temperatuur draaglijk begon te worden, peuterde hij zijn oren leeg en begon hij met zijn vinnen te trappen om af te dalen in een onwezenlijke wereld, waar wind en lucht onbekend waren. De lijn van de boei daalde schuin af naar de diepte en hij bleef er naast zwemmen.

De bodem leek omhoog te komen en hem te begroeten. Zijn rechtervin sleepte door de modder voordat hij horizontaal kwam en veroorzaakte een grijze wolk, die zich uitspreidde als de rook van een ontploffende olietank.

Pitt keek op de dieptemeter aan zijn pols. Tweeënveertig meter. Dat betekende ongeveer tien minuten tijd op de bodem zonder zorgen over drukverlies.

Zijn voornaamste vijand was de temperatuur van het water. De ijzige druk zou zijn concentratievermogen en werkkracht drastisch verminderen. Zijn lichaamswarmte zou al spoedig geabsorbeerd zijn door de koude, waardoor zijn uithoudingsvermogen overbelast zou worden tot een ondraaglijke vermoeidheid.

Het zicht was niet meer dan tweeëneenhalve meter, maar daar had hij geen last van. De boei had het gezonken toestel niet meer dan een paar centimeter gemist en hij hoefde maar een hand uit te steken om het metaaloppervlak aan te raken. Pitt had zich afgevraagd wat voor gevoelens hij hierbij zou ondervinden. Hij was er van overtuigd geweest dat angst en ongerustheid hem wel zouden overvallen. Maar dat gebeurde niet. In plaats daarvan kreeg hij een vreemd gevoel van prestatie. Het was alsof hij aan het eind van een lange en uitputtende tocht was gekomen.

Hij zwom over de motoren heen, waarvan de propellerbladen elegant naar achteren gebogen stonden, als de gekrulde bloembladen van een iris, en met cilinderkoppen die nooit meer verbrandingswarmte zouden voelen. Hij zwom langs de ramen van de cockpit. Het glas was nog heel, maar bedekt met een modderlaag die elke blik naar binnen onmogelijk maakte.

Pitt merkte dat hij bijna twee minuten van zijn bodemtijd had verbruikt. Hij werkte zich vlug naar de scheur in de romp toe, wrong zich er doorheen en knipte zijn lantaarn aan.

Het eerste dat zijn ogen ontwaarden in de sombere schemering waren grote zilveren bussen. De bevestigingsriemen waren bij de val gebroken en ze lagen over elkaar heen op de vloer van het laadruim. Voorzichtig kronkelde hij er tussendoor en glipte door de open deur de cabine in.

Er zaten vier skeletten op hun plaats, die door nylon gordels in hun zonderlinge posities werden vastgehouden. De beenderige vingers van de navigator waren nog gekromd; het skelet van de boordwerktuigkundige leunde achterover met de schedel naar één kant gezakt.

Pitt kwam verder naar voren, met meer dan een beetje angst en walging. De luchtbellen uit zijn ademapparaat stegen op en vermengden zich boven in een hoek met elkaar. Wat het geheel des te irreëler maakte was dat weliswaar al het vlees van de lichamen was verdwenen, maar ze waren nog wel gekleed. Het ijskoude water had het rottingsproces tientallen jaren tegengehouden en de mannen zaten er keurig in uniform zoals op het ogenblik van hun dood.

De tweede piloot zat stijf rechtop, met zijn kaken geopend in wat Pitt een spookachtige schreeuw toeleek. De piloot hing naar voren met zijn hoofd bijna op het instrumentenbord. Uit zijn borstzak stak een klein metalen plaatje, dat Pitt voorzichtig oppakte en in een van de mouwen van zijn duikerpak stopte. Uit een stoeltas vlakbij hing een vinylmap, die Pitt eveneens oppakte.

Een blik op zijn horloge zei hem dat zijn tijd om was. Hij had geen uitnodigingskaartje nodig om terug te gaan naar de oppervlakte en de vriendelijke zonnestralen. De kou begon in zijn bloed te dringen en zijn brein te benevelen. Hij zou gezworen hebben dat alle skeletten zich hadden omgedraaid en vanuit de gaten in hun schedels naar hem zaten te kijken.

Haastig ging hij achteruit terug naar het laadruim en draaide zich om toen er voldoende ruimte was. Het was toen dat hij een geraamte-voet achter een van de bussen zag uitsteken. Het bijbehorende lichaam was met banden vastgemaakt aan een paar bevestigingsringen voor lading. Anders dan de skeletten van de bemanning in de cabine, had dit nog resten vlees aan de beenderen zitten.

Pitt onderdrukte zijn opkomende misselijkheid en bestudeerde aandachtig wat eens een levende, ademende man was geweest. Het uniform was niet het blauw van de luchtmacht, maar een khaki zoals vroeger gebruikelijk bij het leger. Hij doorzocht de zakken maar die waren leeg.

In zijn hoofd begon een alarmklok te luiden. Zijn armen en benen begonnen gevoelloos en stijf te worden van de onbarmhartige koude en zijn bewegingen gingen alsof hij in stroop was gedoken. Als hij niet vlug zorgde voor een beetje warmte in zijn lijf, zou dit oude vliegtuig nog een slachtoffer eisen. Zijn geest was beneveld en even voelde hij een messcherpe steek van paniek, toen hij in de war raakte en zijn richtingsgevoel kwijt was. Toen zag hij zijn luchtbellen van het laadruim opstijgen naar de oppervlakte.

Opgelucht wendde hij zich af van het skelet en volgde de luchtbellen in het open water. Op drie meter diepte kon hij de bodem van de boot in het gebroken licht zien zweven als een voorwerp in een surrealistische film. Hij kon zelfs Giordino's schijnbaar losse hoofd over de rand heen zien kijken.

Nog maar net had hij de kracht om een hand uit te steken

en een roeiriem te grijpen. Toen hesen de gecombineerde spieren van Giordino en Steiger hem de boot in met evenveel gemak alsof hij een klein kind was.

'Help me hem uit dat duikerpak te krijgen,' beval Giordino.

'Mijn God, hij is helemaal blauw.'

'Nog vijf minuten langer beneden en hij zou in een staat van hypothermie zijn gekomen.'

'Hypothermie?' vroeg Steiger, terwijl hij Pitts vest losknoopte.

'Ernstig verlies van lichaamswarmte,' legde Giordino uit. 'Ik heb wel duikers gekend die eraan zijn gestorven.'

'Ik ben niet... ik herhaal... niet aan een lijkschouwing toe,' bracht Pitt er rillend uit.

Het duikerpak was nu uit en ze begonnen Pitt stevig met handdoeken te wrijven en wikkelden hem in dikke wollen dekens. Langzaam kreeg hij weer gevoel in zijn ledematen en de warme zon die door zijn huid drong gaf hem ook een behaaglijker gevoel. Hij sabbelde hete koffie uit een thermosfles, al wist hij dat het verkwikkende effect daarvan meer psychologisch was dan fysiek.

'Je bent een idioot,' zei Giordino, meer bezorgd dan kwaad. 'Je hebt zowat zelfmoord gepleegd door zolang beneden te blijven. Op die diepte moet het water zowat bij het vriespunt zijn.'

'Wat heb je daar beneden gevonden?' vroeg Steiger gespannen.

Pitt ging rechtop zitten en schudde de laatste nevelresten uit zijn hoogd. 'Een map. Ik had een map.'

Giordino hield hem op. 'Die heb je nog. Hij zat in je linkerhand geklemd als in een bankschroef.'

'En een klein metalen plaatje?'

'Dat heb ik,' zei Steiger. 'Het is uit je mouw gevallen.'

Pitt leunde achterover tegen de zijkant van de boot en nam nog een slok dampende koffie. 'Het laadruim ligt vol grote bussen – roestvrijstaal zo te zien. Wat er inzit mag Joost weten. Er staat niets op.'

'Wat is de vorm?' vroeg Giordino.

'Cilindervormig.'

Steiner keek nadenkend. 'Ik kan me niet voorstellen wat voor militaire lading de bescherming van een roestvrijstalen bus nodig kan hebben.' Toen ging zijn geest op een ander spoor over en hij keek Pitt doordringend aan. 'En de bemanning? Was er iets te merken van een bemanning?'

'Wat er van over is zit nog op zijn plaats in de gordels.'

Giordino peuterde voorzichtig één kant van de vinylmap open. 'Die papieren zouden nog leesbaar kunnen zijn. Ik denk dat ik ze wel uit elkaar krijg om te drogen in de cabine.'

'Waarschijnlijk de vliegroute,' zei Steiger. 'Er zijn nog een paar oude, eigenwijze piloten bij de luchtmacht die liever deze mappen gebruiken dan de moderne plastic mappen.'

'Misschien kunnen we daarin zien wat ze zo ver uit de koers aan het doen waren.'

'Als iemand dat hoopt ben ik het,' zei Steiger. 'Ik wil alle feiten bij elkaar hebben en het mysterie keurig verpakt voordat ik het op een bureau in het Pentagon laat neervallen.'

'Ha . . . Steiger.'

De kolonel keek Pitt vragend aan.

'Ik vind het vervelend om met berichten te komen die jouw zorgvuldig uitgewerkte plannen in de war schoppen, maar er zit meer achter het raadsel van Air Force 03 - veel meer.'

'We hebben het wrak toch intact gevonden?' Steiger had moeite om zijn stem kalm te houden. Hij liet zich dit moment van triomf niet ontgaan. 'De antwoorden liggen hier een paar meter vandaan. Het is alleen nog maar een kwestie van de resten uit het meer halen. Wat zou er verder nog zijn?'

'Een nogal onplezierig dilemma waar niemand van ons op gerekend heeft?'

'Wat voor dilemma?'

'Ik ben bang,' zei Pitt rustig, 'dat we ook nog een moordzaak onder handen hebben.'

10

Giordino spreidde de inhoud van de map uit op de keukentafel. Er waren in totaal zes bladen. Het aluminiumplaatje dat Pitt in de zak van de gezagvoerder had gevonden stond te pruttelen in een door Giordino samengestelde oplossing om de resten van de opschriften die in het metaal gegraveerd waren aan het licht te brengen.

Pitt en Steiger stonden bij een knetterend houtvuur koffie te drinken. De haard was gemaakt van natuursteen en zijn warmte vulde de hele kamer.

'Besef je de enorme consequenties van wat je daar suggereert?' vroeg Steiger. 'Je goochelt daar zomaar een zware misdaad uit het niets, zonder een spoor van bewijs ...'

'Luister nu eens goed,' zei Pitt. 'Je doet alsof ik de hele Amerikaanse luchtmacht van moord heb beschuldigd. Ik beschuldig niemand. Ik geef toe dat het bewijs bestaat uit aanwijzingen, maar ik wil er al mijn spaarcenten om verwedden dat een gerechtelijke lijkschouwer me gelijk zal geven. Het skelet in het laadruim is niet vierendertig jaar geleden tegelijk met de bemanning gestorven.'

'Hoe kun je daar zo zeker van zijn?'

'Er zijn diverse punten die niet kloppen. Om te beginnen heeft onze niet-geïdentificeerde passagier nog vlees aan zijn botten. De anderen zijn al tientallen jaren volkomen kaal. Dat betekent, voor mij althans, dat hij lang na het ongeval is overleden. Ook zit hij met handen en voeten vastgebonden aan de bevestigingsringen voor de lading. Met een beetje fantasie kun je er bijna de kenmerken van een ouderwetse gangstermoord in terugvinden.'

'Je begint melodramatisch te worden.'

'Daar is de hele scène van doordrongen. Het ene mysterie is onlogisch met het andere verbonden.'

'Goed, laten we beginnen met wat we weten dat waar is,' zei Steiger. 'Het toestel met serienummer 75403 bestaat. Niet op de plaats waar het verondersteld wordt te zijn, maar het bestaat. En ik denk dat we rustig kunnen aannemen dat in het wrak de oorspronkelijke bemanning zit. En wat betreft dat extra-lijk, misschien hebben ze dat in het rapport verzuimd te vermelden. Het kan wel iemand geweest zijn die op het laatste moment is toegevoegd, een hulp-boordwerktuigkundige of zelfs een monteur, die zich vlak voor de ramp heeft vastgemaakt aan de ringen.'

'Hoe verklaar je dan het verschil in uniform? Hij droeg khaki, geen luchtmachtblauw.'

'Daar kan ik niet op antwoorden net zo min als jij er zeker van kunt zijn dat hij lang na het ongeval is vermoord.'

'Daar zit het hem nou net in,' zei Pitt koel. 'Ik heb een vrij zeker idee wie onze gast is. En als ik gelijk heb, wordt zijn gewelddadige dood als gevolg van handelingen van onbekende(n) een absolute zekerheid.'

'Ik ben geheel en al oor,' zei Steiger met opgetrokken wenkbrauwen. 'Wie heb jij in gedachten?'

'De man die deze hut heeft gebouwd. Zijn naam was Charlie Smith. De vader van congreslid Loren Smith.'

Steiger bleef even stil zitten om de enormiteit van Pritts verklaring tot zich door te laten dringen. Eindelijk vroeg hij: 'Wat heb je daar voor bewijzen voor?'

'Heel letterlijk stukjes en beetjes. Ik heb uit betrouwbare bron vernomen dat volgens zijn necrologie Charlie Smith is opgeblazen bij een explosie die hijzelf had veroorzaakt. Alles wat er van hem is teruggevonden is een laars en een duim. Aardig gevonden, vind je niet? Ik zal het in gedachten houden voor als ik weer eens iemand wil elimineren. Je zorgt voor een explosie en als het stof is neergeslagen smijt je aan de rand van de krater een herkenbaar stuk schoeisel en een gemakkelijk te identificeren stukje van het slachtoffer. Vrienden herkennen die schoen en het bureau van de sheriff zorgt met de duimafdruk voor een absolute identificatie. Inmiddels heb ik de rest van het lichaam begraven op een plaats waar ik hoop dat niemand het ooit zal vinden. De dood van mijn slachtoffer wordt afgeboekt als een ongeval en ik ga vrolijk verder mijn gang.'

'Wou je me soms vertellen dat het skelet in het vliegtuig een laars en een duim mist?'

Pitt knikte alleen maar bevestigend.

Om half tien was Giordino klaar. Hij begon Pitt en Steiger een lesje te geven alsof hij voor een klas met scheikundeleerlingen stond. 'Zoals jullie zien is de vinylmap, omdat die organisch is, zo goed als nieuw, maar het papier daarin is nagenoeg weer pulp geworden. De inhoud was oorspronkelijk gestencild – een gebruikelijk proces in de tijd dat er nog geen Xerox was. De inkt, het spijt me dat te moeten zeggen, is nagenoeg verdwenen en geen laboratorium kan die ooit terugbrengen. Drie van de vellen zijn zonder meer hopeloos. Er is niets op over dat zelfs nog maar een beetje leesbaar is. Het vierde ziet er naar uit dat er weerrapporten op gestaan hebben. Een paar woorden hier en daar hebben betrekking op winden, hoogten en luchttemperaturen. De enige zin die ik gedeeltelijk kan ontcijferen is: "Opklaringen voorbij de westelijke hellingen".'

'Die "westelijke hellingen" zijn van de Rocky Mountains,' zei Pitt.

Steiger klemde zijn handen om de rand van de tafel heen. 'God, heb je enig idee wat dat betekent?'

'Het betekent dat de 03 niet vertrokken is uit Californië, zoals in het rapport staat,' zei Pitt. 'Als de bemanning belang had bij het weer boven de landscheiding, moet de plaats van vertrek ten oosten van hier zijn geweest.'

'Dat voor wat betreft blad nummer vier,' zei Giordino. 'Goed, vergeleken bij de rest is blad vijf een schatkamer van gegevens. Hier kunnen we diverse woordcombinaties vinden, met inbegrip van de namen van twee bemanningsleden. Er ontbreken wel een hoop letters, maar met een beetje deduceren komen we wel uit de betekenissen. Kijk hier maar, bijvoorbeeld.'

Giordino wees iets aan op het papier en de beide anderen bogen zich voorover.

G za voe der: Ma ay on V l nde

'Als we de lege plekken invullen,' ging Giordino verder, komen we op: Gezagvoerder: Majoor Raymond Vylander.'

'En hier is de combinatie,' zei Pitt wijzend, 'die naam en rang van de boordwerktuigkundige aangeeft.'

'Joseph Burns,' bevestigde Giordino. 'Dan volgen er een paar regels met teveel ontbrekende letters en cijfers om er uit te komen. Dan dit hier.' Giordino wees een eind lager.

ode n am: ix n 03

'Geheim oproepteken,' zei Pitt. 'Krijgt ieder toestel op een geheime vlucht.'

Steiger keek Pitt aan met een blik van echt respect. 'Hoe kun jij dat weten?'

'Gewoon ergens opgepikt,' zei Pitt schouderophalend.

Giordino ging over de blanco gedeelten heen. 'We krijgen dan: Codenaam: *iets* 03.'

'Wat heb je voor woorden met "ix" middenin,' peinsde Steiger.

'De meest waarschijnlijke letters achter die *x* zijn *e* en *o*.'

'Wat dacht je van *Nixon?*' stelde Giordino voor.

'Het lijkt me niet waarschijnlijk dat een gewoon transportvliegtuig de naam van een vicepresident zou krijgen,' zei Pitt.

'*Vixen* 03 lijkt me dichter bij het doel te liggen.'

'Vixen 03,' herhaalde Steiger zacht. 'Dat lijkt zo gek nog niet.'

'Dan gaan we verder,' zei Giordino. 'Het laatste te ontcijferen stuk op blad vijf is "G-blanco-A, Rongelo 060 blanco".'

'Geschatte aankomsttijd, zes uur 's morgens te Rongelo,' vertaalde Steiger, met een nog steeds ongelovig gezicht. 'Waar ligt dat verdomme? De Vixen 03 had moeten landen op Hawaii.'

'Ik kan alleen maar oplezen wat ik zie,' zei Giordino.

'En het zesde blad?' vroeg Pitt.

'Heel weinig. Allemaal nonsens, behalve een datum en een classificatie voor de veiligheidsdienst onderaan. Kijk zelf maar.'

rders ged   rd 2 janu ri 954

Goe   ek   rd do :   r   lt r B s

TO GEH M COD IA

Steiger tuurde even naar de woorden. 'Eerste regel: Orders gedateerd tussen twintig en negenentwintig januari 1954.'

Pitt zei: 'De tweede regel ziet eruit als "Goedgekeurd door", maar de naam van de officier is onleesbaar. De rang van generaal klopt natuurlijk wel.'

'En dan "Topgeheim code 1A",' zei Giordino. 'Iets hogers bestaat er niet.'

'Ik geloof dat we wel mogen aannemen,' zei Pitt, 'dat iemand in de hoogste regionen van het Pentagon of het Witte Huis, of beide, een misleidend rapport heeft opgemaakt over het ongeluk van de Vixen 03 bij wijze van dekking.'

'In al mijn jaren bij de luchtmacht heb ik nog nooit van zoiets gehoord. Waarom zo'n flagrante leugen over een gewoon vliegtuig op een routinevlucht?'

'Je moet de feiten onder ogen zien, kolonel. De Vixen 03 was geen gewoon vliegtuig. Het rapport vermeldt als plaats van vertrek de luchtbasis Travis, bij San Francisco, en als plaats van bestemming Jickam Field, Hawaii. We weten nu dat de bemanning op weg was naar een bestemming genaamd Rongelo.'

Giordino krabde zich op het hoofd. 'Ik kan me niet herinneren dat ik ooit van een plaats heb gehoord die Rongelo heet.'

'Ik ook niet,' zei Pitt. 'Maar dat is iets dat we uit kunnen zoeken zodra we een wereldatlas bij de hand hebben.'

'Dus wat hebben we nu?' vroeg Steiger.

'Niet veel,' gaf Pitt toe. 'Alleen dat er eind januari 1954 een C-97 is opgestegen ergens in het oosten of midden-westen van de Verenigde Staten op een topgeheim-vlucht. Maar boven Colorado ging er iets mis. Een mechanische storing dwong de bemanning het toestel aan de grond te zetten op het slechtste terrein dat je maar kunt bedenken. Ze hadden geluk, tenminste dat dachten ze. Als door een wonder vloog Vylander niet tegen een berghelling op, maar vond hij een open plek en maakte daar een noodlanding met zijn Stratocruiser. Maar wat ze niet konden zien – bedenk wel dat het januari was en dat er ongetwijfeld een dikke laag sneeuw lag – was de sombere werkelijkheid: een dichtgevroren meer.'

'En toen het vliegtuig dus uitliep en het gewicht zwaarder ging drukken,' vulde Steiger aan, 'kraakte het ijs en viel het er doorheen.'

'Precies. De bemanning werd door een stortvloed van water en een ijzige kou overweldigd voordat iemand een kans kreeg om te reageren, en ze zijn op hun stoelen verdronken. Niemand was getuige van het ongeval, het water vroor weer dicht boven hun graf en alle sporen van het drama waren volledig uitgewist. De daarop volgende opsporingen leverden niets op en later werd de Vixen 03 verborgen achter een vervalst rapport en gevoegelijk vergeten.'

'Je hebt een interessant verhaal geschreven,' zei Giordino. 'En het loopt goed. Maar waar begint het optreden van Charlie Smith?'

'Die moet bij het vissen de zuurstoftank hebben opgehaald. En omdat hij van huis uit nieuwsgierig was, is hij waarschijnlijk daar gaan dreggen en heeft hij het toch al gebroken neuswielstel van het wrak afgetrokken.'

'Ik had zijn gezicht weleens willen zien toen dat wielstel boven water kwam,' zei Giordino glimlachend.

'Maar zelfs als ik de moord op Smith accepteer,' zei Steiger, 'zie ik er nog geen motief voor.'

Pitt keek op naar Steiger. 'Er is altijd een motief als iemand van het leven wordt beroofd.'

'De lading,' flapte Giordino eruit, verbaasd over zijn eigen idee. 'Die vlucht was topgeheim. Het ligt dus voor de hand dat wat er met de Vixen 03 werd vervoerd voor iemand heel veel waard was. Waardevol genoeg om er voor te doden.'

Steiger schudde zijn hoofd. 'Als die lading zo waardevol is, waarom werd die dan niet geborgen door Smith of zijn veronderstelde moordenaar? Volgens Pitt ligt hij nog steeds daar beneden.'

'En hermetisch afgesloten,' voegde Pitt eraan toe. 'Voorzover ik na kan gaan zijn die bussen nooit geopend.'

Giordino schraapte zijn keel. 'Volgende vraag.'

'Ga je gang.'

'Wat zit er in die bussen?'

'Dat moest jij natuurlijk vragen,' zei Pitt. 'Nou, er is één gok die de moeite van het overwegen waard is. Neem een vliegtuig met cilindervormige bussen op een topgeheimvlucht naar een of ander oord in de Stille Oceaan in januari 1954 . . .'

'Natuurlijk,' onderbrak Giordino hem. 'Er werden toen kernproeven genomen op Bikini.'

Steiger stond op en bleef roerloos staan. 'Wil je daarmee insinueren dat de Vixen 03 radioactief oorlogstuig vervoerde?'

'Ik insinueer helemaal niets,' zei Pitt achteloos. 'Ik noem gewoon maar een mogelijkheid, en zelfs een intrigerende. Waarom zou de luchtmacht anders een vermist vliegtuig zo verstoppen en een rookgordijn van misleidende informatie laten opgaan om de verdwijning te verbergen? Waarom zou een vliegtuigbemanning anders een nagenoeg zekere dood riskeren door een defect vliegtuig in de bergen aan de grond te zetten, in plaats van hun parachutes te pakken en het toestel te laten neerstorten, misschien in of bij een bevolkt gebied?'

'Er is maar één essentieel punt waar je theorie op stukloopt: de regering zou het zoeken naar radioactieve materialen nooit hebben gestaakt.'

'Ik geef toe dat je me daarmee hebt. Het lijkt onwaarschijnlijk dat ze vernielingskracht voldoende om het halve land mee op te blazen zomaar zouden laten rondslingeren.'

Plotseling trok Steiger zijn neus op. 'Wat is dat voor een godgeklaagde stank?'

Giordino stond haastig op en liep naar de kachel. 'Ik denk dat het metaalplaatje klaar is.'

'Waar kook je dat in?'

'Een mengsel van azijn en soda. Het enige dat ik kon vinden en waar ik iets mee kon bereiken.'

'Ben je er zeker van dat de tekst daar zichtbaar van wordt?'

'Dat weet ik niet. Ik ben geen chemicus. Maar kwaad doet het in ieder geval niet.'

Steiger stak in wanhoop zijn handen op en wendde zich tot Pitt. 'Ik wist wel dat ik dit had moeten bewaren voor de jongens in het technische laboratorium.'

Giordino negeerde zijn opmerking rustig en viste voorzichtig met twee vorken het plaatje uit het kokende water, om het met een vaatdoek af te drogen. Toen hield hij het onder verschillende hoeken tegen het licht.

'Wat zie je?' vroeg Pitt.

Giordino legde het aluminium plaatje voor hen op tafel. Hij haalde diep adem en keek ernstig.

'Een teken,' zei hij gespannen. 'Het teken voor radioactiviteit.'

11

Natal, Zuid-Afrika - oktober 1988

Oppervlakkig gezien zag de grote stam van de dode baobab er net zo uit als duizend andere die over de kustvlakte in het noordoosten van de Afrikaanse provincie Natal verspreid lagen. Er was niets waaruit bleek waarom en wanneer de boom was gestorven. Hij stond daar met een grillig soort schoonheid met ontbladerde takken naar een azuurblauwe lucht te klauwen, terwijl de rottende bast afkruimelde en een medicinaal ruikend laagje op de grond vormde. Toch was er een opvallend verschil tussen deze baobab en al die andere: de stam was uitgehold en daarin zat een man op zijn hurken geconcentreerd met een verrekijker door een gaatje te kijken.

Het was een ideale schuilplaats, als uit een of ander allang vergeten handboek voor guerrilla-oorlog. Marcus Somala, sectieleider van het Afrikaanse Revolutieleger, was trots op zijn handwerk. Het had hem alles bij elkaar die nacht twee uur gekost om de sponsachtige kern van de boom weg te halen en diep in het omringende struikgewas te verspreiden. Toen hij eenmaal geriefelijk binnen zat, hoefde hij niet lang te wachten op de eerste praktische test van zijn schuilplaats.

Even na zonsopgang kwam er een zwarte landarbeider van de boerderij die Somala aan het observeren was, naderbij, aarzelde even en ging toen staan wateren tegen de baobab. Somala keek toe en glimlachte. Even voelde hij de neiging om zijn lange, gebogen, Marokkaanse mes uit het gat te steken en er de penis van de arbeider mee af te snijden. Die impuls was voor Somala amusant maar verder ook niet. Hij ging zich niet te buiten aan dwaasheden. Hij was een beroepssoldaat en een verbeten revolutionair, een veteraan van bijna honderd overvallen. Hij was er trots op in de voorste linie te vechten bij de kruistocht voor het uitroeien van de laatste sporen Anglo-kanker op het Afrikaanse continent.

Tien dagen geleden had hij zijn ploeg van tien man vanuit hun basiskamp in Mozambique de grens overgebracht naar Natal. Ze hadden zich alleen 's nachts verplaatst en de bekende paden van de politiepatrouilles vermeden. Overdag hadden ze zich in de struiken van het veld schuilgehouden voor de helikopters van het Zuidafrikaanse leger. Het was een zware tocht geweest. De lentemaand oktober van het zuidelijke halfrond was ongewoon koel en de struiken leken constant vochtig te zijn van onophoudelijke regens.

Toen ze eindelijk het kleine boerendorp Umkono hadden bereikt, had Somala zijn mannen ingedeeld volgens het plan dat zijn Vietnamese adviseur hem had gegeven. Iedere man moest vijf dagen lang een boerderij of een militair object verkennen en gegevens verzamelen voor komende overvallen. Somala had zichzelf de boerderij van Fawkes toebedeeld.

Nadat de landarbeider was weggeslenterd om aan zijn werkdag te beginnen, stelde Somala zijn kijker opnieuw in en bespiedde het land van Fawkes. Het grootste deel van het ontgonnen terrein, dat een constante strijd had te voeren tegen het oprukkende struikgewas en gras, was bebouwd met suikerriet. De rest was voornamelijk weiland voor kleine kudden slacht- en melkvee, met hier en daar thee of tabak. Er was ook een moestuin achter het huis met groenten voor de familie Fawkes.

Een stenen schuur werd gebruikt voor de opslag van veevoer en kunstmest. Daarnaast stond een enorme loods met tractoren en landbouwmachines. Een paar honderd meter verderop, aan een kronkelend beekje, stond een aantal hutten met, naar schatting van Somala, ongeveer vijftig landarbeiders en hun gezinnen, samen met hun koeien en geiten.

Het huis van Fawkes – in feite bijna een kasteel – domineerde de top van een heuvel en was fraai gegarneerd met bedden gladiolen en lelies rondom een goed onderhouden gazon. Het pittoreske beeld werd ontsierd door een drie meter hoog hek van harmonikagaas met een paar rijen prikkeldraad er bovenop om het hele huis heen.

Somala bestudeerde het hek aandachtig. Het was stevig, en de palen waren dik en ongetwijfeld diep in gewapend beton ingelaten. Zonder tank zou je daar niet doorheen komen, dacht hij. Hij stelde zijn kijker bij, tot er een gespierde man met een repeteergeweer over zijn schouder in zicht kwam. De bewaker leunde achteloos tegen een houten schildwachthuisje dat bij een poort stond. Schildwachten konden verrast worden en gemakkelijk overmeesterd, dacht Somala, maar de draden van het hek naar de kelder van het huis ondermijnden zijn vertrouwen. Hij had geen electricien nodig om hem te vertellen dat het hek verbonden was met een generator. Hij kon alleen maar gissen naar het voltage van de stroom die onzichtbaar door het harmonikagaas ging. Hij zag dat een van de draden naar het schildwachthuisje ging. Dat betekende dat de schildwacht een schakelaar moest omzetten, telkens als de poort werd geopend, en dat was de achillespees van de verdediging van Fawkes.

Vergenoegd over zijn ontdekking maakte Somala het zich gemakkelijk in zijn schuilplaats, keek en wachtte.

12

Kapitein Patrick McKenzie Fawkes, Brits oud-marine-officier, ijsbeerde op zijn veranda met dezelfde intensiteit die hij vroeger vertoonde op het dek van zijn schip bij het naderen van de thuishaven. Het was een reus van een man, bijna twee meter lang en met een gewicht van meer dan honderdvijfentwintig kilo. Zijn ogen hadden een sombere grijze tint, donker als het water van de Noordzee onder een novemberstorm. Ieder zandkleurig haartje was keurig op zijn plaats geborsteld, evenals de wit wordende haren van zijn George-V-baard. Fawkes zou hebben kunnen doorgaan voor een zeekapitein uit Aberdeen, en dat was hij dan ook geweest voordat hij boer werd in Natal.

'Twee dagen!' brulde hij met een zwaar Schots accent. 'Ik kan het me niet permitteren om twee dagen weg te gaan van de boerderij. Het is onmenselijk, ja, dat is het, onmenselijk.' Als door een wonder ging de thee in het kopje dat hij rondwuifde niet over de rand heen.

'Als de minister van defensie je persoonlijk wil spreken, kun je althans aan die wens tegemoet komen.'

'Maar verdomme, mens, je weet niet waar je het over hebt.' Fawkes schudde zijn hoofd. 'We zijn volop bezig met het ontginnen van nieuw land. Die stamboekstier die ik vorige maand in Durban heb gekocht arriveert morgen. De tractoren moeten een onderhoudsbeurt hebben. Nee, ik kan niet weg.'

'Je kunt het beste de wagen met vierwielaandrijving warm laten draaien.' Myrna Fawkes legde haar handwerk weg en keek op naar haar man. 'Ik heb je spullen al ingepakt en er een lunch bijgedaan om je in een redelijk humeur te houden tot je bij de trein van de minister aankomt in Pembroke.'

Fawkes torende hoog boven zijn vrouw uit en fronste zijn wenkbrauwen. Het was verspilde moeite. Het zou de eerste keer in vijfentwintig jaar zijn geweest dat zij voor hem zou buigen. Puur uit koppigheid probeerde hij het langs een andere weg.

'Het zou onverantwoordelijk zijn om jou en de kinderen hier alleen achter te laten, met al die verdomde heidense terroristen die hier door de struiken sluipen en links en rechts godvruchtige christenen vermoorden.'

'Ben je niet bezig een oproer met een heilige oorlog te verwarren?'

'Nou, laatst nog,' drukte Fawkes door, 'hebben ze een boer en zijn vrouw in een hinderlaag gelegd in Umoro.'

'Umoro is hier honderdtwintig kilometer vandaan,' zei zijn vrouw nuchter.

'Het zou hier evengoed kunnen gebeuren.'

'Je *gaat* naar Pembroke en je *gaat* een bezoek brengen aan de minister van defensie.' De woorden die uit de mond van zijn vrouw kwamen leken als uit steen gebeiteld. 'Ik heb wel wat beters te doen dan de hele morgen hier op de veranda te zitten kibbelen met jou, Patrick Fawkes. En opschieten nu, en blijf uit de buurt van die café's in Pembroke.'

Myrna Fawkes was niet een vrouw waar je omheen kon. Ze was wel klein en mager, maar had de taaiheid van twee sterke mannen. Fawkes zag haar bijna nooit anders gekleed dan in een van zijn enorme khakihemden en een blauwe spijkerbroek, van onderen ingestopt in kalfsleren laarzen. Ze kon nagenoeg alles wat hijzelf kon: een kalf ter wereld helpen brengen, hun leger van inboorlingen-arbeiders leiden, honderdéén verschillende apparaten repareren, zieke en gewonde vrouwen en kinderen verzorgen en koken als een Franse chef-kok. Merkwaardig genoeg had ze nooit auto of paard leren rijden, en ze maakte er geen geheim van dat ze daar ook geen zin in had. Haar lichaamsbeweging kreeg ze wel van kilometers lopen vanwege haar werk.

'Maak je over ons maar geen zorgen,' ging ze door. 'We hebben vijf gewapende schildwachten. Jenny en Patrick Junior kunnen beiden een mamba de kop afschieten op vijftig meter afstand. Als er echt moeilijkheden zijn kan ik de politie alarmeren per radio. En vergeet ons onder stroom staand hek niet. En mochten de guerrilla's daar toch nog doorheen komen, dan krijgen ze nog te maken met de ouwe Lucifer.' Ze maakte een gebaar naar een Holland & Holland jachtgeweer kaliber twaalf dat naast de deur stond.

Voordat Fawkes de kans kreeg op de valreep nog een antwoord te grommen, kwamen zijn zoon en dochter aanrijden in een Engelse Bushmaster, die stopte bij de trap van de veranda.

'Vol met benzine en klaar voor de start, kapitein,' riep Patrick Junior. Hij was net twintig geworden en leek op zijn moeder, van wie hij ook de slanke bouw had geërfd, maar hij was zeven centimeter langer dan zijn vader. Zijn zuster, een jaar jonger, grof gebouwd en met grote borsten, glimlachte vrolijk met een gezicht vol sproeten.

'Ik ben helemaal door mijn bad-olie heen, Pa,' zei Jenny. 'Denk je er alsjeblieft aan wat voor me mee te nemen in Pembroke?'

'Bad-olie,' kreunde Fawkes. 'Het is een verdomde samenzwering. Mijn hele leven is één grote samenzwering van mijn eigen vlees en bloed. Jullie denken het wel zonder mij af te kunnen? Goed, het zij zo. Maar in mijn ogen zijn jullie een verdomd stelletje muiters.'

Na te zijn gekust door een lachende Myrna, klom Fawkes met tegenzin in zijn wagen met vierwielaandrijving, begeleid door zijn zoon en dochter. Terwijl hij wachtte tot de schildwacht de poort opendeed, keerde hij zich om en keek naar het huis. Ze stonden met zijn drieën nog op de trap van de veranda, omringd door een houten raam met bloeiende bougainvilleas. Ze wuifden en hij wuifde terug. Toen schakelde hij en reed met zijn Bushmaster de zandweg op, met een klein stofwolkje achter zich aan.

Somala zag het weggaan van de kapitein en lette nauwkeurig op de bewegingen van de schildwacht bij het in- en uitschakelen van de stroom om de poort open en dicht te doen. De bewegingen werden mechanisch uitgevoerd. Dat was goed, dacht Somala. Die man verveelde zich. Des te beter als de tijd kwam voor een overval.

Hij richtte zijn kijker op het dikke olifantsgras met bosjes struiken dat de grenszône van de boerderij vormde. Bijna miste hij het. Hij zou het gemist hebben, als zijn oog niet een bliksemsnelle reflectie van de zon had opgevangen. Zijn instinctieve reactie was knipogen en zijn ogen uitwrijven. Toen keek hij opnieuw.

Op een platform boven de grond, gedeeltelijk verborgen door de varenachtige bladeren van een acacia, lag een andere zwarte man. Behalve dat hij er iets jonger uitzag en dat zijn huid iets lichter was, had hij kunnen doorgaan voor Somala. De indringer had dezelfde gevechtskleding en droeg een Chinees CK-88 automatisch geweer met patronenbandelier – de standaard-uitrusting van een soldaat in het Afrikaanse Revolutieleger. Voor Somala leek het alsof hij van afstand in de spiegel keek.

Zijn gedachten waren verward. De mannen van zijn sectie waren allemaal op de aangewezen plaatsen. Hij herkende deze man niet. Had zijn Vietnamese adviseurscommissie een spion uitgestuurd om zijn speurderskwaliteiten te controleren? Zijn trouw aan het ARL kon toch niet in twijfel worden getrokken. Toen voelde Somala kou langs zijn nek omhoogkomen.

De andere soldaat lag niet naar Somala te kijken. Hij keek door een verrekijker naar het huis van Fawkes.

13

De vochtige lucht hing als een natte deken waardoor het water in de kuilen niet kon verdampen. Fawkes keek op de klok van het dashboard; het was vijf over half vier. Over een uur zou hij in Pembroke zijn. Hij begon steeds meer te verlangen naar een lekkere slok whisky.

Hij reed een paar jonge negers voorbij die in de greppel langs de weg gehurkt zaten. Hij lette niet op hen en merkte niet dat zij opsprongen en achter de Bushmaster aan begonnen te rennen. Honderd meter verderop werd de weg smaller. Aan de rechterkant was een moeras met rottend riet. Aan de linkerkant ging een steile helling dertig meter naar beneden, naar een modderig rivierbed. Recht voor hem uit stond midden op de weg een jongen van een jaar of zestien, met in de ene hand een Zoeloespeer met breed blad en in de andere een kei.

Fawkes stopte abrupt. De jongen bleef staan en keek met een uitdrukking van dreigende vastberadenheid naar het baardige gezicht achter de voorruit. Hij droeg een versleten korte broek en een gerafeld en gevlekt T-shirt dat nog nooit zeep had gezien. Fawkes draaide zijn raam open en keek naar buiten. Hij glimlachte en zei zacht en vriendelijk: 'Als je van plan bent om Sint Joris en de draak met mij te gaan spelen, joh, dan zou ik me nog maar eens bedenken.'

Stilte was het antwoord. Toen werd hij zich van drie beelden tegelijk bewust en zijn spieren spanden zich. Hij zag glanzende glasscherven, die achteloos in een door de regen uitgesleten geul waren geschopt. Verder waren er evenwijdige bandensporen die ombogen naar het ravijn toe. En het meest concrete bewijs dat er iets goed mis was, was het beeld in de zijspiegel van twee jongens die van achteren kwamen aanrennen. De een, dik en log, hield een ouderwets geweer op hem gericht. De andere zwaaide een roestige machete boven zijn hoofd.

Mijn God, flitste het Fawkes door zijn hoofd, ik ben in een hinderlaag gelokt door schoolkinderen.

Zijn enige wapen was een jachtmes in het handschoenenkastje. Zijn gezin had hem zo haastig weggewerkt, dat hij zijn favoriete Magnum .44 revolver was vergeten.

Hij verloor geen tijd met vloeken om zijn stommiteit, maar zette de Bushmaster in zijn achteruit en trapte op het gaspedaal. Hij scheurde achteruit; hij miste de jongen met de machete, maar slingerde de andere het moeras in. Toen remde Fawkes, zette de wagen in de eerste versnelling en reed op de jongen af die klaar stond om zowel speer als kei naar hem toe te smijten.

Er was geen spoor van angst te zien in de ogen van de zwarte tiener, toen hij zijn blote voeten schrap zette en beide armen tegelijk in beweging bracht. Eerst dacht Fawkes dat de jongen te hoog had gemikt; hij hoorde de speer over het dak heen schuiven. Toen veranderde de voorruit in een glinsterende massa zilveren sporen en lag de kei naast hem op de voorbank. Fawkes voelde de glasscherven in zijn gezicht snijden, maar het enige dat hij zich later herinnerde was de koude blik van haat in de ogen van zijn aanvaller.

De botsing wierp de jongen omver als een rubber bal en slingerde hem onder de voorwielen. Fawkes trapte hard op de rem, maar daarmee maakte hij de verwondingen alleen nog maar erger. De banden rukten het vlees uit elkaar.

Fawkes kwam van achter het stuur vandaan en liep voorzichtig naar achteren. De jongen was dood. Zijn schedel was bijna plat en zijn benen waren rode flarden. De dikke jongen met het geweer lag half op de helling, half in het moeraswater. Zijn hoofd was achterover getrokken tot het tegen zijn ruggegraat was gekomen. Van zijn metgezel was niets te bekennen; die was in het moeras verdwenen.

Fawkes pakte het geweer op. Het staartstuk was open en er zat een patroon in. Hij haalde hem eruit en bestudeerde het probleem. De reden waarom de dikke jongen niet had geschoten was dat het geweer dat niet kon. De slagpen was te ver verbogen. Fawkes gooide het oude geweer zo hard hij kon in het moeras en keek hoe het water opspatte en het geweer verdween.

Beneden in het ravijn lag een kleine vrachtwagen ondersteboven. Uit de verwrongen deuren puilden twee zwaar verminkte lichamen, een man en een vrouw, omgeven door zwermen vliegen.

Het was duidelijk dat de drie jongens de niets vermoedende reizigers met stenen hadden bekogeld, waarbij de bestuurder werd gewond en de vrachtwagen het ravijn inreed, waar ze de overlevenden in stukken hadden gehakt. Toen, opgewonden en vol vertrouwen door hun gemakkelijke overwinning, waren ze gaan wachten op hun volgende slachtoffer.

'Stomme kinderen,' mompelde hij in de doodse stilte. 'Verdomd stomme kinderen.'

Als een marathonloper die een kilometer vóór het eindpunt opgeeft, voelde Fawkes pijn van uitputting en verdriet. Langzaam liep hij terug naar zijn Bushmaster en veegde met een zakdoek de straaltjes bloed van zijn wang af. Hij stak zijn arm naar binnen, schakelde zijn zender in en riep de politie van Pembroke op. Toen hij klaar was met zijn rapport, bleef hij staan vloeken en slecht gemikte stenen gooien naar de aankomende gieren.

14

'Hij is laat,' zei Pieter de Vaal, minister van defensie van Zuid-Afrika, in het Afrikaans. Hij deed het raam van zijn coupé open en leunde naar buiten om de weg langs de spoorweg af te zoeken. Zijn woorden waren gericht tot een lange, slanke man met indringende blauwe ogen en gekleed in het uniform van een kolonel bij het Zuidafrikaanse leger.

'Als Patrick Fawkes te laat is,' zei de kolonel en liet de drank in zijn glas ronddraaien, 'dan moet daar een goede reden voor zijn.'

De Vaal wendde zich van het open raam af en ging met beide handen door een bos golvend grijs haar. Hij zag er meer uit als een professor in de oude talen dan als het keiharde hoofd van de op een na grootste militaire macht van het continent. Niet dat hij bepaald een sinecure als baan had geërfd. De Vaal was de vijfde minister van defensie in zeven jaar tijds. Zijn voorganger had het nog geen vijf maanden volgehouden.

'Typisch Engels gedrag,' zei hij ongeduldig. 'Die Engelsen leven alleen maar voor gin, de koningin en een goed geoefend air van onverschilligheid. Je kunt er niet op vertrouwen.'

'Als u in zijn gezicht zelfs maar insinueert dat hij Engelsman is, excellentie, dan zal Fawkes bepaald niet tot medewerking bereid zijn.' Kolonel Joris Zeegler dronk zijn glas leeg en vulde het weer. 'Fawkes is een Schot, en ik raad u in alle ernst aan dat vooral niet te vergeten.'

De Vaal liet niets van zijn ontstemming blijken over de toon van insubordinatie waarmee Zeegler dat zei. Advies van het hoofd van zijn spionage-afdeling beschouwde hij als iets serieus. Het was geen geheim op het ministerie dat de [illegible] van De Vaal in het terugdringen van terroristen van buitenaf en het bedwingen van plaatselijke opstanden voor een groot deel te danken waren aan de infiltratie van de goed getrainde mannen van Zeegler in de rebellen-organisaties.

'Engelsman, Schot... ik had net zo lief met een Afrikaander te doen.'

'Ik ben het met u eens,' zei Zeegler. 'Maar Fawkes is verreweg de beste man om een mening over het project te geven. Dat is bewezen door een computer-onderzoek van ervaren militair personeel dat een maand heeft geduurd.' Hij opende een dossier. 'Vijfentwintig jaar Koninklijke Marine. Daarvan vijftien als machinist. Twee jaar lang kapitein van HMS *Audacious.* Laatste dienstjaren als technisch directeur van de marinescheepswerf Grimsby. Heeft een boerderij gekocht in het noorden van Natal en zich daar elf jaar geleden teruggetrokken.'

'En wat zegt jouw computer van het feit dat hij zijn Bantoe-personeel in de watten legt?'

'Ik moet toegeven dat het uitkeren van winstaandelen aan zwarten en kleurlingen een tikje aan de liberale kant is. Maar het valt niet te ontkennen dat Fawkes het mooiste bedrijf van Natal heeft opgebouwd en dát in een wonderbaarlijk korte tijd. Zijn mensen zijn ongelooflijk loyaal. Wee de radicaal die iets rottigs wil beginnen op de farm van Fawkes.'

De Vaal stond op het punt een volgende pessimistische uitspraak te doen, toen er geklopt werd. Een jonge officier kwam binnen en sprong in de houding.

'Sorry dat ik stoor, excellentie, maar kapitein Fawkes is gearriveerd.'

'Laat hem binnen,' zei De Vaal.

Fawkes boog zijn hoofd onder de lage deuropening en kwam binnen. De Vaal keek zwijgend naar hem op. Hij had niet gerekend op iemand van een dergelijke omvang, en ook niet op iemand met zeker een dozijn verse snijwonden in zijn gezicht. Hij stak zijn hand uit.

'Kapitein Fawkes, dit is mij een genoegen,' zei De Vaal in het Afrikaans. 'Erg vriendelijk van u om deze reis te maken.'

Fawkes kneep de hand van De Vaal fijn. 'Sorry, meneer, maar ik spreek uw taal niet.'

De Vaal stapte vlot over op Engels. 'Sorry,' zei hij met een flauw glimlachje. 'Ik was vergeten dat u Eng... eh... Schotten niet zo graag andere talen spreken.'

'We zijn er gewoon te dom voor, denk ik.'

'Neemt u me niet kwalijk, kapitein, maar u ziet er uit alsof u zich met een braamstruik hebt geschoren.'

'Ik ben in een hinderlaag gelopen. Verdomde snotneuzen hebben mijn voorruit vernield. Ik zou wel even bij het ziekenhuis langs zijn gegaan, maar ik was al laat voor onze afspraak.'

De Vaal nam Fawkes bij de arm en bracht hem naar een stoel. 'Ik geloof dat we u het best eerst maar wat te drinken kunnen geven. Joris, wil jij de honneurs waarnemen? Kapitein Fawkes, dit is kolonel Joris Zeegler, hoofd van de Binnenlandse Veiligheidsdienst van Zuid-Afrika.'

Zeegler hield een fles op. 'Ik neem aan dat u de voorkeur geeft aan whisky, kapitein?'

'Dat is inderdaad zo, kolonel.'

De Vaal bleef staan bij de deur en opende die. 'Luitenant Anders, wilt u dr. Steedt zeggen dat we een patiënt voor hem hebben. Ik neem aan dat u hem wel slapend in zijn coupé zult vinden.' Hij deed de deur dicht en draaide zich weer om. 'Alles op zijn tijd. Dus terwijl we wachten op de dokter, kapitein, wilt u misschien wel zo vriendelijk zijn om ons een gedetailleerd verslag uit te brengen van die hinderlaag.'

De dokter kwam en ging, vriendelijk mopperend over het neushoornvel dat Fawkes huid noemde. Behalve twee wonden die gehecht moesten worden, liet de dokter de rest zonder verband. 'Gelukkig voor u dat die scherfwonden niet overeenkomen met krassen van nagels, anders zou u thuis nog de grootste moeite krijgen om er een verklaring voor te geven,' zei hij en sloot zijn tas.

'U bent er zeker van dat deze aanval niet georganiseerd was?' vroeg Zeegler toen de dokter was vertrokken.

'Niet waarschijnlijk,' antwoordde Fawkes. 'Dit waren alleen maar haveloze loslopende jongens. God mag weten wat ze tot deze moordpartij heeft aangezet.'

'Ik ben bang dat uw ontmoeting met bloeddorstige tieners geen op zichzelf staand geval is,' zei De Vaal zacht.

Zeegler knikte instemmend. 'Uw verhaal, kapitein, komt overeen met dezelfde modus operandi, ongeveer, van tenminste twaalf andere aanvallen in de laatste twee maanden.'

'Als u het mij vraagt,' gromde Fawkes, 'zit dat verdomde ARL er achter.'

'Indirect kan de blaam wel bij het Afrikaanse Revolutieleger worden gelegd, ja.' Zeegler trok aan een dun sigaartje.

'De helft van de zwarte jongens tussen twaalf en achttien, van hier tot Kaapstad, zou hun ballen geven om soldaat bij het ARL te kunnen worden,' zei De Vaal. 'Je zou het een vorm van heldenverering kunnen noemen.'

'Ere wie ere toekomt,' zei Zeegler. 'Hiram Lusana is een uitgekookt psycholoog en een even goed propagandist als tacticus.'

'Ja,' zei Fawkes en keek op naar de kolonel. 'Ik heb al heel wat over die schoft gehoord. Hoe is hij eigenlijk leider van het ARL geworden?'

'Helemaal op eigen houtje. Hij is een Amerikaanse neger. Het schijnt dat hij kapitalen heeft verdiend aan internationale drugssmokkelarij. Maar rijkdom was niet voldoende. Hij droomde over macht en grootheid. Daarom heeft hij zijn zaak overgedaan aan een Frans syndicaat en is hij naar Afrika gegaan om daar zijn eigen bevrijdingsleger te organiseren en uit te rusten.'

'Dat lijkt me een enorme opgave voor één man,' zei Fawkes, 'zelfs al is hij rijk.'

'Dat valt wel mee als je maar voldoende hulp krijgt,' legde Zeegler uit. 'De Chinezen voorzien hem van wapens en de Vietnamezen leiden zijn mannen op. Gelukkig ziet onze veiligheidsdienst kans om ze bijna constant in verwarring te brengen.'

'Maar onze regering zal zeker vallen, als we te maken krijgen met een langdurige economische boycot,' voegde De Vaal eraan toe. 'Lusana heeft het nobele voornemen een nette oorlog te voeren, volgens het boekje. Geen terrorisme, geen moordpartijen op vrouwen en kinderen. Tot dusverre hebben zijn troepen alleen nog maar militaire installaties aangevallen. Zo kan hij, door de edelmoedige redder te spelen, de volledige morele en financiële steun verwerven van de Verenigde Staten, Europa en de grootmachten van de Derde Wereld. Als hij dat eenmaal bereikt heeft, kan hij zijn invloed aanwenden om al onze economische relaties met de buitenwereld te blokkeren. En dan is het einde van Blank

Zuid-Afrika nog maar een kwestie van weken.'

'Is er geen manier om Lusana tegen te houden?' vroeg Fawkes.

De zware wenkbrauwen van De Vaal gingen omhoog. 'Er is één mogelijkheid, mits u daar uw zegen aan geeft.'

Fawkes keek de minister met een stomverbaasde blik aan. 'Ik ben alleen maar een zeeman aan de wal en een boer. Wat kan het ministerie van defensie aan mij hebben?'

De Vaal gaf geen antwoord, maar stak Fawkes eenvoudig een in leer gebonden boek toe, ongeveer het formaat van een grootboek.

'Dit heet Operatie wilde roos.'

De lichten van Pembroke gingen een voor een aan in de avondschemering. Een lichte regen was tegen de ruiten van de coupé geslagen en had talloze dunne streepjes in de stoflaag op het glas getekend. Fawkes had zijn leesbril op zijn grote neus geklemd en zijn ogen, die zonder ophouden van de ene pagina naar de andere schoten, werden er sterk door vergroot. Hij was zo verdiept in wat hij las, dat hij verstrooid zat te kauwen op de steel van een pijp die allang uit was.

Het was een paar minuten over acht toen hij het boek Operatie wilde roos dicht deed. Hij bleef een poosje zitten alsof hij aan het mediteren was. Tenslotte schudde hij vermoeid zijn hoofd.

'Ik hoop bij God dat het nooit zover komt,' zei hij zacht.

'Ik voel met u mee,' zei De Vaal. 'Maar de tijd nadert snel dat we met onze rug tegen de muur staan en Operatie wilde roos wellicht onze enige hoop is om aan de vernietiging te ontkomen.'

'Ik zie nog steeds niet wat de heren van mij willen.'

'Alleen maar uw mening, kapitein,' zei Zeegler. 'Wij hebben de praktische mogelijkheden van het plan bestudeerd en weten wat de computers zeggen ingeval van succes. Wij hopen dat uw jarenlange ervaring het voor en tegen vanuit een menselijk standpunt daaraan kan toevoegen.'

'Ik kan u wel zeggen dat het plan nagenoeg onmogelijk is,' zei Fawkes. 'En wat mij betreft kunt u daar ook nog "krankzinnig" aan toevoegen. Wat u hier voorstelt is terrorisme op zijn allerergst.'

'Precies,' stemde De Vaal in. 'Door gebruik te maken van

een stel zwarte terroristen die doorgaan voor leden van het ANC, kunnen we de internationale sympathie laten omzwaaien van de zwarte naar de blanke zaak in Zuid-Afrika.'

'Om te overleven hebben we de steun nodig van landen zoals de Verenigde Staten,' legde Zeegler uit.

'Wat in Rhodesië gebeurd is, kan ook hier gebeuren,' ging De Vaal verder. 'Alle privébezit, farms, winkels, banken, in beslag genomen en genationaliseerd. Negers en blanken afgeslacht op straat, duizenden verbannen van het continent met weinig meer dan de kleren die ze aanhebben. Een nieuwe en communistisch gezinde zwarte regering, een despotische stamdictatuur, die zijn eigen mensen onderdrukt en letterlijk uitbuit als slaven. U kunt er zeker van zijn, kapitein Fawkes, dat als onze regering ten val wordt gebracht er zeer beslist geen democratisch gezind régime voor in de plaats zal komen.'

'We weten niet zeker wat hier zal gebeuren,' zei Fawkes. 'Maar zelfs als we in een kristallen bol zouden kunnen kijken en het ergste voorspellen, dan zou dat nog geen rechtvaardiging zijn voor het uitvoeren van de Operatie wilde roos.'

'Ik vroeg niet naar een ethisch oordeel,' zei De Vaal kortaf. 'U hebt gezegd dat het plan onmogelijk is. Dat zal ik accepteren.'

Toen Fawkes weg was, schonk De Vaal zichzelf nog een keer in. 'De kapitein was openhartig; dat moet ik toegeven.'

'Hij had ook volkomen gelijk,' zei Zeegler. 'Wilde Roos *is* terrorisme op zijn allerergst.'

'Misschien,' mompelde De Vaal. 'Maar wat heeft iemand voor kans die veldslagen wint en tegelijkertijd de oorlog verliest?'

'Ik ben geen groot strateeg,' antwoordde Zeegler. 'Maar ik ben er zeker van dat de Operatie wilde roos niet de oplossing biedt, excellentie. Ik dring er op aan het op de lange baan te schuiven.'

De Vaal dacht even na over Zeeglers woorden. 'Goed, kolonel. Verzamel alle data die op de operatie betrekking hebben en berg het op in de kluis van het ministerie, bij de andere noodplannen.'

'Ja meneer,' zei Zeegler, kennelijk opgelucht.

De Vaal keek naar de vloeistof in zijn glas. Toen keek hij op met een peinzende blik.

'Jammer, heel jammer. Het had misschien net kunnen lukken.'

Fawkes was dronken.

Als de lange, mahoniehouten bar van het Pembroke-hotel door een reuzenklauw zou zijn weggetrokken, zou hij plat op zijn verbonden gezicht zijn gevallen. Vagelijk zag hij dat hij de enige overgebleven klant was. Hij bestelde nog een borrel en merkte met iets van sadistisch genoegen dat het lang na sluitingstijd was en dat de barkeeper van één meter vijfenzeventig hem niet goed dorst te vragen om weg te gaan.

'Is alles goed met u, meneer?' begon de barkeeper voorzichtig.

'Nee, verdomme!' brulde Fawkes. 'Ik voel me allejezus beroerd.

'Neemt u me niet kwalijk, meneer, maar als u zich er zo slecht van gaat voelen, waarom drinkt u het dan?'

'Het is niet de whisky waar ik misselijk van word. Het is de Operatie wilde roos.'

'Pardon?'

Fawkes keek de bar rond en boog zich toen naar voren. 'Gesteld dat ik u zou vertellen, dat ik nog geen drie uur geleden een gesprek heb gehad met de minister van defensie, aan het eind van de straat, bij het station, in zijn eigen spoorwegwagon?'

Om de lippen van de barkeeper kwam een zelfvoldaan glimlachje. 'Dan moet de minister echt wel een tovenaar zijn, meneer Fawkes.'

'Tovenaar?'

'Om op twee plaatsen tegelijk te zijn.'

'Verklaar je nader, man.'

De barkeeper reikte onder de toonbank en gooide Fawkes een krant toe. Hij wees op een artikel op de voorpagina en las de kop hardop voor: 'Minister van defensie Pieter de Vaal opgenomen in ziekenhuis van Port Elizabeth voor operatie.'

'Onmogelijk!'

'Dit is de krant van vanavond,' zei de barkeeper. 'U zult moeten toegeven – niet alleen heeft de minister een ongelooflijk herstellingsvermogen, maar ook een bijzonder snelle trein. Port Elizabeth ligt meer dan duizend kilometer naar het zuiden.'

Fawkes graaide naar de krant, knipperde de wazigheid weg uit zijn ogen, zette zijn bril op en las het artikel. Het was waar. Onhandig smeet hij een bundeltje bankbiljetten naar de barkeeper en waggelde hij de deur uit, de lobby van het hotel door en de straat op.

Toen hij bij het station kwam, was het verlaten. Het maanlicht glinsterde op de lege spoorrails. De trein van De Vaal was weg.

15

Ze kwamen tegelijk met de opkomende zon. Somala telde er tenminste dertig, gekleed in hetzelfde type uniform dat hij droeg. Hij zag ze als schaduwen uit de struiken kruipen en verdwijnen in het suikerriet.

Hij richtte zijn kijker op de acacia. De verkenner daar was weg. Waarschijnlijk naar beneden geglipt om zich bij de anderen te voegen, dacht Somala. Maar wie waren het? Niemand bij de overvalstroepen kwam hem bekend voor. Konden het mannen zijn van een andere opstandige beweging? Maar als dat zo was, waarom droegen ze dan de kenmerkende zwarte baret van het ARL?

Somala voelde een sterke drang om zijn schuilplaats te verlaten en op de indringers af te gaan, maar bedacht zich en bleef roerloos zitten. Hij zou kijken en waarnemen. Dat waren zijn orders en die zou hij uitvoeren.

De farm van Fawkes begon langzaam tot leven te komen. De arbeiders uit de hutten begonnen zich te verspreiden en aan hun dagelijks werk te gaan. Patrick Fawkes Jr. ging de poort met elektrische beveiliging door, liep naar de grote schuur en begon aan een tractor te knutselen. De schildwachten werden afgelost, en de man die de nachtdienst had gedaan stond half binnen, half buiten de omheining een praatje te maken met zijn opvolger, toen hij plotseling en stil op de grond viel. Tegelijkertijd zakte ook de andere schildwacht inelkaar.

Somala stond met open mond te kijken naar een vloedgolf

van overvallers, die in tirailleurslinie uit het suikerriet kwam en op het huis afging. De meesten droegen Chinese CK-88 geweren, maar twee van hen knielden neer om te richten met lange lopen en vizieren.

De CK-88 geweren brandden los en Fawkes Junior leek in de houding te springen, toen er zeker tien kogels door zijn lichaam scheurden. Zijn handen wuifden en klauwden in de lucht en hij zakte ineen naast de open motor van zijn tractor. Het gedonder van het salvo alarmeerde Jenny en zij rende naar een kamer op de bovenverdieping.

'O God, mama!' gilde zij. 'Er zijn soldaten op het erf en ze hebben Pat neergeschoten!'

Myrna Fawkes greep haar Holland & Holland en rende naar de voordeur. Eén blik was voldoende om te zien dat de verdedigingslinie doorbroken was. Er kwamen al negers binnen door de poort, die open stond en nutteloos was geworden door het verbroken elektrische circuit. Ze smakte de deur dicht en gilde naar boven, naar Jenny: 'Ga naar de radio en roep de politie op.'

Toen ging ze rustig zitten, schoof twee patronen met hagel in het staartstuk van haar geweer en wachtte af.

Het geknal van het geweervuur nam plotseling in sterkte toe en vanuit de hutten kwamen schrille kreten van vrouwen en bange kinderen. Zelfs het stamboekvee van de Fawkes' werd niet gespaard. Myrna probeerde het geloei van de stervende dieren te negeren, met een droge snik om al deze verspilling. Ze hief haar dubbelloops op toen de eerste indringer binnenkwam.

Het was de knapste neger die Myrna ooit had gezien. Zijn gelaatstrekken waren duidelijk kaukasisch, maar toch was zijn huid nagenoeg perfect blauwzwart. Hij tilde zijn geweer op alsof hij haar met de kolf de hersenen in wilde slaan en stormde de kamer door. Myrna haalde beide trekkers over en de oude Lucifer spuwde vuur.

Het schot van zo dichtbij scheurde de neger bijna zijn hoofd af. Zijn gezicht werd opgelost in een massa botten en roodachtig weefsel, en hij viel achterover tegen de deur en op de vloer, waar hij krampachtig bewegend bleef liggen.

Bijna achteloos, alsof ze aan het prijsschieten was, laadde Myrna het geweer opnieuw. Ze had het net afgesloten, toen er weer twee mannen naar binnen stormden. De oude Lucifer trof de eerste recht in de borst, zodat hij meteen neerviel. Het schot uit de andere loop raakte de aanvaller in zijn kruis. Hij gooide schreeuwend zijn wapen weg en greep zichzelf vast. Kreunend waggelde hij naar de veranda, waar hij voorover viel met zijn gelaarsde benen nog in de kamer.

Myrna laadde opnieuw. Toen ging er een ruit aan diggelen en verschenen er plotseling gaten in het behang naast haar stoel. Ze voelde geen stekende pijn, geen snijdend gevoel. Ze keek naar beneden. Door de blauwe stof van haar spijkerbroek begon bloed te siepelen.

Van boven klonk een zware knal, en ze wist dat Jenny het erf aan het beschieten was met de .44 Magnum van haar vader.

De volgende neger was voorzichtiger. Hij vuurde vlug een salvo af om de hoek van de deur en wachtte even voordat hij binnenkwam. Toen er geen antwoordend schot kwam, kreeg hij teveel vertrouwen en waagde hij zich naar binnen. De hagel uit het dubbelloopsgeweer rukte zijn linkerarm weg. Het bloed spoot uit zijn lege mouw op het tapijt. Als in trance liet de soldaat zich langzaam op zijn knieën zakken en bleef kreunend geknield zitten, terwijl zijn levenssappen wegvloeiden.

Myrna peuterde met één hand aan Lucifer. Drie kogels van de laatste aanvaller hadden haar rechteronderarm en pols verbrijzeld. Onhandig maakte zij het magazijn open en haalde er de lege patronen uit. Iedere beweging leek door een massa lijm heen te gaan. De nieuwe patronen glipten tussen haar vingers door en vielen buiten haar bereik.

'Mama?'

Myrna keek op. Jenny stond halverwege op de trap, met de revolver los hangend in één hand en een rode vlek voorop haar bloes.

'Mama . . . ik ben gewond.'

Voordat Myrna kon antwoorden, kwam er weer een gestalte de kamer binnen. Jenny trachtte haar revolver op te heffen. Haar inspanning ging te langzaam en kwam te laat. De nieuwkomer vuurde eerst en ze zakte ineen en rolde als een weggegooide pop de trap af.

Myrna kon alleen maar blijven zitten en Lucifer grijpen. Het bloedverlies vrat aan haar energie en ze zat in de mist. Ze staarde niet begrijpend naar de man die voor haar stond.

Door de steeds dikker wordende mist zag ze hem de loop van het geweer een paar centimeter van haar voorhoofd brengen.
'Vergeef me,' zei hij.
'Waarom?' vroeg ze toonloos. 'Waarom doe je zoiets vreselijks?'
De koude donkere ogen gaven geen antwoord. Voor Myrna ontploften de bloesems van de bougainvillea's buiten in een wolk van fuchsia's en verdwenen toen in de nacht.

Somala liep tussen de doden door en staarde verbijsterd naar de gezichten met hun vastgevroren uitdrukking van geschoktheid en verwarring. De overvallers hadden meedogenloos nagenoeg alle arbeiders en hun gezinnen in de hutten gedood. Er konden er niet meer dan een handvol in de struiken ontkomen zijn. Het veevoer in de schuur en de machines in de loods waren in brand gestoken, en uit het raam op de bovenverdieping van het huis kwamen al flikkerende oranje vingers.
Wat vreemd, dacht Somala. De overvallers zochten het hele terrein af en pakten stil als spoken hun eigen doden op. Alle bewegingen werden efficiënt en doelmatig uitgevoerd. Er was geen spoor van paniek bij het duidelijk hoorbare geluid van de naderende helikopters van de Zuidafrikaanse strijdkrachten. De overvallers verdwenen gewoon in de struiken, even stil als ze waren gekomen.
Somala liep terug naar de baobab om zijn uitrusting te halen en ging toen op een drafje op weg naar de stad. Zijn enige gedachten waren gericht op het verzamelen van zijn mannen om rapport uit te gaan brengen in hun kamp over de grens van Mozambique. Hij keek niet achterom naar de doden waar de boerderij vol mee lag. Hij zag niet hoe de gieren zich aan het verzamelen waren. Ook hoorde hij het schot niet van het geweer waarvan de kogel door het vlees van zijn rug scheurde.

16

De terugrit van Pembroke naar Umkono was voor Patrick Fawkes een totale leegte. Zijn handen draaiden aan het stuur en zijn voeten drukten de pedalen in met stijve, mechanische bewegingen. Met starre en niet knipperende ogen viel hij op de steile hellingen aan en op blind instinct slingerde hij de wagen door de haarspeldbochten heen.

Hij was in een kleine drogisterij om Jenny's bad-olie te kopen, toen een brigadier van de politie in Pembroke hem opspoorde en stamelend een samenvatting van de tragedie gaf. Eerst weigerde Fawkes het te geloven. Pas toen hij via de auto-radio contact had gekregen met Shawn Francis, de in Ierland geboren politieman van Umkono, kwam hij er toe het ergste te accepteren.

'Je kunt maar beter thuiskomen, Patrick,' kraakte de vermoeide stem van Francis uit de luidspreker. Hij bespaarde Fawkes de details en Fawkes vroeg er ook niet naar.

De zon stond nog hoog toen Fawkes zijn farm in het zicht kreeg. Van het huis was niet veel over. Alleen de haard en een stuk van de veranda stonden nog overeind. De rest was niet meer dan een hoop sintels. Op het erf lagen rubber banden aan hun velgen te smeulen en dikke zwarte rook uit te braken. De arbeiders lagen nog tussen de hutten waar ze waren gevallen. Gieren waren aan het pikken in de karkassen van zijn stamboekvee.

Shawn Francis zat met een paar soldaten om drie gestalten onder dekens heengehurkt, toen Fawkes zijn wagen stilzette op het erf. Francis kwam naar hem toe, toen hij uit zijn bemodderde Bushmaster sprong. Het gezicht van de politieman was grauwbleek.

'Godverdomme' riep Fawkes uit. Hij keek Francis strak in de ogen, op zoek naar een spoortje licht. 'Mijn gezin! Wat is er met mijn gezin gebeurd?'

Francis probeerde iets te zeggen, maar gaf het op en knikte met zijn hoofd in de richting van de toegedekte lijken. Fawkes drong langs hem heen en strompelde het erf over, maar werd tegengehouden door de forse armen van de politieman, die plotseling om zijn borst heen lagen.

'Laat ze maar, Patrick. Ik heb ze al geïdentificeerd.'

'Maar verdomme, Shawn, dat is mijn gezin dat daar ligt.'

'Alsjeblieft, vriend, ga niet kijken.'

'Laat me los. Ik moet het zelf zien.'

'Nee,' zei Francis en bleef somber vasthouden, wetend dat hij niet opgewassen was tegen de massieve kracht van

Fawkes. 'Myrna en Jenny hebben zware brandwonden opgelopen. Ze zijn er niet meer, Patrick. De mensen die je kende en liefhad zijn er niet meer. Denk aan ze terug zoals ze er levend uitzagen, niet zoals nu.'

Francis voelde de spanning langzaam minder worden in Fawkes' spieren en verminderde zelf zijn greep.

'Hoe is het gebeurd?' vroeg Fawkes rustig.

'Valt niet in details te beschrijven. Al je arbeiders zijn òf weggevoerd, of dood. Er zijn geen gewonden die een verslag uit kunnen brengen.'

'Iemand moet weten . . . moet gezien hebben . . .'

'We zullen een getuige zoeken. Tegen de morgen hebben we er een, dat beloof ik je.'

Het sombere gesprek werd afgebroken, toen er een helikopter landde en de soldaten de lichamen van Myrna, Jenny en Patrick Junior voorzichtig optilden en naar het laadruim brachten, waar ze met riemen werden vastgezet. Fawkes deed geen pogingen om er heen te gaan. Hij stond alleen maar met een grote droefheid in zijn ogen te kijken naar de helikopter, die opsteeg en verdween in de richting van het kerkhof van Umkono.

'Wie is hier verantwoordelijk voor?' vroeg Fawkes aan Francis. 'Zeg me wie mijn vrouw en kinderen en mijn arbeiders hebben vermoord en mijn farm hebben verbrand.'

'Een of twee plastic CK-88 patroonhulzen, de verschroeide resten van een arm met een Chinees horloge om de pols in het huis, voetafdrukken van militair schoeisel . . . veel bewijzen zijn er niet, maar ze wijzen wel op het ARL.'

'Hoe bedoel je, een of twee patroonhulzen?' snauwde Fawkes. 'Die rotschoften moeten er stapels van hebben achtergelaten.'

Francis maakte een hulpeloos gebaar met zijn handen. 'Typisch voor een ARL-overval. Ze zoeken altijd het terrein af na een aanval. Dat maakt het moeilijk om concrete bewijzen te verzamelen. Ze ontkennen iedere internationale beschuldiging van terrorisme en wijzen dan met een hypocriete vinger naar andere bevrijdingsorganisaties. Zonder onze Duitse herders zouden we die patroonhulzen nooit hebben gevonden en misschien zelfs die arm niet.'

'De sporen van de overvallers leiden vanuit de struiken door het suikerriet naar het huis. Ik neem aan dat ze de schildwachten hebben doodgeschoten bij een aflossing van de wacht, als de poort open staat en de stroom is uitgeschakeld. Pat Junior is daar bij die uitgebrande tractor gevonden. Myrna en Jenny lagen iets meer dan een meter van elkaar in de huiskamer. Allemaal meteen doodgeschoten, Patrick, geen spoor van verminking of verkrachting, voorzover dat een troost is.'

De politieman zweeg en nam een slok uit zijn veldfles. Hij bood de fles aan Fawkes aan, die alleen maar zijn hoofd schudde.

'Neem een slok, Patrick; het is whisky.'

Fawkes bleef weigeren.

'Mijn kantoor ontving een noodoproep van Jenny. Ze zei dat Pat was neergeschoten en dat de farm werd overvallen door mannen in jungle-uniformen. Zij en Myrna moeten verdomd hard hebben gevochten. Op het erf achter het huis hebben we vier aparte bloedvlekken gevonden. En je ziet zelf wel dat wat er over is van de veranda vol bloedsporen zit. De laatste woorden van Jenny waren: "Grote God, ze schieten de kinderen bij de hutten dood." We hebben onze mannen bijeengeroepen en zijn zo vlug hierheen gekomen als de helikopters ons wilden dragen. Dertien minuten alles bij elkaar. Maar alles stond hier toen al in lichterlaaie en de aanvallers waren verdwenen. Twee pelotons en een helikopter zijn hun sporen aan het volgen.'

'Mijn mensen,' mompelde Fawkes en wees naar de stille gedaanten die tussen de hutten lagen. 'Die kunnen we niet voor de gieren laten liggen.'

'Je buurman Brian Vogel is met zijn arbeiders in aantocht om ze te begraven. Ze kunnen hier ieder moment aankomen. Tot dan zullen mijn mannen de aasvogels op een afstand houden.'

Fawkes ging de trap van de veranda op als een man die verdwaald is in een droom. Hij kon de enormiteit van het drama nog niet echt bevatten. Hij verwachtte nog half zijn drie geliefden tussen de bougainvillea's te zullen zien staan. En in zijn geest zag hij ze bijna zoals ze hem daar vrolijk hadden staan nawuiven bij zijn vertrek naar Pembroke.

De veranda was geverfd met geronnen bloed. Troebele stroken liepen van de rokende sintels over de trap naar het erf, waar ze plotseling ophielden. Fawkes kreeg de indruk dat er drie of misschien vier lijken waren weggesleept uit het huis voordat het in brand was gestoken. In de hitte van de middagzon was het bloed gestold en korstig geworden. Er zoemden zwermen dikke vliegen over heen.

Fawkes leunde tegen het hekwerk en voelde de eerste onbedwingbare beving van een shock. Het huis dat hij voor zijn gezin had gebouwd was niet meer dan een zwarte ruïne, volkomen misplaatst tussen de gladiolen en lelies in het onberispelijke gazon. Zelfs de herinnering aan hoe het geweest was begon al vervormd te worden. Hij liet zich neerzakken op de trap en bedekte zijn gezicht met zijn handen.

Hij zat daar nog net zo, toen Francis een half uur later op hem afkwam en hem een duwtje met zijn elleboog gaf.

'Kom Patrick, ga met mij mee naar huis. Met hier zitten bereik je verder niets.'

Francis bracht de gedweeë Fawkes naar de Bushmaster en zette hem naast zich op de voorbank.

Toen de wagen de poort uitreed, staarde Fawkes recht voor zich uit, zonder om te kijken. Hij wist dat hij zijn farm nooit meer zou zien.

17

Al voelde hij zich alsof hij net was gaan liggen, toch had Hiram Lusana zeven uur geslapen, toen hij werd gewekt door geklop op de deur. Zijn polshorloge wees zes uur aan. Hij vloekte, wreef zich de slaap uit zijn koffiebruine ogen en ging rechtop zitten.

'Kom binnen.'

Opnieuw werd er geklopt.

'Ik zei kom binnen,' gromde hij luid.

Kapitein John Makuta kwam de kamer binnen en ging stram in de houding staan. 'Sorry dat ik u moet wekken, generaal, maar sectie veertien is zojuist teruggekomen van een verkenningstocht naar Umkono.'

'En wat is daar voor urgents aan? Ik kan hun verslag later wel doornemen.'

Makuta's ogen bleven strak op één punt van de wand

gericht. 'De patrouille heeft moeilijkheden gehad. De sectieleider is neergeschoten en ligt levensgevaarlijk gewond in het hospitaal. Hij staat erop verslag uit te brengen aan u en niemand anders.'

'Wie is het?'

'Zijn naam is Marcus Somala.'

'Somala?' Lusana fronste zijn voorhoofd en stond op. 'Zeg hem dat ik er aankom.'

De kapitein salueerde en ging weg. Hij deed de deur zacht achter zich dicht en deed alsof hij de tweede gestalte die onder de satijnen lakens lag niet had opgemerkt.

Lusana stak zijn hand uit en trok het bovenlaken weg. Felicia Collins lag te slapen als een beeldhouwwerk. Haar korte krulharen glansden in het schemerlicht en haar lippen waren bol en stonden een beetje van elkaar. Haar huid was chocoladebruin en haar kegelvormige borsten met hun donkere volle tepels gingen bij iedere diepe ademhaling op en neer.

Hij glimlachte en liet het laken naar beneden liggen. Nog half in slaap waggelde hij naar de badkamer, waar hij handenvol koud water over zijn gezicht liet spatten. De ogen die hem vanuit de spiegel aanstaarden waren rood doorlopen. Het gezicht daaromheen was gerimpeld en vermoeid van een nacht vol drank en sex. Hij ging er zacht overheen met een handdoek en liep terug naar de slaapkamer, waar hij zich aankleedde.

Lusana was klein en pezig, middelzwaar gebouwd en met een lichtere huid dan iemand van het leger onder zijn commando. 'Amerikaans bruin' noemden ze zijn huidskleur achter zijn rug. Toch werden opmerkingen over zijn huidskleur of zijn uitheemse manieren niet uit gebrek aan respect gemaakt. Zijn mannen keken naar hem op met een primitief soort ontzag voor het bovennatuurlijke. Hij had een zelfverzekerd air dat deed denken aan een lichtgewicht bokser in het begin van zijn carrière en door sommige mensen arrogant zou kunnen worden genoemd. Hij wierp een laatste tedere blik op Felicia, zuchtte en liep het kamp door naar het hospitaal.

De Chinese arts was pessimistisch.

'De kogel is van achteren binnengedrongen, heeft zijn

halve long losgescheurd en een rib verbrijzeld en is links van voren naar buiten gekomen. Het is een wonder dat de man nog leeft.

'Kan hij praten?' vroeg Lusana.

'Ja, maar ieder woord put zijn krachten verder uit.'

'Hoe lang . . .'

'. . . hij nog te leven heeft?'

Lusana knikte.

'Marcus Somala is ongelooflijk sterk gebouwd,' zei de dokter. 'Maar het zou mij verwonderen als hij de avond nog haalt.'

'Kunt u hem iets geven om hem bij te brengen, al is het maar voor een paar minuten?'

De dokter keek nadenkend. 'Ik neem aan dat het weinig uitmaakt of we het onvermijdelijke wat verhaasten.' Hij keerde zich om en gaf mompelend een paar instructies aan een verpleegster, die vervolgens de kamer uitliep.

Lusana keek neer op Somala. Het gezicht van de sectieleider was vertrokken en zijn borst ging krampachtig op en neer bij iedere ademhaling. Zijn borst was afgedekt met een groot operatieverband.

De verpleegster kwam terug en gaf de arts voorzichtig een injectiespuitje aan. Hij stak de naald in Somala's huid en drukte het zuigertje gelijkmatig in. Een paar ogenblikken later gingen Somala's ogen half open en begon hij te kreunen.

Lusana maakte zwijgend een gebaar naar de dokter en de verpleegster, die de kamer uitliepen en de deur achter zich dicht deden.

Hij boog zich over het bed heen. 'Somala, dit is Hiram Lusana. Kun je me verstaan?'

Somala's fluisterende stem klonk hees, maar met een spoor van emotie. 'Ik zie niet zo best. Bent u het werkelijk, generaal?'

Lusana pakte hem stevig bij de hand. 'Ja, dappere strijder. Ik ben hier gekomen om naar je verslag te luisteren.'

De man in het bed glimlachte flauwtjes en in zijn ogen kwam een opgejaagde en vragende uitdrukking. 'Waarom . . . waarom vertrouwde u mij niet, generaal?'

'Vertrouwen?'

'Waarom hebt u me niet gezegd, dat u mannen zou uitsturen om de farm van Fawkes te overvallen?'

Lusana was geschokt. 'Beschrijf me wat je gezien hebt, alles, zonder iets weg te laten.'

Twintig minuten later verloor Marcus Somala, uitgeput door zijn inspanning, opnieuw het bewustzijn. Tegen het middaguur was hij dood.

18

Patrick Fawkes stond in zijn eentje de kleiachtige grond over de doodskisten van zijn gezin heen te scheppen. Zijn kleren waren doornat van de regen en zijn eigen zweet. Het was zijn wens geweest om zelf het gemeenschappelijke graf te graven en dicht te gooien. De begrafenisdienst was allang voorbij en zijn vrienden en buren waren weggegaan om hem zijn droevige werk te laten verrichten.

Tenslotte streek hij de laatste scheppen aarde glad, deed een paar stappen achteruit en keek neer op het graf. De grafsteen was nog niet gearriveerd en het graf zag er kaal en troosteloos uit vergeleken bij de andere graven, die bedekt waren met gras en gegarneerd met rijen keurig onderhouden bloemen. Hij liet zich op zijn knieën vallen en stak een hand in de zak van zijn uitgetrokken jas. Zijn hand kwam eruit met een bosje bougainvillea-bladeren, die hij over de vochtige aarde strooide.

Fawkes liet zijn verdriet de vrije loop en huilde tot de zon achter de horizon was verdwenen en zijn ogen geen tranen meer op konden brengen.

Zijn geest ging twaalf jaar terug en produceerde een reeks van beelden als een diaprojector. Hij zag Myrna en de kinderen in het huisje bij Aberdeen, aan de Noordzee. Hij zag hun verraste en blije gezichten, toen hij vertelde dat zij allemaal naar Natal gingen verhuizen om daar een farm te beginnen. Hij zag hoe ziekelijk bleek Jenny en Pat Junior waren vergeleken bij de andere schoolkinderen in Umkono en hoe vlug ze gebruind en fors werden. Hij zag hoe Myrna met tegenzin wegging uit Schotland om haar levenswijze volkomen te veranderen en hoe ze nog meer van Afrika ging houden dan hijzelf.

'Jij wordt nooit een goede boer, zolang je het zeewater niet wegspoelt uit je aderen,' zei zij altijd tegen hem.

Zo duidelijk leek haar stem te klinken, dat hij het feit niet kon aanvaarden dat zij daar onder de grond lag en nooit meer het daglicht zou aanschouwen. Hij was nu alleen en die gedachte gaf hem een verloren gevoel. Als een vrouw haar man verliest, herinnerde hij zich weleens gehoord te hebben, dan vat zij haar leven weer op als daarvoor. Maar als een man zijn vrouw verliest, gaat er iets in hem dood.

Hij drong de gelukkige beelden van vroeger uit zijn geest weg en trachtte het vage beeld van een man voor ogen te krijgen. Zijn gezicht was niet duidelijk herkenbaar, want het was een gezicht van een man die Fawkes nog nooit had gezien: Hiram Lusana.

Het verdriet van Fawkes werd plotseling overspoeld door een golf van kille haat. Hij balde zijn vuisten en sloeg er mee op de natte grond, tot zijn emoties tenslotte kalmeerden. Toen slaakte hij een diepe zucht en legde de bougainvillea-bladeren zo neer, dat ze de namen van Myrna en de kinderen vormden.

Vervolgens stond hij wankelend op en wist wat hem te doen stond.

19

Lusana zat aan het hoofd van een ovale conferentietafel met een nadenkende blik in zijn ogen te spelen met een ballpoint. Hij keek naar de eeuwig glimlachende kolonel Duc Phon Lo, militair hoofdadviseur van het ARL, en vervolgens naar de officieren die dicht opeen in de stoelen naast hem zaten.

'De een of andere bloeddorstige idioot heeft het in zijn hoofd gehaald de farm van de meest geachte burger van Natal te overvallen, en jullie zitten hier even onschuldig te kijken als een stel Zoeloemaagden.' Hij zweeg even en keek onderzoekend naar hun gezichten. 'Vooruit heren, vertel op. Wie heeft daar achter gezeten?'

Lo boog zijn hoofd en spreidde zijn handen uit op de tafel. Met zijn amandelkleurige ogen en zijn kort geknipte en gladde haar zag hij er tussen de anderen misplaatst uit. Hij sprak langzaam en articuleerde ieder woord zorgvuldig.

'Ik kan u mijn woord geven, generaal, dat hier niemand onder uw bevel verantwoordelijk voor is. Ik heb nauwkeurig nagegaan waar iedere sectie zich tijdens de overval bevond. Behalve de sectie onder bevel van Somala was er niet een die zich dichter dan op tweehonderd kilometer afstand van Umkono bevond.'

'Hoe verklaart u dit dan?'

'Dat kan ik niet.'

Lusana hield zijn blik strak gericht op Lo en bestudeerde de gelaatsuitdrukking van de Aziaat. Toen, overtuigd dat de eeuwige glimlach van de man niets slinks verborg, nam hij de andere mannen aan de tafel op.

Rechts van hem zat majoor Thomas Machita, het hoofd van zijn inlichtingendienst. Daarnaast zat kolonel Randolph Jumana, zijn plaatsvervanger. Daar tegenover zaten Lo en kolonel Oliver Makeir, coördinator van het propagandaprogram van het ARL.

'Heeft iemand hier een theorie over?' vroeg Lusana.

Jumana ordende voor de tiende maal een stapel papieren en ontweek Lusana's blik. 'Gesteld dat Somala zich de overval heeft verbeeld? Misschien heeft hij die in een aanval van delirium gezien of zelfs maar gewoon verzonnen.'

Met gefronste wenkbrauwen schudde Lusana geïrriteerd zijn hoofd. 'U vergeet, kolonel, dat ik zelf het verslag van Somala heb opgenomen. Hij was een verdomd goed man, de beste sectieleider die we hadden. Hij had geen delirium en ook geen reden om een verhaal te verzinnen, waar hij wist dat hij op het punt stond te sterven.'

'Er is geen twijfel aan dat de overval heeft plaats gevonden,' zei Makeir. 'De Zuidafrikaanse pers en TV-journalen hebben er bijzonder veel aandacht aan besteed. Hun verhalen komen allemaal overeen met wat Somala de generaal heeft verteld, behalve dat de regeringstroepen nog steeds geen betrouwbare getuige hebben gevonden die een beschrijving kan geven van de overvallers. We mogen van geluk spreken dat Somala nog kans heeft gezien om terug te komen en voor zijn dood een gedetailleerde beschrijving heeft gegeven van wat hij gezien heeft.'

'Heeft hij gezien wie hem heeft neergeschoten?' vroeg Jumana.

'Hij werd van ver af in zijn rug geschoten,' antwoordde

Lusana, 'waarschijnlijk door een sluipschutter. De arme donder heeft kans gezien om bijna vijf kilometer te kruipen naar de plaats die hij aan de rest van zijn verkenningsploeg had toegewezen. Ze hebben hem zo goed mogelijk eerste hulp verleend en hem teruggebracht naar ons kamp.'

Thomas Machita schudde zijn hoofd uit totaal onbegrip. 'Er klopt allemaal niets van. Het lijkt me onwaarschijnlijk dat andere bevrijdingsbewegingen zich als soldaten van het ARL zouden vermommen.'

'Aan de andere kant,' zei Makeir, 'hebben zij wellicht de overval op touw gezet om ons de schuld te geven en zelf buiten schot te blijven.'

'Ik sta in geregeld contact met mijn landgenoten die als adviseurs bij de andere verzetsbewegingen optreden,' zei kolonel Lo. 'Die zijn allemaal zo kwaad als opgejaagde horzels. Niemand had iets te winnen bij een overval op de farm van Fawkes. Als die enig effect heeft gehad, dan is het een versterking van de vastbeslotenheid van blanken, Indiërs, kleurlingen en ook een aantal negers om zich te verzetten tegen iedere inmenging van buiten af.'

Lusana steunde met zijn kin op zijn gevouwen handen. 'Goed, als zij het niet hebben gedaan, en we weten dat *wij* het niet hebben gedaan, wie houden we dan over als voornaamste verdachte?'

'Zuidafrikaanse blanken,' antwoordde Lo eenvoudig.

Alle ogen werden gericht op de Vietnamese adviseur, staarde in de ondoorgrondelijke ogen. 'Misschien wilt u die bewering herhalen?'

'Ik suggereer alleen maar dat iemand in de Zuidafrikaanse regering de moord op de familie Fawkes en hun arbeiders kan hebben bevolen.'

Een paar ogenblikken staarden ze hem allemaal aan zonder een woord te zeggen. Eindelijk verbrak Machita het stilzwijgen.

'Ik zie niet in wat daar het doel van zou zijn.'

'Ik ook niet,' zei Lo schouderophalend. 'Maar bedenk dit: wie anders zou er beschikken over de middelen om een troep overvallers uit te rusten met wapens en uniformen die gelijk zijn aan de onze? Verder, en belangrijker nog, komt het u niet vreemd voor, heren, dat zelfs al trokken de overvallers zich terug bij het horen van de helikopters van het leger, er niet één van hen is opgespoord. Een bekend feit in de guerrilla-oorlog is, dat wij een voorsprong van [illegible] nodig hebben om een redelijke kans te hebben te ontkomen. Een voorsprong van minder dan tien minuten op een strijdmacht die gebruik maakt van helikopters en honden is zelfmoord.'

'Uw theorie is intrigerend,' zei Lusana en trommelde met zijn vingers op de tafel. 'Ik ben absoluut niet van plan om hem als juist te aanvaarden. Maar het kan natuurlijk geen kwaad om dat na te gaan.' Hij wendde zich tot Machita. 'Beschikt u over een betrouwbare agent bij het ministerie van defensie?'

'Een hooggeplaatst functionaris,' antwoordde Machita. 'Het zal ons wel een lieve duit kosten, maar zijn inlichtingen zijn volkomen betrouwbaar. Overigens wel een vreemde vogel; hij verschijnt nooit tweemaal op één plaats onder dezelfde vermomming.'

'U laat hem klinken als een soort mysticus,' zei Jumana.

'Misschien is hij dat wel,' gaf Machita toe. 'Emma verschijnt altijd als we hem het minst verwachten.'

'Emma?'

'Zijn codenaam.'

'Of de man heeft een vreemd gevoel van humor, òf het is een travestiet,' zei Lusana.

'Ik zou het u niet kunnen zeggen, generaal.'

'Hoe maakt u contact met hem?'

'Dat doen we niet. Hij doet dat alleen zelf, als hij nuttige inlichtingen te koop heeft.'

Jumana's gezicht betrok. 'Welke garantie hebben we dat hij ons geen vervalste documenten verkoopt?'

'Tot nu toe is alles wat hij ons van het ministerie heeft doorgegeven voor honderd procent betrouwbaar gebleken.'

Lusana keek Machita aan. 'Dus u zorgt daarvoor?'

Machita knikte. 'Ik zal zelf naar Pretoria vliegen en afwachten tot Emma zich weer vertoont. Als iemand dit mysterie kan oplossen, is hij het wel.'

20

Het kamp van het Afrikaanse Revolutieleger was geen echt kamp, maar meer een hoofdkwartier in wat eens een universiteit voor Portugezen was geweest, toen Mozambique nog onder Portugees bewind stond. Sindsdien was er een nieuwe universiteit gebouwd voor de zwarte burgers van de natie, in een nieuw-gebouwde stad in het noorden, aan het Malawi-meer.

De omgebouwde universiteitsgebouwen vormden een ideale basis voor het leger van Lusana: slaapgebouwen voor de troepen, cafetaria's die omgebouwd waren in kantines, sportfaciliteiten die nu voor gevechtsopleiding werden benut, comfortabele huisvesting voor de officieren en een opnieuw ingerichte balzaal voor sociale functies.

Democratisch congreslid Frederick Daggat, een van de drie zwarte congresleden uit New Jersey, was onder de indruk. Hij had min of meer gerekend op een typische revolutionaire beweging van inboorlingen die bewapend waren met Sovjet-raketten, gekleed gingen in slonzige Chinese uniformen en spraken in zinloze en versleten Marxistische clichés. In plaats daarvan trof hij tot zijn genoegen een organisatie aan met de efficiency van een Amerikaanse oliemaatschappij. Lusana en zijn officieren hadden meer weg van zakenlieden in hoge posities dan van guerrillero's.

Alles ging op de cocktailparty volkomen toe volgens de regels zoals die in New York golden. Zelfs de gastvrouw, Felicia Collins, zou een goed figuur hebben geslagen op een cocktailparty in het centrum van Manhattan.

Daggat wist haar aandacht te trekken en zij excuseerde zich bij een bewonderende groep wetgevers uit Somalië. Ze kwam naar hem toe en legde haar hand op zijn arm.

'Amuseert u zich?'

'Uitstekend, ja.'

'Hiram en ik hadden gehoopt dat u tot het weekeinde hier zou blijven.'

'Het spijt me, maar ik moet morgenmiddag in Nairobi zijn voor een bespreking met de onderwijsraad van Kenya.'

'Ik hoop dat uw kamers u bevallen. We liggen hier een

beetje uit de route voor de faciliteiten van een Hilton-hotel.'

'Ik moet u bekennen dat de gastvrijheid van meneer Lusana mijn stoutste verwachtingen overtreft.'

Daggat keek op haar neer. Vanavond was het eigenlijk voor het eerst dat hij Felicia Collins echt van dichtbij te zien kreeg. Ze was een beroemdheid, zangeres met drie gouden platen, actrice met twee Emmy's en een Oscar voor een moeilijke rol als zwarte suffragette in de film *Road of Poppies*, en zag er in alle opzichten even betoverend uit als in de film.

Felicia stond daar koel en zelfverzekerd in een avondpyama van groene crêpe de Chine, waarvan het strapless bovengedeelte om haar middel was vastgebonden en de bijpassende pantalon een beetje doorzichtig was zodat haar welgevormde benen goed uitkwamen. Haar haren droeg zij in een chique soort Afrikaans kapsel.

'Hiram is bijna een grootheid, weet u.'

Hij glimlachte om haar trotse uitspraak. 'Ik neem aan dat ze ooit hetzelfde hebben gezegd van de Hunnenkoning Attila.'

'Ik begrijp nu waarom uw persconferenties in Washington zo druk worden bezocht.' Zij hield haar hand op zijn arm. 'U hebt een heel scherpe tong.'

'Ze noemen hem "de pijl van Daggat", geloof ik.'

'Misschien om er de blanke maatschappij beter mee te raken?'

Hij pakte haar hand en drukte die steeds steviger, tot haar grote, mahoniebruine ogen nog iets groter werden. 'Vertelt u mij eens, juffrouw Collins, wat brengt een mooie en beroemde zwarte artieste naar de wildernis?'

'Hetzelfde als het zwarte *enfant terrible* van het Congres,' antwoordde zij. 'Om een man te helpen die vecht voor de vooruitgang van ons ras.'

'Ik ben eerder geneigd te geloven dat Hiram Lusana vecht voor de vooruitgang van zijn eigen bankrekening.'

Felicia glimlachte spottend. 'U valt me tegen, congreslid. Als u beter uw best had gedaan op uw huiswerk, zou u weten dat dit domweg niet waar is.'

Daggat verstrakte. De handschoen was geworpen.

Hij liet haar hand los en bracht zijn gezicht tot vlak bij het hare. 'Met de halve wereld kijkend naar de Afrikaanse naties en zich afvragend wanneer zij hun circusvoorstelling beginnen en het laatste bastion van de blanke overheersing verwijderen, wie anders zou er dan als een Messias uit de wildernis komen, met een passend spreekwoord voor iedere gelegenheid, dan uw vriendelijke internationale drugs-smokkelaar Hiram Lusana. Als een openbaring in de nacht lanceert hij zijn bloeiende operatie voor de zaak van het arme en kwalijk riekende zwarte uitschot van Zuid-Afrika. Gesteund door de goedgelovige zwarte publieke opinie en een wereldpers die op zoek is naar een persoonlijkheid, wat voor persoonlijkheid dan ook, ziet onze knappe Hiram zijn glimlachende gelaat plotseling op de voorpagina's van niet minder dan veertien tijdschriften, met een gezamenlijke oplaag van meer dan zestig miljoen. Zo schijnt de zon vanuit de hemel en wordt Hiram Lusana overal geprezen door bijbelzwaaiers om zijn vroomheid; ministeries van buitenlandse zaken vechten om zijn aanwezigheid op hun party's; hij vraagt en ontvangt fabelachtige honoraria voor zijn lezingen, en onnozele lieden uit de amusementswereld, zoals mejuffrouw Collins, kussen zijn kont en proberen met hem in het voetlicht te komen.'

Het mooie gezicht van Felicia kreeg een woedende uitdrukking. 'U bent opzettelijk beledigend.'

'Laten we liever zeggen, gewoon eerlijk.' Daggat zweeg even en genoot van Felicia's onbehagen. 'En wat denkt u dat er gebeuren gaat als Lusana zijn oorlog wint en het blanke régime in Zuid-Afrika zich overgeeft? Zal hij net als Cincinnatus destijds zijn generaalsuniform uittrekken en terugkeren naar de ploeg? Niet erg waarschijnlijk. Ik twijfel er niet aan of hij zal zichzelf uitroepen tot president en een dictatuur vestigen. Daarna, met de enorme hulpbronnen van Afrika's meest ontwikkelde land in zijn zak, zal hij zijn kruistocht ombuigen en de zwakkere zwarte naties inpikken, hetzij met geweld, hetzij op een slinkse manier.'

'U bent blind,' zei ze nors. 'Hiram leeft volgens hoge ethische normen. Het lijkt me ondenkbaar, dat hij er ooit over zou denken om zijn idealen te verkopen voor persoonlijk gewin.'

De geslepen blik in de ogen van Daggat ontging haar. 'Ik kan het bewijzen, juffrouw Collins, en alles wat het u zal kosten – financieel tenminste – is één Amerikaanse dollar.'

'U bent aan het vissen in een leeg meer, congreslid.

Blijkbaar kent u de generaal niet.'

'Wedden?'

Zij dacht even na en zei toen: 'Goed.'

Daggat maakte een galante buiging en nam haar mee naar Lusana, die met een officier van het leger van Mozambique over taktiek stond te praten. Bij hun nadering brak Lusana zijn gesprek af en begroette hij hen. 'Ha, mijn beide landgenoten. Ik zie dat u elkaar ontmoet hebt.'

'Kan ik even met u en juffrouw Collins alleen spreken, generaal?' vroeg Daggat.

'Maar natuurlijk.'

Lusana excuseerde zich bij de officier en ging hen voor naar een kleine studeerkamer, die comfortabel in moderne Afro-stijl was gemeubileerd.

'Heel mooi,' zei Daggat.

'Mijn favoriete stijl voor interieurs.' Lusana gebaarde hen om te gaan zitten. 'En waarom ook niet? Is het niet gebaseerd op onze voorouderlijke motieven?'

'Persoonlijk geef ik de voorkeur aan de moderne Egyptische stijl,' zei Daggat onverschillig.

'Waar had u over willen praten?' vroeg Lusana.

Daggat kwam meteen terzake. 'Als ik eerlijk mag zeggen, generaal, is de enige reden waarom u vanavond deze show hebt opgezet de hoop mij met smoesjes zover te krijgen, dat ik mijn invloed bij het comité voor buitenlandse zaken van het Huis ga aanwenden ten behoeve van het ARL. Nietwaar?'

Lusana kon een opgejaagde blik niet verbergen, maar dacht er wel aan beleefd te blijven. 'Sorry, congreslid. Het was niet mijn bedoeling zo doorzichtig te zijn. Ja, ik hoopte u te kunnen overhalen om onze zaak te gaan ondersteunen. Maar smoesjes? Absoluut niet. Ik ben niet dwaas genoeg om te proberen een man met uw reputatie van schranderheid om de tuin te leiden.'

'Goed, dat als inleiding. Wat zit hier voor mij in?'

Lusana staarde Daggat gefascineerd aan. Een dergelijke mate van directheid was nauwelijks wat hij verwacht had. Zijn plannen waren op een meer behoedzame benadering gericht, en hij voelde zich nu overrompeld. Een dergelijk rechtstreeks verzoek om steekpenningen verbijsterde hem. Hij besloot eerst maar zedig te doen en op die manier wat bedenktijd te winnen.

'Ik begrijp niet wat u bedoelt, congreslid.'

'Geen smoesjes, generaal. U en ik zijn uit dezelfde goot gekomen. We hebben armoede en discriminatie niet achter ons gelaten zonder onderweg het een en ander te hebben geleerd.'

Lusana wendde zich af en stak langzaam en zorgvuldig een sigaret op. 'Wilt u dat ik de onderhandelingen begin met een bod voor uw diensten?'

'Dat is niet nodig. Ik heb zelf al een . . . eh . . . iets in gedachten.'

'Zegt u het maar.'

De lippen van Daggat krulden zich tot een glimlachje: 'Juffrouw Collins.'

Lusana keek verwonderd op. 'Heel aardig, ja. Maar ik zie niet in wat . . .'

'U geeft mij Felicia Collins en ik zal zorgen dat mijn commissie voor stemt als het om een bewapeningsprogram voor uw revolutie gaat.'

Felicia sprong woedend op met haar mahoniebruine ogen vol vuur. 'Ik weiger dit te geloven.'

'Beschouw het maar als een klein offer voor een nobele kruistocht,' zei Daggat sarcastisch.

'Hiram, in godsnaam,' snauwde zij. 'Zeg tegen deze snoeshaan dat hij beter zijn biezen kan pakken.'

Lusana gaf niet meteen antwoord. Hij keek naar zijn schoot en veegde een denkbeeldig pluisje van zijn broekspijp met messcherpe vouw af. Toen zei hij zacht: 'Het spijt me, Felicia, maar ik mag hier geen gevoelsoverwegingen in laten meespelen.'

'Wat is dit voor waanzin?' Ze staarde hem ongelovig aan. 'Jullie zijn alle twee gek, stapelgek, als je denkt dat je me kunt doorgeven als een schaal met koekjes.'

Lusana stond op en ging even met zijn lippen over haar voorhoofd heen. 'Haat me hier niet om.' Hij wendde zich tot Daggat. 'Congreslid, veel plezier met uw buit.'

Toen liep hij de kamer uit.

Felicia bleef een ogenblik staan met een mengsel van vijandschap en verwarring op haar gezicht; toen begreep zij het volledig en de tranen sprongen haar in de ogen. Zij protesteerde niet en maakte ook geen afwerend gebaar, toen Daggat haar zacht naar zich toetrok en kuste.

'Schoft,' fluisterde zij. 'Rotschoft. Ik hoop dat je nu tevreden bent.'

'Nog niet helemaal.'

'Je hebt je pond vlees gewonnen. Wat wil je verder nog?'

Hij haalde een zakdoek uit zijn borstzak en depte haar tranende ogen.

'Je vergeet,' zei hij met een sardonisch glimlachje, 'dat je me nog een dollar schuldig bent.'

21

Pieter de Vaal deed het dossier over de moordpartij op de farm van Fawkes dicht. Toen hij opkeek, was zijn gezicht vertrokken en vermoeid. 'Ik ben nog steeds geschokt door dit vreselijke drama. Het was zo zinloos.'

Fawkes bleef onverstoorbaar. Hij zat tegenover de minister van defensie zijn oude pijp te stoppen. Het werd stil in de kamer; alleen het gedempte geluid van het verkeer van Pretoria drong door het grote venster dat uitkeek op het Burgerpark naar binnen.

Eindelijk stopte De Vaal het dossier in een la en ontweek de ogen van Fawkes onder het spreken. 'Het spijt me dat onze patrouilles er niet in geslaagd zijn de barbaren die hier verantwoordelijk voor zijn gevangen te nemen.'

'Er was maar één man verantwoordelijk,' zei Fawkes somber. 'De mannen die mijn gezin hebben uitgemoord stonden onder zijn bevel.'

'Ik weet wat u denkt, kapitein Fawkes, maar we hebben er geen bewijs van dat Lusana hier achter heeft gezeten.'

'Ik ben ervan overtuigd.'

'Wat kan ik daarvan zeggen? Zelfs als we daar zeker van waren, dan bevindt hij zich nog altijd buiten onze grenzen. We hebben geen mogelijkheid om hem te pakken te nemen.'

'Ik wel.'

'Hoe?'

'Door als vrijwilliger de leiding van uw Operatie wilde roos op me te nemen.'

De Vaal voelde de wraakzuchtige haat die in Patrick Fawkes smeulde. De minister van defensie stond op en ging naar het raam, waar hij uitkeek over de zee van jacaranda-bomen in de stad. 'Ik voel met u mee, kapitein, maar het antwoord is toch nee.'

'Maar waarom niet?'

'Wilde roos is een monsterachtig idee. Een mislukking van de operatie zou rampzalige gevolgen hebben voor onze regering.'

Fawkes sloeg zo hard met zijn pijp op het bureau, dat de steel brak. 'Nee, godverdomme! Mijn farm was nog maar een begin. Lusana en zijn bloeddorstige bende moeten worden tegengehouden, voordat het hele land druipt van het bloed.'

'De risico's zijn veel groter dan de mogelijke pluspunten.'

'Ik zal niet mislukken,' zei Fawkes koud.

De Vaal zag eruit als iemand in gevecht met zijn geweten. Hij liep nerveus op en neer; toen bleef hij staan en keek Fawkes doordringend aan. 'Ik kan niet garanderen dat ik u met succes weg krijg als het zover is. En het ministerie van defensie zal uiteraard iedere relatie met de onderneming ontkennen als u ontmaskerd wordt.'

'Dat begrijp ik.' Fawkes slaakte een diepe zucht van verlichting. Toen schoot hem iets te binnen. 'Die trein, excellentie. Hoe zag u kans om zo snel van een operatiekamer in het ziekenhuis van Durban naar het spoorwegemplacement van Port Elizabeth te reizen?'

Voor het eerst glimlachte De Vaal. 'Een eenvoudige list. Ik ben door de voordeur het ziekenhuis binnengegaan en meteen door de achterdeur weer naar buiten. Met een ambulance ben ik naar de luchtmachtbasis Heidriek gebracht, vanwaar ik met een straaljager naar een vliegveld bij Pembroke ben gegaan. Die trein is van onze president. Ik heb hem maar een paar uur geleend, terwijl hij buiten gebruik was voor een periodieke onderhoudsbeurt.'

'Maar waarom deze gecompliceerde afleidingsmanoevre?'

'Ik vind het weleens nodig mijn doen en laten te camoufleren,' antwoordde De Vaal. 'En u zult het wel met me eens zijn dat de Operatie wilde roos bepaald niet iets is waar we reclame voor willen gaan maken.'

'Ik begrijp wat u bedoelt.'

'En u, kapitein Fawkes. Kunt u uit het gezicht verdwijnen zonder argwanende geesten te alarmeren?'

Fawkes knikte ernstig. 'Ik ben uit Umkono vertrokken in

een wolk van verdriet. Mijn vrienden en buren denken dat ik terug ben gegaan naar Schotland.'

'Goed dan.' De Vaal pakte een stuk papier, waar hij iets op schreef, om het vervolgens naar Fawkes toe te schuiven. 'Dit is het adres van een hotel op ongeveer vijftien kilometer ten zuiden van de stad. Neemt u daar een kamer en wacht er op de vereiste papieren en instructies om de bal aan het rollen te krijgen. Vanaf dit moment beschouwt de regering van Zuid-Afrika u als dood.' Hij liet zijn schouders hangen. 'God helpe ons verder.'

'God? Nee, dat denk ik niet.' In de ogen van Fawkes verscheen een boosaardig licht. 'Ik betwijfel ernstig of die er iets mee te maken zal willen hebben.'

Op de verdieping onder het kantoor van de minister liep kolonel Zeegler alleen in een stafkamer te ijsberen langs een grote tafel, die vol glanzende foto's lag.

Voor het eerst in zijn militaire loopbaan was hij volkomen verbijsterd. De overval op de farm van Fawkes had iets intrigerends, dat niet in het gebruikelijke terroristische patroon paste. Alles was veel te perfect en precies uitgevoerd voor het ARL. Bovendien was dit Lusana's stijl niet. Zeker, hij kon de dood van blanke soldaten bevelen, maar hij zou nooit zijn goedkeuring verlenen aan de moorden op Fawkes' neger-arbeiders, en zeker niet op vrouwen en kinderen. Dat onderdeel ging tegen de bekende strategie van de opstandelingenleider in.

'Wie dan?' peinsde Zeegler hardop.

Zeker geen zwarte eenheden van het Zuidafrikaanse leger. Dat zou onmogelijk zijn geweest zonder dat Zeegler ervan zou hebben geweten.

Hij bleef staan en schoof de foto's die na de overval door een onderzoekingsteam waren genomen door elkaar. Getuigen waren er nooit gevonden en geen van de overvallers was gevangen genomen. Het was allemaal veel te perfect uitgevoerd, te feilloos.

Zelfs de geringste aanwijzing omtrent de identiteit van de dader ontbrak hem. Toch zei zijn jarenlange ervaring hem dat er ergens, ver op de achtergrond een aanwijzing moest zijn.

Als een chirurg die röntgenfoto's bestudeert voor een

gecompliceerde operatie, pakte Zeegler een vergrootglas en begon voor de twintigste maal iedere foto te bestuderen.

22

Het straalvliegtuig van Air Malawi uit Lourenco Marques, Mozambique, kwam aan de grond en taxide naar het eindpunt van de luchthaven van Pretoria. Enkele ogenblikken nadat het gehuil van de motoren was weggestorven werd de trap uitgelaten; de passagiers knikten de knappe Afrikaanse stewardess vaarwel en verdwenen in het stationsgebouw.

Majoor Thomas Machita volgde de andere reizigers en stak de immigratiebeambte zijn valse Mozambicaanse paspoort toe toen hij aan de beurt was.

De blanke Zuidafrikaan bestudeerde de pasfoto en de naam daaronder, George Yariko, en glimlachte schrander. 'Dat zijn drie reizen naar Pretoria de laatste maand, meneer Yariko.' Hij knikte naar de koerierstas die Machita aan een kettinkje om zijn pols had. 'Uw consul schijnt de laatste tijd overstelpt te worden met instructies.'

Machita haalde zijn schouders op. 'Als mijn departement van buitenlandse zaken me niet naar ons consulaat in Pretoria stuurt, sturen ze me wel naar een ander consulaat. Neemt u me niet kwalijk, maar ik had net zo lief een missie naar Parijs of Londen.'

De ambtenaar wenkte hem naar de uitgang. 'Ik hoop u binnenkort weer te zien,' zei hij met gespeelde beleefdheid. 'Ik wens u een prettig verblijf toe.'

Machita glimlachte met al zijn tanden bloot en baande zich achteloos een weg door de stationshal naar de taxistandplaats. Met zijn vrije hand wenkte hij een taxi die aan het begin van een lange rij stond. De chauffeur knikte en startte zijn motor. Maar opeens, voordat hij bij zijn passagier was gekomen, maakte zich verder naar achter een andere taxi los uit de rij, die hem sneed en voor Machita tot stilstand kwam, temidden van een kakofonie van getoeter en geschreeuw van boze taxichauffeurs die hun beurt stonden af te wachten.

Machita vond het een amusante vertoning. Hij gooide zijn

tas op de achterbank en stapte in. 'Het consulaat van Mozambique,' zei hij tegen de agressieve chauffeur.

De chauffeur tikte aan zijn pet, stelde de taximeter in en stortte zich in het verkeer. Machito liet zich achterover zakken en keek naar buiten. Hij maakte de ketting om zijn pols los en stopte hem in de diplomatentas. De consul van Mozambique was de zaak van het ARL gunstig gestemd en liet Machita en zijn medewerkers reizen als diplomatieke koeriers. Na enige tijd gebruik te hebben gemaakt van de gastvrijheid van het consulaat, gingen ze naar een onopvallend hotel om te beginnen met hun spionagewerk.

Machita voelde ergens in zijn achterhoofd een alarmsignaal. Hij ging rechtop zitten en keek naar buiten. De chauffeur nam niet de kortste weg naar het consulaat, maar reed in de richting van de drukke zakenwijk in het centrum van Pretoria.

Machita klopte de chauffeur op zijn schouder. 'Ik ben geen toerist die je mee kunt nemen voor een rondrit, vriend. Als je verwacht te worden betaald, stel ik voor dat je de kortste weg naar het consulaat neemt.'

Zijn enige antwoord was een onverschillig schouderophalen. Na nog een paar minuten door het drukke verkeer te zijn gekronkeld, reed de chauffeur de ondergrondse garage binnen van een groot warenhuis. Machita had geen instinctieve waarschuwing meer nodig om de val te onderkennen. Zijn tong zwol op als een droge spons en hij voelde zijn hart sneller kloppen. Voorzichtig maakte hij de diplomatentas open en haalde er een automatische Mauser .38 uit.

Op de onderste verdieping bracht de chauffeur de taxi tot stilstand op een lege plaats bij de muur die het verst van de ingangstunnel was verwijderd. Toen keerde hij zich om en voelde de loop van Machita's pistool op de punt van zijn neus.

Het was de eerste gelegenheid die Machita kreeg om het gezicht van de chauffeur nader te bekijken. De gladde, donkere huid en de gelaatstrekken waren die van een Indiër, waarvan er meer dan een half miljoen in Zuid-Afrika woonden. De man glimlachte oprecht ontspannen, zonder iets van het onbehagen dat Machita had verwacht.

'Ik dacht niet dat we verder nog toneel hoefden te spelen, majoor Machita,' zei de chauffeur. 'U bent niet in gevaar.'

Machita's hand met de revolver bleef onbeweeglijk. Hij durfde zich niet om te draaien om te kijken naar het leger zwaar gewapende mannen waarvan hij overtuigd was dat het zich daar zou bevinden. 'Wat er ook gebeurt, jij sterft samen met mij,' zei hij.

'U bent een gevoelsmens,' zei de chauffeur. 'En in feite dom. Voor een man met uw bezigheden voorspelt het niets goeds om te reageren als een tiener die betrapt wordt bij het leegstelen van een snoepwinkel.'

'Hou op met die praatjes, man,' snauwde Machita. 'Wat voor grap is dit?'

De taxichauffeur lachte. 'Echt gesproken als de Amerikaanse neger die u bent. Luke Sampson, uit Los Angeles; alias Charley Le Mat, uit Chicago; alias majoor Thomas Machita van het ARL en God mag weten wat nog meer.'

Machita werd overvallen door een rilling. Hij zocht koortsachtig naar antwoorden op de vragen wie die taxichauffeur was en hoe hij zoveel van hem kon weten. 'Je vergist je. Mijn naam is Yariko, George Yariko.'

'Zoals u wilt,' zei de chauffeur. Maar als u het niet erg vindt komt het mij beter uit mijn gesprek te voeren met majoor Machita.'

'Wie ben je?'

'Voor iemand van de inlichtingendienst schiet uw waarnemingsvermogen schromelijk tekort.' De stem ging geleidelijk over in een Engels met een Afrikaans accent. 'Wij hebben elkaar al tweemaal eerder ontmoet.'

Machita liet langzaam zijn pistool zakken. 'Emma?'

'Ha, de mist begint op te trekken.'

Machita slaakte een diepe zucht van verlichting en stopte zijn pistool weer in de tas. 'Hoe wist je verdomme dat ik precies met deze vlucht aan zou komen?'

'In het kristal gekeken,' zei Emma, die blijkbaar niet bereid was zijn geheimen te delen.

Machita staarde naar de man achter het stuur en nam ieder detail van zijn gezicht en zijn zachte, gave huid aandachtig op. Het vertoonde niet de minste gelijkenis met de tuinman en de kelner die zich bij de vorige twee ontmoetingen voor Emma hadden uitgegeven.

'Ik hoopte dat je contact met me op zou nemen, maar zo vlug had ik je niet verwacht.'

'Ik heb iets gevonden waarvan ik denk dat Hiram Lusana er belang in zal stellen.'

'Hoeveel ditmaal?' vroeg Machita droog.

Zonder enige aarzeling: 'Twee miljoen Amerikaanse dollars.'

Machita trok een gezicht. 'Er zijn geen inlichtingen die zoveel waard zijn.'

'Ik heb geen tijd om daarover te gaan discussiëren,' zei Emma. Hij stak Machita een kleine enveloppe toe. 'Hierin vindt u een korte beschrijving van een stuk anti-ARL-strategie, topgeheim, dat bekend staat onder de naam Operatie wilde roos. Doel en opzet van het plan staan daarin beschreven. Geef dat maar aan Lusana. Als hij na het te hebben bekeken accoord gaat met mijn prijs, zal ik het volledige plan afleveren.'

De enveloppe verdween in de tas, op de ketting en de Mauser. 'Morgenavond heeft de generaal het in handen,' beloofde Machita.

'Uitstekend. Dan zal ik u nu naar het consulaat brengen.'

'Nog één ding.'

Emma keek over zijn schouder heen naar de majoor. 'Ik ben geheel en al oor.'

'De generaal wil weten wie de overval heeft gepleegd op de farm van Fawkes, in Natal.'

Emma's donkere ogen keken Machita bespiegelend aan. 'Uw generaal heeft een merkwaardig gevoel voor humor. De bewijzen die er zijn gevonden wijzen op uw welwillende ARL.'

'Het ARL is onschuldig. Wij willen de waarheid weten.'

Emma trok zijn schouders op. 'Goed, ik zal ernaar kijken.'

Toen zette hij de taxi in zijn achteruit en reed de parkeergarage uit. Acht minuten later zette hij Machita af bij het consulaat van Mozambique.

'Nog een laatste advies, majoor.'

Machita boog zich naar het raam toe. 'Wat dan?'

'Een goede agent neemt nooit de eerste taxi die hem wordt aangeboden, maar kiest altijd de tweede of derde in de rij. Dat is dè manier om geen moeilijkheden te krijgen.'

Na deze terechtwijzing bleef Machita op het trottoir staan en keek de taxi na, tot deze was opgeslokt door het drukke verkeer van Pretoria.

23

De stralen van de late middagzon kropen over het balkonhek heen en betastten de lome gestalte die buiten bij een van de duurdere suites lag van het New Stanley-hotel in Nairobi, Kenya.

Felicia Collins droeg een beha met een kleurig patroon en een bijpassende Kongo-rok over het onderste deel van haar bikini. Zij rolde zich op haar zij, stak een sigaret op en dacht na over haar handelingen in de afgelopen paar dagen. Goed, ze had in de loop der jaren met heel wat verschillende mannen geslapen. Daarover maakte zij zich niet druk. De eerste keer was ze naar bed gegaan met een zestienjarige neef; zelf was ze toen pas veertien. Dat was op zijn best een ervaring die met het verstrijken der jaren tot iets vaags was geworden. Daarop volgden tot haar twintigste tenminste nog tien andere mannen. De meeste namen waren allang vergeten en de gezichten vaag en onduidelijk.

De minnaars die haar bed in en uit waren geklommen in haar jaren als opkomend vocaliste vormden een doorlopende reeks van directeuren van platenmaatschappijen, discjockeys, musici en componisten. De meesten hadden op een of andere manier bijgedragen tot haar carrière. Met de plotselinge golf van succes kwam Hollywood en een nieuwe orgie van uitgaansleven.

Gezichten, dacht ze. Wat vreemd dat ze zich geen vormen en gelaatstrekken meer kon herinneren, terwijl de slaapkamers en hun interieur haar nog zo levendig voor de geest stonden. Het gevoel van de matrassen, het patroon van het behang, het interieur van de aangrenzende badkamer zag ze nog duidelijk voor zich, evenals de verschillende soorten balken en plafonds.

Zoals voor veel vrouwen was sex voor Felicia niet absoluut verheven boven iedere andere soort van ontspanning. Talloze malen zou ze in plaats daarvan liever zijn opgekruld met een goed boek. Het gezicht van Hiram Lusana begon al met de andere in het donker te verdwijnen.

Eerst had zij Daggat en het idee dat hij haar kon laten opdraven gehaat. Ze had iedere gelegenheid waargenomen om hem te beledigen, maar hij was toch beleefd gebleven.

Niets dat zij kon zeggen of doen maakte hem kwaad. God, het is om gek te worden, dacht ze. Bijna wenste ze dat hij haar zou vernederen als een slavin, zodat haar haat gerechtvaardigd zou zijn, maar het mocht niet zo zijn. Frederick Daggat was te uitgeslapen. Hij ging voorzichtig en zacht met haar om, als een visser die weet dat hij een extra-grote vis aan de lijn heeft.

De balkondeur ging open en Daggat kwam naar buiten. Felicia ging rechtop zitten en zette haar zonnebril af, toen zijn schaduw over haar lichaam viel.

'Sliep je?'

Zij glimlachte hem toe. 'Alleen maar aan het dagdromen.'

'Het begint fris te worden. Je kunt beter binnenkomen.'

Hij pakte haar hand beet en trok haar op de been. Zij keek hem even ondeugend aan, maakte toen haar beha los en drukte haar blote borsten tegen zijn borst. 'We hebben nog tijd voor een beetje liefde voor het eten.'

Dat was plagen en dat wisten ze beiden. Sinds ze samen uit het kamp van Lusana waren vertrokken, had zij op zijn sexuele toenaderingen gereageerd met de overgave van een robot. Dit was een rol die ze nog nooit eerder gespeeld had.

'Waarom?' vroeg hij eenvoudig.

Haar sprekende koffiebruine ogen namen hem op. 'Waarom?'

'Waarom ben je weggegaan van Lusana en met mij meegegaan? Ik ben geen man met een uiterlijk om vrouwen het hoofd op hol te brengen. Ik heb dat lelijke gezicht van me veertig jaar lang iedere dag in de spiegel gezien en ik hoef mezelf niet wijs te maken dat het filmsterrenmateriaal is. Je hoeft je niet te gedragen als een verkochte koe, Felicia. Lusana had je niet in eigendom en ik evenmin, en ik denk dat geen enkele man dat ooit zal hebben. Je had ons beiden kunnen zeggen dat we naar de verdommenis konden lopen en toch ben je gewillig met me meegegaan, tè gewillig. Waarom?'

Zij voelde een kriebeling in haar maag bij het ruiken van zijn sterke manneleucht en nam zijn gezicht in haar handen. 'Ik denk dat ik van Hirams bed in het jouwe ben gesprongen om hem gewoon maar te bewijzen, dat als hij mij niet nodig had, ik het gemakkelijk zonder hem kon stellen.'

'Een volkomen menselijke reactie.'

Zij kuste hem op zijn kin. 'Vergeef het me, Frederick. Tot op zekere hoogte hebben Hiram en ik je allebei gebruikt: hij om je goodwill te verkrijgen voor steun van het congres, en ik in een kinderlijk spel om hem jaloers te maken.'

Hij glimlachte. 'Dat is dan één keer in mijn leven dat ik eerlijk kan zeggen blij te zijn dat ik gebruikt ben.'

Ze pakte hem bij de hand, nam hem mee naar de slaapkamer en kleedde hem met grote vaardigheid uit. 'Ditmaal,' zei ze zacht, 'zal ik je de echte Felicia Collins laten zien.'

Het was over achten toen zij elkaar eindelijk loslieten. Zij was veel sterker dan Daggat voor mogelijk had gehouden, en de diepte van haar hartstocht was onpeilbaar. Hij bleef nog een paar minuten in bed liggen luisteren naar haar geneurie in de badkamer. Toen stond hij moeizaam op en trok een korte kimono aan, om vervolgens aan een schrijftafel vol belangrijk uitziende documenten te gaan zitten en daarin te gaan bladeren.

Felicia kwam terug uit de badkamer en trok een ochtendjapon aan met ceintuur, in een rood en wit zebrapatroon. Wat zij in de grote spiegel zag kon haar goedkeuring wegdragen. Haar figuur was slank en stevig; de vitaliteit van haar soepele spieren domineerde over de vermoeidheid van de inspanningen in de vroege avond. Tweeëndertig jaar oud en nog steeds verdomd uitdagend, vond zij. Ze had nog wel een paar goede jaren in petto voordat zij haar impressario kon toestaan moederrollen voor haar te accepteren, tenzij er natuurlijk iemand met een topstuk kwam en een fors percentage.

'Denk je dat hij het winnen kan?' onderbrak Daggat haar overpeinzingen.

'Pardon?'

'Ik vroeg je of Lusana de Zuidafrikaanse strijdkrachten kan overwinnen?'

'Ik ben niet helemaal de aangewezen persoon om een zekere voorspelling te doen over de uitkomst van de revolutie,' zei Felicia. 'Mijn rol in het ARL was gewoon het bijeenbrengen van kapitaal.'

Hij grijnsde. 'En niet te vergeten het zorgen voor ontspanning van de troepen, met name generaals.'

'Een bijverdienste,' zei ze lachend.

'Je heeft geen antwoord gegeven op mijn vraag.'

Zij schudde haar hoofd. 'Zelfs met een leger van een miljoen man zou Hiram het nooit kunnen redden in een recht-toe recht-aan conflict met de blanken. De Fransen en Amerikanen hebben in Vietnam verloren om dezelfde reden als de meerderheidsregering in Rhodesië: guerrillero's die vechten onder dekking van een dik oerwoud hebben alle voordelen. Maar helaas voor de zwarte zaak bestaat Zuid-Afrika voor tachtig procent uit droog en open land, dat uitstekend geschikt is voor het inzetten van tanks en vliegtuigen.'

'Hoe denkt hij het dan te doen?'

'Hiram streeft naar populariteit en steun over de hele wereld en naar economische sancties die de heersende blanke klasse tot overgave moeten dwingen.'

Daggat steunde met zijn kin in zijn enorme handen. 'Is hij communist?'

Felicia gooide haar hoofd achterover en lachte. 'Verrek, Hiram heeft zijn fortuin gemaakt als kapitalist. Geld maken zit er bij hem veel te vast ingebakken om hem ooit de rode zaak te doen omhelzen.'

'Hoe verklaar je dan die Vietnamese adviseurs en de gratis leveranties uit China?'

'Het oude verhaal van P.T.Barnum. De Vietnamezen zijn zo bezeten van revoluties, dat ze guerrilla-specialisten per vliegtuig naar de moerassen van Florida zouden sturen, als iemand daarom vroeg. En wat die Chinese goedgeefsheid betreft, na in acht jaar uit evenzoveel Afrikaanse landen te zijn getrapt, zullen die ieders kont kussen om nog iets op het continent te kunnen doen.'

'Hij zou zonder het te weten in drijfzand terecht kunnen komen.'

'Je onderschat Hiram,' zei Felicia. 'Hij zal de Aziaten wegsturen zodra hij ze niet meer nodig heeft voor het ARL.'

'Makkelijker gezegd dan gedaan.'

'Hij weet wat hij doet. Neem dat maar van mij aan. Over negen maanden zit Hiram Lusana op het bureau van de premier in Kaapstad.

'Heeft hij een schema?' vroeg Daggat ongelovig.

'Van dag tot dag.'

Daggat begon langzaam de papieren op de schrijftafel bijeen te rapen en er een net stapeltje van te maken.
'Ga je spullen pakken.'
Felicia trok haar wenkbrauwen op. 'Gaan we weg uit Nairobi?'
'We pakken het vliegtuig naar Washington.'
Zijn plotselinge autoritaire toon trof haar onaangenaam. 'Waarom zou ik met je teruggaan naar Amerika?'
'Je hebt toch niets beters te doen. Bovendien zou thuiskomen aan de arm van een gerespecteerd congreslid, na een jaar lang te hebben opgetrokken met een bekend revolutionair, weleens veel kunnen doen om je te rehabiliteren in de ogen van je fans.'
Naar buiten toe trok Felicia een gezicht. Maar Daggat had geen ongelijk. Haar platenverkoop was achteruitgegaan en de telefoongesprekken met producenten waren ook minder vriendelijk gaan klinken. Het werd tijd, besloot ze vlug, om haar carrière weer op het goede spoor te brengen.
'Over een half uur ben ik klaar,' zei ze.
Daggat knikte glimlachend. Hij begon een gevoel van opwinding te krijgen. Als Lusana, zoals Felicia aanduidde, de grote kanshebber was om de eerste zwarte leider van Zuid-Afrika te worden, zou Daggat door zich op Capitol Hill in te zetten voor een winnende zaak, zich verzekeren van een enorm respect in het congres en bij de kiezers. Het was de gok zeker waard. En als hij voorzichtig was en zijn woorden en programma's met beleid koos, zou hij... zou hij misschien... een gooi kunnen doen naar het vice-presidentschap, de voornaamste stap naar zijn einddoel.

24

Lusana bracht zijn hand op ooghoogte en liet met een snelle polsbeweging de hengel naar voren schieten. Het kleine stukje kaas aan de haak plonsde in de rivier en verdween uit het gezicht. Er zat vis. Lusana's instincten begonnen bij voorbaat al te vibreren. Hij stond tot aan zijn dijen in het water in de schaduw van de bomen aan de oever, en haalde langzaam de lijn in.

De achtste maal kreeg hij beet, hard en spattend, zodat hem de hengel bijna uit zijn ontspannen greep werd getrokken. Hij had een tijgervis aan de haak, een familielid in de Oude Wereld van de venijnige piranha uit het Amazonegebied. Hij gaf de vis zijn zin en liet de lijn wat langer worden. Hij had niet veel keus; de hengel was bijna dubbel gebogen. Toen, voordat het gevecht goed had kunnen ontbranden, zwom de vis opeens om een boomstronk onder water heen, brak de lijn en ontsnapte.

'Ik had het nooit voor mogelijk gehouden dat iemand een tijgervis met een stukje kaas zou kunnen verleiden,' zei kolonel Jumana. Hij zat op de grond met zijn rug tegen een boom. In zijn hand had hij de enveloppe met de korte beschrijving van de Operatie wilde roos.

'Het aas doet er niet toe, als je prooi maar genoeg honger heeft,' zei Lusana. Hij waadde terug naar de oever en begon een nieuw snoer aan zijn hengel te zetten.

Jumana ging op zijn zij liggen en tuurde het landschap af om te zien of Lusana's schildwachten op hun posten stonden en waakzaam waren. Het was verloren moeite. Geen soldaten hadden ooit met meer ijver en trouw hun dienst verricht. Ze waren taai en hard en door Lusana zelf gekozen, niet zozeer om hun onbevreesdheid en zware lichaamsbouw als wel om hun intelligentie. Zij stonden in het struikgewas met hun wapens vast in aanslag.

Lusana draaide zich om en wilde weer gaan vissen. 'Wat denk jij ervan?' vroeg hij.

Jumana keek naar de enveloppe en vertrok zijn gezicht in een sceptische plooi.

'Oplichterij; oplichterij voor twee miljoen dollar.'

'Dus je koopt het niet?'

'Nee, eerlijk gezegd niet.' Jumana stond op en veegde zijn uniform af. 'Ik denk dat deze Emma majoor Machita wat goedkope brokjes heeft gevoerd als reclame voor de grote zaak.' Hij schudde zijn hoofd. 'Dit rapport zegt ons niets. Er wordt alleen maar in aangegeven dat de blanken ergens ter wereld een grote terroristenactie gaan uitvoeren met een troep als ARL-leden vermomde negers. De Zuidafrikanen zijn niet zo dom dat ze de internationale terugslag gaan riskeren met zo'n absurd spelletje.'

Lusana wierp zijn lijn uit. 'Maar gesteld . . . gesteld nu eens dat premier Koertsman de voortekenen wél heeft begrepen. Hij zou in de verleiding kunnen komen om een laatste wanhopige gok te wagen, een laatste worp met de dobbelstenen.'

'Maar hoe?' vroeg Jumana. 'En waar?'

'Het antwoord op deze vragen, vriend, krijg je alleen voor twee miljoen Yankeedollars.'

'Ik zie die hele Operatie wilde roos nog steeds als oplichterij.'

'In feite zit er iets geniaals in het idee,' ging Lusana door. 'Als zo'n actie veel doden en gewonden met zich meebrengt, zou de natie die er het slachtoffer van is geworden geneigd kunnen zijn iedere sympathie voor onze zaak te vergeten en het bewind van Koertsman gaan steunen en wapens leveren.'

'Je blijft aan het vragen,' zei Jumana. 'Welk land zouden ze als doelwit hebben uitgekozen?'

'Ik houd het op de Verenigde Staten.'

Jumana gooide de enveloppe op de grond. 'Vergeet deze stomme oplichterij, generaal. Het geld kan wel beter worden besteed. Denk nog eens aan mijn voorstel om een serie overvallen uit te voeren en de blanken goed schrik aan te jagen.'

Een stalen blik was zijn antwoord. 'Je kent mijn mening over slachtpartijen.'

Jumana zette door. 'Met duizend snelle overvallen op steden, dorpen en boerderijen en door het hele land heen zouden we met Kerstmis in Pretoria zitten.'

'We blijven een fatsoenlijke oorlog vechten,' zei Lusana koud. 'We gaan ons niet gedragen als primitief uitschot.'

'In Afrika is het vaak nodig de mensen met ijzeren hand op te jagen. Ze weten zelden wat goed voor ze is.'

'Vertel me eens, kolonel, ik sta altijd klaar om iets te leren: wie weet wat het beste voor de Afrikaanse mensen is?'

Jumana's gezicht werd purperrood van ingehouden woede: 'Afrikanen weten wat het beste voor Afrikanen is.'

Lusana negeerde de kleinerende toespeling op zijn Amerikaanse bloed. Hij voelde de impulsen die Jumana beheersten: de haat tegen alles wat uit het buitenland kwam; de felle ambitie en de pas ontdekte luxe van macht, vermengd met een wantrouwen tegen moderne manieren; een bijna kinderlijk aanvaarden van bloeddorstige wildheid. Lusana begon zich af te vragen of hij niet een enorme fout had gemaakt door Jumana op een zo hoge post neer te zetten.

Voordat Lusana zich kon concentreren op de problemen die zich tussen hen zouden kunnen gaan voordoen, kwam er een zacht geluid van voetstappen van verderop langs de rivieroever. De schildwachten verstrakten, om zich weer te ontspannen toen majoor Machita op een sukkeldrafje in het zicht kwam. Hij bleef staan voor Lusana en salueerde.

'Een van mijn agenten is zojuist uit Pretoria teruggekomen met Emma's rapport over de overval op de farm van Fawkes.'

'Wat heeft hij ontdekt?'

'Emma zegt dat hij geen bewijs heeft kunnen vinden dat de strijdkrachten er de hand in zouden hebben gehad.'

Lusana keek nadenkend. 'We zijn dus weer terug waar we zijn begonnen.'

'Het lijkt ongelooflijk dat een troep bijna vijftig mensen kan vermoorden en ongeïdentificeerd blijven,' zei Machita.

'Kan Emma gelogen hebben?'

'Mogelijk. Maar hij heeft er geen reden voor.'

Lusana antwoordde niet. Hij richtte zijn aandacht weer op het vissen. Zijn snoer fluisterde over het stromende water. Machita keek vragend naar Jumana, maar de kolonel ontweek zijn blik. Machita bleef nog even verward staan en vroeg zich af waar de gespannen verhouding tussen zijn twee superieuren door werd veroorzaakt. Na een lange en onbehaaglijke stilte knikte hij naar de enveloppe.

'Bent u tot een besluit gekomen in verband met de Operatie wilde roos, generaal?'

'Ja,' antwoordde Lusana, terwijl hij ophaalde.

Machita wachtte zwijgend af.

'Ik ben van plan Emma zijn dertig zilverlingen te betalen voor de rest van het plan,' zei Lusana eindelijk.

Jumana barstte los: 'Nee, het is oplichterij! Zelfs u, generaal hebt het recht niet om de fondsen van ons leger zo stom weg te smijten.'

Machita hield zijn adem in en verstrakte. De kolonel was te ver gegaan. Toch bleef Lusana met zijn rug naar de oever staan en ging hij rustig door met vissen. 'Ik mag je er wel aan herinneren,' zei hij over zijn schouder heen op een toon van rustig gezag, 'dat het leeuwedeel van die fondsen van mij afkomstig is. Wat van mij is kan ik terugnemen of op mijn manier gebruiken.'

Jumana balde zijn vuisten strak en de aderen in zijn hals begonnen op te zwellen. Met opgetrokken lippen maakte hij een beweging in de richting van het water. Toen, opeens, alsof ergens in zijn grijze cellen een zekering overbelast werd en doorsloeg, verdween ieder teken van woede en glimlachte hij. Zijn woorden klonken achteloos, maar met een ondergrond van bitterheid.

'Sorry voor mijn opmerkingen. Ik ben oververmoeid.'

Op dat moment kwam Machita tot het besluit dat de kolonel een gevaar vormde dat in het oog moest worden gehouden. Hij kon zien dat Jumana de positie van tweede man nooit volkomen zou aanvaarden.

'Vergeet het maar,' zei Lusana. 'Het belangrijke is nu Wilde roos in handen te krijgen.'

'Ik zal de nodige regelingen treffen voor de transactie,' zei Machita.

'Je zult meer doen dan dat,' zei Lusana en keek opnieuw naar de oever. 'Je schikt alles voor de uitbetaling en vervolgens dood je Emma.'

Jumana stond met wijdopen mond. 'U bent nooit van plan geweest om die twee miljoen dollar weg te geven?' mompelde hij.

Lusana grijnsde. 'Natuurlijk niet. Als je geduld had gehad, zou je je die kinderlijke uitbarsting hebben kunnen besparen.'

Jumana gaf geen antwoord. Er was niets dat hij zeggen kon. Hij verbreedde zijn glimlach en haalde zijn schouders op. Op dat moment ving Machita de bijna onmerkbare verplaatsing van zijn blik op. Jumana keek niet recht naar Lusana, maar naar een plek in de rivier, een paar meter stroomopwaarts van de generaal.

'Schildwachten!' riep Machita en wees. 'De rivier! Vuur! In godsnaam, schiet dan toch!'

De reactietijd van de schildwachten was minder dan twee seconden. Hun schoten knalden Machita in de oren en vlakbij Lusana spatte het water omhoog in honderd geysers.

Zes meter ruw bruin vel verscheen er aan de oppervlakte, om en om rollend met zwiepende staart, terwijl de kogels als hagel in de dikke huid sloegen. Toen hield het schieten op; het grote reptiel maakte nog één krampachtige draaibeweging en verdween onder water.

Lusana stond volkomen verstard en met wijdopen ogen in zijn waterlaarzen. Hij keek versuft in het heldere water naar het lichaam van de krokodil, dat nu elegant door de stroom over de rivierbodem werd geschoven.

Op de oever stond Machita te beven, niet zozeer om Lusana's redding op het nippertje, als wel om de satanische uitdrukking op het Neanderthaler-gezicht van Jumana.

De schoft had het geweten, dacht Machita. Hij had het geweten zodra de krokodil van de oever afschoof en op de generaal toekwam, maar hij had niets gezeg.

25

Chesapeake-Baai, V.S. - oktober 1988

Het was twee uur voor zonsopgang, toen Patrick Fawkes de taxichauffeur betaalde en naar de verlichte poort van de Forbes Marine Scrap & Salvage Company toeliep. Een schildwacht in uniform wendde zich geeuwend van een draagbare TV af, toen Fawkes hem door het raam van zijn schildwachthuisje een mapje toestak. De man controleerde de handtekeningen en vergeleek de foto met de man die voor hem stond. Toen gaf hij het terug.

'Welkom in Amerika, kapitein. Mijn werkgevers verwachten u.'

'Is het hier?' vroeg Fawkes ongeduldig.

'Vastgelegd aan de oostelijke pier,' antwoordde de schildwacht en schoof een Xerox-copie van een plattegrond door het raam heen. 'Kijk uit waar u loopt. Sinds de stroomrantsoenering branden de nachtlichten op de werf niet meer. Het is er donkerder dan in de onderwereld.' Toen Fawkes onder de enorme kranen door naar de pier liep, stak er een wind op vanuit de baai, die een sterke geur in zijn neusgaten bracht; de scherpe lucht van de haven. Hij snoof de gemengde geuren op van dieselolie, teer en zeewater, die altijd een opwekkende invloed op hem hadden.

Hij kwam bij de pier en keek om zich heen naar tekenen van menselijke activiteit. De nachtploeg was allang naar huis. Alleen een zeemeeuw op een houten paal beantwoordde de blik van Fawkes met één kraaloog

Honderd meter verder bleef Fawkes staan bij een enorme, spookachtige vorm die in het donker naast de pier omhoogstak. Toen ging hij de loopplank op, stapte het schijnbaar eindeloze dek op en vond feilloos zijn weg door het stalen labyrint heen naar de brug.

Later, toen de zon boven de oostelijke rand van de baai omhoog kroop, werd de verminkte haveloosheid van het schip duidelijker zichtbaar. Maar in de ogen van Fawkes bleven de afbladderende verf, de vele vierkante meters roest en de beschadigingen die de bergingsploeg had aangericht onopgemerkt. Als een vader met een gruwelijk mismaakte dochter zag hij alleen de schoonheid.

'Ja, je bent een mieters schip,' riep hij over de stille dekken heen. 'Je zult het vast prachtig doen.'

26

Washington, D.C. – november 1988

Steigers superieuren in het Pentagon beraadslaagden bijna twee maanden over zijn rapport met de ontdekking van de Vixen 03, voordat ze hem naar Washington lieten komen. Steiger voelde zich alsof hij toeschouwer was bij een opgevoerde nachtmerrie. Hij voelde zich meer als een vijandige getuige dan als een belangrijke onderzoeker.

Zelfs met het bewijs in de vorm van een videotape onder ogen, drukten generaal Ernest Burgdorf, hoofd van de veiligheidsdienst van de luchtmacht, en generaal John O'Keefe, aide bij de gezamenlijke stafchefs, hun twijfel uit over het belang van het gezonken vliegtuig, waarbij ze aanvoerden dat er niets te winnen viel door dit aan het licht te brengen dan hooguit een serie sensatieberichten in de nieuwsmedia. Steiger zat er stomverbaasd bij.

'Maar hun gezinnen,' protesteerde hij – 'Het zou toch misdadig zijn om de familieleden van de bemanning niet te laten weten dat de lichamen gevonden zijn.'

'Gebruik uw verstand eens, kolonel. Wat hebben ze aan het ophalen van oude herinneringen? De ouders van de bemanning zijn waarschijnlijk allang dood. Vrouwen zijn opnieuw getrouwd, en kinderen door nieuwe vaders opgevoed. Laat liever alle betrokkenen hun tegenwoordige leven in vrede voortzetten.'

'Dan is er nog de lading,' zei Steiger. 'De mogelijkheid bestaat dat de Vixen 03 atoomkoppen aan boord had.'

'Dat hebben we allemaal onderzocht,' snauwde O'Keefe.

'Een grondige computer controle van de militaire opslagplaatsen heeft bevestigd dat er geen atoomkoppen ontbreken. Voor ieder stuk radioactief materiaal, te beginnen met de bom op Hirosjima, kan rekenschap worden afgelegd.'

'Is het u ook bekend, meneer, dat er radioactief materiaal werd verzonden in roestvrijstalen bussen, en dat dit nog steeds gebeurt?'

'En is het idee bij u opgekomen, kolonel,' zei Burgdorf, 'dat de bussen die u *zegt* te hebben gevonden weleens leeg zouden kunnen zijn?'

Steiger liet zich verslagen achterover zakken in zijn stoel. Hij had evengoed tegen banken kunnen praten. Zij behandelden hem als een kind met teveel fantasie, dat beweerde een olifant te hebben gezien in een maïsveld in Minnesota.

'En als dit werkelijk hetzelfde toestel is, dat verondersteld werd te zijn verdwenen boven de Stille Oceaan,' voegde Burgdorf eraan toe, 'dan lijkt het mij beter om maar geen slapende honden wakker te maken.'

'Pardon?'

'De akelige reden voor het enorme koersverschil van het vliegtuig kan best iets zijn waar de luchtmacht liever geen publiciteit aan geeft. Voor vijftienhonderd kilometer vliegen in tegengestelde richting is òf de totale weigering nodig van tenminste vijf instrumentensystemen, samen met een blinde stommiteit van de bemanning en een navigator die zijn hoofd kwijt is, òf een complot van de hele bemanning om het toestel te stelen, voor welk doel mag God weten.'

'Maar iemand moet toch de vlieginstructies hebben goedgekeurd,' zei Steiger verwonderd.

'Dat is ook gebeurd,' zei O'Keefe. 'De originele instructies zijn uitgereikt op de vliegbasis Travis, in Californië, door een zekere kolonel Michael Irwin.'

Steiger keek de generaal sceptisch aan. 'Vlieginstructies worden zelden meer dan een paar maanden bewaard. Hoe is het mogelijk dat deze na dertig jaar nog te achterhalen zijn?'

O'Keefe haalde zijn schouders op. 'Vraag me niet hoe, kolonel. Neem het maar van mij aan: de laatste vlieginstructies van de Vixen 03 zijn in oude archieven van de administratie in Travis teruggevonden.'

'En de instructies die ik in het wrak heb gevonden?'

'Aanvaard het onvermijdelijke,' zei Burgdorf. 'De papieren die u uit dat meer in Colorado hebt opgevist zijn veel te ver heen om nog met enige nauwkeurigheid ontcijferd te kunnen worden. U hebt daar gewoon iets in gelezen dat er niet stond.'

'Wat mij betreft,' zei O'Keefe vastbesloten, 'is de verklaring van de koersafwijking van de Vixen 03 een afgehandelde zaak.' Hij wendde zich tot Burgdorf. 'Mee eens, generaal?'

'Ja.'

O'Keefe keek Steiger strak aan. 'Is er verder nog iets dat u met ons wenst te bespreken, kolonel?'

Steigers superieuren zaten op zijn antwoord te wachten. Hij wist geen woorden te vinden die de moeite van het uitspreken waard waren. Hij was op een dood punt gekomen. De implicatie hing boven zijn hoofd als het zwaard van Damocles. Of Abe Steiger zou alles over de Vixen 03 vergeten, òf zijn carrière bij de luchtmacht zou voortijdig worden beëindigd.

De president stond op de golfbaan achter het Witte Huis en sloeg stijf een dozijn ballen naar een kuiltje op niet meer dan anderhalve meter afstand. Geen van de ballen kwam er in, wat voor hem eens te meer een bewijs was dat golf niet zijn spel was. De competitie-uitdaging van tennis of squash of zelfs een vlug partijtje biljarten kon hij wel navoelen, maar waarom iemand zou gaan opwerken tegen zijn eigen handicap ontging hem.

'Nu kan ik tevreden sterven, want ik heb alles gezien.'

De president keek op en keek in het grijnzende gezicht van Timothy March, zijn minister van defensie.

'Daar kun je aan zien hoeveel tijd ik over heb, nu ik alleen nog in naam president ben.'

March, een kort en dik mannetje met een hekel aan iedere vorm van lichamelijke inspanning, liep het gras op. 'Je zou blij moeten zijn met de verkiezingen. Je partij en je man hebben gewonnen.'

'Niemand wint ooit echt een verkiezing,' gromde de president. 'Wat heb je op je hart, Tim?'

'Ik dacht dat je het wel prettig zou vinden om te horen dat ik het deksel heb dichtgedrukt op dat oude vliegtuig dat ze in de Rocky Mountains hebben gevonden.'

'Waarschijnlijk een wijs besluit.'

'Een vreemde zaak,' zei March. 'Afgezien van die vervalste vlieginstructies in het archief, is er geen spoor van de werkelijke opdracht van die bemanning.'

'Het zij zo,' zei de president en sloeg eindelijk een bal in het kuiltje. 'Laat maar rusten. Als Eisenhower de antwoorden in zijn ambtstijd heeft begraven, zij het verre van mij om een in de mijne een blik wormen open te maken.'

'Ik stel voor dat we de stoffelijke overschotten weghalen voor een militaire begrafenis. Dat zijn we ze wel verschuldigd.'

'Goed, maar absoluut geen publiciteit.'

'Dat zal ik de luchtmachtofficier die daarmee belast wordt wel duidelijk maken.'

De president gooide de golfstok naar een man van de geheime dienst die in de buurt verscholen zat en wenkte March om met hem mee te gaan naar zijn kantoor.

'Wat is jouw vermoeden, Tim? Denk je echt dat Ike toen in 1954 iets verborgen heeft trachten te houden?'

'Die vraag heeft me al een paar nachten lang naar het plafond laten staren,' zei March. 'Ik heb er geen flauw idee van.'

Steiger baande zich een weg door de menigte die voor de lunch in de Cottonwood Inn op een tafeltje stond te wachten en ging de bar binnen. Vanuit een zitje achterin wuifde Pitt hem toe en met bijna hetzelfde gebaar wenkte hij de serveerster. Steiger ging zitten tegenover Pitt, terwijl de serveerster, verleidelijk uitgedost in een kort tropenpakje, haar weelderige boezem boven de tafel liet hangen.

'Een martini on the rocks,' zei Steiger met een blik op de borsten. 'Bij nader inzien zullen we er maar een dubbele van maken. Het is weer een van die ochtenden.'

Pitt stak een bijna leeg glas omhoog. 'Nog een salty dog.'

'Jezus,' kreunde Steiger. 'Hoe kun je die dingen drinken?'

'Ik heb gehoord dat ze goed zijn om af te vallen,' antwoordde Pitt. 'De enzymen van het druivesap compenseren de calorieën in de wodka.'

'Dat klinkt als een keukenmeidenpraatje. Trouwens, waar zou jij je druk om maken? Je hebt nergens ook maar een onsje vet.'

'Zie je wel,' lachte Pitt. 'Ze werken.'

Zijn humor was besmettelijk. Voor het eerst die dag voelde Steiger een neiging tot lachen. Maar toen de cocktails waren gearriveerd, betrok zijn gezicht al gauw weer, en hij zat stil met zijn glas te spelen, zonder de inhoud te beroeren.

'Vertel me nou niet,' zei Pitt, die de sombere gedachten van de kolonel las, 'dat je vrienden van het Pentagon je hebben laten vallen?'

Steiger knikte langzaam. 'Ze hebben iedere zin van mijn rapport ontleed en de stukjes in de riolen van Washington gegooid.'

'Je meent het toch niet?'

'Ze willen er niets van horen.'

'En die bussen dan, en dat vijfde geraamte?'

'Ze beweren dat die bussen leeg zijn. En wat jouw theorie over de vader van Loren Smith betreft, die heb ik niet eens naar voren gebracht. Ik zag niet veel nut in het verder aanwakkeren van het vuur van hun al vlammende scepsis.'

'Dus je stopt met het onderzoek?'

'Als ik met pensioen wil gaan als generaal, wel, ja.'

'Hebben ze druk uitgeoefend?'

'Dat was niet nodig. Het was in hun ogen te lezen.'

'En wat gebeurt er nu?'

Steiger keek Pitt rustig aan. 'Ik hoopte dat jij het alleen zou redden.'

Hun ogen bleven strak op elkaar gericht.

'Wil je soms dat ik dat vliegtuig uit het meer haal?'

'Waarom niet? God, je hebt de *Titanic* van een diepte van vierduizend meter midden in de Atlantische Oceaan opgehaald. Een Stratocruiser in een bergmeertje moet voor een man met jouw gaven kinderspel zijn.'

'Heel vleiend. Maar je vergeet dat ik geen eigen baas ben. Voor het ophalen van de Vixen 03 zal ik een ploeg van twintig man, een paar vrachtauto's vol materiaal, een minimum van twee weken en een budget van bijna vierhonderdduizend dollar nodig hebben. Dat kan ik op eigen houtje niet opbrengen, en admiraal Sandecker zal nooit de zegen van NUMA geven aan een project van die omvang zonder zeker te zijn van aanvullende financiële steun van regeringszijde.'

'En als je nu eens volstaat met het ophalen van een van die bussen en het stoffelijk overschot van Smith, voor positieve identificatie?'

'Dat is niet genoeg. Daar schieten we nog niets mee op.'

'Het is de moeite van het proberen waard,' zei Steiger en zijn stem klonk opgewonden. 'Morgen kun je terugvliegen naar Colorado. Intussen maak ik een contract in orde voor de berging van de lichamen van de bemanning. Dan krijg jij geen gedonder met het Pentagon en met NUMA.'

Pitt schudde zijn hoofd. 'Sorry, maar dat zul je moeten uitstellen. Sandecker heeft me aangewezen om toezicht uit te oefenen over de berging van een pantserschip van de Unie, dat in de Burgeroorlog voor de kust van Georgia is gezonken.' Hij zweeg even om op zijn horloge te kijken. 'Ik moet over zes uur vertrekken naar Savannah.'

Steiger zuchtte en liet zijn schouders hangen. 'Misschien kun je het dan later proberen.'

'Maak dat contract maar op en bewaar het goed. Zo gauw ik er een kans voor krijg, verdwijn ik naar Colorado. Dat is een belofte.'

'Heb je congreslid Smith nog verteld van haar vader?'

'Eerlijk gezegd durfde ik niet.'

'Een knagende onzekerheid of je wel gelijk hebt?'

'Deels ja.'

Het gezicht van Abe Steiger betrok. 'Jezus, wat een rotzooi.' Hij goot zijn dubbele martini in één teug naar binnen en keek toen verdrietig naar zijn glas.

De serveerster kwam met de menu's en zij bestelden. Steiger keek haar afwezig na, toen ze naar de keuken schommelde. 'In plaats van hier te zitten en mijn hersenen te pijnigen met een oud mysterie dat niemand wat kan schelen, zou ik me druk moeten maken om terug te komen in Californië en mijn vrouw en kinderen.'

'Hoeveel?'

'Kinderen? Acht in totaal. Vijf jongens en drie meisjes.'

'Je moet wel katholiek zijn.'

Steiger glimlachte. 'Met een naam als Abraham Levi Steiger? Kom nou!'

'Tussen twee haakjes, je hebt me nog niet verteld hoe die hoge heren de vlieginstructies van de Vixen 03 goedgepraat hebben.'

'Generaal O'Keefe heeft het origineel gevonden en dat klopte niet met onze analyse van de instructies uit het wrak.'

Pitt dacht even na en vroeg toen: 'Heb jij een Xerox-copie

die ik zou kunnen lenen?'

'Van de vlieginstructies?'

'Alleen het zesde vel.'

'Buiten ja, in de kofferruimte van mijn wagen. Waarom?'

'Een schot in het duister,' zei Pitt. 'Ik heb een vriend bij de FBI die geen enkele goede kruiswoordpuzzle kan laten liggen.'

'Moet je echt vanavond weg?' vroeg Loren aan Pitt.

'Ik word morgenochtend verwacht op een bespreking van bergingsoperaties,' zei hij vanuit de badkamer, waar hij zijn scheergerei aan het inpakken was.

'Verdomme,' zei ze pruilend. 'Ik had net zo goed een verhouding kunnen hebben met een handelsreiziger.'

Hij kwam de slaapkamer binnen. 'Kom nou, voor jou ben ik niets dan het laatste stuk speelgoed.'

'Dat is niet waar.' Zij sloeg haar armen om hem heen. 'Na Phil Sawyer ben jij mijn grote favoriet.'

Pitt keek haar aan. 'Sinds wanneer ontmoet jij de perssecretaris van de president?'

'Als de kat van huis is, danst Loren.'

'Maar lieve God! Phil Sawyer. Die draagt witte overhemden en praat als een woordenboek.'

'Hij heeft me ten huwelijk gevraagd.'

'Laat me niet kotsen.'

Ze hield hem stevig vast. 'Alsjeblieft, vanavond geen sarcasme.'

'Het spijt me dat ik niet meer een aanbiddende minnaar voor je ben, maar daar ben ik te verdomd zelfzuchtig voor. Ik zie geen kans om de honderd procent te geven die een vrouw als jij nodig heeft.'

'Ik zal het wel doen met het percentage dat ik kan krijgen.'

Hij boog zich voorover en kuste haar op de keel. 'Jij zou voor Phil Sawyer een verschrikkelijke rotvrouw zijn.'

27

Thomas Machita betaalde zijn toegang en liep het kermisterrein op, een van de vele die in de vakantietijd op het platteland van Zuid-Afrika te vinden waren. Het was zondag en grote groepen Bantoes stonden met hun gezinnen in de rij bij het reuzerad, de draaimolen en de gokautomaten. Overeenkomstig de telefonische instructies van Emma, baande Machita zich een weg naar het spookhuis.

Hij had nog niet besloten welk werktuig hij zou gebruiken om Emma mee te doden. Het scheermes aan zijn linker voorarm liet veel te wensen over. Het kleine stukje staal was een wapen voor heel korte afstand en alleen dodelijk als hij de keelslagader van zijn slachtoffer opensneed in een onbewaakt ogenblik, een kans die Machita erg klein leek, gezien de grote menigte om hem heen.

Hij koos tenslotte dus toch de ijshaak. Hij slaakte een zucht van tevredenheid, alsof hij net een groot wetenschappelijk raadsel had opgelost. De punt zat onopvallend tussen het vlechtwerk van een mandje dat hij in zijn handen had. De houten steel was er afgehaald en in plaats daarvan was de naaldscherpe kop een paar maal omwonden met elektriciteitsdraad. Een snelle stoot tussen de ribben in het hart, of in een oog of een oor; als hij kans zou zien een van de buizen van Eustachius door te prikken, zou er nagenoeg geen lichaamsvloeistof zijn om de aandacht te trekken.

Machita pakte het mandje met de punt en de twee miljoen dollar steviger vast. Hij kwam aan de beurt, kocht een kaartje en liep het perron op. Het paar vóór hem, een giechelende man met zijn dikke vrouw, kroop in een klein wagentje met plaats voor twee. De begeleider, een oude en haveloze zwerver met een loopneus die hij voortdurend opsnoof, liet een veiligheidsstang over hun benen neer en trok aan een grote hefboom die uit de vloer stak. De wagen sprong naar voren in het spoor en reed twee zwaaideuren door. Even later begonnen er uit de duisternis daarbinnen vrouwengillen te klinken.

Machita stapte in de volgende wagen. Hij ging gemakkelijk zitten en dacht geamuseerd aan de rit. Er kwamen beelden uit zijn kinderjaren terug en hij zag zich weer doodsbenauwd in net zo'n wagentje zitten, terwijl er uit de duisternis lichtgevende spoken op hem afkwamen.

Hij lette niet op de begeleider toen de hefboom werd overgehaald; ook reageerde hij niet onmiddellijk toen de oude man vlug bij hem in het wagentje sprong en de veiligheidsstang naar beneden deed.

'Ik wens u veel genoegen met de rit,' zei een stem die Machita herkende als die van Emma.

Opnieuw had de geheimzinnige spion handig gebruik gemaakt van Machita's laksheid. De kansen op een goed gelukte aanslag waren plotseling als sneeuw voor de zon gesmolten.

Emma's handen gingen vaardig over zijn kleren heen. 'Wat verstandig van u om ongewapend te komen, beste majoor.'

Eén punt voor ons, dacht Machita, met zijn handen op de haak in het mandje. 'Hebt u de Operatie wilde roos?' vroeg hij op officiële toon.

'Hebt u twee miljoen Amerikaanse dollars?' vroeg de schimmige figuur naast hem.

Machita aarzelde en dook onwillekeurig ineen, toen de wagen onder een hoge stapel tonnen doorreed die over hen heenvielen en vlak boven hun hoofden met een ruk tot stilstand kwamen.

'Hier . . . in het mandje.'

Emma haalde een enveloppe uit zijn smerige jasje. 'Uw baas zal dit zeker interessante lectuur vinden.'

'Wellicht wat aan de erg dure kant.'

Machita zat de documenten in de enveloppe door te kijken, toen er een paar wild beschilderde heksen, fluorescerend door ultraviolet licht, gillend op de wagen afsprongen. Emma negeerde de wassen poppen en maakte het mandje open om de bankbiljetten onder het purperen licht te bestuderen. De wagen reed door en de heksen werden door verborgen veren teruggetrokken en de trein reed weer in het donker.

Nu! dacht Machita. Hij greep de haak en mikte op de plaats waar hij Emma's rechteroog vermoedde. Maar in dat onderdeel van een seconde maakte de wagen een scherpe bocht, en beschenen door oranje licht werd er een baardige Satan zichtbaar, die dreigend met een mestvork zwaaide. Het was voldoende om Machita's arm te laten uitwijken. De haak miste Emma's oog en kwam in de schedel terecht, boven zijn voorhoofd.

De verraste spion gaf een schreeuw, sloeg Machita's hand weg en trok de dunne haak uit zijn hoofd. Machita greep naar het scheermesje aan zijn onderarm en zwaaide het met een onderhandse beweging naar Emma's keel. Maar zijn pols werd naar beneden geslagen door de mestvork van de duivel waarbij het bot kraakte.

De duivel was echt. Het was een van Emma's medewerkers. Machita reageerde door de veiligheidsstang los te gooien en de verklede man in zijn lies te trappen. Hij voelde zijn hielen diep in het zachte vlees dringen. Toen ging de wagen weer het donker in en de duivel bleef achter.

Machita zwaaide zijn lichaam om naar Emma, maar vond de zitplaats naast zich leeg. Een paar meter links van de wagen viel even wat zonlicht naar binnen toen er een deur open en dicht werd gedaan. Emma was door een uitgang verdwenen en had het mandje met geld meegenomen.

28

'Een grote stommiteit,' zei kolonel Jumana met duivelse voldoening. 'Neem me niet kwalijk dat ik het zeg, generaal, maar dat heb ik u van tevoren gezegd.'

Lusana keek nadenkend door het raam naar een troep mannen, die buiten aan het exerceren waren. 'Een beoordelingsfout, kolonel, niet meer dan dat. We zullen de oorlog niet verliezen doordat we twee miljoen dollar zijn kwijtgeraakt.'

Aan de tafel zat een schaapachtige Thomas Machita met zweet op zijn gezicht naar het verband om zijn pols te staren. 'Ik kon niet weten . . .'

Hij verstrakte toen Jumana opsprong en met een gezicht dat razende woede uitstraalde Emma's enveloppe oppakte en hem Machita in het gezicht slingerde.

'Niet weten dat je belazerd werd? Idioot! Daar zit hij, onze glorieuze chef van de inlichtingendienst; kan niet eens een man in het donker doden. En dan maakt hij het nog erger door hem twee miljoen dollar te betalen voor een enveloppe met instructies voor de militaire vuilnisdienst.'

'Genoeg!' snauwde Lusana.

Het werd stil. Jumana haalde diep adem en liep langzaam terug naar zijn stoel. Zijn ogen vlamden van woede. 'Met stomme vergissingen,' zei hij bitter, 'worden geen bevrijdingsoorlogen gewonnen.'

'Je maakt er teveel ophef van,' zei Lusana ijskoud. 'Je bent een superbe leider van mannen, kolonel Jumana, en een tijger in het gevecht, maar zoals bij de meeste beroepssoldaten, schieten je manieren heel veel tekort.'

'Ik zou u willen vragen, generaal, uw woede niet bot te vieren op mij.' Jumana stak een beschuldigende vinger uit naar Machita. 'Dat is de man die straf verdient.'

Lusana werd overvallen door een gevoel van frustratie. Ongeacht intelligentie of opvoeding, hield de Afrikaanse geest een bijna kinderlijke onschuld ten opzichte van blaam. Bloedige rituelen wekten er nog steeds een hoger rechtsgevoel in op dan een ernstige conferentie aan een tafel. Vermoeid keek Lusana naar Jumana.

'De fout ligt bij mij. Ik alleen ben verantwoordelijk. Als ik majoor Machita geen opdracht had gegeven Emma te doden, zou de Operatie wilde roos nu wellicht hier op tafel liggen. Ik ben er zeker van dat zonder moord in zijn gedachten de majoor de inhoud van die enveloppe wel zou hebben gecontroleerd voordat hij betaalde.'

'U gelooft dus nog steeds dat het plan bestaat?' vroeg Jumana ongelovig.

'Zeker,' zei Lusana resoluut. 'Voldoende om de Amerikanen te waarschuwen, als ik volgende week naar Washington vlieg om verklaringen af te leggen op de congresbesprekingen over hulp aan Afrikaanse naties.'

'Uw prioriteiten liggen hier,' zei Machita met angst in zijn ogen. 'Alstublieft, generaal, stuur iemand anders.'

'Niemand is beter bevoegd,' verzekerde Lusana hem. 'Ik ben nog steeds Amerikaans staatsburger en heb een aantal relaties op hoge posten die sympathiek tegenover onze strijd staan.'

'Als u hier weggaat, loopt u ernstig gevaar.'

'We werken allemaal met gevaar, niet?' vroeg Lusana. 'Het is onze trouwe metgezel.' Hij wendde zich tot Jumana. 'Kolonel, u zult het bevel voeren tijdens mijn afwezigheid. Ik zal u uitvoerige instructies geven over het voeren van de operaties. Ik verwacht dat u erop toeziet dat zij letterlijk worden uitgevoerd.'

Jumana knikte.

Machita voelde de angst bij zich opkomen en kon niet nalaten zich af te vragen of Lusana de weg voor zijn eigen val aan het plaveien was en of hij niet bezig was een stortvloed van bloed te ontketenen die binnenkort heel Afrika zou overstromen.

29

Loren Smith stond op achter haar bureau en stak haar hand uit, toen Frederick Daggat haar kantoor binnengelaten werd. Hij glimlachte zijn beste politicus-lachje. 'Ik hoop dat u mij deze storing wilt vergeven . . . eh . . . congresvrouw.'

Loren drukte hem stevig de hand. Het amuseerde haar steeds weer om een man over haar aanspreektitel te zien struikelen. Ze schenen er nooit de slag van te pakken te krijgen om het woord 'congresvrouw' uit te spreken.

'Ik ben blij met deze onderbreking,' zei ze en wees hem een stoel aan. Tot zijn verbazing hield zij hem een kistje sigaren voor. Hij pakte er een.

'Dit is inderdaad een verrassing. Ik had nauwelijks verwacht . . . Vindt u het erg als ik hem opsteek?'

'Ga gerust uw gang,' zei ze glimlachend. 'Ik geef toe dat het een beetje vreemd aandoet om een vrouw sigaren te zien presenteren, maar de praktische waarde wordt duidelijk, als u bedenkt dat de verhouding van mannelijke tot vrouwelijke bezoekers hier twintig tot één is.'

Daggat blies een grote blauwe wolk naar het plafond en lanceerde zijn eerste aanval. 'U hebt tegen mijn aanvankelijke voorstel gestemd om in de begroting hulp aan het Afrikaanse Revolutieleger op te nemen.'

Loren knikte. Ze zei niets, maar wachtte tot Daggat zijn aanval had voltooid.

'Het blanke bewind in Zuid-Afrika staat op de rand van zelfvernietiging. De economie van de natie is de laatste jaren ineengestort. De schatkist is leeg. De blanke minderheid heeft de zwarte meerderheid veel te lang wreed en onbarmhartig als slaven behandeld. De laatste tien jaar, sinds de negers het bewind in Rhodesië hebben overgenomen, zijn de Afrikaanders hard en volkomen genadeloos geworden in de omgang met hun Bantoe-medeburgers. Rellen hebben aan meer dan vijfduizend mensen het leven gekost. Dit bloedbad moet niet langer doorgaan. Hiram Lusana's ARI is de enige hoop op vrede. Dat moeten we steunen, zowel financieel als militair.'

'Ik had de indruk dat Hiram Lusana communist was.'

Daggat schudde zijn hoofd. 'Ik ben bang dat u lijdt aan een misverstand, congresvrouw Smith. Ik geef toe dat Lusana gebruik maakt van Vietnamese adviseurs, maar ik kan u persoonlijk verzekeren dat hij geen pion van het internationale communisme is en dat ook nooit is geweest.'

'Het doet me genoegen dat te horen.' Lorens stem klonk toonloos. Zij had het gevoel dat Daggat aan het proberen was haar iets aan te smeren en zij was niet van plan te gaan kopen.

'Hiram Lusana is een man met hoge idealen,' ging Daggat door. 'Hij permitteert geen slachtpartijen van onschuldige vrouwen en kinderen. Hij staat geen willekeurige bloeddorstige aanvallen op steden en dorpen toe, zoals dat bij andere opstandige bewegingen wel gebeurt. Zijn oorlog is strict op regerings-installaties en militaire doelen gericht. Ikzelf vind in ieder geval dat het congres een leider die zijn zaken zo keurig en rationeel afdoet, behoort te steunen.'

'Kom, kom, congreslid. U weet het evengoed als ik: Hiram Lusana is een meester flessentrekker. Ik heb zijn dossier bij de FBI bestudeerd. Het heeft nog het meeste weg van de levensbeschrijving van een Mafia-man. Lusana heeft zijn halve leven in de nor gezeten voor alle misdaden van verkrachting tot doodslag, om nog maar te zwijgen over ontduiking van de dienstplicht en een complot voor het opblazen van het parlementsgebouw van Alabama. Na een bijzonder lucratieve roofoverval met een pantserauto is hij zich met drugs bezig gaan houden en heeft er een fortuin mee verdiend. Toen is hij uit het land verdwenen om geen belastingen te moeten betalen. U zult het toch wel met me eens zijn dat hij niet precies het prototype van de Amerikaanse held is.'

'Hij is nooit aangeklaagd voor die roofoverval.'

Loren haalde haar schouders op. 'Goed, laat daar dan twijfel over bestaan. Maar zijn andere misdaden maken hem nauwelijks de aangewezen man om een heilige kruistocht voor het bevrijden van de verdrukte massa's te gaan leiden.'

'Dat andere is allemaal geschiedenis,' hield Daggat vol. 'Afgezien van zijn duistere verleden, is Lusana nog steeds onze enige hoop op het verkrijgen van een stabiel bewind als de negers het Zuidafrikaanse parlement eenmaal hebben overgenomen. Het valt niet te ontkennen dat het in het belang van de Amerikanen is hem als vriend te hebben.'

'Waarom zouden we welke kant dan ook steunen?'

Daggat trok zijn wenkbrauwen op. 'Moet ik daar een neiging tot isolationisme uit opmaken?'

'Kijk maar wat we er in Rhodesië mee hebben bereikt,' ging Loren door. 'Binnen een paar maanden nadat het ingenieuze plan van onze toenmalige minister voor het overbrengen van het bewind van de blanke minderheid naar de zwarte meerderheid in werking was getreden, brak er een burgeroorlog uit tussen de radicale splinterpartijen en werd de vooruitgang van het land tien jaar teruggezet. Kunt u beloven dat we daar geen herhaling van te zien krijgen, als Zuid-Afrika zich buigt voor het onvermijdelijke?'

Daggat hield er niet van in een hoek te worden gedreven door een vrouw, welke vrouw dan ook. Hij kwam uit zijn stoel en boog zich over de schrijftafel van Loren heen. 'Als u niet uw steun verleent aan mijn voorstel en de nota die ik van plan ben het Huis aan te bieden, dan vrees ik, lieve congresvrouw Smith, dat u een graf aan het graven bent voor uw politieke carrière, zo groot en diep dat u geen kans ziet om er voor de volgende verkiezingen uit te komen.'

Tot zijn verbijstering en woede barstte Loren uit in lachen. 'Grote God, die is goed. Bent u me echt aan het bedreigen?'

'Als u niet aan de kant van het Afrikaanse nationalisme komt staan, kan ik u het verlies van iedere zwarte stem in uw district beloven.'

'Niet te geloven.'

'Geloof het maar wel, want u zult in dit land ook rellen zien zoals nog nooit eerder, als we niet achter Hiram Lusana en het Afrikaanse Revolutieleger staan.'

'Waar hebt u die inlichtingen vandaan?' vroeg Loren.

'Ik ben zwart en ik weet het.'

'U zit ook vol met onzin,' zei Loren. 'Ik heb besprekingen gevoerd met honderden negers in mijn district. Ze zijn in geen enkel opzicht anders dan andere Amerikanen. Iedereen is bezorgd over belastingen en de stijgende kosten van levensonderhoud, net als blanken, Aziaten, Indianen en Chicano's. U houdt alleen uzelf voor de gek, als u denkt dat het onze negers een donder kan schelen wat voor rotzooi de Afrikaanse negers van hun landen maken. Daar geven ze niets om, en wel om de doodeenvoudige reden dat de Afrikanen ook geen barst om hen geven.'

'U maakt hier een treurige vergissing.'

'Nee, u bent het die een vergissing maakt,' snauwde Loren. 'U maakt moeilijkheden waar ze niet hoeven te bestaan. Het zwarte ras zal zijn mogelijkheden vinden via opvoeding, net als iedereen. De Nisei hebben dat na de tweede wereldoorlog gedaan. Toen ze terugkwamen uit de interneringskampen, gingen ze in Zuid-Californië op het land werken om hun zoons en dochters naar de universiteit te laten gaan en advocaat of arts te laten worden. Zij zijn er gekomen. Nu zijn de negers aan de beurt. En die zullen er ook komen, als ze tenminste niet worden gehinderd door lieden als u, die iedere mogelijkheid aangrijpen om te gaan stoken. En nu kunt u mij een genoegen doen door als de donder mijn kantoor uit te gaan.'

Daggat staarde haar aan met zijn gezicht vertrokken tot een masker van woede. Toen bogen zijn lippen zich langzaam tot een grijns. Hij hield zijn sigaar op armlengte van zich af en liet hem op het vloerkleed vallen. Toen draaide hij zich om en stormde naar buiten.

'Je ziet er uit als een jongetje van wie ze net zijn fiets hebben gestolen,' zei Felicia Collins. Zij zat in een hoek van Daggats limousine haar lange nagels te vijlen.

Daggat kroop naast haar en wenkte de chauffeur om te gaan rijden. Hij staarde strak voor zich uit met een gezicht zonder enige uitdrukking.

Felicia stak het vijltje weer in haar tas en wachtte met bezorgde ogen. Eindelijk verbrak zij de stilte. 'Ik neem aan dat Loren Smith je heeft afgewezen.'

'Die blanke slet met haar grote bek,' zei hij, bijna spugend. 'Ze denkt dat ze me kan behandelen als een nikker op een plantage van voor de Burgeroorlog.'

'Waar heb je het in godsnaam over?' vroeg ze verbaasd. 'Ik ken Loren Smith. Die heeft geen bevooroordeelde vezel in haar hele lichaam.'

Daggat draaide zich naar haar toe. 'Je kent haar?'

'Loren en ik hebben bij elkaar in de klas gezeten. We zien

elkaar af en toe nog weleens.' Op het gezicht van Felicia kwam een harde trek, die er eerst niet geweest was. 'Jij hebt iets kwalijks in gedachten, Frederick. Wat is het?'

'Ik heb de steun van congresvrouw Smith nodig om mijn wetsvoorstel er door te krijgen voor het zenden van wapens en hulp aan het ARL.'

'Wil je soms dat ik met Loren ga praten? Lobbyen voor de zaak van Hiram?'

'Dat en nog meer.'

Zij probeerde zijn gedachten te lezen. 'Meer?'

'Ik wil iets over haar te weten komen. Iets dat ik gebruiken kan om haar over te halen tot onze denkwijze.'

Felicia staarde hem verbijsterd aan. 'Loren chanteren? Je weet niet wat je vraagt. Ik kan geen goede vriendin gaan bespioneren. Geen sprake van.'

'Je keus is duidelijk: een schoolmeisjesvriendschap in ruil voor de vrijheid van miljoenen broeders en zusters die door een tyrannieke regering in slavernij worden gehouden.'

'En als ik niets kan vinden?' zei Felicia, op zoek naar een uitweg. 'Het is geen geheim dat haar politieke loopbaan vlekkeloos is.'

'Niemand is perfect.'

'Waar moet ik dan naar gaan zoeken?'

'Loren Smith is een aantrekkelijke ongetrouwde vrouw. Ze moet een sexleven hebben.'

'En wat dan nog?' zei Felicia. 'Ieder ongehuwd meisje heeft tegenwoordig haar liefdesverhoudingen. En zolang ze geen echtgenoot heeft, kun je er geen overspel-schandaal van maken.'

Daggat glimlachte. 'Wat knap van je. Dat is precies wat we zullen doen – een schandaal op touw zetten.'

'Loren heeft beter verdiend.'

'Als zij haar steun geeft aan onze zaak, hoeft zij niet ongerust te zijn dat haar geheimen uitlekken.'

Felicia beet zich op haar lip. 'Nee. Ik ga geen vriendin in de rug steken. Trouwens, Hiram zou zoiets smerigs nooit toestaan.'

Daggat weigerde mee te doen met haar spel. 'Echt niet? Je kunt dan wel geslapen hebben met de redder van Afrika, maar ik betwijfel of je de man onder zijn huid wel kent. Kijk eens een keer zijn verleden na. Al Capone en Jesse James zijn lieverdjes vergeleken bij Hiram Lusana. Dat krijg ik iedere keer te horen als ik voor hem opkom.' Toen kneep Daggat zijn ogen half dicht. 'Ben je soms vergeten hoe hij je letterlijk aan mij heeft verkocht?'

'Dat ben ik niet vergeten.'

Felicia keerde zich af en keek het raam uit.

Daggat kneep haar in de hand. 'Maak je geen zorgen,' zei hij glimlachend. 'Er gebeurt niets dat littekens achter zal laten.'

Zij tilde zijn hand op en kuste hem, maar geloofde hem niet, zelfs geen ogenblik.

30

Anders dan haar beroemde familielid de *Monitor,* was de *Chenago* nagenoeg onbekend, behalve bij een handjevol marine-historici. In juni 1862 afgeleverd in New York, werd het schip meteen bij de Unie-vloot gevoegd die de toegang tot Savannah blokkeerde. De ongelukkige *Chenago* kreeg nooit een kans om haar geschut af te vuren; een uur voordat zij de plaats van bestemming had bereikt verging ze in een zware slagzee en begroef haar gehele bemanning van tweeënveertig koppen in zee.

Pitt zat in de conferentiekamer van het bergingsvaartuig *Visalia* van de NUMA een stapel onderwater-foto's van het graf van de *Chenago* te bekijken. Jack Folsom, de gespierde bergingsmeester, zat op een groot stuk kauwgom te kauwen en wachtte op de onvermijdelijke vragen.

Pitt stelde hem niet teleur.

'Is de romp nog intact?'

Folsom verschoof zijn kauwgom. 'Geen dwarsscheuren voorzover wij hebben kunnen waarnemen. Natuurlijk is niet alles te zien, want de kiel zit voor ruim twee meter onder de zeebodem en van binnen ligt er een meter hoog zand in. Maar ik houd het erop dat de kans op langsscheuren klein is. Ik denk dat we haar wel in één stuk zullen kunnen lichten.'

'Welke methode stel je voor?'

'Dollinger variabele luchttanks,' antwoordde Folsom. 'In paren naast de romp laten zinken. Daarna bevestigen en vullen met lucht. Hetzelfde basisprincipe dat toegepast is voor de oude onderzeeër F-4 nadat die bij Hawaii was gezonken, destijds in 1915.'

'Dan moet je zuigpompen gebruiken om het zand eruit te halen. Hoe lichter ze is, des te kleiner is de kans op scheuren. Dat dikke plaatijzer schijnt het wel goed te hebben uitgehouden, maar het zware eikenhout daarachter is allang zover doorgerot dat er geen sterkte meer inzit.'

'We kunnen er ook de kanonnen afhalen,' zei Folsom. 'Die zijn toegankelijk.'

Pitt bestudeerde een copie van de oorspronkelijke bouwtekening van de *Chenago*. De vertrouwde vorm van de *Monitor* had maar één ronde geschuttoren, maar de *Chenago* bezat er twee, een aan ieder uiteinde van de romp. Uit beide torens staken dubbele dertig-centimeter Dahlgreen kanonnen die elk een paar ton wogen.

'Die Dollinger-tanks,' zei Pitt opeens nadenkend. 'Hoe efficiënt zijn die voor het lichten van gezonken vliegtuigen?'

Folson hield op met kauwen en keek naar Pitt. 'Hoe groot?'

'Met de lading mee een kleine tachtigduizend kilo.'

'Hoe diep?'

'Tweeënveertig meter.'

Pitt kon de tandwielen in het hoofd van Folsom bijna horen snorren. Eindelijk begon de bergingsmeester weer te kauwen en zei: 'Ik zou kranen aanbevelen.'

'Kranen?'

'Twee kranen op stabiele platforms zouden dat gewicht gemakkelijk omhoog krijgen,' zei Folsom. 'Bovendien is een vliegtuig een teer stuk materiaal. Als je Dollinger-tanks gebruikt en tijdens het ophalen ook maar even de synchronisatie kwijtraakt, kunnen ze zo'n toestel uit elkaar scheuren.' Hij zweeg even en keek Pitt vragend aan. 'Waarom al deze hypothetische vragen?'

Pitt glimlachte peinzend. 'Je kunt nooit weten wanneer we eens een vliegtuig te lichten krijgen.'

Folsom haalde zijn schouders op. 'Genoeg fantasie. Goed, terug dus naar de *Chenago* . . .'

Pitts ogen volgden attent de diagrammen die Folson op het bord begon te tekenen. Het duikersprogramma, de luchttanks, de schepen aan de oppervlakte en het gezonken pantserschip kregen allemaal vorm naarmate het commentaar van Folsom op de geplande berging verder ging. Het had er alle schijn van dat Pitt hevig geïnteresseerd was, maar niets van wat hij zag werd overgebracht naar zijn geheugencellen; zijn geest was drieduizend kilometer ver weg, diep in een meer in Colorado.

Net toen Folsom de voorgestelde sleepprocedure beschreef, als het wrak voor het eerst in 125 jaar de zon weer zou zien, stak er iemand van de bemanning van de *Visalia* zijn hoofd naar binnen en wenkte Pitt.

'Telefoon van de wal voor u, meneer.'

Pitt knikte, reikte achter zijn rug en pakte een telefoon op.

'Met Pitt.'

'Jij bent nog moeilijker te vinden dan de verschrikkelijke sneeuwman,' zei een stem door de achtergrondruis heen.

'Met wie spreek ik?'

'Over rotbehandeling gesproken,' zei de stem sarcastisch. 'Ik sloof me tot drie uur in de morgen uit aan een gammele schrijftafel om iets voor je te doen en jij herinnert je mijn naam zelfs niet.'

'Sorry, Paul,' zei Pitt lachend, 'maar je stem klinkt zo een octaaf of twee hoger.'

Paul Buckner, een oude vriend van Pitt en agent bij de FBI, liet zijn stem dalen tot onder zijn riem. 'Zo beter?'

'Ja, veel beter. Iets gevonden?'

'Alles waar je naar gevraagd hebt en nog meer.'

'Ik luister.'

'Goed, om te beginnen was de rang van de man waarvan jij dacht dat hij de vlucht had goedgekeurd duidelijk niet juist.'

'Maar *generaal* was toch de enige titel die paste?'

'Dat hoeft niet. Die rang is een woord van acht letters. De enige leesbare was de vijfde, een *R*. Natuurlijk werd er toen aangenomen dat, waar de Vixen 03 een vliegtuig van de luchtmacht was met een luchtmachtbemanning, de vlieginstructies alleen maar door een officier van de luchtmacht konden worden goedgekeurd.'

'Vertel me eens iets dat ik nog niet weet.'

'Goed dan, wijsneus, ik geef toe dat ik er eerst ook niet uitkwam, vooral niet toen er uit personeelsstaten van de luchtmacht geen enkele naam tevoorschijn kwam die klopte met de bekende letters van de naam van onze geheimzinnige officier. Toen schoot me te binnen: "admiraal' is ook een woord van acht letters en de vijfde is ook een *R*.'

Pitt voelde zich alsof de huidige kampioen zwaargewicht hem opeens een stoot onder de gordel had gegeven.

'Admiraal'; het woord danste op en neer in zijn hoofd. Niemand was op het idee gekomen dat een vliegtuig van de luchtmacht weleens ijzerwaren van de marine zou kunnen vervoeren. Toen werd Pitt teruggebracht naar de werkelijkheid door een ontnuchterende gedachte.

'Een naam?' vroeg hij, bijna bang voor het antwoord. 'Heb je kans gezien om een naam te vinden?'

'Echt elementair voor een onderzoekende geest zoals de mijne. De voornaam was makkelijk. Zes letters, waarvan drie bekend, twee open plaatsen, dan *LT*, weer een open plaats en een *R*. Daar kreeg ik *Walter* uit. En nu komt het *pièce de résistance*, de achternaam. Vier letters, met *B* als eerste en *S* aan het eind. En omdat *Bolus* niet klopte en ik rang en voornaam van de vent al had, leverde een computer-speurtocht door de marine-archieven al gauw een kloppende naam op: Admiraal Walter Horatio Bass.'

Pitt hield vol. 'Als Bass in 1954 al admiraal was, moet hij nu over de tachtig zijn of dood - dood waarschijnlijk.'

'Met pessimisme kom je nergens,' zei Buckner. 'Bass was een wonderkind. Ik heb zijn dossier gelezen. Het is echt indrukwekkend. Hij was achtendertig toen hij zijn eerste ster kreeg. Een tijdlang zag het er naar uit dat hij stafchef van de marine zou worden. Maar toen moet hij een blunder hebben gemaakt of brutaal geweest zijn tegen een hogere, want opeens werd hij overgeplaatst en kreeg hij het bevel over een derderangs vlootbasis in de Indische Oceaan, wat voor een marine-officier met ambitie te vergelijken valt met verbanning naar de Gobi-woestijn. In oktober 1959 verliet hij de dienst. In december wordt hij zevenenzeventig.'

'Wou je me wijsmaken dat Bass nog te bereiken is?' vroeg Pitt.

'Hij komt voor in de pensioenstaten van de marine.'

'En een adres?'

'Bass is eigenaar en exploitant van een herberg even ten zuiden van Lexington, Virginië, genaamd Anchorage House. Je kent het type wel - kinderen worden niet toegelaten.

Vijftien kamers, compleet met antiek sanitair en hemelbedden, stuk voor stuk beslapen door George Washington.'

'Paul, ik sta bij je in de schuld.'

'Voel je ervoor om me mee te laten doen?'

'Nog te vroeg.'

'Weet je zeker dat het niet een of andere rottigheid is waar de FBI meer van zou moeten weten?'

'Het valt niet onder jullie jurisdictie.'

'Dat was te verwachten.'

'Nogmaals bedankt.'

'Best hoor. Schrijf me maar als je werk hebt.'

Pitt hing op en haalde grijnzend diep adem. Weer een sluier van het raadsel weggetrokken. Hij besloot het niet door te geven aan Abe Steiger, nog niet. Hij keek op naar Folsom.

'Kun jij me dekken in het weekeinde?'

Folsom grijnsde. 'Ik zou niet durven beweren dat de baas niet onmisbaar is bij het werk, maar vooruit, ik denk dat we het de eerste achtenveertig uur wel kunnen redden zonder jouw verheven aanwezigheid. Wat heb jij op het vuur staan?'

'Een vierendertig jaar oud mysterie,' zei Pitt. 'Daar ga ik de antwoorden van opgraven, terwijl ik uitrust in de vredige kalmte van een landherberg.'

Folsom keek een paar seconden scherp naar hem, maar toen hij achter de groene ogen van Pitt niets kon vinden, gaf hij het op en keerde zich weer naar het bord.

31

In het ochtendvliegtuig naar Richmond zag Pitt er net zo uit als een dozijn andere passagiers die half leken te slapen. Zijn ogen waren dicht, maar zijn geest was druk bezig met het raadsel van het vliegtuig in het meer. Het was niets voor de luchtmacht om een ongeval zo te verdoezelen, dacht hij. In normale omstandigheden zou er een grootscheeps onderzoek opgezet zijn om na te gaan waarom de bemanning zover van zijn koers was afgeweken. Logische antwoorden ontgingen hem en hij deed zijn ogen open, toen het straalvliegtuig van de Eastern Airlines de grond raakte en over het vliegveld begon te taxiën.

Pitt huurde een auto en reed door het platteland van Virginië. Het mooie, golvende landschap was vervuld van de gemengde geuren van pijnbomen en herfstregens. Even na twaalven draaide hij van de A 81 af en reed Lexington binnen. Zonder te pauzeren om de merkwaardige architectuur van de stad te bewonderen sloeg hij een smalle autoweg naar het zuiden in. Al spoedig kwam hij bij een bord dat pittoresk uit de toon viel in dit boerenland, met een scheepsanker dat gasten welkom heette en wees naar een grindpad naar de herberg.

Er zat niemand aan het bureau en Pitt aarzelde om de stilte in deze keurige en zorgvuldig afgestofte conversatiezaal te verbreken. Hij stond op het punt om barst maar te zeggen en op de bel te drukken, toen er een grote vrouw binnenkwam, bijna even groot als hijzelf in haar rijlaarzen, die een stoel met hoge rugleuning droeg. Ze leek begin dertig en droeg een spijkerbroek met een bijpassend katoenen bloesje en een rode doek over haar asblonde haren. Haar huid vertoonde nagenoeg geen zomers bruin, maar had de gladheid van die van een mannequin. Iets in haar onverstoorbare gelaatsuitdrukking bij het plotselinge zien van een vreemdeling zei hem, dat dit een vrouw uit de hogere standen was, het type dat geleerd heeft zich gereserveerd te gedragen onder alle omstandigheden die minder ernstig zijn dan brand of een aardbeving.

'Sorry,' zei ze en zette de stoel neer bij een kandelaar die prachtig van verhouding was. 'Ik heb u niet horen binnenrijden.'

'Een interessante stoel is dat,' zei hij. 'Een *Shaker*, is het niet?'

Zij keek hem goedkeurend aan. 'Ja, gemaakt door ouderling Henry Blinn, uit Canterbury.'

'U hebt hier veel waardevolle stukken staan.'

'De eer voor wat u ziet komt admiraal Bass toe, de eigenaar.'

Zij nam plaats aan het bureau. 'Hij is een groot antiekkenner, weet u.'

'Dat wist ik niet.'

'Wilt u een kamer?'

'Ja. Alleen voor vannacht.'

'Jammer dat u niet langer kunt blijven. Overmorgenavond

wordt er in onze schuur een lokaal theater geopend.'

'Ik ben heel sterk in slechte timing,' zei Pitt glimlachend.

Haar beantwoordende glimlach was flauw en formeel. Ze draaide het gastenboek naar hem toe en hij tekende.

'Kamer veertien. De trap op en de derde deur links, meneer Pitt.'

Ze had zijn naam ondersteboven gelezen toen hij tekende. 'Ik ben Heidi Milligan. Als u iets nodig hebt, hoeft u alleen maar op de zoemer bij de deur te drukken. Ik krijg de boodschap dan vroeger of later wel door. Ik hoop dat u er geen bezwaar tegen hebt om uw eigen bagage mee naar boven te nemen.'

'Dat zal wel gaan. Is de admiraal te spreken? Ik zou graag met hem willen praten over ... over antiek.'

Ze wees naar een dubbele gaasdeur aan het eind van de conversatiezaal. 'U vindt hem daar bij de eendenvijver; hij is leliebladeren aan het opruimen.'

Pitt knikte en liep de kant op die Heidi Milligan had aangewezen. De deur kwam uit op een voetpad, dat slingerend over een zacht glooiende heuvel naar beneden liep. Admiraal Bass was zo wijs geweest om geen tuinarchitectuur voor Anchorage House toe te passen. Het terrein er omheen was in zijn natuurlijke staat gelaten en bedekt met pijnbomen en laatbloeiende wilde bloemen. Even vergat Pitt zijn taak en genoot hij van de vredige stilte die het pad naar de vijver omgaf.

Hij vond een bejaarde man in lieslaarzen, die zwaaiend met een hooivork agressief aanviel op een ronde begroeiing van waterlelies op tweeëneenhalve meter van de kant af. De admiraal was een grote man en hij smeet de dooreengestrengelde wortelstokken op de kant met het gemak van iemand die dertig jaar jonger was. Hij droeg geen hoed onder de hete zon en het zweet stroomde hem over zijn kale hoofd en druppelde van zijn neus en kin af.

'Admiraal Walter Bass?' vroeg Pitt als begroeting.

De hooivork bleef halverwege steken. 'Ja, ik ben Walter Bass.'

'Mijn naam is Dirk Pitt en als het kan zou ik u graag even willen spreken.'

'Zeker, ga uw gang,' zei Bass en maakte zijn worp af. 'Neem me niet kwalijk als ik doorga met dit verdomde onkruid, maar ik wil er vóór het eten zoveel mogelijk van weghebben. Als ik dit tot de winter begint niet tenminste tweemaal per week doe, zit volgend voorjaar de hele vijver stikvol.'

Pitt deed een stap achteruit toen er een vliegende bos stelen met hartvormige bladeren voor zijn voeten neerkletste. Voor hem was dit in ieder geval een netelige situatie, en hij wist niet precies wat hij er mee aan moest. De admiraal stond met zijn rug naar hem toe en Pitt aarzelde. Hij haalde diep adem en stak van wal. 'Ik zou u een paar vragen willen stellen over een vliegtuig met de code-aanduiding Vixen 03.'

Bass ging zonder onderbreking door met zijn werk, maar de wit geworden knokkels op de steel van de hooivork ontgingen Pitt niet.

'Vixen 03,' zei hij schouderophalend. 'Zegt me niets. Moet dat?'

'Het was een toestel van de militaire luchttransportdienst, dat in 1954 is verdwenen.'

'Dat is lang geleden.' Bass staarde wezenloos naar het water. 'Nee, ik herinner me niet dat ik weleens te doen heb gehad met een MATS-vliegtuig,' zei hij tenslotte. 'Niet zo verbazend, trouwens. Ik ben al mijn dertig jaar bij de marine scheepsofficier geweest. Zwaar geschut was mijn specialiteit.'

'Herinnert u zich ooit een majoor bij de luchtmacht te hebben ontmoet genaamd Vylander?'

'Vylander?' Bass schudde zijn hoofd. 'Nee, dat kan ik niet zeggen.' Toen keek hij Pitt nadenkend aan. 'Hoe zei u ook weer dat u heette? Waarom vraagt u mij deze dingen?'

'Mijn naam is Dirk Pitt,' herhaalde hij. 'Ik werk bij de NUMA en heb een paar oude documenten gevonden, waaruit blijkt dat u de officier bent geweest die de vlieginstructies voor de Vixen 03 hebt goedgekeurd.'

'Dat moet een vergissing zijn.'

'Misschien,' zei Pitt. 'Wellicht wordt het raadsel wel opgelost als het wrak van het toestel is geborgen en grondig geïnspecteerd is.'

'Ik dacht dat u zei dat het verdwenen was.'

'Ik heb het wrak gevonden,' antwoordde Pitt.

Pitt bestudeerde Bass nauwlettend op enige waarneembare reactie. Die kwam niet. Hij besloot de admiraal alleen te laten om zijn gedachten te ordenen.

'Het spijt me dat ik u gestoord heb, admiraal. Het schijnt dat ik op het verkeerde spoor ben geraakt.'

Pitt draaide zich om en liep het pad op terug naar de herberg. Hij was nog geen vijftien meter onderweg, toen Bass hem nariep.

'Meneer Pitt!'

Pitt draaide zich om. 'Ja?'

'Blijft u hier logeren?'

'Tot morgenochtend, ja. Dan moet ik weer verder.'

De admiraal knikte. Toen Pitt bij de pijnbomen bij Anchorage House was gekomen, keek hij nog een keer om naar de vijver. Admiraal Bass stond rustig waterlelies op de oever te gooien, alsof hun korte gesprek gewoon over de oogst en het weer was gegaan.

32

Pitt genoot van een rustig diner met de overige gasten. De eetzaal was ingericht in de stijl van een taveerne uit de achttiende eeuw, met oude vuursteengeweren, tinnen drinkbekers en verweerde landbouwgereedschappen aan muren en balken.

Het eten was zo eigengemaakt als Pitt het nog maar zelden had geproefd. Hij nam twee porties gebraden kip, wortelen op brandewijn, gebakken maïs en zoete aardappelen, en had nog nauwelijks ruimte over voor de dikke punt appeltaart.

Heidi liep tussen de tafeltjes door, serveerde koffie en babbelde met de gasten. Pitt zag dat de meesten de AOW-leeftijd hadden bereikt. Jongere paren, dacht hij, zouden de vreedzame rust van een landelijke herberg wellicht vervelend vinden. Hij dronk zijn Irish coffee leeg en liep de veranda op. In het oosten kwam een volle maan op, die de pijnbomen zilver kleurde. Hij liet zich in een Wener stoeltje zakken, legde zijn voeten op het hek van de veranda en wachtte af tot admiraal Bass de volgende zet zou doen.

De maan was bijna twintig graden verder omhoog gekomen, toen Heidi naar buiten kwam en langzaam zijn kant op liep. Zij bleef even achter hem staan en zei toen: 'Er is geen maan zo helder als die van Virginië.'

'Ik zal het u niet tegenspreken,' zei Pitt.
'Heeft de maaltijd u gesmaakt?'
'Ik ben bang dat mijn ogen groter waren dan mijn maag. Ik heb mezelf volgepropt. Complimenten aan uw kok. Zijn stijl van koken is een gedicht voor het gehemelte.'
Heidi's vriendelijke glimlach werd in het maanlicht stralend.
'Het zal *haar* genoegen doen dat te horen.'
Pitt maakte een hulpeloos gebaar. 'Levenslange chauvinistische neigingen zijn moeilijk te doorbreken.'
Zij ging met haar strak beklede billen op het hek zitten en keek hem aan met een gezicht dat plotseling ernstig was geworden. 'Vertelt u eens, meneer Pitt, waarom bent u naar Anchorage House gekomen?'
Pitt hield op met schommelen en keek haar recht in de ogen. 'Is dit een controle op de doelmatigheid van uw advertenties of bent u alleen maar nieuwsgierig?'
'Sorry, maar zo was het niet bedoeld. Walter maakte nogal een geschokte indruk, toen hij vanavond terugkwam van de vijver. Ik dacht dat het misschien . . .'
'U dacht dat het kwam door iets dat ik had gezegd,' maakte Pitt het voor haar af.
'Ik weet het niet.'
'Bent u familie van de admiraal?'
Dat was de magische vraag, want nu begon zij over zichzelf te praten. Zij was luitenant bij de marine; zij werkte op de marinewerf van Norfolk; zij was in dienst gegaan vanuit Wellesley College en was nog elf jaar van haar pensioen af; haar gewezen echtgenoot was kolonel bij de mariniers en commandeerde haar rond als een recruut; zij had een uterusresectie ondergaan en dus geen kinderen; nee, ze was geen familie van de admiraal; ze had hem ontmoet bij een gastcollege aan de marine-academie, en ze ging altijd naar Anchorage House toe als ze kans zag om te deserteren; ze maakte er geen geheim van dat er tussen haar en Bass een mei-december-verhouding bestond. Net toen het interessant begon te worden, hield ze op en keek op haar horloge.
'Ik moet langzamerhand eens naar de andere gasten gaan kijken.' Ze glimlachte en opnieuw kwam die overgang. 'Als u er genoeg van hebt om hier maar te zitten, raad ik u aan de heuvel naast de herberg eens te beklimmen. U hebt er een

mooi uitzicht op de lichten van Lexington.'

Haar toon kwam op Pitt meer als bevelend dan als suggererend over.

Heidi had maar half gelijk gehad. Het uitzicht was niet alleen mooi: het was adembenemend. De maan verlichtte het hele dal en de straatlantaarns van de stad glinsterden als een ver melkwegstelsel. Pitt stond er nog maar een minuut, toen hij merkte dat er iemand achter hem stond.

'Admiraal Bass?' vroeg hij achteloos.

'Handen omhoog, alstublieft, en niet omkeren,' beval Bass kortaf.

Pitt deed wat hem gezegd werd.

Bass fouilleerde hem niet, maar haalde zijn portefeuille uit zijn zak en liet een zaklantaarn over de inhoud schijnen. Even later knipte hij de lantaarn uit en stak de portefeuille weer in de zak van Pitt.

'U kunt uw handen laten zakken, meneer Pitt, en zich omkeren, als u wilt.'

'Is er enige reden voor dit toneelstuk?' Pitt knikte naar de revolver die Bass in zijn linkerhand hield.

'Het schijnt dat u teveel te weten bent gekomen over een onderwerp dat begraven behoort te blijven. Ik moest zeker zijn van uw identiteit.'

'Dus u bent nu overtuigd dat ik ben wie ik zeg te zijn?'

'Ja. Ik heb uw baas bij de NUMA opgebeld. Jim Sandecker heeft tijdens de tweede wereldoorlog onder mij gediend in de Stille Oceaan. Hij gaf me een indrukwekkende lijst van uw geloofsbrieven. Hij wilde ook wel weten wat u in Virginië deed, terwijl u verondersteld werd bezig te zijn met een bergingsoperatie voor de kust van Georgia.'

'Ik heb admiraal Sandecker niet in vertrouwen genomen over mijn ontdekkingen.'

'Die, zoals u bij de vijver al zei, de resten van de Vixen 03 waren.'

'Het bestaat, admiraal; ik heb het aangeraakt.'

De ogen van Bass schoten vuur van woede. 'Meneer Pitt, niet alleen bluft u, maar u liegt. Ik wil weten waarom.'

'Mijn zaak is niet uit leugens opgebouwd,' zei Pitt kalm. 'Ik heb nog twee betrouwbare getuigen en afbeeldingen op videotape als bewijzen.'

Op het gezicht van Bass kwam een uitdrukking van totaal onbegrip. 'Onmogelijk! Het toestel is boven de oceaan verdwenen. We hebben er maandenlang naar gezocht zonder een spoor te vinden.

'U hebt op de verkeerde plaats gezocht, admiraal. De Vixen 03 ligt in een bergmeer in Colorado.'

Het harde front van Bass leek weg te smelten, en in het maanlicht zag Pitt hem opeens als een vermoeide, uitgeputte oude man. De admiraal liet het pistool zakken en liep wankelend naar een bank aan de rand van het uitkijkpunt toe. Pitt stak een hand uit om hem op de been te houden.

Bass knikte dankend en liet zich op de bank zakken. 'Ik neem aan dat het ooit een keer moest gebeuren. Ik was niet echt dwaas genoeg om te denken dat het geheim eeuwig bewaard zou kunnen blijven.' Hij keek op en greep Pitt bij de arm. 'De lading. Hoe is het met de lading?'

'De bussen zitten niet meer vast, maar verder lijken ze redelijk intact te zijn.'

'Laten we daar dan tenminste God nog voor danken,' zuchtte Bass. 'Colorado, zegt u. De Rocky Mountains. Dus majoor Vylander en zijn bemanning zijn zelfs de staat niet uitgekomen.'

'Waren ze in Colorado opgestegen?' vroeg Pitt.

'Het vliegveld Buckley was de startplaats van de Vixen 03.' Hij steunde zijn hoofd met zijn handen. 'Wat kan er zo vlug verkeerd gegaan zijn? Ze moeten al heel gauw na het opstijgen weer gedaald zijn.'

'Het ziet ernaar uit dat ze mechanische problemen hadden en een noodlanding hebben geprobeerd te maken op de enige open plek die ze konden vinden. Het was winter en het meer was dichtgevroren, en zodoende dachten ze dat ze op een weiland gingen landen. Toen is het ijs gebroken onder het gewicht van het vliegtuig, dat gezonken is in een diep gedeelte van het meer, zo diep dat er, toen in het voorjaar het ijs was gesmolten, vanuit de lucht niets van te zien was.'

'En al die tijd dachten wij . . .' De stem van Bass stierf weg en hij bleef zwijgend zitten. Eindelijk zei hij zacht: 'Die bussen moeten geborgen worden.'

'Zit er radioactief materiaal in?' vroeg Pitt.

'Radioactief materiaal . . .' herhaalde Bass op vage toon. 'Is dat waar u aan denkt?'

‘Volgens de datum van de vlieginstructies van de Vixen 03 zou het toestel op tijd in de Stille Oceaan hebben kunnen zijn voor de H-bomproeven op Bikini. Ik heb ook bij een van de bemanningsleden een metalen plaatje gevonden met het symbool van radioactiviteit.’

‘U hebt het bewijs verkeerd geïnterpreteerd, meneer Pitt. Zeker, de bussen waren oorspronkelijk bestemd voor atoomkoppen. Maar in de nacht waarin Vylander en zijn bemanning verdwenen werden ze voor een heel ander doel gebruikt.’

‘Iemand heeft gezegd dat ze leeg zijn.’

Bass zat daar als een wassen beeld. ‘Was het maar zo eenvoudig,’ mompelde hij. ‘Helaas, er bestaan nog andere oorlogsmaterialen dan radioactieve. Je zou kunnen zeggen dat de Vixen 03 en zijn bemanning dragers waren.’

‘Dragers?’

‘Een pestilentie,’ zei Bass. ‘In die bussen zit het organisme van de Dag des Oordeels.’

33

Er viel een onbehaaglijke stilte over de beide mannen, terwijl Pitt de draagwijdte van wat de admiraal had gezegd zat te verwerken.

‘Ik zie aan uw gezicht dat u geschokt bent,’ zei Bass.

‘Het organisme van de Dag des Oordeels,’ herhaalde Pitt zacht. ‘Dat klinkt als iets angstaanjagend onherroepelijks.’

‘Een juiste beschrijving, dat kan ik u verzekeren,’ zei Bass. ‘Wetenschappelijk gesproken had het een biochemische naam van dertig letters die niet uit te spreken viel, maar de militaire aanduiding was kort en krachtig. Wij noemden het eenvoudig“SD”, een afkorting voor “snelle dood”.’

‘U spreekt over dat SD in de verleden tijd.’

De admiraal maakte een hulpeloos gebaar. ‘De macht der gewoonte. Tot u de Vixen 03 had ontdekt, hoopte ik dat er niets meer van bestond.’

‘Wat was het eigenlijk?’

‘SD was het laatste woord op het gebied van de militaire bewapening. Vijfendertig jaar geleden produceerde een microbioloog genaamd dr. John Vetterly langs chemische weg een kunstmatige vorm van leven, die op zijn beurt een ziektebeeld wist te produceren dat volkomen onbekend was en nog steeds is. Zo eenvoudig mogelijk gezegd: een niet-waarneembare en niet te identificeren bacteriologische agens met het vermogen om een levende mens of levend dier binnen een paar seconden uit te schakelen en de vitale lichaamsfunctie te ontregelen, met als gevolg de dood na drie tot vijf minuten.'

'Doet zenuwgas niet net zoiets?'

'In ideale omstandigheden, ja. Maar zenuw- en gifgassen kunnen door weersomstandigheden zoals wind, storm of extreme temperaturen tot beneden de dodelijke dosis worden verdund. SD daarentegen kan het weer negeren en een plaatselijke epidemie veroorzaken van uitzonderlijke hardnekkigheid.'

'Maar we leven toch in de twintigste eeuw. Epidemieën kunnen toch worden gecontroleerd?'

'Dat kan, ja, als je de micro-organismen kunt opsporen en identificeren. Met ontsmettingsprocedures, inentingen met serums en antibiotica kan een epidemie in de meeste gevallen wel tot staan worden gebracht. Maar niets ter wereld kan SD nog tegenhouden, als het eenmaal bezit heeft genomen van een stad.'

'Maar hoe kwam dan SD midden in de Verenigde Staten in een vliegtuig terecht?' vroeg Pitt.

'Heel eenvoudig. Het Rocky Mountains arsenaal, even buiten Denver, was al meer dan twintig jaar lang de voornaamste producent van chemische en biologische wapens in de VS.'

Pitt bleef zwijgen en liet de oude man doorgaan.

Bass keek naar het panorama beneden hen, maar zijn ogen waren nergens op gericht. 'In maart '54,' zei hij, toen de lang begraven gebeurtenissen in zijn geest terugkwamen, 'werd de H-bom boven Bikini tot ontploffing gebracht. Ik stond aan het hoofd van de SD-proeven, want dr. Vetterly werd gefinancierd door de marine en ik was deskundig op het gebied van marinewapens. Het leek mij toen logisch de proeven te nemen onder dekking van de opwinding over de kernwapen-explosie. Terwijl de hele wereld zich daarop concentreerde, voerden wij onze proeven uit op het eiland

Rongelo, duizend kilometer ten noordoosten daarvan, en volkomen onopgemerkt.'

'Rongelo,' zei Pitt langzaam. 'De plaats van bestemming van de Vixen 03.'

Bass knikte. 'Een kaal en verbleekt stuk koraal dat midden in het niets uit zee opsteekt. Zelfs vogels voelen er niet voor.' Bass zweeg even en ging verzitten. 'Ik had twee series proeven op het programma. De eerste was een aerosol-apparaat dat een klein beetje SD over het atol verspreidde. Bij de tweede was het slagschip *Wisconsin* betrokken. Dat moest dertig kilometer uit de kust een raket met SD lanceren. Die proef heeft nooit plaats gevonden.

'Majoor Vylander bleef in gebreke met het afleveren van de goederen,' veronderstelde Pitt.

'De inhoud van de bussen,' bevestigde Bass. 'Marinespringkoppen met SD.'

'U had een volgende levering kunnen bestellen.'

'Dat had gekund,' gaf Bass toe. 'Maar de werkelijke reden waarom ik ophield met de proeven was wat we te weten kwamen na de aerosolproef. De resultaten waren verschrikkelijk en vervulden iedereen die in het geheim gekend was met afschuw.'

'U praat alsof het eiland verwoest was.'

'Op het oog was er niets veranderd,' zei Bass met een nauwelijks hoorbare stem. 'Het witte zand op het strand, de weinige palmen, die waren net zoals daarvoor. De proefdieren die we op het eiland hadden uitgezet waren natuurlijk allemaal dood. Ik stond op een wachttijd van twee weken, om eventuele bijwerkingen de kans te geven zich te manifesteren, voordat ik de wetenschapsmensen toestemming gaf om zelf de resultaten te gaan bestuderen. Dr. Vetterly landde met drie assistenten op het strand, gekleed in beschermpakken en met ademhalingsapparaten. Zeventien minuten later waren ze allemaal dood.'

Pitt had moeite om zich te beheersen. 'Hoe kon dat?'

'Dr. Vetterly had zijn ontdekking schromelijk onderschat. De kracht van andere doodsagentia neemt na verloop van tijd af. SD daarentegen wordt sterker. Hoe het erin geslaagd is om door de beschermende kleding van de wetenschapsmensen heen te dringen hebben we nooit kunnen ontdekken.'

'Hebt u de lichamen mee teruggenomen?'

'Ze liggen er nog,' zei Bass met droefheid in zijn ogen. 'Ziet u, meneer Pitt, de verschrikkelijke kracht van SD is nog maar de helft van zijn kwaadaardigheid. De meest angstaanjagende eigenschap van SD is dat het weigert te sterven. We hebben later ontdekt dat de bacil ultraresistente sporen vormt, die in staat zijn in de grond te dringen – of in het geval van Rongelo, het koraal – en daar verbijsterend lang in leven te blijven.'

'Het lijkt me ongelooflijk dat er na vijfendertig jaar nog niemand veilig naar toe kan om het stoffelijk overschot van Vetterly op te halen.'

Er klonk iets van misselijkheid in de stem van Bass. 'De juiste datum is niet precies vast te stellen,' mompelde hij, 'maar naar schatting zal de eerste driehonderd jaar geen mens in staat zijn om een stap op het eiland Rongelo te zetten.'

34

Fawkes stond boven de kaartentafel van het schip heen gebogen en bestudeerde een paar tekeningen, terwijl hij aantekeningen maakte met een potlood. Twee grote mannen, goed gespierd, met gebruinde en ernstige gezichten onder hun stijve hoeden, stonden aan weerskanten van hem. 'Ik wil het leeg hebben, ieder compartiment, ieder stuk overbodige leiding en elektrische bedrading, tot en met de waterdichte schotten.'

De man links van Fawkes snoof spottend. 'U ziet ze vliegen, kapitein. Als je die schotten er uithaalt, valt het schip uit elkaar bij iedere zee die ruwer is dan een visvijver.'

'Dugan heeft gelijk,' zei de andere man. 'Een schip van deze grootte kun je niet zo leeghalen zonder de structurele sterkte te vernietigen.'

'Uw bezwaren zijn genoteerd, heren,' antwoordde Fawkes. 'Maar om hoog genoeg te komen moet de diepgang met zeker veertig procent worden verminderd.'

'Ik heb nog nooit gehoord van een goed schip dat op die manier werd vernield alleen maar om de diepgang te verminderen,' zei Dugan. 'Wat is hier de bedoeling van?'

'Pantserplaten kunt u weghalen, evenals hulpmotoren,' zei Fawkes en negeerde de vraag van Dugan. 'En als u toch bezig bent, kunt u ook voor het verwijderen van de torenmasten zorgen.'

'Ophouden, kapitein,' snauwde Lou Metz, hoofdopzichter van de scheepswerf. 'U vraagt ons iets te ruïneren dat een verdomd mooi schip is geweest.'

'Ja, het was een mooi schip,' stemde Fawkes in. 'En in mijn ogen is het dat nog. Maar het is verouderd. Uw regering heeft het als oudroest te koop aangeboden en het ARL heeft het gekocht voor een heel bijzondere operatie.'

'Dat is ook iets dat ons tegen de haren in strijkt,' zei Dugan. 'Ons het lazerus werken om een stelletje negerradicalen de gelegenheid te geven blanke mensen af te maken.'

Fawkes legde zijn potlood neer en keek Dugan strak en ijskoud aan. 'Ik geloof dat jullie je niet voldoende bewust zijn van de economische aspecten van de situatie,' zei hij. 'Wat het ARL met het schip doet als het uw werf eenmaal heeft verlaten, is iets waar uw rassentheorieën geen betrekking op hebben. Wat wel van belang is, is dat ze niet alleen mijn loon betalen, maar ook dat van u en uw mannen, en dat zijn er honderdzeventig, als ik me niet vergis. Maar als u daar op aandringt, zal ik natuurlijk uw gevoelens wel doorgeven aan de mensen die bij het ARL over de schatkist gaan. Ik ben er zeker van dat ze dan wel een andere scheepswerf zullen vinden, die meer tot samenwerking bereid is. En dat zou jammer zijn, temeer omdat dit contract op het ogenblik het enige in uw boeken is. Zonder dit contract, zouden al die honderdzeventig mannen op straat komen te staan. Ik denk niet dat hun gezinnen enthousiast zullen zijn, als ze horen dat door uw kinderachtige bezwaren hun mannen werkloos zijn geworden.'

Dugan en Metz keken elkaar met boze en verslagen blikken aan. Metz ontweek de ogen van Fawkes en keek stug naar de tekeningen. 'Goed, kapitein, u hebt het voor het zeggen.'

In de strakke glimlach van Fawkes was het vertrouwen te zien dat gekweekt wordt door jarenlang bevel voeren over mensen. 'Dank u, heren. Nu we alle misverstanden uit de weg hebben geruimd, zullen we dan maar verder gaan?'

Een uur later verlieten de beide mannen van de werf de brug en liepen ze over het hoofddek. 'Ik kan mijn eigen oren niet geloven,' mompelde Metz toonloos. 'Heeft die halve gare Schot met zijn hersens vol zand ons werkelijk opgedragen de halve bovenbouw, de schoorstenen en de geschuttorens voor en achter te slopen en te vervangen door grijs geverfd triplex?'

'Dat is wat de man zei,' antwoordde Dugan. 'Ik geloof dat hij door dat allemaal te dumpen rekent op een gewichtsvermindering van vijftienduizend ton.'

'Maar waarom alles door nepconstructies vervangen?'

'Ik zal barsten als ik het weet. Misschien denken hij en zijn zwarte vriendjes daar de Zuidafrikaanse marine mee te overbluffen.'

'En dat is ook nog zoiets,' zei Metz. 'Als jij een schip zoals dit kocht om het in een buitenlandse oorlog te gebruiken, zou je dan niet proberen de transactie zoveel mogelijk verborgen te houden? Ik denk dat ze er Kaapstad mee gaan beschieten.'

'Met triplex-kanonnen zeker,' gromde Dugan.

'Liefst zou ik die uit zijn krachten gegroeide schoft zeggen dat hij zijn contract in zijn haar kon smeren,' snauwde Metz.

'Je kunt niet ontkennen dat hij ons te pakken heeft.' Dugan draaide zich om en keek naar de schimmige gestalte achter de ruiten van de brug. 'Denk jij niet dat hij rijp is voor een dwangbuis?'

'Gek?'

'Ja.'

'Misschien wel, maar hij weet wat hij doet, en dat is meer dan ik kan zeggen.'

'Wat denk je dat het ARL in feite van plan is als ze het schip eenmaal in Afrika hebben?'

'Ik hou het erop dat ze nooit in de haven komt,' zei Metz. 'Tegen de tijd dat wij er dat allemaal uitgehaald hebben, is het schip zo onstabiel dat het kantelt voordat het de Chesapeake Bay uit is.'

Dugan ging zitten op een massieve kaapstander. Hij keek in de lengte over het schip heen. De grote massa staal leek koud en kwaadaardig; het leek wel alsof het schip zijn adem inhield en wachtte op een of ander stil commando om zijn verschrikkelijke kracht los te doen barsten.

'Deze hele zaak stinkt,' zei Dugan tenslotte. 'Ik hoop alleen bij God dat we niet bezig zijn met iets waar we later spijt van zullen hebben.'

Fawkes bestudeerde de aantekeningen op een stel oude navigatiekaarten. Eerst berekende hij de bekende snelheid en variaties van de stroom en vervolgens de getijde-invloeden. Toen hij tevreden was met de cijfers, zette hij kilometer voor kilometer de koers uit naar de plaats van bestemming, waarbij hij iedere boei, ieder baken en ieder kanaalbordje in zijn hoofd prentte, tot hij ze allemaal voor zich zag, zonder zich te vergissen in de juiste volgorde.

De taak die voor hem lag leek onmogelijk. Zelfs bij een nauwkeurige analyse van ieder obstakel en de manier om het te overwinnen bleven er nog teveel variabelen over die aan het toeval moesten worden overgelaten. Er was geen manier om het weer te voorspellen voor een dag die nog weken ver weg was. Ook de kansen op botsingen met andere schepen waren groot. Hij nam deze onbekende factoren niet licht op, maar de mogelijkheid dat hij zou worden ontdekt en tegengehouden weigerde hij zelfs maar te overwegen. Hij had zich zelfs gehard tegen eventuele verandering van gedachte van De Vaal, die de missie zou kunnen afgelasten.

Om tien minuten voor twaalf zette Fawkes zijn bril af en wreef zich in zijn vermoeide ogen. Hij haalde een fotomapje uit zijn borstzak en keek naar de gezichten van zijn gezin, van lang geleden. Toen zuchtte hij en legde het mapje op een pakkistje naast zijn kooi in de stuurhut. De eerste week had hij in de kapiteinshut geslapen, maar die comfortabele inrichting was nu weg; meubelen, sanitair en zelfs de waterdichte schotten om de hut heen waren weggebrand.

Fawkes kleedde zich uit en schoof zijn enorme lichaam in een slaapzak, met een laatste blik op de foto. Toen trok hij het licht uit en bleef liggen piekeren in de duisternis van zijn eenzaamheid en zijn meedogenloze haat.

35

De Vaal rolde een sigaret tussen zijn slanke vingers. 'Denk je dat Fawkes zich aan zijn schema zal houden?'

'Een van mijn mensen meldt dat hij de arbeiders op de werf voortdrijft als een sadist,' antwoordde Zeegler. 'Ik ben er wel zeker van dat onze brave kapitein de Wilde roos op tijd van start zal laten gaan.'

'En zijn zwarte bemanning?'

'Die zit zwaar bewaakt op een vrachtschip bij een afgelegen eiland in de Azoren.' Zeegler nam plaats tegenover De Vaal en vervolgde: 'Als alles klaar is wordt de bemanning bij Fawkes aan boord gesmokkeld.'

'Zullen ze kunnen omgaan met het schip?'

'Ze worden getraind met modellen op het vrachtschip. Als Fawkes het anker licht, zal iedere man weten wat hij te doen heeft.'

'Wat hebben ze de mannen verteld?'

'Ze geloven dat ze uitgezocht zijn om het schip op te pikken voor proeven op zee en schietoefeningen en het dan naar Kaapstad te brengen.'

De Vaal zat nadenkend te kijken. 'Jammer dat we Lusana niet als passagier kunnen meenemen.'

'De mogelijkheid bestaat,' zei Zeegler.

De Vaal keek op. 'Meen je dat?'

'Mijn bronnen zeggen dat hij naar de Verenigde Staten vertrokken is,' antwoordde Zeegler. 'Hem volgen in Afrika en zijn reisschema precies van tevoren weten is nagenoeg onmogelijk. Hij kan zelfs van het continent verdwijnen wanneer hem dat goeddunkt. Maar hij komt er niet in zonder zich te laten zien. Als hij de VS verlaat, sta ik op de uitkijk.'

'Ontvoering.' De Vaal sprak het woord langzaam uit, genietend van iedere lettergreep. 'De premie die de Operatie wilde roos nagenoeg onfeilbaar zou maken.'

36

Het intercontinentale BEZA-Mozambique lijntoestel zwenkte van de hoofdstartbaan naar een zelden gebruikte taxibaan en liet zijn neus zakken toen de piloot de remmen aanzette. Het luik zwaaide open en een kruier met een witte overall en een rood petje kwam uit het donker tevoorschijn en maakte een aluminium ladder vast aan de romp. In het licht dat van binnenuit straalde bukte zich een gestalte, die een grote koffer naar de man op de grond toegooide en vervolgens zelf naar beneden kwam. Toen ging het luik weer dicht en de ladder werd losgemaakt. De motoren begonnen weer te loeien en het toestel taxiede weg in de richting van het hoofdgebouw van het internationale vliegveld Dulles.

Zonder dat iemand iets zei, gaf de kruier de vreemdeling een reserve-overall aan, die hij vlug aantrok. Ze klommen in een kleine tractor met vier lege bagagekarren erachter en reden naar de afdeling onderhoud van het vliegveld. Na een paar minuten om geparkeerde vliegtuigen heen te hebben gereden, ging de tractor naar een verlichte poort. Bij hun nadering keek er een bewaker naar buiten, die toen hij de chauffeur herkende een geeuw onderdrukte en ze doorliet. De kruier wuifde terug en reed naar de parkeerplaats voor personeel, waar hij stopte bij een deur, die opengehouden werd door de chauffeur van een grote, blauwe limousine. Nog steeds zonder een woord stapte de man uit het vliegtuig over naar de achterbank van de auto. De chauffeur pakte de koffer en stopte die in de bagageruimte, terwijl de kruier zijn lege treintje terugreed naar het vrachtstation.

Pas toen de wagen de buitenwijken van Georgetown inreed ontspande Lusana zich en trok hij de overall uit. In vroegere jaren zou hij de Verenigde Staten binnengekomen zijn zoals iedere andere reiziger van overzee. Maar dat was voor de tijd dat het Zuidafrikaanse ministerie van defensie hem serieus was gaan nemen. Lusana's angst voor moordaanslagen was gefundeerd. Met een zucht van verlichting zag hij de chauffeur stoppen voor een huis waarvan de benedenverdieping verlicht was. Er was dus tenminste iemand thuis.

De chauffeur bracht zijn koffer naar de stoep en verdween zwijgend. Uit de open ramen klonk zacht het geluid van een TV-toestel. Hij belde aan.

Het portaallicht ging aan, de deur ging open op een kier en een bekende stem zei: 'Wie is daar?'

Hij ging onder de lamp staan, zodat zijn gezicht werd beschenen. 'Ik ben het, Felicia.'

'Hiram?' Haar stem klonk stomverbaasd.

'Ja.'

De deur ging langzaam open. Ze was gekleed in een dun en sexy chiffonbloesje en een lange wollen rok. Over haar haren droeg zij een geknoopte hoofddoek. Zij bleef doodstil staan en bekeek hem aandachtig. Zij wilde iets zeggen dat gepast en gevat was, maar er kwam niets bij haar op. Zij kwam niet verder dan: ‘Kom binnen.’

Hij stapte naar binnen en zette zijn koffer neer. ‘Ik dacht wel dat je hier zou zijn,’ zei hij.

Haar donkere ogen gingen vlug van verbazing over naar kalmte. ‘Je timing is haarscherp. Ik ben net terug uit Hollywood. Ik heb een nieuwe plaat gemaakt en proefopnamen gemaakt voor een rol in een TV-serie.’

‘Ik ben blij te horen dat het je goed gaat.’

Zij keek op naar hem. ‘Je had me nooit moeten wegsturen met Frederick.’

‘Als dat een troost voor je is: ik heb mijn haastige besluit al vaak betreurd.’

‘Ik zou met je mee terug kunnen gaan naar Afrika.’

Hij schudde verdrietig zijn hoofd. ‘Later misschien. Nu niet. Hier kun je meer doen voor onze zaak.’

Ze draaiden zich tegelijk om toen Frederick Daggat, achteloos gehuld in een badjas, uit de huiskamer tevoorschijn kwam. ‘Mijn God, generaal Lusana. Ik dacht al dat ik uw stem herkende.’ Hij keek naar de koffer en zijn gezicht betrok. ‘Ik heb geen bericht vooraf gehad van uw komst. Zijn er moeilijkheden geweest?’

Lusana grijnsde zuur. ‘De wereld is niet veilig voor revolutionairen. Het leek me beter om zo onopvallend mogelijk in het Land van de Vrijheid terug te komen.’

‘Maar luchtvaartmaatschappijen . . . douane . . . iemand moet uw aanwezigheid toch hebben gemeld.’

Lusana schudde zijn hoofd. ‘Op de vlucht vanuit Afrika heb ik in de cabine gezeten. En er waren voorbereidingen getroffen om mij op het vliegveld Dulles ongemerkt weg te laten komen.’

‘We hebben wetten waarin onvriendelijk wordt gedaan tegen illegaal het land binnenkomen.’

‘Ik ben Amerikaans staatsburger. Dus wat maakt dat uit?’

Het gezicht van Daggat werd wat vriendelijker. Hij legde zijn handen op Lusana’s schouders. ‘Als er moeilijkheden komen zal mijn staf daar wel voor zorgen. U bent hier, en dat is het belangrijkste.’

‘Maar waarom al dat achterbaks gedoe?’ vroeg Felicia.

'Om een heel goede reden,' De stem van Lusana klonk ijskoud. 'Mijn inlichtingendienst heeft een belangrijk stuk nieuws achterhaald, dat bijzonder gênant kan worden voor de Zuidafrikaanse minderheidsregering.'

'Dat is een ernstige aanklacht,' zei Daggat.

'Het is een ernstige bedreiging,' repliceerde Lusana.

In de ogen van Daggat was een mengsel van verwarring en nieuwsgierigheid te zien. Hij knikte in de richting van de woonkamer. 'Kom binnen en ga zitten, generaal. We hebben veel te bepraten.'

'Iedere keer als ik je zie is het alsof ik naar een oude foto kijk. Jij verandert nooit.'

Felicia beantwoordde de bewonderende blik van Loren. 'Vleierij van een andere vrouw is pas echt flatterend.' Verstrooid roerde zij de ijsblokjes door haar cocktail. 'Verbazend toch hoe de tijd vervliegt. Hoelang is het geleden – drie, misschien wel vier jaar.'

'Het laatste openingsbal.'

'Ik weet het weer,' zei Felicia glimlachend. 'Daarna gingen we naar dat tentje bij de rivier en daar raakten we aangeschoten. Jij had een grote, droevig uitziende dandy met hondeogen bij je.'

'Congreslid Louis Carnady. Bij de volgende verkiezingen werd hij verslagen.'

'Arme Louis.' Felicia stak een sigaret op. 'Mijn metgezel was Hiram Lusana.'

'Ik weet het, ja.'

'We zijn pas vorige maand in Afrika uit elkaar gegaan,' zei Felicia, alsof Loren niets gezegd had. 'Ik denk weleens dat mijn hele leven één flop is, alsmaar achter iedere vrijheidszaak aanlopen en meedoen met iedere boerenhengst die de mensheid belooft te zullen redden.'

Loren wenkte de ober om nog twee cocktails te brengen. 'Je kunt jezelf niet kwalijk nemen dat je gelooft in mensen.'

'Kijk maar eens wat ik ermee heb bereikt. Iedere zaak waar ik me voor heb ingezet, heb ik verknoeid.'

'Ik wil niet nieuwsgierig zijn, maar hadden jij en Lusana persoonlijk ongenoegen, of was het politiek?'

'Strikt persoonlijk,' zei Felicia. Zij voelde een druk op haar borst nu Loren dichter bij het aas kwam. 'Ik was voor hem niet belangrijk meer. Zijn enige liefde was zijn strijd. Ik denk dat hij eerst diep in zijn hart wel wat voor me heeft gevoeld, maar naarmate de strijd zich uitbreidde en hij meer onder druk kwam te staan, werd de afstand tussen ons groter. Ik weet nu dat hij van mij alles genomen heeft wat hij ooit gewild heeft. Het was alsof ik net zo'n wergwerpartikel was geworden als een van zijn soldaten op het slagveld.'

Loren zag dat Felicia tranen in haar ogen kreeg. 'Je moet hem wel haten.'

Felicia keek verbaasd op. 'Hiram haten? O nee, je begrijpt er niets van. Ik ben unfair geweest tegen hem. Ik heb mijn eigen wensen tussen ons in laten komen. Ik had geduld moeten hebben. Misschien zal hij anders naar mij kijken, als zijn strijd om de zwarte meerderheid in Afrika aan de macht te laten komen eenmaal is gewonnen.'

'Ik zou daar maar niet te hard op rekenen, als ik jou was. Ik ken zijn verleden. Lusana gebruikt mensen zoals wij tandpasta gebruiken. Hij knijpt ze leeg en gooit dan de tubes weg.'

Op het gezicht van Felicia verscheen een boze trek. 'Jij ziet in Hiram alleen maar wat je wilt zien. De goede punten hebben de overhand op de slechte.'

Loren zuchtte en leunde achterover, terwijl de ober met hun tweede rondje kwam. 'Oude vriendinnen moeten niet gaan bekvechten als ze elkaar zolang niet hebben gezien,' zei ze zacht. 'We kunnen maar beter van onderwerp veranderen.'

'Dat ben ik met je eens,' zei Felicia en veranderde van stemming. 'Hoe is het met jou, Loren? Zijn er in jouw leven nog mannen?'

'Op het ogenblik twee.'

Felicia lachte. 'Dat weet heel Washington, ja; de ene is Phil Sawyer, de perssecretaris van de president. Maar wie is de andere?'

'Hij is directeur bij de NUMA. Zijn naam is Dirk Pitt.'

'Heb je serieuze plannen met een van de twee?'

'Phil is het soort waar je mee trouwt: trouw en eerlijk; zet je op een verguld podium en wil je als moeder van zijn kinderen.'

Felicia trok een gezicht. 'Klinkt erg conventioneel. En die Pitt?'

'Dirk? Puur dierlijke aantrekkingskracht. Hij stelt geen

eisen; hij komt en gaat als een straatkat. Dirk zal nooit echt van een vrouw zijn, maar hij is er wel altijd als je hem nodig hebt. De minnaar die je op gang brengt, maar nooit lang genoeg stil blijft zitten om er samen mee oud te worden.'

'Klinkt meer als mijn type. Stuur hem maar door als jullie affaire op zijn eind raakt.' Felicia nam een slokje. 'Lijkt me lastig, voor de ogen van je kiezers je politieke zuiverheid ophouden en er tegelijkertijd een minnaar op na te houden.'

Loren kreeg een kleur. 'Het is moeilijk,' gaf ze toe. 'Ik ben nooit zo goed geweest in intriges.'

'Je kunt natuurlijk ook je schouders ophalen over wat de mensen ervan denken. Dat doen de meeste vrouwen tegenwoordig.'

'De meeste vrouwen zijn geen leden van het Congres.'

'Daar hebben we de oude dubbele norm weer. Mannelijke congresleden kunnen doen en laten wat ze willen, zolang het maar niet op de onkostenrekening verschijnt.'

'Droevig maar waar,' zei Loren. 'En in mijn geval – ik vertegenwoordig een agrarisch district. Mijn kiezers geloven nog in de catalogus van Sears, in Coors' bier en in de elf geboden.'

'Wat is het elfde?'

'Uw congresvrouw zal niet met iedereen neuken, als zij de volgende verkiezingen verwacht te zullen winnen.'

'Waar ontmoeten jij en Pitt elkaar?'

'Ik kan niet riskeren dat ze een man uit mijn flat zien komen tegelijk met de melkboer, dus we zien elkaar bij hem of we gaan naar een of ander achteraf-hotelletje.'

'Je laat het klinken als een bushalte-romance.'

'Zoals ik al zei, het is moeilijk.'

'Ik denk dat ik daar wel iets aan kan doen.'

Loren keek Felicia onderzoekend aan. 'Hoe?'

Felicia viste in haar tasje en haalde een sleutel tevoorschijn. Die drukte zij Loren in de hand. 'Hier, neem deze maar. Het adres staat er op.'

'Waar is die van?'

'Een huisje dat ik gehuurd heb in Arlington. Gebruik dat maar als je de kriebels krijgt.'

'En jij dan? Ik kan moeilijk verwachten dat jij ieder moment zomaar verdwijnt.'

'Je bent me niet tot last,' zei Felicia glimlachend. 'Ik logeer bij een dandy aan de andere kant van de stad. Geen protesten meer. Goed?'

Loren keek naar de sleutel. 'God, ik voel me als een slet.'

Felicia stak haar hand uit en kneep die van Loren dicht om de sleutel heen. 'Als je al zo'n heerlijk obsceen gevoel krijgt alleen maar door eraan te denken, wacht dan maar eens tot je boven in de slaapkamer komt.'

37

'Wat denk jij er van?' vroeg Daggat. Hij zat aan zijn schrijftafel. Hiram Lusana stond midden in de kamer over een hoge stoel heen gebogen, met een gespannen uitdrukking op zijn gezicht.

Dale Jarvis, directeur van de nationale veiligheidsdienst, dacht even na alvorens te antwoorden. Hij keek op met een vriendelijk, bijna vaderlijk gezicht. Zijn kortgeknipte bruine haar was vermengd met grijs. Hij was gekleed in een tweedpak en de grote rode vlinderdas onder zijn adamsappel hing naar beneden alsof hij aan het wegsmelten was.

'Als je het mij vraagt, is deze Operatie wilde roos een spelletje.'

'Een spelletje!' kraste Lusana. 'Onzin!'

'Toch niet,' zei Jarvis rustig. 'Iedere natie met een ontwikkeld militair systeem heeft een afdeling die uitsluitend tot taak heeft het uitdenken van wat in die branche gewoonlijk "uitvoerbare spelletjes" worden genoemd. Onwaarschijnlijke plannen, *ultra crepidam,* voorbij de grenzen van vatbaarheid en waarschijnlijkheid. Strategische en taktische studies voor het bestrijden van onvoorziene omstandigheden. Die worden dan opgeborgen voor de onwaarschijnlijke dag dat ze worden afgestoft en gebruikt.'

'En zo denkt u ook over de Wilde roos?' vroeg Lusana met iets wrangs in zijn stem.

'Zonder alle details te kennen, ja,' antwoordde Jarvis. 'Ik denk dat het Zuidafrikaanse ministerie van defensie wel plannen klaar heeft liggen voor zogenaamd door opstandelingen gepleegde overvallen in de helft van alle landen ter wereld.'

'Gelooft u dat werkelijk?'

'Jazeker,' zei Jarvis beslist. 'Citeer me niet, maar in een of ander diep en donker hol van onze eigen regering zult u een paar van de wildste draaiboeken vinden die ooit door mens en computer zijn uitgewerkt voor het ondermijnen van ieder bewind op aarde, met inbegrip van onze vrienden in het Westen; plannen voor het plaatsen van kernbommen in de getto's in het geval van massale opstanden van minderheden; strategische plannen tegen invasies door Mexico en Canada. Niet één op de tienduizend zal er ooit in praktijk worden gebracht, maar ze liggen daar te wachten, alleen maar voor het geval dat.'

'Verzekering,' zei Daggat.

Jarvis knikte. 'Verzekering tegen het ondenkbare.'

'Wilt u zeggen dat dit alles is?' brieste Lusana. 'U wilt de Operatie wilde roos zonder meer afschrijven als de nachtmerrie van een idioot?'

'Ik ben bang dat u dit veel te serieus hebt genomen, generaal,' Jarvis bleef onbewogen bij de uitbarsting van Lusana. 'U moet de dingen een beetje reëler bekijken. Zoals mijn grootvader placht te zeggen: U hebt een kat in de zak gekocht.'

'Dat weiger ik te aanvaarden,' zei Lusana koppig.

Jarvis zette kalm zijn bril af en stak hem in het etui. 'Het staat u natuurlijk vrij om bij andere inlichtingendiensten om neutrale opinies te gaan vragen, generaal, maar ik geloof wel met zekerheid te kunnen zeggen dat de Operatie wilde roos overal op de zelfde manier zal worden ontvangen.'

'Ik eis dat u nagaat in hoeverre De Vaal voornemens is de operatie te gaan uitvoeren!' schreeuwde Lusana.

Jarvis bedwong zijn opkomende woede, stond op, knoopte zijn jasje dicht en wendde zich tot Daggat. 'Congreslid, als u mij wilt excuseren, ik moet terug naar mijn kantoor.'

'Dat begrijp ik,' zei Daggat. Hij kwam achter zijn schrijftafel vandaan en nam Jarvis bij de arm. 'Ik zal u naar de lift brengen.'

Jarvis knikte naar Lusana met een geforceerd vriendelijke uitdrukking op zijn gezicht. 'Generaal?'

Lusana stond met gebalde vuisten te beven en zei niets. Hij draaide zich om en keek uit het raam.

Zodra ze bij de lift aankwamen, zei Daggat tegen Jarvis:

'Sorry voor het onbeheerste optreden van de generaal. Maar bedenk wel dat hij de laatste maanden onder een enorme druk heeft gestaan. En dan nog die lange vlucht vanuit Mozambique gisterenavond.'

'Je hoort wel meer dat mensen geïrriteerd worden door straalvliegtuigen.' Jarvis trok een wenkbrauw op. 'Of misschien heeft hij wel last van zijn geweten vanwege zijn binnenkomst door een achterdeur.'

Daggat likte zijn droge lippen af. 'Dat weet u?'

Jarvis glimlachte beminnelijk. 'Routine. Maak u geen zorgen, congresman. Ons werk is het in de gaten houden van mensen als de generaal. De veiligheidsdienst is er niet om civiele overtredingen te gaan vervolgen. En wat de immigratiedienst in dit geval niet weet, dat deert niet. Maar wel één goede raad. Als ik u was, zou ik de generaal niet te lang in Washington laten rondhangen. Vriendschappelijk omgaan met een radicale revolutionair kan voor een man in uw positie hinderlijke gevolgen hebben.'

'Generaal Lusana is geen radicaal.'

Jarvis haalde zijn schouders op. 'Dat staat nog te bezien.'

Het rode lichtje 'beneden' ging aan boven de lift. Jarvis maakte aanstalten om zich om te draaien. 'Nog één ding,' zei Daggat. 'Een gunst.'

De liftbel klonk en de deur ging open. De lift was leeg. 'Als ik er kans toe zie,' zei Jarvis en wendde zijn blik af van Daggat naar zijn enige ontsnappingsmogelijkheid.

'Gaat u toch de Operatie wilde roos maar even na. Ik verwacht geen maximale inspanning van uw mensen,' voegde Daggat er haastig aan toe. 'Alleen een paar steekproeven die de waarde ervan al dan niet kunnen bevestigen.'

De deuren begonnen dicht te gaan en Jarvis hield ze open, met één voet in en één voet buiten de lift. 'Ik zal een onderzoek instellen,' zei hij. 'Maar ik waarschuw u, dat u misschien niet blij zult zijn met de resultaten.'

Toen gingen de deuren dicht en was hij weg.

Het was tien uur toen Daggat wakker werd. Hij was alleen en zat op zijn kantoor. Zijn personeel was allang naar huis. Hij wreef zich in zijn ogen en rekte zich uit, en hoorde toen zacht de buitendeur open en dichtgaan. Hij gaf zich niet de moeite om op te kijken, want hij dacht dat het de schoonmaakdienst was. Pas toen de vertrouwde geluiden van het leeggooien van prullemanden en het gezoem van stofzuigers uitbleven, werd hij zich bewust van een vreemde aanwezigheid.

Felicia Collins stond loom tegen de deurpost geleund naar Daggat te staren, zonder iets te zeggen.

Achterin zijn hoofd ging een alarm af en hij stond op met een verontschuldigend gebaar. 'Sorry, de tijd is me ontgaan en ik ben onze afspraak voor het diner volkomen vergeten.'

'Je bent vergeven,' zei ze.

Hij greep naar zijn jas. 'Je moet wel uitgehongerd zijn.'

'Na de vierde martini waren alle pijnen van de honger gestild.' Ze keek het kantoor rond. 'Ik dacht dat jij en Hiram hier wel heel serieus zouden zitten confereren.'

'Ik heb hem vanmiddag aan het departement van buitenlandse zaken overgeleverd... Daar ondergaat hij de lauwe behandeling die gereserveerd is voor vierderangs hoogwaardigheidsbekleders uit het buitenland.'

'Is het veilig voor hem om in het openbaar te verschijnen?'

'Ik heb gezorgd dat hij vierentwintig uur per dag wordt bewaakt.'

'Dan is hij dus niet meer onze logé.'

'Nee, hij heeft een suite in het Mayflower-hotel, op kosten van de regering.'

Felicia strekte haar weelderige lichaam uit en kwam verder de kamer in. 'Tussen twee haakjes, ik heb geluncht met Loren Smith. Ze heeft me confidenties gedaan over haar liefdesleven.'

'Heeft ze gebeten?'

'Als je jouw huisje in Arlington bedoelt, is het antwoord ja.'

Hij nam haar in zijn armen, met een zachte, maar ook zelfvoldane blik in zijn ogen. 'Daar zul je geen spijt van hebben, Felicia. Hier kan niets dan goeds van komen.'

'Vertel dat maar aan Loren Smith,' zei ze en wendde zich af.

Hij liet haar los. 'Heeft ze nog namen genoemd?'

'Als ik het wel heb, probeert ze Phil Sawyer te strikken voor een huwelijk en gaat ze naar bed met een vent van de NUMA.'

'Heeft ze gezegd wie?'

'Zijn naam is Dirk Pitt.'

Daggat zette grote ogen op. 'Zei je Dirk Pitt?'

Felicia knikte.

Daggat spande zich in om het verband te vinden; toen had hij het. 'Verrek! Dat kan niet mooier!'

'Waar heb je het over?'

'De geachte senior senator uit Californië, George Pitt. Is het bij jou niet opgekomen? Ons allerheiligste congreslid Smith gaat naar bed met de zoon van de senator.'

Felicia huiverde alsof zij het plotseling koud had gekregen. 'In Jezusnaam, Frederick, laat dat stomme plan van je schieten, voordat het uit de hand loopt.'

'Dat geloof ik niet,' zei Daggat met een sinistere glimlach. 'Ik doe wat mij het best voor het land toelijkt.'

'Je bedoelt dat je doet wat je het best voor Frederick Daggat toelijkt.'

Hij pakte haar bij de arm en nam haar mee het kantoor uit. 'Als je tijd hebt gehad om erover na te denken, zul je tot de conclusie komen dat ik gelijk had.' Hij draaide de lichten uit. 'Goed, laten we nu wat gaan eten en dan zullen we het huisje van Loren Smith klaarmaken voor haar eerste en enige bezoek.'

38

Admiraal James Sandecker was een klein en opgewonden mannetje met vuurrood haar en veel bitterheid. Toen hij gedwongen werd zijn ontslag te nemen bij de marine, wendde hij zijn aanzienlijke invloed in het congres aan om benoemd te worden tot hoofddirecteur van de NUMA, die toen nog in zijn kinderschoenen stond. Van het begin af was het een carrière die voorbestemd was voor succes. In zeven korte jaren had Sandecker een onbeduidend bureau van tachtig mensen uitgebouwd tot een massieve organisatie met vijfduizend wetenschapsmensen en employé's en een jaarlijkse begroting van meer dan vierhonderd miljoen dollar.

Zijn vijanden beschuldigden hem ervan een publiciteitsmaniak te zijn en oceaanprojecten te lanceren die meer publiciteit opleverden dan wetenschappelijke gegevens. Zijn volgelingen bewonderden de flair waarmee hij de oceanografie even populair wist te maken als de ruimtevaart. Maar ongeacht zijn plus- of minpunten, admiraal Sandecker was even onverbrekelijk verbonden met de NUMA als J. Edgar Hoover dat was geweest met de FBI.

Hij dronk de laatste slok uit een fles Seven-Up, zoog aan de peuk van een enorme sigaar en keek naar de strakke gezichten van admiraal Walter Bass, kolonel Abe Steiger, Al Giordino en Dirk Pitt.

'Wat ik moeilijk te verteren vind,' ging hij door, 'is het totale gebrek aan belangstelling van de zijde van het Pentagon. Het zou voor de hand liggen - voor mij tenminste - dat het rapport van kolonel Steiger over de ontdekking van de Vixen 03, compleet met foto's, ze daar in alle staten zou hebben gebracht. En toch vertelt de kolonel ons dat zijn superieuren zich gedroegen alsof de hele kwestie maar beter kon worden vergeten.'

'Er is een bona fide reden voor hun onverschilligheid,' zei Bass onbewogen. 'Generaal O'Keefe en generaal Burgdorf zijn onkundig van het verband tussen de Vixen 03 en het SD-project, omdat daar niets van op papier staat.'

'Hoe kan dat?'

'Wat men na de dood van dr. Vetterly en zijn medewerkers aan de weet is gekomen, heeft iedereen die op de hoogte was van de angstaanjagende kracht van SD ertoe bewogen ieder bewijsstuk te begraven en alle herinneringen aan het bestaan ervan te liquideren, zodat het nooit meer zou kunnen worden opgegraven.'

'Wilt u daarmee zeggen dat u een volledig defensieproject onder de neuzen van de gezamenlijke stafchefs hebt laten verdwijnen?' vroeg Sandecker ongelovig.

'Op rechtstreeks bevel van president Eisenhower moest ik in mijn rapporten vermelden, dat het experiment verkeerd was uitgepakt en dat de formule van SD met dr. Vetterly het graf in was gegaan.'

'En dat hebben ze geslikt?'

'Zij hadden geen reden om dat niet te doen,' zei Bass. 'Behalve de president, minister van defensie Wilson, ikzelf en een handjevol wetenschapsmensen was er niemand die precies wist wat dr. Vetterly nu eigenlijk had ontdekt. Voorzover de stafchefs er bij betrokken waren was het project eenvoudig nog een van die goedkope experimenten in het smerige kader van de chemisch-biologische oorlogvoering. Ze hadden geen gewetensbezwaren en stelden ook geen netelige vragen alvorens het af te schrijven als een fiasco.'

'Wat was de bedoeling van die omzeiling van de top van de strijdkrachten?'

'Eisenhower was een oude soldaat met een afkeer van wapens voor het doden op grote schaal.' Bass leek in zijn stoel ineen te krimpen, terwijl hij zijn herinneringen bijeenzocht. 'Ik ben de laatste overlevende van het SD-team,' ging hij langzaam door. 'Ongelukkigerwijs zal het geheim niet met mij sterven, zoals ik eens hoopte, want meneer Pitt hier heeft toevallig een lang verloren gewaande bron van de ziektekiem ontdekt. Ik heb destijds – en ook nu – geen gegevens verstrekt aan de mannen die het bevel voeren in het Pentagon, uit angst dat zij zouden overwegen de lading van de Vixen 03 te bergen en in naam van de nationale defensie op te slaan voor de dag waarop het wapen tegen een toekomstige vijand zou kunnen worden gebruikt.'

'Maar als het er nu toch om zou gaan de veiligheid van ons land te beschermen ...' protesteerde Sandecker.

Bass schudde zijn hoofd. 'Ik geloof niet dat u begrip hebt voor de werkelijke gruwelen van het SD-organisme, admiraal. Er is niets bekend waar de dodelijke effecten mee kunnen worden tegengegaan. Staat u mij toe een voorbeeld te noemen: Als iemand boven Manhattan 125 gram SD zou laten vallen, zou het organisme binnen vier uur achtennegentig procent van de bevolking hebben gevonden en gedood. En niemand, heren, geen mens, zou de eerstvolgende driehonderd jaar een voet op het eiland kunnen zetten. Komende generaties zouden alleen maar op de kust van New Jersey staan toe te kijken hoe de vroeger machtige gebouwen geleidelijk in puin zouden vallen op de beenderen van hun vroegere bewoners.'

De overige mannen om de tafel heen werden bleek en voelden hun bloed koud worden. Een tijdlang was er niemand die wat zei. Zij zaten verstard zich een voorstelling te maken van een stad als graftombe voor drie miljoen lijken. Het was Pitt die tenslotte de onbehaaglijke stilte verbrak.

'De inwoners van Brooklyn en Bronx – zouden die geen last krijgen?'

'SD-organismen verspreiden zich in kolonies. Merkwaardigerwijs verplaatsen ze zich niet door middel van menselijk contact of van de wind. Ze hebben de neiging op één plaats te blijven. Als er voldoende van werd uitgezet met behulp van vliegtuigen en paketten om er theoretisch heel Noord-Amerika mee te bedekken, zou het hele continent natuurlijk wel tot het jaar 2300 verstoken blijven van enig menselijk leven.'

'Is er niets waar je SD mee kan doden?' vroeg Steiger.

'H-twee-o,' antwoordde Bass. 'Het organisme kan alleen bestaan in een atmosfeer met een hoog gehalte aan gasvormige zuurstof. Je zou kunnen zeggen dat het stikt als het ondergedompeld wordt in water, net als wij.'

'Ik vind het merkwaardig dat Vetterly de enige was die wist hoe het geproduceerd moest worden.' Dat kwam van Pitt.

Bass glimlachte flauwtjes. 'Ik zou nooit één man hebben toegestaan de kritieke gegevens voor zichzelf te houden.'

'Dus u hebt de papieren van de doctor vernietigd.'

'En bovendien heb ik alle instructies en papieren met betrekking tot het project die ik vinden kon vervalst, dus ook de originele vlieginstructies van de Vixen 03.'

Steiger ging achteruit zitten en zuchtte duidelijk opgelucht. 'Dat is dan in ieder geval één stuk van de puzzle dat me niet langer dwars zal zitten.'

'Maar het project moet toch sporen hebben achtergelaten,' zei Sandecker nadenkend.

'Op Rongelo liggen nog geraamten,' zei Pitt. 'En wat houdt nietsvermoedende vissers of zeilers daar weg?'

'Ik zal je vragen in omgekeerde volgorde beantwoorden,' zei Bass. 'Ten eerste wordt Rongelo op alle zeekaarten van het gebied aangegeven als stortplaats voor waterstofcyanide. Om de kust heen liggen eveneens waarschuwingsboeien voor waterstofcyanide.'

'Waterstofcyanide,' herhaalde Giordino. 'Dat klinkt nogal kwaadaardig.'

'Dat is het ook. Het dringt in het bloed door en maakt alle ademhaling onmogelijk. In bepaalde doses is het effect onmiddellijk dodelijk. Dat staat op de kaarten en in zes talen op bordjes die aan de boeien hangen.' Bass zweeg even, haalde een zakdoek tevoorschijn en veegde zich het zweet van zijn kale hoofd af. 'Verder zijn de weinige stukken met betrekking tot het SD-project die er nog zijn begraven in een extra-beveiligde kluis van het Pentagon met de aanduiding ATO.'

‘ATO?’

‘Alleen toekomstige ogen,’ verklaarde Bass. ‘Ieder dossier is verzegeld en voorzien van een datum waarop het geopend mag worden. Zelfs de president is niet bevoegd om vóór de opgegeven tijd de inhoud van een document na te gaan. Het wordt weleens de kast genoemd waarin de skeletten van onze natie worden bewaard. Het dossier van Amelia Earheart, UFO’s, de waarheid achter het aandringen van regeringszijde op de varkenspest-injecties in de zeventiger jaren, politieke schandalen waarbij vergeleken de oude verhalen over Watergate aandoen als padvinders-avonturen. Die liggen allemaal daar. Het SD-dossier, bijvoorbeeld, mag niet worden geopend vóór 2550. Tegen die tijd, hoopte president Eisenhower, zouden onze afstammelingen de ware implicaties niet meer doorzien.’

De andere mannen in de conferentiekamer van de NUMA hadden nog nooit van deze ATO-kluis gehoord en waren verbaasd.

‘Ik neem aan dat de volgende voor de hand liggende vraag is,’ zei Pitt, ‘waarom, admiraal, neemt u ons in vertrouwen?’

‘Ik heb deze vergadering voor het ophelderen van het mysterie van de Vixen 03 bijeengeroepen, omdat ik me genoodzaakt zie iemand te vertrouwen om het SD in het vliegtuig eruit te halen en te vernietigen.’

‘U vraagt nogal wat,’ zei Sandecker. Hij stak een nieuwe sigaar op en trok hem aan. ‘Als het Pentagon hier lucht van krijgt kunnen we allemaal als verraders worden gebrandmerkt.’

‘Een onaangename mogelijkheid die niet uit het oog mag worden verloren,’ gaf Bass toe. ‘Onze enige troost zou dan zijn, dat we de publieke en ethische opinie aan onze kant zouden hebben.’

‘Ik heb mezelf eigenlijk nooit zozeer gezien als een redder der mensheid,’ mompelde Giordino.

Steiger keek Bass strak aan en zag misschien voor de tweede maal in evenveel weken zijn carrière bij de luchtmacht in rook opgaan. ‘Ik heb het gevoel dat uw keus van medeplichtigen gebaseerd is op een vreemde logica, admiraal. Ikzelf bijvoorbeeld – hoe pas ik in het bergingsproject van de Vixen 03?’

De strakke glimlach van Bass werd wat meer ontspannen.

'U kunt het geloven of niet, kolonel, maar u bent de kritieke man van het team. Uw rapport heeft de luchtmacht attent gemaakt op het bestaan van het toestel. Gelukkig heeft iemand op een hoge post in de regering het ongewenst gevonden nader op de zaak in te gaan. Uw taak bestaat vooral hierin, dat u zorgt dat het Pentagon volkomen ongeïnteresseerd blijft.'

Pitt keek nu ook meer begrijpend. 'Goed, dus admiraal Sandecker financiert de hele zaak met NUMA-fondsen en Giordino en ik verrichten het eigenlijke bergingswerk. Als we de bussen er eenmaal uit hebben, hoe denkt u dan de dodende eigenschappen van SD te elimineren?'

'We smijten de springkoppen gewoon in zee,' zei Bass zonder te aarzelen. 'Na verloop van tijd, dringt het water er in en wordt de inhoud onschadelijk gemaakt.'

Pitt wendde zich tot Sandecker en hoorde zichzelf zeggen: 'Ik kan Jack Folsom en zijn ploeg van de *Chenago* weghalen en ze met alle benodigdheden binnen achtenveertig uur op de plaats van bestemming hebben.'

Admiraal Sandecker was een realist. Zijn keus was duidelijk. Hij kende Bass goed genoeg om te weten dat hij geen paniekzaaier was. Alle hoofden keerden zich naar de felle kleine directeur van de NUMA. Hij leek verdiept te zijn in de blauwe sigarenrook die naar het plafond opsteeg. Tenslotte knikte hij.

'Goed, heren, dat doen we.'

'Dank je, James,' zei Bass, duidelijk blij. 'Ik besef volkomen wat een gok je waagt door alleen maar op het woord van een verroeste oude zeebonk af te gaan.'

'Ik dacht dat het zo'n gekke gok nog niet was,' antwoordde Sandecker.

'Er schoot me net iets te binnen,' viel Giordino in. 'Als dat SD-spul door water gedood wordt, waarom laten we het dan niet gewoon op de bodem van het meer liggen?'

Bass schudde ernstig zijn hoofd. 'Nee dank je. Waar jullie het gevonden hebben, kan een ander het ook vinden. Veel beter om het ergens te deponeren waar voor eeuwig geen menselijk wezen het ooit nog onder ogen krijgt. Ik kan alleen maar God danken dat die blikken daar al die jaren zijn blijven liggen zonder ontdekt te worden.'

'Daarmee komen we nog op een ander punt,' zei Pitt en hij

zag de ogen van Giordino en Steiger opeens onbehaaglijk naar beneden gaan.

Sandecker tipte de as van zijn sigaar en vroeg: 'Wat dan?'

'Volgens het originele vluchtschema is de Vixen 03 met een bemanning van vier koppen van Buckley vertrokken. Klopt dat, admiraal Bass?'

Bass keek hem niet begrijpend aan. 'Ja, dat waren er vier.'

'Misschien had ik hier eerder over moeten beginnen,' zei Pitt, 'maar ik wilde de zaken niet te gecompliceerd maken.'

'Wij houden hier niet van omwegen,' zei Sandecker ongeduldig. 'Waar wil je naar toe?'

'Het vijfde geraamte.'

'Het vijfde wàt?'

'Toen ik bij het wrak aankwam, vond ik in het vrachtruim het geraamte van een vijfde man.'

Sandecker keek naar Bass. 'Hebt u er enig idee van waar hij het over heeft?'

Bass keek als een man die een klap in zijn gezicht heeft gekregen. 'Een onderhoudsman van de grond,' mompelde hij. 'Een die per ongeluk is achtergebleven bij het vertrek.'

'Klopt niet,' zei Pitt. 'Er was nog vlees te zien. Het kadaver heeft veel minder lang onder water gelegen dan de andere.'

'Je zei toch dat de bussen nog verzegeld waren?' zei Bass wanhopig zoekend naar steun.

'Ja; ik heb niets gezien dat erop wees dat daar mee geknoeid was,' stelde Pitt hem gerust.

'Mijn God, mijn God!' Bass sloeg zijn handen voor zijn gezicht. 'Dan weet nog iemand anders dan wij van het bestaan van het vliegtuig af.'

'Dat is natuurlijk niet zeker,' zei Steiger.

Bass liet zijn handen zakken en keek Pitt met glazige ogen aan. 'Breng hem omhoog, mijnheer Pitt. Voor de zaak van de mensheid, breng de Vixen 03 omhoog van de bodem van dat meer – en doe het snel.'

Pitt kon een gevoel van angst niet van zich afschudden, toen hij de vergadering verliet en door de hoofdingang van het NUMA-gebouw liep. De nacht in Washington was vochtig en klam en dat droeg nog bij tot zijn neerslachtigheid. Hij liep het verlaten parkeerterrein over en deed het portier van zijn auto open. Hij zat al bijna achter het stuur, toen hij een kleine gestalte op de passagiersplaats zag zitten.

Loren sliep. Ze had zich opgerold en was weg van de wereld. Ze droeg een Grecian-jurk met kalfsleren laarsjes, onder een lange bontjas. Pitt boog zich over haar heen, veegde de haren van haar wangen en schudde haar zachtjes wakker. Haar ogen knipperden open en ze keek hem aan. Haar lippen plooiden zich tot een katachtig lachje en haar gezicht zag er vreemd bleek en jong uit

'Mmm. Wat een idee om jou hier te vinden.'

Hij boog zich voorover en kuste haar. 'Ben jij gek? Zo'n verleidelijk schepsel helemaal alleen op een parkeerplaats in Washington. Het is een wonder dat je niet verkracht bent of beroofd.'

Ze duwde hem weg en trok haar neus op. 'Huh, je stinkt naar verschraalde sigarenrook.'

'Dat komt ervan als je zes uur lang samen met admiraal Sandecker opgesloten zit.' Hij leunde achterover en startte de motor. 'Hoe heb je me opgespoord?'

'Niet zo'n prestatie. Ik heb je kantoor gebeld voor je nummer in Savannah. Je secretaresse zei dat je al weer in de stad was, in conferentie.'

'En wat bezielde je om in mijn wagen te kruipen?'

'Ik heb gevochten tegen een overweldigende lust om iets geks en vrouwelijks te doen en verloren.' Ze kneep in de binnenkant van zijn dij. 'Blij?'

'Ik kan niet liegen,' zei hij grijnzend. 'Je komt als een welkome aflossing na de laatste vierentwintig uur.'

'Een welkome aflossing?' Loren trok een pruillip. 'Jij weet wel hoe je een meisje moet vleien, hoor.'

'We hebben niet veel tijd,' zei hij plotseling ernstig. 'Morgenochtend moet ik er weer vandoor.'

'Zoiets dacht ik al. Daarom heb ik deze verrassing verzonnen.'

Ze drukte zich dichter tegen hem aan en haar hand ging over zijn dij naar boven.

'Niet te geloven,' mompelde Pitt geïmponeerd.

'Felicia zei wel dat het sexy was, maar hier had ik geen idee van.'

Pitt en Loren stonden tot hun enkels in een bloedrood tapijt en staarden gefascineerd naar een kamer waarvan alle wanden en het plafond bedekt waren met goudgetinte spiegels. Het enige meubelstuk was een groot, rond bed op een platform, bedekt met roodsatijnen lakens. De verlichting bestond uit vier spotlights in de hoeken van het plafond, die een zacht blauw licht uitstraalden.

Loren liep naar het verhoogde bed toe en raakte liefkozend de glanzende kussens aan, alsof het kostbare kunstvoorwerpen waren. Pitt keek even aandachtig naar haar duizendmaal vermenigvuldigd spiegelbeeld. Toen ging hij achter haar staan en kleedde haar vlug en handig uit.

'Niet bewegen,' zei hij. 'Ik wil mijn ogen de kost geven aan duizend naakte Loren Smiths.'

Zij bloosde en keek naar haar talloze spiegelbeelden. 'God,' fluisterde zij, 'ik voel me alsof ik voor een zaal optreed.' Toen verstrakte zij en mompelde iets onverstaanbaars, want Pitt had zijn tong in haar navel gestoken.

Het gedempte geluid van de telefoon wekte Frederick Daggat uit een gezonde slaap. Naast hem kreunde Felicia zacht, draaide zich om en sliep verder. Hij greep naar zijn horloge en keek naar de verlichte wijzerplaat. Vier uur. Hij nam de hoorn op.

'Met Daggat.'

'Sam Jackson. Ik heb de foto's.'

'Moeilijkheden?'

'Een zachtgekookt eitje. Je had gelijk. Ik hoefde geen infrarood te gebruiken, want ze hadden de lichten laten branden. Kan ze trouwens geen ongelijk geven - met al die spiegels. Met snelle film zullen alle details waar je om gevraagd hebt wel te zien zijn. Ze hebben er echt een show van gemaakt; jammer dat ik het niet gefilmd heb.'

'Ze waren niet wantrouwig?'

'Hoe konden ze weten dat een van die spiegelpanelen dubbel was? Ze waren trouwens te druk om iets minder dan een aardbeving op te merken. Voor alle zekerheid heb ik nog een moderne geruisloze camera gebruikt.'

'Wanneer kan ik de resultaten verwachten?'

'Tegen acht uur in de morgen, als het erg urgent is. Maar ik kan wel een beetje slaap gebruiken. Als je tot vroeg in de avond wacht, kan ik glanzende afdrukken beloven, die geschikt zijn voor een tentoonstelling.'

'Neem er de tijd maar voor en doe het goed,' zei Daggat. 'Ik wil het volle accent op de details.'

'Je kunt erop rekenen,' zei Jackson. 'Tussen twee haakjes, wie is dat meisje? Dat is een echte tijgerin.'

'Dat gaat je niet aan, Jackson. Bel me op als je klaar bent. En bedenk wel: ik ben alleen geïnteresseerd in artistieke standen.'

'Begrepen. Goedenavond, congreslid.'

39

Dale Jarvis was net klaar om zijn schrijftafel op te ruimen en op weg te gaan voor de rit van een half uur naar zijn vrouw en het traditionele vrijdagavondeten van geroosterd varkensvlees, toen er geklopt werd en John Gossard binnenkwam, het hoofd van de afdeling Afrika. Gossard was uit het leger bij de veiligheidsdienst gekomen na de oorlog in Vietnam, waar hij had gediend als specialist in guerilla-logistiek. Het was een rustige man met een cynisch gevoel voor humor, die hinkte als gevolg van een granaatscherf in zijn rechtervoet. Hij stond bekend als een stevig drinker, maar ook als iemand die alle verzoeken om gegevens aan zijn sectie nauwkeurig en met een overvloed aan details uitvoerde. Zijn inlichtingenbronnen waren iets waar de hele dienst jaloers op was.

Jarvis stak zijn handen op met een verontschuldigend gebaar. 'John, je kunt me in mijn kont bijten als je wilt; het is me helemaal door mijn hoofd gegaan. Ik was echt van plan enthousiast op je uitnodiging voor die vistocht in te gaan.'

'Red je het nog?' vroeg Gossard. 'McDermott en Sampson, van de afdeling Sowjet-analyse, komen ook.'

'Ik zal nooit een kans verzuimen om die Kremlinjongens te laten zien hoe je echt iets vangt.'

'Goed. De boot is gereserveerd. We varen af van paal negen in de Plum Point Marina om vijf uur precies, zondag.' Gossard zette zijn tas op het bureau van Jarvis neer en maakte hem open. 'Tussen twee haakjes; ik had nog een reden om voor ik op huis aanging bij jouw heilige der heiligen aan te kloppen. De tweede is dit.'

Hij gooide een map voor Jarvis neer. 'Dat mag je

meenemen voor het weekend, als je tenminste beloofd dat je het niet net als je detective-pockets als pleepapier gebruikt.'

Jarvis glimlachte. 'Dat lijkt me niet waarschijnlijk. Wat heb je?

'De gegevens die je gevraagd hebt over een wild Zuidafrikaans project voor onwaarschijnlijke gevallen genaamd Wilde roos.'

Jarvis trok zijn wenkbrauwen op. 'Dat is vlug. Ik heb er vanmiddag pas om gevraagd.'

'De Afrikaanse sectie laat er geen gras over groeien,' zei Gossard plechtig.

'Moet ik nog iets weten voordat ik ga lezen?'

'Niets wereldschokkends. Precies wat je ervan dacht: een wilde fantasie.'

'Dus Hiram Lusana vertelde de waarheid.'

'Voorzover het plan bestaat, ja,' antwoordde Gossard. 'Je zult er wel plezier in hebben. Het is een fraai uitgewerkt complot.'

'Je hebt me nieuwsgierig gemaakt. Hoe denken die Zuidafrikanen die door moeten gaan voor ARL-leden die overval eigenlijk uit te voeren?'

'Sorry,' zei Gossard met een duivels lachje. 'Daarmee zou ik de rest van het verhaal verklappen.'

Jarvis keek hem ernstig aan. 'Ben je volkomen zeker van de betrouwbaarheid van je bron?'

'Mijn bron is echt en goed. Rare vogel. Staat erop de codenaam Emma te gebruiken. We hebben nog nooit kans gezien om zijn identiteit vast te stellen, maar zijn gegevens zijn betrouwbaar genoeg. Hij verkoopt aan iedereen en alles als het maar betaalt.'

'Ik neem aan dat je een aardige cent gedokt hebt voor de Operatie wilde roos,' zei Jarvis.

'Dat valt wel mee. Het zat in een doos met nog vijftig andere documenten en we hebben er vijftigduizend dollar voor betaald.'

Toen de foto's uit de droger in het mandje vielen, pakte Sam Jackson ze op en verboog de randen tot ze er netjes uitzagen. Hij was een grote, hoekige neger met verward haar, een jong gezicht en lange, slanke handen. Hij reikte Daggat de foto's aan en trok zijn schort over zijn hoofd heen uit.

'Dat is haar hele oeuvre.'

'Hoeveel?' vroeg Daggat.

'Een stuk of dertig met duidelijk herkenbare gezichten. Ik heb de contactafdrukken met een vergrootglas gecontroleerd. De rest was waardeloos.'

'Jammer dat het geen kleurenfoto's zijn.'

'Hang dan de volgende keer maar iets anders op dan die blauwe lampen,' zei Jackson. 'Die kunnen misschien sexueel opwindend zijn, maar voor het maken van een behoorlijke kleurenfoto heb je er niets aan.'

Daggat bestudeerde de zwartwit-afdrukken van twintig bij vijfentwintig centimeter aandachtig. Toen liep hij ze nog een keer door. De derde maal haalde hij er tien uit, die hij in een tas stopte. De overige twintig gaf hij terug aan Jackson.

'Doe deze maar samen met de negatieven en contactafdrukken in een enveloppe.'

'Neem je ze mee?'

'Het lijkt me beter dat ik alleen verantwoordelijk ben voor het bewaren. Vind je ook niet?'

Het was duidelijk dat Jackson vond van niet. Hij keek Daggat onaangenaam getroffen aan. 'Hé broer, fotografen zijn niet gewend om hun negatieven uit handen te geven. Je gaat er toch geen afdrukken voor de verkoop van maken, wel? Ik vind het niet erg om eens een porno-klusje voor een goede klant op te knappen, maar ik ben niet van plan daar een bedrijf van te maken. Allemaal rottigheid met de smerissen waar ik geen zin in heb.'

Daggat bracht zijn gezicht vlak bij dat van Jackson. 'Ik ben niet "hé broer"; ik ben congreslid Frederick Daggat. Begrijp je wel, broer?'

Even keek Jackson hem woedend aan. Toen liet hij zijn ogen zakken en staarde naar de vlekken van chemicaliën op het linoleum. Daggat had alle troeven in handen en werd gesteund door zijn macht als lid van het congres. De fotograaf had geen andere keus dan toegeven.

'Zoals je wilt,' zei hij.

Daggat knikte en toen, alsof Jacksons bezwaren alweer vergeten waren, glimlachte hij. 'Ik zou het prettig vinden als je voortmaakt. Ik heb buiten in mijn wagen een heel mooie dame zitten, maar ze is een beetje van het ongeduldige en opvliegende soort, als je begrijpt wat ik bedoel.'

Jackson stak de negatieven, contactafdrukken en foto's in een grote enveloppe en reikte hem Daggat aan. 'Hoe staat het met geld?'

Daggat stak hem een biljet van honderd dollar toe.

'Maar we waren overeengekomen vijfhonderd,' zei Jackson.

'Beschouw je inspanningen maar als een onzelfzuchtige daad ten behoeve van het vaderland,' zei Daggat en liep naar de deur. Toen draaide hij zich om. 'O ja, nog één ding: om in de toekomst onvoorziene moeilijkheden te voorkomen, is het wel een goed idee om deze hele episode maar te vergeten. Is nooit gebeurd.'

Jackson gaf het enig mogelijke antwoord. 'Zoals u wilt, congreslid.'

Daggat knikte en ging naar buiten. Hij deed de deur zacht achter zich dicht.

'Godverdomde hoerezoon!' siste Jackson en haalde nog een stel van de foto's uit een la. 'Jou krijg ik nog wel.'

De vrouw van Dave Jarvis was eraan gewend dat hij in bed lag te lezen. Ze kuste hem welterusten, rolde zich op in haar gebruikelijke foetushouding, met haar rug naar het leeslampje op het nachtkastje toe, en sliep in.

Jarvis nestelde zich met twee kussens in zijn rug, zette het leeslampje in de goede stand en zette zijn lorgnet op de punt van zijn neus. Hij legde de map die hij van John Gossard had gekregen op zijn opgetrokken knieën en begon te lezen. Terwijl hij de ene pagina na de andere omsloeg, maakte hij aantekeningen op een klein blocnootje. Om twee uur in de nacht deed hij de map over de Operatie wilde roos dicht.

Hij ging achterover liggen en staarde een paar minuten lang in het niets, terwijl hij overwoog of hij Gossard de map terug zou geven en de hele zaak vergeten, dan wel een nader onderzoek in zou stellen naar het exotische plan. Hij besloot tot een compromis.

Jarvis stond voorzichtig op om zijn vrouw niet wakker te maken en stommelde naar zijn werkkamer, waar hij een telefoon oppakte en met grote vaardigheid het toetsenbord in het donker bediende. Bij het eerste overgaan werd de hoorn al opgenomen.

'Met Jarvis; ik heb een overzicht nodig van alle buitenlanden en Amerikaanse slagschepen. Ja, inderdaad, slagschepen. In de loop van de ochtend op mijn bureau. Dank je wel. Welterusten.'

Toen ging hij weer naar bed, kuste zijn vrouw zacht op haar wang en deed het licht uit.

40

De hoorzitting van de subcommissie van buitenlandse zaken van het congres over economische hulp aan Afrikaanse landen, onder voorzitterschap van Frederick Daggat, begon in een halflege zaal met een troepje verveelde verslaggevers. Daggat zat tussen de democraat Earl Hunt uit Iowa en de republikein Roscoe Meyers uit Oregon in. Loren Smith zat apart aan de andere kant van de tafel.

De hoorzitting kabbelde voort tot in de middag, en vertegenwoordigers van verschillende Afrikaanse regeringen deden hun best om financiële steun te krijgen. Het was vier uur toen Hiram Lusana aan de beurt kwam en tegenover de subcommissie plaats nam. De zaal was nu propvol. Fotografen stonden op hun stoelen en hun flitslampen lieten de wanden hel oplichten en verslaggevers begonnen haastig aantekeningen te maken of in bandrecorders te mompelen. Lusana trok zich van die drukte niets aan. Hij zat rustig aan de tafel, als een croupier die weet dat de kansen in zijn voordeel zijn.

'Generaal Lusana,' zei Daggat. 'Welkom in onze hoorzitting. Ik neem aan dat de gang van zaken u bekend is. Dit is vergadering die tot doel heeft gegevens te verzamelen. U krijgt twintig minuten om te pleiten voor uw zaak. Vervolgens zal de commissie u vragen stellen. Onze bevindingen en opinies worden dan doorgegeven aan de commissie buitenlandse zaken van het congres.'

'Begrepen,' zei Lusana.

'Meneer de voorzitter.'

Daggat wendde zich tot Loren. 'Ja, congreslid Smith?'

'Ik moet bezwaar maken tegen de aanwezigheid van generaal Lusana in deze hoorzitting, op grond van het feit dat hij geen gevestigde Afrikaanse regering vertegenwoordigt.'

In de zaal klonk een onderdrukt gemompel.

'Het is waar,' zei Lusana met zijn blik strak gericht op Loren, 'dat ik geen gevestigde regering vertegenwoordig. Maar wel vertegenwoordig ik de vrije ziel van iedere zwarte in Afrika.'

'Welsprekend uitgedrukt,' zei Loren, 'maar regels zijn regels.'

'U kunt zich niet doof houden voor de smeekbeden van mijn volk op grond van een formaliteit.' Lusana zat doodstil en zijn stem was bijna te zacht om achterin de zaal te worden gehoord. 'Het meest waardevolle bezit van een mens is zijn nationaliteit. Zonder die nationaliteit is hij niets. In Afrika zijn we aan het vechten voor een nationaliteit die ons rechtens toekomt. Ik ben hier om te pleiten voor de zwarte zaak. Ik ben hier niet gekomen om geld voor wapens te bedelen. Ik kom ook niet vragen of uw soldaten met de onze kunnen meevechten. Ik kom alleen maar vragen om geld voor het kopen van levensmiddelen en medicamenten voor de duizenden die geleden hebben in hun strijd tegen de onmenselijkheid.'

Het was meesterlijk gedaan, maar Loren liep er niet in.

'U bent bijzonder knap, generaal. Door tegenargumenten te gaan opwerpen zou ik uw aanwezigheid op deze vergadering vergoelijken. Mijn bezwaar blijft onverminderd van kracht.'

Daggat knikte bijna onmerkbaar naar een van zijn assistenten op de achtergrond en wendde zich tot Earl Hunt. 'Van het protest van congreslid Smith is goed nota genomen. Wat is uw mening hierover, congreslid Hunt?'

Terwijl Daggat Hunt en Roscoe Meyers aan het polsen was, ging zijn assistent naar Loren toe en gaf haar een grote witte enveloppe aan.

'Wat is dat?'

'Ik moest u zeggen dat u deze enveloppe meteen moest openen; het is heel dringend.' Toen keerde hij zich haastig om en verliet de zaal door een zijdeur.

Loren maakte de niet dichtgeplakte enveloppe open en schoof er een van een stel foto's van twintig bij vijfentwintig centimeter uit. Het was een opname van haar naakte lichaam met dat van Pitt in een uit een serie wilde orgiastische houdingen. Ze schoof de foto vlug weer naar binnen; haar gezicht was bleek geworden, met een uitdrukking van angst en walging.

Daggat wendde zich tot haar: 'Congreslid Smith, het schijnt dat de stemmen staken. De heer Hunt en ik zijn het er over eens dat generaal Lusana moet worden gehoord. De heer Meyers staat aan uw kant. Als voorzitter van deze vergadering zou ik u in het belang van fair play er toe willen overhalen de generaal zijn zegje te laten zeggen.'

Loren voelde haar nekharen overeind komen. Daggat zat naar haar te loeren. Aan zijn gezicht was duidelijk te zien dat hij op de hoogte was van de inhoud van de enveloppe. Zij spande zich in om de misselijkheid te beheersen die zij voelde opkomen bij het besef dat Felicia Collins haar aan de zaak van Lusana had verkocht. Zwijgend vervloekte zij de domheid waarmee zij zich in de val had laten lokken als een weggelopen tienermeisje door een pooier.

'Congreslid Smith?' drong Daggat aan.

Er was geen uitweg. Daggat had haar in zijn macht. Ze sloeg bevend haar ogen neer.

'Mijnheer de voorzitter,' zei ze totaal overwonnen. 'Ik trek mijn bezwaar in.'

Barbara Gore had op haar drieënveertigste nog steeds het figuur van een mannequin uit *Vogue*. Ze was slank gebleven, met fraaigevormde benen, en haar gezicht met de hoge jukbeenderen vertoonde geen rimpels. Vroeger had ze een verhouding met Dale Jarvis gehad, maar die was het sexuele stadium allang voorbij, en nu was ze gewoon een goede vriendin en tevens zijn privésecretaresse.

Zij zat tegenover hem aan zijn schrijftafel, met die prachtige benen gekruist in een hoek die alleen vrouwen comfortabel vinden en mannen appetijtelijk. Jarvis had er echter geen oog voor. Hij was verdiept in dicteren. Na een tijdje hield hij plotseling op en begon te zoeken in een berg geheime rapporten.

'Als je mij vertelt waar je naar zoekt,' zei Barbara geduldig, 'kan ik je misschien helpen.'

'Een overzicht van alle bestaande slagschepen. Het is me voor vandaag toegezegd.'

Zuchtend stak zij haar hand in de stapel en haalde er een aaneengeniete bos blauwe papieren uit. 'Ligt al vanaf acht uur vanmorgen op je bureau.' Af en toe bracht de slordigheid van Jarvis in zijn werk Barbara weleens tot wanhoop, maar zij had allang geleerd zijn eigenaardigheden te accepteren en zich aan te passen.

'Wat staat er in?'

'Wat wil je dat er in staat?' vroeg ze. 'Je hebt niet de moeite genomen me te vertellen waar je naar zocht.'

'Ik wil natuurlijk een slagschip kopen. Wie heeft er een te koop?'

Barbara wierp hem een zure blik toe en liep de blauwe papieren door. 'Ik ben bang dat het je niet meezit. De Sowjet-Unie heeft er nog één en dat wordt gebruikt voor de opleiding van kadetten. Frankrijk heeft ze allang als oudroest verkocht. Groot-Brittannië ook, maar daar blijft er een in het register staan voor de traditie.'

'De Verenigde Staten?'

'Vijf zijn er bewaard als monumenten.'

'Waar bevinden die zich op het ogenblik?'

'Ze worden bewaard in de staten waar ze naar genoemd zijn: *Noord Carolina, Texas, Alabama* en *Massachusetts.*'

'Je zei vijf.'

'De *Missouri* wordt in Bremerton, Washington, door de marine onderhouden. O ja, dat vergat ik nog: De *Arizona* blijft om sentimentele redenen geregistreerd als een schip in dienst.'

Jarvis legde zijn handen achter zijn hoofd en keek naar het plafond. 'Ik meen me te herinneren dat de *Wisconsin* en de *Iowa* een paar jaar geleden zijn gebracht naar de marine-scheepswerf van Philadelphia.'

'Goed onthouden,' zei Barbara. 'Volgens het rapport is de *Wisconsin* in 1984 naar de sloop gegaan.'

'En de *Iowa?*'

'Verkocht als oudroest.'

Jarvis stond op en liep naar het raam. Een paar minuten lang stond hij met zijn handen in zijn zakken naar buiten te kijken. Toen zei hij: 'Het dossier van de Wilde roos.'

Alsof ze zijn gedachten had geraden, wees Barbara op de omslag. 'Hier.'

'Stuur het maar naar John Gossard, van de afdeling Afrika, en vertel hem dat het mieterse lectuur is.'

'Is dat alles?'

Jarvis draaide zich om. 'Ja,' zei hij nadenkend. 'Alles bijeengenomen is het dat wel.'

Op hetzelfde ogenblik liet een klein schip het anker vallen op honderd meter buiten Walnut Point, in Virginië, en maakte een langzame draaibeweging tot de boeg recht op het opkomende tij stond. Patrick Fawkes vouwde een oud en versleten dekstoeltje open en zette het neer op het smalle achterdek, waar het maar net paste. Toen zette hij een hengel tegen de helmstok en gooide een lijn zonder haak uit.

Hij had net een picknicmand geopend, waar hij een groot stuk Cheshire-kaas en een fles Cutty Sark uithaalde, toen een sleepboot met drie zwaarbeladen vuilnisschouwen hem begroette met een passeersignaal. Fawkes wuifde terug en zette zijn voeten schrap tegen het kielwater dat zijn bootje aan het schommelen bracht. Fawkes schreef de tijd waarop de sleep passeerde op in een notitieboekje.

Het dekstoeltje kraakte protesterend toen hij zijn enorme lichaam op de kussens neerliet. Toen at hij een stuk Cheshire-kaas en nam een teug uit zijn fles.

Ieder vracht- of passagierschip dat de schijnbaar doezelende hengelaar voorbijkwam werd opgetekend, compleet met vaarrichting en snelheid. Eén voorbijganger interesseerde Fawkes meer dan de rest. Hij volgde met een kijker een torpedojager van de marine, tot deze achter de landtong was verdwenen en keek aandachtig naar de lege rakethouders en de ontspannen houding van de bemanning.

Later op de avond begon er een lichte regen te spatten op het gehavende dek vol verfvlekken. Fawkes hield van de regen. Op zee had hij vaak bij storm op de brug van zijn schip gestaan en wind en water getrotseerd, om later zijn lagere officieren te verwijten dat zij de voorkeur gaven aan warme thee en het comfort van de stuurhut. Zelfs nu nog negeerde Fawkes de schuilmogelijkheid in de kleine stuurhut en bleef hij aan dek; alleen trok hij een regenjas aan om huid en kleren tegen het vocht te beschermen.

Hij voelde zich fijn; de regen waste de lucht in zijn longen schoon; de smeuige, zware kaas vulde zijn maag en de whisky deed zijn aderen lekker gloeien. Hij liet zijn gedachten de vrije loop, en al spoedig kwamen er beelden van zijn verloren gezin. De geuren van zijn boerderij in Natal kwamen weer in zijn neusgaten en het geluid van Myrna's stem die hem voor het eten riep klonk helder en duidelijk in zijn oren

Vier uur later rukte hij zijn gedachten terug naar de werkelijkheid, toen de sleepboot, nu met lege schouwen, weer in zicht kwam, op de terugweg. Vlug stond hij op en noteerde aantal en posities van de navigatielichten. Toen lichtte hij het anker, startte de motor en volgde de laatste passerende schouw in het kielzog.

41

De sneeuw viel zwaar op het Tafelmeer in Colorado, toen de NUMA bergingsduikers, immuum voor het ijskoude water in hun pakken met warmteïsolatie, klaar waren met het afsnijden van de vleugels en staart van de Vixen 03. Vervolgens stopten ze twee enorme hijsbeugels onder de gehavende romp.

Admiraal Bass en Abe Steiger arriveerden, gevolgd door een vrachtwagen in luchtmachtblauw met een paar huiverende mannen van de identificatie- en bergingsdienst en vijf doodkisten.

Om tien uur in de morgen stond iedereen op zijn plaats en Pitt zwaaide met zijn armen naar de kraanmachinisten. Langzaam werden de kabels die van de drijvende kranen afhingen tot op het gerimpelde wateroppervlak trillend strak getrokken. De kranen begonnen een paar graden over te hellen en te kraken in hun gewrichten. Toen, opeens, alsof er een zwaar gewicht uit hun onzichtbare klauwen was gevallen, kwamen ze weer overeind.

'Hij is los uit de modder,' zei Pitt.

Giordino, die naast hem stond met een koptelefoon op, knikte bevestigend. 'De duikers zeggen dat het toestel op weg is naar boven.'

'Zeg tegen de man die de lus met de neus erin bedient, dat hij hem laag moet houden. We willen niet dat die bussen er bij de staart uit komen vallen.'

Giordino gaf de orders van Pitt door via een klein microfoontje aan zijn koptelefoon.

In de ijskoude berglucht was de spanning te voelen; iedere

man stond roerloos en verdoofd van gespannen verwachting, met zijn ogen vastgekleefd aan het water tussen de kranen. De enige geluiden kwamen van de motoren. Het was een harde en ervaren bergingsploeg, maar onverschillig hoeveel wrakken ze al uit zee hadden opgevist, toch voelden ze steeds weer die opwinding en emotie bij het ophalen.

Admiraal Bass betrapte zich erop dat hij opnieuw die sneeuwnacht van jaren terug beleefde. Het leek hem nagenoeg onmogelijk het beeld van majoor Vylander te associëren met het vleesloze geraamte dat hij in de cockpit van het wrak zou aantreffen. Hij kwam dichter bij het water, tot zijn schoenen nat werden, en begon een brandend gevoel te krijgen in zijn borst en linker schouder.

Toen werd het water onder de kabels van blauw modderbruin, en het gebogen dak van de Vixen 03 zag voor het eerst sinds vierendertig jaar het daglicht. Het eens glanzende aluminium was grijsachtig wit geworden door corrosie en bedekt met stroken slijmerige onderwaterplanten. Toen de kranen het toestel hoger de lucht in hesen, stroomde het vervuilde water uit de open wond in het achterste gedeelte van de romp.

De identificatie in blauw en geel bovenop de romp was nog verrassend scherp en de woorden MILITAIR LUCHTTRANSPORT waren nog duidelijk leesbaar. De Vixen 03 leek niet meer op een vliegtuig. Het had meer weg van een enorme walvis, waarvan staart en vinnen waren afgesneden. De losgebroken en verwarde bedieningskabels, elektrische bedrading en hydraulische leidingen die uit de gapende wonden hingen konden worden beschouwd als ingewanden.

Abe Steiger was de eerste die de indrukwekkende stilte verbrak.

'Waarschijnlijk is dat de oorzaak van het ongeval geweest,' zei hij en wees op de scheur in het vrachtruim, vlak achter de cockpit. 'Ze moeten een propellerblad kwijtgeraakt zijn.'

Bass staarde zonder commentaar naar het onheilspellende bewijs. De pijn in zijn borst werd nog erger. Met al zijn wilskracht zette hij die uit zijn hoofd, terwijl hij tegelijkertijd onbewust de pijn aan de binnenkant van zijn linkerarm masseerde. Hij trachtte door de voorruit van het toestel te kijken, maar jaren van opeengehoopt vuil hadden dat onmogelijk gemaakt. De kranen hadden de romp drie meter boven het wateroppervlak gebracht, toen hem een gedachte inviel. Hij keerde zich om en keek Pitt vragend aan.

'Ik zie niets dat op een schuit lijkt. Hoe dacht u het wrak naar de wal te krijgen?'

Pitt grijnsde. 'Dit is het moment waarop redding uit de lucht komt, admiraal.' Hij wenkte naar Giordino. 'Goed, laat Dumbo maar komen.'

Nog geen twee minuten later, als een grote pterodactylus uit een nest in het Mesozoicum, kwam er een gigantische helikopter over de boomtoppen heenbrullen, met twee grote rotors die de ijle berglucht met rare geluidjes vulden.

De piloot liet zijn enorme toestel boven de drijvende kranen hangen. Uit de gapende buik kwamen twee grote haken naar beneden, die door de mannen van de kranen snel werden bevestigd. Toen nam de piloot de belasting van het volle gewicht over en de kraankabels begonnen slap te hangen en werden losgemaakt. De Dumbo klauwde naar de lucht, met steunende turbines onder de enorme last. Heel voorzichtig, alsof hij een lading breekbaar kristal vervoerde, bracht de piloot de Vixen 03 naar de oever.

Pitt en de anderen wendden zich af, toen er vanuit het meer een enorme wolk spatwater door de rotors van de helikopter kwam aanstormen. Giordino negeerde de natheid, ging op een plaats staan waar de piloot hem goed kon zien en leidde het dalen met handbewegingen en over de microfoon.

Vijf minuten was alles wat de Dumbo nodig had om zijn lading kwijt te raken en weer over de bomen heen te verdwijnen. Toen stonden ze daar allemaal te staren en niemand maakte een beweging in de richting van het wrak. Steiger mompelde een bevel tegen de mannen van de luchtmacht, die naar de vrachtwagen marcheerden en de doodkisten begonnen uit te laden, om ze netjes op een rij neer te zetten. Pitt bleef zwijgen en gaf met een handgebaar te kennen dat admiraal Bass als eerste naar binnen moest gaan.

Eenmaal binnen, baande Bass zich een weg door de bussen heen naar de cockpit. Hij bleef een paar seconden roerloos staan en zag er doodsbleek en ziek uit.

'Bent u wel in orde?' vroeg Pitt, die hem achterna was gegaan.

De stem die hem antwoordde klonk heel ver weg. 'Ik kan mezelf er niet toe krijgen om naar ze te kijken.'

'Het zou ook geen zin hebben,' zei Pitt vriendelijk.

Bass leunde zwaar tegen het schot; de pijn in zijn borst werd steeds erger. 'Een ogenblikje om me te oriënteren, en dan zal ik een inventaris van de springkoppen maken.'

Steiger naderde Pitt, voorzichtig om de bussen heenstappend, alsof hij bang was er een aan te raken. 'Zodra je het zegt, zal ik mijn mannen aan boord brengen om de stoffelijke resten weg te halen.'

'We kunnen evengoed beginnen met onze onopgehelderde gast.' Pitt maakte een hoofdbeweging naar een stel losliggende bussen. 'Je vindt hem aan de vloer vastgebonden, zowat drie meter rechts van je.'

Steiger zocht de door Pitt aangeduide omgeving af met een nietszeggend gezicht. 'Ik zie niets.'

'Je staat er nagenoeg bovenop,' zei Pitt.

'Hoe kom je er in godsnaam bij?' vroeg Steiger. 'Ik zeg je toch dat hier niets is.'

'Je bent blind.' Pitt duwde Steiger opzij en keek naar beneden. De vastzetbanden waren nog aan de ringen bevestigd, maar het lichaam in het oude khaki-uniform was verdwenen. Pitt staarde verbijsterd naar de lege plek op de vloer, terwijl zijn geest de realiteit van de verdwenen resten trachtte te bevatten. Hij knielde en pakte de rottende riemen. Ze waren afgesneden.

In de ogen van Steiger was twijfel te zien. 'Het water was ijskoud die dag. Misschien heb je wel iets gedacht te zien . . .' Zijn stem stierf weg, maar de implicatie was duidelijk.

Pitt kwam overeind. 'Hij lag hier,' zei hij, zonder verder nog tegenspraak te verwachten. Die kreeg hij ook niet.

'Zou hij tijdens het ophalen soms door de opening achter kunnen zijn weggespoeld?' probeerde Steiger nog.

'Uitgesloten. De duikers die naast het wrak naar boven kwamen zouden dat hebben gezien en gerapporteerd.'

Steiger stond op het punt om iets te zeggen, maar opeens keek hij met onbegrijpende ogen naar het voorste gedeelte van het ruim, waar een gesmoord hijgend geluid vandaan kwam. 'Wat is dat in godsnaam?'

Pitt verspilde geen tijd aan antwoorden. Hij wist het.

Hij vond admiraal Bass op de natte vloer liggen snakken naar adem, badend in het koude zweet. De ondraaglijke pijn verwrong zijn gezicht tot een masker van een gefolterde.

'Zijn hart!' riep Pitt naar Steiger. 'Zoek Giordino op en zeg hem dat die helikopter terug moet komen.'

Pitt begon de kleren van nek en borst van de admiraal los te scheuren. Bass stak een hand uit en greep hem bij de pols. 'De . . . de springkoppen,' kraste hij.

'Kalm blijven. We brengen u zó naar het ziekenhuis.'

'De springkoppen . . .' herhaalde Bass.

'Die zitten veilig in hun bussen,' verzekerde Pitt hem.

'Nee . . . nee . . . u begrijpt het niet.' Zijn stem was niet meer dan een schor gefluister. 'De bussen . . . ik heb ze geteld . . . achtentwintig.'

De woorden van Bass waren nog maar nauwelijks te horen, en Pitt moest zijn oor bij de bevende lippen houden.

Giordino kwam aanrennen met een paar dekens. 'Steiger heeft het me verteld,' zei hij gespannen. 'Hoe is het met hem?'

'Hetzelfde nog,' zei Pitt. Hij bevrijdde zijn pols uit de klemmende greep en drukte Bass zacht de hand. 'Ik zal er voor zorgen, admiraal. Dat is een belofte.'

Bass knipperde met zijn doffe ogen en knikte begrijpend.

Pitt en Giordino hadden hem toegedekt en een opgevouwen deken onder zijn hoofd gestopt, toen Steiger terugkwam met twee vliegers, die een draagbaar bij zich hadden. Pas toen kwam Pitt overeind en stapte hij opzij. De helikopter was al terug en geland, toen ze de nog bewusteloze Bass uit de Vixen 03 droegen.

Steiger nam Pitt bij de arm: 'Wat probeerde hij je te zeggen?'

'Zijn inventaris van de bussen met springkoppen,' antwoordde Pitt. 'Hij kwam niet verder dan achtentwintig.'

'Ik hoop dat de oude vent het haalt,' zei Steiger. 'Maar in ieder geval heeft hij de voldoening te weten dat die gruwels zijn opgevist. Alles wat ons nog te doen staat is ze in zee te gooien. Einde van het griezelverhaal.'

'Nee, ik ben bang dat dit nog maar het begin is.'

'Je spreekt in raadselen.'

'Volgens admiraal Bass is de Vixen 03 niet opgestegen van Buckley met achtentwintig springkoppen gevuld met SD.'

Steiger voelde de ijzige angst in de stem van Pitt. 'Maar hij heeft toch geteld . . . achtentwintig.'

'Het hadden er zesendertig moeten zijn,' zei Pitt somber. 'Er ontbreken acht springkoppen.'

42

Washington, D.C. - december 1988

Het NUMA-gebouw was een cilindervormige constructie van dertig verdiepingen, bekleed met reflecterend groen glas, op een heuvel in Washington-Oost.

Op de bovenste verdieping zat admiraal James Sandecker achter een enorme schrijftafel, die gemaakt was van een luik afkomstig van een uit Albemarle Sound opgeviste blokkadebreker van de Geconfedereerden. Zijn privélijn zoemde.

'Sandecker.'

'Met Pitt.'

Sandecker drukte een toets in op een klein paneeltje, waardoor een holografische TV-camera in bedrijf werd gesteld. Midden in het bureau verscheen een driedimensioneel beeld van Pitt in natuurlijke kleuren.

'Zet aan jouw kant de camera wat hoger,' zei Sandecker. 'Je hebt je hoofd er afgehakt.'

Door het wonder van de satelliet-holografie leek het gezicht van Pitt uit zijn schouders te groeien, waardoor zijn projectie volkomen natuurgetrouw werd, met inbegrip van stem en gebaren. Het enige verschil, waar Sandecker steeds weer door geamuseerd werd, was dat hij er een hand doorheen kon steken, omdat het volkomen immateriëel was.

'Zo beter?' vroeg Pitt.

'Nu ben je tenminste heel.' Sandecker maakte er verder geen woorden aan vuil. 'Hoe is het met Walter Bass?'

Pitt zat op een vouwstoel onder een grote pijnboom en zag er vermoeid uit; zijn gitzwarte haren wapperden in een forse bries.

'De hartspecialist van het legerhospitaal Fitzsimons in Denver noemt zijn toestand stabiel. Als hij de komende achtenveertig uren haalt, heeft hij een redelijke kans op herstel. Zodra hij sterk genoeg is voor de reis, brengen ze hem over naar het marinehospitaal Bethesda.'

'En de springkoppen?'

'Die hebben we op een zijspoor in Leadville gezet,' antwoordde Pitt langzaam. 'Kolonel Steiger heeft aangeboden voor verzending naar Pier zes in San Francisco te zorgen.'

'Zeg Steiger dat we erkentelijk zijn voor zijn medewerking. Ik heb ons onderzoeksvaartuig aan de kust opdracht gegeven de zaak over te nemen. De kapitein heeft instructies gekregen voor het overboord zetten van de springkoppen voorbij het continentale plat, waar het water drieduizend meter diep is.' Sandecker aarzelde even voordat hij zijn volgende vraag stelde. 'Heb je de ontbrekende acht al opgespoord?'

Op het gezicht van Pitt kon hij het antwoord al lezen voordat Pitt iets gezegd had. 'Geen geluk, admiraal. Een grondig onderzoek van de bodem van het meer heeft geen spoor opgeleverd.'

Sandecker zag de frustratie op het gezicht van Pitt. 'Ik ben bang dat het tijd wordt om het Pentagon op de hoogte te gaan stellen.'

'Denkt u echt dat dit verstandig is?'

'Wat blijft ons verder voor keus?' zei Sandecker. 'Wij beschikken niet over de middelen voor een onderzoek op grote schaal.'

'Alles wat we nodig hebben is een aanknopingspunt,' hield Pitt vol. 'Tien tegen één liggen de springkoppen ergens opgeslagen. Het kan zelfs wel zijn dat de dieven niet eens weten wat ze in handen hebben.'

'Dat wil ik nog wel aannemen,' zei Sandecker. 'Maar bovendien, wie zou ze willen hebben? Jezus, ze wegen zowat een ton per stuk en van buitenaf zijn ze gemakkelijk te herkennen als verouderd marinetuig.'

'Het antwoord daarop zal ons op het spoor brengen van de moordenaar van Loren Smiths vader.'

'Geen corpus delicti, geen misdrijf,' zei Sandecker.

'Ik weet wat ik gezien heb,' zei Pitt rustig.

'Dat verandert niets aan de huidige omstandigheden. Het probleem waar we nu tegen aankijken is hoe we die springkoppen op het spoor komen en wel voordat iemand het in zijn hoofd haalt er vernietigings-expert mee te gaan spelen.'

Opeens leek de uitputting van Pitt verdwenen te zijn. 'Iets dat u net zei heeft me op een idee gebracht. Geef me vijf dagen om die springkoppen op te sporen. Als ik dan niets heb bereikt, mag u het overnemen.'

Sandecker glimlachte grimmig bij deze plotselinge felheid van Pitt. 'Toevallig is dit toch al mijn zaak, hoe je het ook bekijkt,' zei hij scherp. 'Als hoogste regeringsambtenaar die bij deze groep betrokken is, ben ik er ongewild verantwoordelijk voor sinds de dag dat jij een NUMA-vliegtuig en onderwatercamera's kaapte.'

Pitt keek strak de kamer in, maar zweeg bescheiden.

Sandecker liet Pitt even betijen en wreef zich in zijn ogen. Toen zei hij: 'Goed dan, tegen beter weten in zal ik die gok wagen.'

'Dus u gaat ermee akkoord?'

Sandecker gaf toe: 'Je krijgt vijf dagen, Pitt. Maar de Heer sta ons bij als je met lege handen thuiskomt.'

Hij drukte de toets van de holograaf in en het beeld van Pitt werd vager en verdween.

43

Het was even voor zonsondergang toen Maxine Raferty zich van haar waslijn omdraaide en Pitt aan zag komen lopen. Ze hing het laatste overhemd van haar man op en wuifde hem daarna toe.

'Meneer Pitt, wat leuk u weer eens te zien.'

'Mevrouw Raferty.'

'Is Loren bij u in de hut?'

'Nee, die moest in Washington blijven.' Pitt keek rond op het erf. 'Is Lee thuis?'

'Binnen, ja; de gootsteen in de keuken aan het repareren.' Uit het westen kwam een flinke bries van de bergen naar beneden, en Maxine vond het vreemd dat Pitt zijn windjack over de arm droeg. 'Komt u maar verder.'

Lee Raferty zat aan de keukentafel te vijlen aan een stuk loden pijp. Hij keek op toen Pitt binnenkwam.

'Meneer Pitt. Gaat u zitten; u bent net op tijd, want ik stond op het punt een fles van mijn eigen druivesap open te maken.'

Pitt pakte een stoel. 'Dus u maakt niet alleen bier, maar ook wijn?'

'Hier in dit achterafgebied ben je op jezelf aangewezen,' zei Lee grijnzend en wees met de peuk van zijn sigaar naar de pijp. 'Neem dit nou. Het zou me een kapitaal kosten om vanuit Leadville een loodgieter hier naar toe te krijgen. Veel goedkoper om het zelf te doen. Een lekkende pakking. Een kind kan de was doen.'

Raferty legde het stuk pijp op een oude krant, stond op en haalde twee glazen en een aardewerk kruik uit een kast.

'Ik wilde graag even met u praten,' zei Pitt.

'Zeker.' Lee goot de glazen vol tot aan de rand. 'Zeg, wat vindt u van al die drukte daar op het meer? Ik heb gehoord dat ze er een oud vliegtuig hebben gevonden. Is dat soms het toestel waar u naar vroeg?'

'Ja,' antwoordde Pitt, en hij nam een teugje van het wijnglas, dat hij in zijn linkerhand hield. Tot zijn verrassing was de wijn heel zacht van smaak. 'Dat is een van de redenen waarom ik hier ben. Ik hoopte van u te vernemen waarom u Charlie Smith hebt vermoord.'

De enige reactie was één grijze wenkbrauw die een eindje werd opgetrokken. 'Ik . . . de ouwe Charlie vermoord? Waar hebt u het in godsnaam over?'

'Een meningsverschil tussen partners die een goudmijn in een bergmeer dachten te hebben gevonden.'

Hij staarde Pitt aan en hield zijn hoofd vragend scheef. 'U praat nu wel als iemand die getikt is.'

'Het laatste wat u verwacht had was een vreemde aan de deur, die vragen zou gaan stellen over een verdwenen vliegtuig. U had al een vergissing gemaakt door die zuurstoftank en dat neuswielstel niet op te ruimen. Maar alle eer voor de acteertalenten van u en uw vrouw. Ik trapte in uw boerekinkelrol met alle argeloosheid van een toerist. Nadat ik weggegaan was, volgde u iedere beweging van mij, en toen u me het meer in zag duiken, was u er rotsvast van overtuigd, dat ik het vliegtuig en het stoffelijke overschot van Charlie

Smith had gevonden. En toen beging u een onherstelbare blunder: u raakte in paniek en haalde Charlie weg, waarschijnlijk om wat van hem is overgebleven ergens diep in het gebergte te gaan begraven. Als u hem rustig vastgebonden had laten liggen in dat vrachtruim, zou de sheriff u heus niet zo gemakkelijk in verband hebben gebracht met een moord van drie jaar geleden.'

'Zonder lijk,' zei Lee en hij stak rustig zijn sigarepeuk weer aan, 'zal het u verdomd veel moeite kosten om daar iets van te bewijzen.'

'Voor een rechtbank niet,' zei Pitt achteloos. 'Onschuldig tot het tegendeel bewezen is, maar het verhaal is wel klassiek. Moord op een buurman met het oog op financieel gewin. Gesteld dat we beginnen bij hoofdstuk één: een excentrieke uitvinder genaamd Charlie Smith beproeft zijn laatste stunt: een automatisch uitwerpapparaat voor hengelaars. Bij een van die uitwerpproeven zinkt de haak erg diep en komt vast te zitten aan een voorwerp. Charlie is een ervaren visser en denkt dat hij een boomstronk te pakken heeft; hij weet zo te manoeuvreren, dat de lijn vrijkomt en ingetrokken kan worden. Maar hij voelt weerstand; er komt iets met de haak mee naar boven. Dan ziet hij het: de zuurstoftank van een vliegtuig; de bevestigingsbeugels zijn in de loop der tijd doorgeroest, zodat de tank makkelijk los te trekken was. Het meest voor de hand liggende zou nu geweest zijn de sheriff op te bellen, maar Charlie heeft het ongeluk een nieuwsgierig man te zijn. Hij moet eerst zeker weten dat daar een vliegtuig ligt, dus hij haalt een kabel en een dreg op en begint de zeebodem af te zoeken. Op een gegeven moment moet hij toen dat al half losgeslagen neuswielstel te pakken hebben gekregen en opgehaald. Met zijn vermoedens bevestigd, werd Charlie begerig en begon hij winst te ruiken. Dus in plaats van als een eerlijk burger zijn vondst aan te geven, ging hij rechtstreeks naar Lee Raferty toe.'

'Waarom zou Charlie naar mij toekomen?'

'Als gepensioneerd marineman en diepzeeduiker was u er geknipt voor. Ik neem aan dat de duikapparatuur en de luchtcompressor die u en Charlie hebben georganiseerd nog in uw garage liggen. Veertig meter duiken moet voor een man met uw ervaring kinderspel zijn geweest. De vreemde lading van het toestel bracht uw verbeelding op gang. Wat verwachtte u in die bussen te vinden? Oude atoomkoppen wellicht? Ik kan me voorstellen wat een slopend werk het voor twee mannen van tegen de zeventig moet zijn geweest om in dat ijskoude water te duiken en dan gewichten van duizend kilo uit die diepte naar de kant te brengen. Mijn complimenten aan allebei. Ik kan alleen maar hopen dat ik nog half zo fit ben als ik uw leeftijd heb bereikt.'

'Valt wel mee.' Lee glimlachte; hij scheen in het geheel niet bang te zijn voor Pitt. 'Toen Charlie eenmaal een kleine explosieve lading had aangebracht om de scheur in de romp wijder te maken, was het voor mij niet moeilijk om een kabel aan een bus vast te maken, die dan door hem in de wagen met vierwielaandrijving naar de oever werd gesleept.'

'Waar een wil is . . .' zei Pitt. 'Maar toen, Lee? Toen de bus eenmaal open was gemaakt, was het voor een vroegere marineman en deskundige op dat gebied natuurlijk duidelijk dat u iets in handen had dat alleen het hart van een oude admiraal sneller zou gaan doen kloppen. Maar wat was de waarde bij de tegenwoordige prijzen? Wat was er voor vraag naar verouderde springkoppen van de marine, behalve als oud roest?'

Lee Raferty begon weer kalmpjes aan zijn pijp te vijlen. 'Niet slecht gedaan, meneer Pitt, dat moet ik toegeven. Wel geen honderd procent, maar heel behoorlijk. Maar u onderschat een paar uitgeslapen veteranen. Verrek, we wisten zodra we er een hadden gezien dat de dingen in die bussen geen projectielen waren voor het doorboren van pantserplaten. Charlie had er geen tien minuten voor nodig om uit te maken dat ze gevuld moesten zijn met gifgas.'

Pitt stond verstomd. Twee oude mannen hadden hen allen voor schut laten staan. 'Hoe?' vroeg hij gespannen.

'Van buiten zag het eruit als gewoon marine-materiaal, maar we zagen dat het op dezelfde manier in elkaar zat als een lichtgranaat. U kent dat type wel: bij het bereiken van een bepaalde hoogte gaat er een parachute open, terwijl de kop door een kleine explosieve lading wordt gespleten, die tegelijkertijd de fosforlading aansteekt. Alleen was dit kreng in plaats daarvan ingericht op het loslaten van een stel miniatuurbommen met gifgas.'

'Heeft Charlie er alleen maar naar gekeken en toen aangenomen dat het gifgas was?'

'Hij vond het luikje voor de parachute. Dat gaf hem zijn eerste aanwijzing. Toen heeft hij de kop gedemonteerd en de lading onschadelijk gemaakt en naar binnen gekeken.'

'Grote God,' mompelde Pitt, de wanhoop nabij. 'Heeft hij hem opengemaakt?'

'En wat dan nog? Charlie is een deskundige.'

Pitt haalde diep adem en stelde toen de voor de hand liggende vraag: 'Wat hebben jullie met die springkoppen gedaan?'

'Die waren naar mijn idee voor de vinders.'

'Waar zijn ze?' vroeg Pitt.

'We hebben ze verkocht.'

'Wat?' hijgde hij. 'Aan wie?'

'De Phalanx Arms Corporation in Newark, New Jersey. Die kopen en verkopen wapens op internationale schaal. Ik nam contact op met de vice-president, een vreemde vogel die er meer uitziet als een handelaar in ijzerwaren dan een koopman van de dood. Zijn naam is Orville Mapes. Maar goed, die is dus naar Colorado gevlogen, heeft het projectiel bekeken en ons vijfduizend dollar geboden voor ieder exemplaar dat we naar zijn magazijn konden sturen. Verder geen vragen.'

'De rest kan ik wel raden,' zei Pitt. 'Het drong tot Charlie door dat als die springkoppen tot ontploffing werden gebracht, hij verantwoordelijk zou zijn voor duizenden, misschien honderdduizenden doden. Jij was geneigd dat minder zwaar op te nemen; dat geld was voor jou belangrijker dan je geweten. Jullie gingen dus eerst ruziemaken en toen vechten en Charlie verloor. Je verstopte zijn lichaam in het gezonken vliegtuig. Vervolgens heb je wat dynamiet tot ontploffing gebracht, een laars en een duim in het puin gegooid en lopen huilen op de begrafenis.'

Raferty reageerde niet op de beschuldiging van Pitt. Zijn zachte ogen kwamen geen moment van het stuk pijp af. Zijn handen bleven langzaam en voorzichtig het schroefdraad aan het eind bijvijlen. Hij is veel te nonchalant, dacht Pitt. Raferty gedroeg zich niet als een man die op het punt staat te worden gearresteerd wegens moord. Nergens was iets van een in het nauw gedreven rat te zien.

'Jammer dat Charlie de dingen niet vanuit mijn standpunt wilde zien.' Raferty haalde bijna triest zijn schouders op. 'In tegenstelling tot wat u wellicht denkt, meneer Pitt, ben ik niet inhalig. Ik heb niet geprobeerd die projectielen in één klap te verkopen. Je zou kunnen zeggen dat ik ze beschouwde als een soort spaarbankrekening. Als Max en ik een paar dollar nodig hadden, nam ik om zo te zeggen wat geld op en dan belde ik Mapes. Die stuurde dan een vrachtwagen om de goederen op te halen en betaalde contant. Een degelijke en niet-belastbare transactie.'

'Ik zou graag willen weten hoe u Charlie Smith hebt vermoord.'

'Het spijt me dat ik u moet teleurstellen, meneer Pitt, maar ik ben niet in staat een medemens van het leven te beroven.' Raferty boog zich naar voren en zijn gerimpelde gezicht kreeg iets loerends. 'Max is de sterkere van ons beiden. Zij belast zich met eliminaties. Ze heeft de oude Charlie keurig recht in het hart geschoten.'

'Maxine?' De geschoktheid van Pitt was niet zozeer een gevolg van deze mededeling als wel van het feit dat hij zich zo had vergist.

'Als je op twintig passen afstand een kwartje in de lucht gooit, maakt Max er wisselgeld van,' ging Raferty door en knikte over de schouder van Pitt heen. 'Laat meneer Pitt even weten dat je er bent, liefje.'

Als antwoord kwamen er twee metaalachtige klikgeluiden, gevolgd door een zachte bons.

'Aan de patroon die op de grond valt kunt u merken dat de oude Winchester van Max geladen en in de aanslag is,' zei Raferty. 'Nog twijfels?'

Pitt zette zijn voeten stevig uit elkaar en boog zijn hand onder het windjack. 'Aardig geprobeerd, Lee.'

'Kijkt u dan zelf maar. Maar denk erom . . . geen onverwachte bewegingen.'

Pitt keerde zich langzaam om naar Maxine Raferty, die met haar vriendelijke blauwe ogen in het vizier van een repeteergeweer stond te kijken. De loop was onbeweeglijk gericht op het hoofd van Pitt.

'Het spijt me, meneer Pitt,' zei ze verdrietig, 'maar Lee en ik hebben geen zin de rest van ons leven in de gevangenis door te brengen.'

'Een tweede moord zal jullie niet redden,' zei Pitt. Hij spande zijn beenspieren en schatte de afstand tussen hem en

Maxine. Het was anderhalve meter. 'Ik heb mijn eigen getuigen meegebracht.'

'Heb jij iemand gezien, liefje?' vroeg Lee.

Maxine schudde haar hoofd. 'Hij is alleen over de weg gekomen. Ik ben op de uitkijk gebleven nadat hij naar binnen is gegaan. Er is niemand die hem gevolgd heeft.'

'Dat dacht ik wel,' zei Lee Raferty en hij zuchtte. 'U speelt op een blufkaart, meneer Pitt. Als u concrete bewijzen tegen Maxine en mij had gehad, zou u de sheriff wel hebben meegebracht.'

'O, maar dat heb ik ook,' zei Pitt glimlachend en schijnbaar ontspannen. 'Die zit een kilometer verderop in een auto met twee functionarissen die ieder woord van ons volgen.'

Raferty verstrakte. 'Verdomme, dat lieg je.'

'Hij heeft een zender op mijn borst vastgemaakt,' zei Pitt en maakte met zijn linkerhand de bovenste knoop van zijn shirt los. 'Om precies te zijn, hier, onder mijn . . .'

Maxine had het geweer nauwelijks een centimeter laten zakken, toen Pitt opzij sprong en de trekker van de Colt overhaalde die hij onder zijn windjack had verborgen.

De Winchester en de Colt leken tegelijk af te gaan.

Al Giordino en Abe Steiger waren een paar minuten vóór Pitt aangekomen en hadden post gevat op een helling onder een bosje. Door zijn kijker zag Steiger hoe Maxine de was ophing.

'Iets te zien van de man?' vroeg Giordino.

'Zal wel binnen zijn.' De kijker zwenkte iets in de handen van Steiger. 'Nu gaat Pitt op haar af.'

'Die Colt vijfenveertig moet wel uitsteken als een derde been.'

'Hij heeft er zijn windjack overheen hangen.' Steiger boog een tak uit zijn gezichtsveld. 'Pitt gaat nu het huis in.'

'Tijd om dichterbij te komen,' zei Giordino. Hij begon overeind te komen, toen de arm van Steiger hem als een slagboom naar beneden drukte. 'Stop! Die ouwe teef blijft kijken of hij niet gevolgd wordt.'

Ze bleven een paar minuten stil en onbeweeglijk zitten, terwijl Maxine over het erf liep rond te kijken naar de bomen in de omgeving. Ze keek nog een keer de weg af en verdween toen uit het gezicht van Steiger om een hoek van het huis heen.

'Geef me de tijd om achterom te komen, voordat jij naar de voordeur toegaat,' zei Steiger.

Giordino knikte. 'Kijk uit voor beren.'

Steiger grijnsde en liet zich in een ravijntje zakken. Hij was nog een meter of vijftig van zijn doel af, toen hij de schoten hoorde.

Giordino was aan het aftellen, toen de schoten uit het huis klonken. Hij sprong overeind, liep een heuveltje af en sprong over een hekje heen het erf op. Op dat moment kwam Maxine Raferty achteruit door de voordeur naar buiten, als een stuurloze Patton-tank, wankelde de bordestreden af en viel op de grond. Giordino bleef stokstijf staan, verrast door de aanblik van haar bebloede kleding. Hij stond daar nog, toen de oude vrouw met de lenigheid van een turnster weer overeind kwam. Pas toen het te laat was, zag Giordino het oude geweer dat zij in haar hand hield.

Maxine, op het punt om terug naar binnen te stormen, zag Giordino verbijsterd op het erf staan. Met een onhandig gebaar greep zij de Winchester en vuurde vanaf haar heup.

De kracht van de kogel slingerde Giordino in een halve draai door de lucht en smakte hem op het gras, terwijl zijn linker dij explodeerde in een wolk van rode druppeltjes die door zijn broek heendrongen.

Voor Pitt leek alles verder in slow motion te gaan. De loop van de Winchester flitste in zijn gezicht. Eerst dacht hij dat het een voltreffer was, maar toen hij op de grond lag, merkte hij dat hij lichaam en ledematen nog kon bewegen. Het schot van Maxine had zijn oor geschaafd, terwijl zijn eigen kogel via de loop van haar Winchester was afgeketst op een antieke petroleumlamp.

Lee Raferty gromde als een beest en zwaaide met zijn stuk pijp. Het raakte Pitt op zijn schouder en schampte langs zijn hoofd. Pitt kreunde van de pijn en maakte een draaibeweging, terwijl hij zijn best deed om niet zijn bewustzijn te verliezen en zijn vertroebelde gezicht weer helder te krijgen. Hij richtte zijn Colt op de vage figuur waarvan hij wist dat het Lee moest zijn.

Maxine liet haar geweerloop hard op de Colt neerkomen, zodat die uit de vingers van Pitt in de haard viel.

Maxine haastte zich om haar geweer bij te laden, terwijl Lee naar voren kwam met zijn stuk pijp. Pitt bracht zijn linkerarm omhoog om de klap af te weren en was verbaasd dat hij geen bot hoorde breken. Hij haalde uit met zijn voeten en raakte Lee op zijn knieën, zodat het magere mannetje bovenop hem viel.

'Schiet, verdomme!' brulde Lee tegen zijn vrouw. 'Schiet!'

'Dat kan niet!' gilde zij terug. 'Je zit in de vuurlijn.'

Lee liet het stuk pijp vallen en deed zijn best om zich los te maken, maar Pitt hield zijn goede rechterarm om zijn nek. Maxine danste door de kamer heen en bleef met haar Winchester zoeken naar een veilig schot. Toen kronkelde Lee zich opeens omhoog, zette zijn knieën in de liezen van Pitt en maakte zich los.

Door de brandende mist van pijn heen wist Pitt de petroleumlamp te graaien en naar Maxine te slingeren, recht op de borst. Zij gilde toen het glas uiteenspatte in splinters, die door haar japon heen in een van haar grote hangborsten drongen. Toen kwam Pitt omhoog en raakte hij haar harder dan hij ooit eerder iemand in zijn leven had geraakt. Voor een vrouw op rijpere leeftijd was Maxine wel hard, maar tegen het brute geweld van Pitt was zij niet opgewassen. Zij werd met zoveel kracht achteruit geslingerd, dat ze verdween door de voordeur.

'Schoft!' brulde Lee. Hij sprong naar de open haard, graaide er de Colt uit en keerde zich naar Pitt toe.

Opeens verdween er een raam en Abe Steiger kwam de keuken binnenvallen, dwars door de tafel heen. Lee draaide zich om en gaf Pitt net het ogenblik dat hij nodig had om het stuk pijp van de vloer op te rapen. De verbijsterde Steiger zou nooit het misselijk makende geluid vergeten van de pijp die het been van Lee Raferty's slaap verbrijzelde.

Giordino zat op de grond verdwaasd naar zijn doorboorde been te staren. Hij keek op naar Maxine en begreep nog steeds niet helemaal wat er gebeurd was. Toen verslapte zijn mond en keek hij hulpeloos toe, terwijl zij vastberaden haar geweer bijlaadde. Maxine richtte zorgvuldig op zijn borst en kromde haar vinger om de trekker.

De knal was oorverdovend en de kogel rukte het borstbeen los, dat in een vies hoopje modder aan de voeten van

Giordino terecht kwam. Maxine bleef bijna drie seconden lang roerloos staan, tot zij in een dikke en vormloze hoop in elkaar zakte, terwijl het bloed tussen haar borsten naar buiten stroomde en het gras nat maakte.

Pitt stond tegen het balkonhek geleund met de Colt in terugstootpositie in zijn hand. Hij liet het pistool zakken en liep stijf naar Giordino toe. Steiger kwam naar buiten om te kijken, werd bleek en ging overgeven in een bloembed.

Giordino's ogen waren strak gericht op een glanzend wit stuk been, toen Pitt naast hem neerknielde. 'Heb je . . . heb je die aardige oude dame in de borst geschoten?' vroeg Giordino.

'Ja,' antwoordde Pitt, bepaald niet trots op zichzelf.

'Goddank,' mompelde Giordino en wees. 'Ik dacht dat dat ding daar op de grond van mij was.'

44

'Idioot!' schreeuwde Thomas Machita over de schrijftafel heen. 'Verdomde idioot!'

Kolonel Randolph Jumana zat met beheerste toegeeflijkheid naar de uitbarsting van Machita te kijken. 'Ik had uitstekende redenen voor het geven van die bevelen.'

'Wie heeft jou de bevoegdheid gegeven om dat dorp aan te vallen en onze medezwarten af te slachten?'

'U ziet een paar elementaire feiten over het hoofd, majoor.' Jumana zette zijn leesbril met hoornen randen af en streek zich aan één kant over zijn afgeplatte neus. 'In de afwezigheid van generaal Lusana voer ik het bevel over het ARL. Ik volg eenvoudig zijn richtlijnen.'

'Door bij de aanvallen van militaire doelen over te schakelen op dorpen?' snauwde Machita woedend. 'Door terreurdaden tegen onze broeders en zusters, wier enige misdrijf bestaat uit het onderbetaald werken in dienst van de Zuidafrikaanse overheid?'

'De strategie, majoor, is een wig tussen blanken en zwarten te drijven. Ieder van onze mensen die zich verhuurt aan de overheid moet als verrader worden beschouwd.'

'Zwarte leden van de strijdkrachten, ja,' zei Machita.

‘Maar je wint geen steun door willekeurig onderwijzers, posthodes en stratenmakers te gaan vermoorden.’

Het gezicht van Jumana werd koud en onpersoonlijk. ‘Als door het doden van honderd kinderen onze uiteindelijke overwinning op de blanken één uur eerder plaats zou vinden, zou ik zonder te aarzelen het bevel voor de executie geven.’

Over Machita kwam een golf van afkeer. ‘U spreekt als een slachter.’

‘Er is een oude spreuk uit het Westen,’ zei Jumana vlak. ‘Het doel heiligt de middelen.’

Machita staarde naar de dikke kolonel en kreeg kippevel. ‘Als generaal Lusana dit te horen krijgt, zet hij u uit het ARL’

Jumana glimlachte. ‘Te laat. Mijn campagne voor het verspreiden van angst en paniek over heel Zuid-Afrika is niet meer te stuiten.’ Jumana zag kans nog dreigender te kijken. ‘Generaal Lusana is een outsider. Hij zal door de stammen in het binnenland en de zwarte leiders in de steden nooit volledig als een der hunnen worden aanvaard. Ik verzeker u dat hij nooit op het bureau van de premier zal zitten in Kaapstad.’

‘Wat u zegt is verraad.’

‘Aan de andere kant,’ ging Jumana door, ‘bent uzelf geboren in Liberia, voordat uw ouders naar de Verenigde Staten emigreerden. Uw huid is even zwart als de mijne. Uw bloed is niet vertroebeld door sexuele verhoudingen met blanken, zoals bij de meeste Amerikaanse negers. Het zou dan ook geen gek idee zijn, Machita, om u eens te gaan bezinnen op een verandering van loyaliteit.’

Machita antwoordde koud: ‘U hebt dezelfde eed gezworen als ik, toen we lid werden van het ARL, namelijk te vechten voor de principes van Hiram Lusana. Wat u hier voorstelt is iets waar ik misselijk van word. Ik wil er niets mee te maken hebben. Wees er zeker van, kolonel, dat generaal Lusana binnen het uur van uw verraad op de hoogte zal worden gesteld.’

Zonder verder nog een woord te zeggen, keerde Machita zich om en stormde het kantoor uit, waarbij hij de deur met een klap dichtsmeet.

Een paar seconden later klopte Jumana’s aide en kwam binnen. ‘De majoor leek opgewonden te zijn.’

‘Een klein meningsverschil,’ zei Jumana ongeëmotionneerd. 'Jammer dat hij misleid is bij mijn motieven.' Hij maakte een beweging naar buiten. 'Ga snel met twee van mijn lijfwachten naar de communicatie-afdeling. Daar zul je Machita bezig vinden met het doorseinen van een boodschap aan de generaal. Houd de uitzending tegen en arresteer de majoor.'

'De majoor arresteren?' De aide was verbaasd. 'Op welke beschuldiging?'

Jumana dacht even na. 'Het doorgeven van geheimen aan de vijand. Dat zal wel voldoende zijn om hem in de cel te houden tot hij kan worden berecht en doodgeschoten.'

Hiram Lusana stond bij de ingang van de congresbibliotheek rond te speuren, tot hij Frederick Daggat had gevonden. Het congreslid zat aan een grote, mahoniehouten tafel aantekeningen te maken uit een in leer gebonden boek.

'Ik hoop dat ik niet stoor,' zei Lusana. 'Maar uw boodschap klonk dringend en uw secretaresse zei, dat ik u hier kon vinden.'

'Ga zitten,' zei Daggat, zonder een spoor van vriendelijkheid.

Lusana trok een stoel bij en wachtte af.

'Hebt u de ochtendkrant gelezen?' vroeg Daggat en keek weer in het boek.

'Nee, ik heb senator Moore, uit Ohio, bewerkt. Hij leek onze zaak heel goed gezind te zijn nadat ik hem de doelstellingen van het ARL uiteengezet had.'

'Dan zal de senator ook de krant wel niet hebben gelezen.'

'Waar hebt u het over?'

Daggat haalde een opgevouwen knipsel uit zijn zak en stak het Lusana toe.

'Hier, vriend, lees dat maar en huil.'

> MASSAMOORD VAN REBELLEN BIJ OVERVAL - 165 DODEN
>
> Tazareen, Zuid-Afrika (UPI) - Tenminste 165 zwarte inwoners van het dorp Tazareen, in de provincie Transvaal, zijn bij een zinloze slachtpartij door ARL-opstandelingen tijdens een overval in de vroege morgen gedood, volgens officieren van het Zuidafrikaanse leger.
>
> Een legerofficier die ter plaatse aanwezig was zei dat de overval werd uitgevoerd door naar schatting 200 ARL-

mannen, die schoten op alles wat bewoog en hakkend met messen door het dorp gingen.

'Zesenveertig vrouwen en kinderen hebben ze vermoord; sommige kinderen in bed met een pop in de armen,' zei een verbijsterde onderzoeker en wees op de verbrande resten van wat eens een welvarend dorp was. 'Militair gezien was het volkomen zinloos, een louter beestachtige daad.'

Een meisje van ongeveer vier jaar werd gevonden met doorgesneden keel. Zwangere vrouwen werden aangetroffen met grote blauwe plekken op hun buik, als teken dat ze waren doodgetrapt.

Ambtenaren van het ministerie van defensie vragen zich nog steeds af wat de aanleiding voor deze overval is geweest. Alle slachtoffers zijn burgers. De dichtstbijzijnde militaire installatie bevindt zich op bijna twintig kilometer afstand.

Tot nu toe heeft het Afrikaanse Revolutieleger, onder leiding van de Amerikaanse emigrant Hiram Jones, die zich nu Hiram Lusana noemt, een strict militaire oorlog gevoerd en uitsluitend gebouwen en installaties van de Zuidafrikaanse defensie aangevallen.

Barbaarse overvallen van andere rebellengroepen komen wel geregeld voor langs de noordgrens van Zuid-Afrika. Hooggeplaatste functionarissen bij defensie vinden deze nieuwe ontwikkeling raadselachtig.

De enige vorige massamoord waarbij het ARL betrokken was vond plaats bij de overval op de farm van Fawkes in Umkono, Natal, waarbij 32 personen omkwamen.

Het is bekend dat Hiram Jones-Lusana zich op het ogenblik in Washington bevindt om steun te zoeken voor het ARL.

Lusana moest het artikel viermaal lezen, voordat hij er de volle draagwijdte van besefte. Eindelijk keek hij op, geschokt, en spreidde zijn handpalmen uit.

'Hier heb ik niets mee te maken gehad,' zei hij.

Daggat keek op van zijn boek. 'Ik geloof je, Hiram, want ik weet dat stompzinnige dwaasheid niet tot je deugden behoort. Maar als bevelvoerend officier ben je wel verantwoordelijk voor het gedrag van je troepen.'

'Jumana!' barstte Lusana los, toen het tot hem doordrong

wat er gaande was. 'U vergist zich. Ik *ben* dom. Tom Machita heeft nog geprobeerd me te waarschuwen voor Jumana's renegate ideeën, maar ik wilde niet naar hem luisteren.'

'De zwaargebouwde kolonel vol medailles,' zei Daggat. 'Ik herinner me hem van je cocktail-party. Het hoofd van een belangrijke stam, dacht ik dat je zei.'

Lusana knikte. 'Een "favoriete zoon" van de Srona-stam. Hij heeft meer dan acht jaar in Zuidafrikaanse gevangenissen doorgebracht, tot ik zijn ontsnapping heb gearrangeerd. Hij heeft in heel Transvaal veel aanhangers. Politiek gezien leek het mij een goede manoeuvre om hem als mijn plaatsvervanger aan te wijzen.'

'Zoals maar al te vaak bij Afrikanen die zich plotseling in een machtspositie bevinden, heeft hij blijkbaar dromen van grootheid.'

Lusana stond op en leunde vermoeid tegen een boekenkast. 'De idioot,' mompelde hij, bijna in zichzelf. 'Begrijpt hij dan niet dat hij hiermee juist de zaak waar hij voor vecht enorme schade berokkent.'

Daggat stond op en legde een hand op Lusana's schouder. 'Ik stel voor dat je het eerste vliegtuig naar Mozambique neemt, Hiram, en zelf weer de leiding in handen neemt. Zorg voor bulletins waarin elke betrokkenheid van het ARL bij deze slachtpartij wordt ontkend. Werp de schuld maar op andere groepen, als het niet anders kan, maar zie er onderuit te komen en stel orde op zaken. Ik zal doen wat ik kan om de reacties hier wat milder te krijgen.'

Lusana stak zijn hand uit. 'Bedankt, congreslid, voor alles wat u hebt gedaan.'

Daggat schudde hem warm de hand.

'En uw subcommissie? Hoe zullen ze nu stemmen?' vroeg Lusana.

Daggat glimlachte zelfverzekerd. 'Drie tegen twee voor steun aan het ARL, als je tenminste een beetje overtuigend kunt zijn voor de camera's bij het ontkennen van enige betrokkenheid bij de massamoord in Tazareen.'

Kolonel Joris Zeegler had het souterrain betrokken van een school op vijftien kilometer van de grens tussen de provincie Natal en Mozambique. Terwijl boven de lessen gewoon doorgingen, zat Zeegler met een paar hoge officieren van de strijdkrachten luchtkaarten en een maquette van het

ARL hoofdkwartier, over de grens, op nog geen veertig kilometer afstand, te bestuderen.

Zeegler kneep één oog dicht tegen de rookspiraal die opsteeg van de sigaret die in zijn mondhoek hing en wees op een miniatuur-gebouwtje midden in de maquette.

'Het voormalige administratiegebouw van de universiteit,' zei hij. 'Nu door Lusana als hoofdkwartier gebruikt. Een communicatienet met Chinees materiaal, stafkantoren, inlichtingendienst, indoctrinatiekamers – allemaal daar. Ze zijn ditmaal te ver gegaan. Vernietig dat en iedereen die zich daar bevindt en je hebt het ARL de kop afgesneden.'

'Neem me niet kwalijk, meneer' – dit van een grote kapitein met een rood gezicht en een wilde snor – 'maar ik dacht dat Lusana in Amerika was.'

'Heel juist. Hij ligt nu in Washington op zijn knieën de Yanks om financiële steun te bedelen.'

'Wat kopen we er dan voor als we de slang zijn kop afslaan en de hersens ergens anders liggen? Waarom wachten we niet tot hij terug is; zodat we het grootste serpent er ook meteen bij te pakken kunnen nemen?'

Zeeger keek hem even koud en neerbuigend aan. 'Uw beeldspraak laat te wensen over, kapitein. Maar om uw vraag te beantwoorden... het zou niet praktisch zijn om te wachten tot Lusana terug is. Onze inlichtingendienst heeft bevestigd dat kolonel Randolph Jumana een muiterij binnen de gelederen van het ARL op poten heeft gezet.'

De officieren die om de maquette heenstonden wierpen elkaar verbaasde blikken toe. Het was voor het eerst dat ze iets van een afzetting van Lusana vernamen.

'Nu is het tijd om toe te slaan,' ging Zeegler door. 'Door zijn brute moordpartij op weerloze vrouwen en kinderen in Tazareen heeft Jumana de deur opengezet voor vergeldingsmaatregelen. De premier heeft toestemming gegeven tot een raid over de grens op het hoofdkwartier van het ARL. Natuurlijk valt het te verwachten dat de landen van de Derde Wereld de gebruikelijke diplomatieke protesten zullen indienen. Een formaliteit, verder niets.'

Een hard uitziende man met de rang van majoor en gekleed in een camouflagepak stak zijn hand op. Zeegler knikte.

'Het rapport van de inlichtingendienst maakt ook melding

van Vietnamese adviseurs en mogelijk een paar Chinese waarnemers. Als we die schoften afmaken, zal onze regering daar zeker last door krijgen.'

'Ongelukken kunnen voorkomen,' zei Zeegler. 'Als u per ongeluk een buitenlander in uw vuurlinie krijgt, ga dan niet wakker liggen omdat hij door een verdwaalde kogel naar Boeddhaland is gestuurd. Zij hebben in Afrika niets te maken. Minister De Vaal heeft deze mogelijkheid onderkend en heeft erin toegestemd dat speciale probleem geheel voor zijn rekening te nemen.'

Zeegler keerde zich weer naar de maquette.

'En nu, heren, voor wat de slotfase van de aanval betreft. Wij hebben besloten een bladzijde uit het ARL-handboek te lenen over de controle over een slagveld.' Hij glimlachte zonder humor. 'Alleen zullen wij het nog iets beter doen.'

Thomas Machita huiverde in zijn cel. Hij kon zich niet herinneren het ooit zo koud te hebben gehad. De temperatuur van het Afrikaanse binnenland had zijn normale verloop gehad, van veertig graden de vorige middag tot om het vriespunt vlak voor zonsopgang.

Jumana's gorilla's hadden Machita uit de radiokamer gesleurd, voordat hij een waarschuwing naar Lusana in Washington had kunnen doorseinen. Ze timmerden zijn gezicht in elkaar, scheurden hem de kleren van het lijf en smeten hem in een vochtig celletje in het souterrain van het gebouw. Een van zijn ogen was dichtgeslagen; een diepe wond boven de andere wenkbrauw was tot in de nacht blijven bloeden, en hij kon pas zien toen hij het gestolde bloed had weggeveegd. Zijn lippen waren opgezwollen en hij miste twee tanden: een attentie van een goed gemikte geweerkolf. Hij probeerde te verliggen op een hoop smerige droge bladeren en kreunde van de pijn die door zijn gekneusde ribben schoot.

Machita lag zwaar teleurgesteld te kijken naar de betonnen wanden van zijn gevangenis, terwijl het licht van een nieuwe dag door een klein tralievenster boven zijn hoofd naar binnen siepelde. De cel was niet meer dan een kubus van anderhalf bij anderhalf bij anderhalf, waar Machita net in kon liggen, maar dan moest hij wel zijn knieën optrekken. De lage deur naar de hal van het souterrain was van mahoniehout en acht centimeter dik, zonder grendel of kruk aan de binnenkant.

Hij hoorde stemmen buiten en trok zich moeizaam op om naar buiten te kijken. Het venster keek op ooghoogte uit over het exercitieterrein. Elite-commando's waren bezig met aantreden voor appèl en inspectie. Aan de overkant spoten de luchtgaten van de kantines golven hete lucht naar buiten, doordat de koks hun ovens aan het opstoken waren. Een compagnie recruten uit Angola en Zimbabwe kwam slaperig uit de tenten kruipen, aangespoord door geharde pelotonleiders.

Het begon als weer een gewone dag van politieke indoctrinatie en gevechtstraining, maar deze dag zou toch heel anders worden.

Met zijn ogen strak gericht op zijn horloge, sprak Joris Zeegler zacht in een draagbare zender. 'Tonic één?'

'Tonic één in positie,' kraakte een stem uit de ontvanger.

'Tonic twee?'

'Klaar om te vuren, kolonel.'

'Tien seconden en aftellen,' zei Zeegler. 'Vijf, vier, drie, twee...'

De formatie commando's op het exercitieterrein viel op de grond als op commando. Machita kon niet geloven dat tweehonderd mannen nagenoeg onmiddellijk waren gestorven, toen er een salvo van geweervuur kwam uit het dichte struikgewas om het kamp heen. Hij sloeg zijn hoofd tegen de tralies, zonder te letten op de pijn, en draaide het om met zijn ene goede oog beter te kunnen zien. Het vuren werd nog intenser, toen verwarde ARL-soldaten een hopeloze tegenaanval begonnen tegen hun onzichtbare vijand.

Hij kon het verschil horen tussen de Chinese CK-88 automatische geweren en de uit Israël afkomstige Felogeweren die door de Zuidafrikaanse strijdkrachten werden gebruikt. Het Felo-geweer maakte een blaffend geluid bij het afvuren van zwermen haarscherpe schijfjes, die in staat waren een boomtak van twintig centimeter af te snijden.

Machita besefte dat de Zuidafrikanen de grens overschreden hadden in een bliksemactie als wraak voor Tazareen. 'Verdomme, Jumana!' brulde hij in hulpeloze woede. 'Dat heb jij ons aangedaan.

Overal vielen lichamen stuiptrekkend neer. Er lagen er al

zoveel op het exercitieterrein, dat het niet meer mogelijk was van de ene kant naar de andere te lopen zonder op verscheurd vlees te trappen. Een helikopter van de strijdkrachten dook tot vlak boven de grote slaapzaal, waar een compagnie dekking had gezocht. Uit het laadluik van het toestel viel een groot pak op het dak. Even later spatte het gebouw met een donderende knal uiteen in stof en puin.

De Zuidafrikaanse grondtroepen hadden zich nog steeds niet laten zien. Zij waren het hart van het ARL aan het uitroeien zonder zelf enig risico te lopen. Briljante planning en uitvoering hadden de blanken geen windeieren gelegd.

Het groen en bruin van de helikopter kwam even terug in Machita's gezichtsveld en verdween boven het hoofdkwartier waar zijn cel onder lag.

Hij zette zijn pijnlijke lichaam schrap tegen de onvermijdelijke explosie. De schok was twee of driemaal zo hard als hij had verwacht. De lucht werd uit zijn longen geslagen als door een voorhamer. Toen kwam het plafond van zijn cel naar beneden en werd zijn kleine wereldje zwart.

'Ze komen eraan, excellentie,' zei een sergeant en salueerde.

Pieter de Vaal gaf met een zwaai van zijn stokje te kennen, dat hij het had gehoord. 'Dan vind ik dat we ze maar beleefd moeten gaan begroeten, vind je ook niet?'

'Ja, excellentie,' De sergeant opende het portier van de auto en stapte opzij, toen De Vaal zijn ledematen uit de duisternis van de achterbank stak, zorgvuldig zijn op maat gemaakte uniform recht trok en op weg ging naar het grasveld.

Ze stonden daar een minuut lang te turen naar de felle lichtschijn van de landingslichten van de helikopter. Toen dwong de wind van de rotorbladen hen hun petten vast te pakken en zich om te draaien om de kiezelsteentjes die werden opgeworpen niet in hun gezicht te krijgen.

Met volmaakte precisie kwamen de helikopters van de strijdkrachten boven het grasveld hangen, tot alle twaalf op één lijn stonden. Toen lieten zij zich als één geheel op de grond zakken en de lichten gingen uit. Zeegler stapte uit het eerste toestel en liep naar De Vaal toe.

'Hoe is het gegaan?' vroeg de minister.

De grijns van Zeegler was in het donker bijna niet te zien.

'Iets voor de geschiedenisboekjes, excellentie. Ongelooflijk; ik kan niet anders zeggen.'

'Doden en gewonden?'

'Vier gewonden, niemand ernstig.'

'En de rebellen?'

Zeegler wachtte even, voor het effect. 'Bij de lijkentelling zijn we gekomen tot drieëntwintighonderdtien. Maar er liggen er nog zeker tweehonderd onder het puin van de vernielde gebouwen. Er kan niet meer dan een handvol ontkomen zijn.'

'Grote God.' De Vaal was geschokt. 'Meen je dat?'

'Ik heb de telling tweemaal gecontroleerd.'

'Onze stoutste verwachtingen gingen niet hoger dan een paar honderd dode rebellen.'

'Een meevallertje,' zei Zeegler. 'Het kamp stond aangetreden voor inspectie. Het was echt een zachtgekookt eitje. Kolonel Randolph Jumana viel bij het eerste salvo.'

'Jumana was een idioot,' snauwde De Vaal. 'Zijn dagen waren geteld. Thomas Machita – dat is de geslepen vent. Machita is de enige schoft in het ARL die Lusana zou kunnen vervangen.'

'We hebben verschillende officieren van Lusana's staf geïdentificeerd, onder andere kolonel Duc Phon Lo, zijn Vietnamese adviseur, maar Machita's lichaam is niet gevonden. Ik denk dat we rustig kunnen aannemen, dat hij begraven ligt onder het puin.' Zeegler zweeg even en keek De Vaal aan. 'Gezien dit succes, excellentie, lijkt het me verstanding om de Operatie wilde roos te schrappen.'

'Waarom niet rustig aan nu we toch voorstaan, is het niet?'

Zeegler knikte zwijgend.

'Ik ben een pessimist, kolonel. Het zal het ARL maanden en misschien zelfs jaren kosten om zich te herstellen, maar ze komen er beslist weer bovenop.' De Vaal leek weg te zinken in een dromerig gepeins. Toen schudde hij het van zich af. 'Zolang Zuid-Afrika leeft onder de dreiging van een zwart bewind, hebben wij geen keus en moeten we alle mogelijkheden benutten om te overleven. Wilde roos gaat door zoals gepland.'

'Ik zou me prettiger voelen als we Lusana in handen hadden.'

De Vaal glimlachte even scheef naar hem. 'Weet je dat nog

niet?'

'Wat?'

'Hiram Lusana komt niet meer terug in Afrika, nooit meer.'

Machita had er geen idee van wanneer hij de drempel van het bewustzijn had overschreden. Hij kon niets anders zien dan duisternis. Toen begon de pijn in de vertakkingen van zijn zenuwstelsel zich te vermenigvuldigen en onwillekeurig kreunde hij. Zijn oren namen het geluid waar, maar verder niets.

Hij trachtte zijn hoofd op te tillen en boven en links van hem verscheen een geelachtige bal. Langzaam kwam het vreemde voorwerp scherper in het gezicht en werd herkenbaar. Hij keek naar de volle maan.

Hij worstelde zich omhoog tot een zittende houding, met zijn rug tegen een koude, kale muur. In het binnenvallende licht kon hij zien dat de vloer boven hem maar een halve meter was ingevallen en toen beklemd geraakt was tussen de muren van zijn cel.

Na even te hebben gerust om zijn gedachten in het gareel te brengen, begon Machita puin weg te duwen. Zijn handen stootten op een plankje, dat hij gebruikte om er het vloerpuin mee weg te schuiven, tot hij een opening had die groot genoeg was om er doorheen te kruipen. Voorzichtig keek hij over de rand heen, de koude nachtlucht in. Niets bewoog er. Hij boog zijn knieën en drukte zijn lichaam omhoog, tot zijn handen het gras van het exercitieterrein aanraakten. Een snelle beweging omhoog en hij was vrij.

Machita haalde diep adem en keek om zich heen. Toen zag hij het wonder van zijn redding. De muur van het administratiegebouw aan de kant van het exercitieterrein was naar binnen toe ingestort en had de eerste verdieping vernield en tevens zijn cel beschermd tegen neervallend puin en tegen de furie van de Zuidafrikanen.

Niemand begroette Machita toen hij op de been krabbelde, want er was niemand te zien. De maan scheen over een griezelig landschap. Het terrein was leeg; de lijken waren weg.

Het was alsof het Afrikaanse Revolutieleger nooit had bestaan.

45

'Ik wilde dat ik u helpen kon, maar ik zou echt niet weten hoe.'

Lee Raferty had gelijk, dacht Pitt. Orville Mapes zag er meer uit als een ijzerwarenventer dan als een wapenhandelaar. Op één punt had Raferty echter ongelijk: Mapes was geen vice-president meer; hij was opgeklommen tot president-directeur van de Phalanx Arms Corporation. Pitt keek het korte, dikke mannetje in de grijze ogen.

'Een onderzoek in uw administratie zou van nut kunnen zijn.'

'Ik leg mijn administratie niet open aan een vreemdeling die hier zomaar binnenkomt. Mijn afnemers zouden niet blij zijn met een leverancier die geen oog had voor het vertrouwelijke karakter van hun transacties.'

'Krachtens de wet bent u verplicht uw wapenleveranties te laten registreren op het ministerie van defensie, dus waarom al die geheimzinnigheid?'

'Bent u ambtenaar bij defensie, meneer Pitt?'

'Indirect wel.'

'Wie vertegenwoordigt u dan?'

'Sorry, dat kan ik u niet zeggen.'

Mapes schudde geïrriteerd zijn hoofd en stond op. 'Ik heb het druk en ik heb geen tijd voor spelletjes. U kunt zelf de weg naar buiten wel vinden.'

Pitt bleef zitten. 'Gaat u zitten, meneer Mapes . . . alstublieft.'

Mapes keek in een paar groene ogen, die zo hard waren als jade. Hij aarzelde en overwoog dit bevel te negeren, maar deed toen langzaam wat hem gevraagd werd.

Pitt knikte naar de telefoon. 'We weten nu dus allebei hoe we er tegenover staan. Ik stel voor dat u generaal Elmer Grosfield opbelt.'

Mapes trok een geïrriteerd gezicht. 'De hoofdinspecteur van buitenlandse wapenleveranties en ik zien elkaar maar heel zelden.'

'Ik neem aan dat hij bedenkingen heeft tegen wapenverkopen aan onbevriende naties.'

Mapes haalde zijn schouders op. 'De generaal is niet

bepaald ruimdenkend.' Hij leunde achterover in zijn stoel en keek Pitt onderzoekend aan. 'Wat is, als ik vragen mag, de relatie tussen u en de generaal?'

'Je zou kunnen zeggen dat hij meer waarde hecht aan mijn oordeel dan aan het uwe.'

'Hoor ik dat goed, meneer Pitt, en is dat een bedekte bedreiging? Zoiets van: als ik niet met u meedoe, gaat u onaangename dingen vertellen aan de generaal?'

'Mijn verzoek is eenvoudig,' zei Pitt. 'Een overzicht van de afnemers van de marine-springkoppen die u gekocht hebt van Lee Raferty, in Colorado.'

'Ik hoef u geen donder te laten zien, meneer,' antwoordde Mapes koppig. 'Niet zonder een logische verklaring of een behoorlijke legitimatie, of, wat dat betreft, een gerechtelijk bevel.'

'En als generaal Grosfield u daarom vraagt?'

'In dat geval zou ik wellicht kunnen worden overgehaald om dat te doen.'

Pitt knikte opnieuw naar de telefoon. 'Ik zal u zijn privénummer geven . . .'

'Dat heb ik zelf,' zei Mapes en hij rommelde in een doosje. Hij vond het indexkaartje waar hij naar zocht en stak het omhoog. 'Niet dat ik u niet zou vertrouwen, meneer Pitt. Maar als u het niet erg vindt, gebruik ik toch liever een nummer uit mijn eigen administratie.'

'Zoals u wilt,' zei Pitt.

Mapes nam de hoorn van de haak, stak het kaartje in de automatische kiezer en drukte op de codeerknop. 'Het is over twaalven,' zei hij. 'Grosfield zal wel weg zijn om te gaan lunchen.'

Pitt schudde zijn hoofd. 'De generaal neemt zijn lunch van huis mee en hij eet aan zijn bureau.'

'Ik heb altijd al gedacht dat het een krentenkakker was.' gromde Mapes.

Pitt glimlachte en hoopte dat Mapes de bezorgdheid achter zijn ogen niet zou merken.

Abe Steiger veegde zijn bezwete handen af aan zijn broek en nam bij de derde bel de telefoon op. Voordat hij begon te spreken, nam hij een hap van een banaan.

'Met generaal Grosfield,' mompelde hij.

'Generaal, u spreekt met Orville Mapes, van Phalanx Arms.'

'Mapes, waar zit je? Het klinkt alsof je vanuit de bodem van een ton spreekt.'

'U klinkt zelf ook ver en gedempt, generaal.'

'Ik was ook net bezig aan een boterham met pindakaas. Die heb ik graag dik gesmeerd en met klontjes mayonaise. Wat heb je op je hart, Mapes?'

'Sorry dat ik u stoor bij de lunch, maar kent u een meneer Dirk Pitt?'

Steiger wachtte even en haalde diep adem alvorens te antwoorden.

'Pitt. Ja, die ken ik. Dat is een onderzoeker voor de senaatscommissie strijdkrachten.'

'Dus zijn geloofsbrieven zijn wel in orde.'

'Ze kunnen niet beter,' zei Steiger, alsof hij praatte met zijn mond vol. 'Waarom vraag je dat?'

'Hij zit hier tegenover me en wil inzage van mijn voorraden.'

'Ik had me al afgevraagd wanneer hij aan jullie burgers zou toekomen.' Steiger nam weer een hap van zijn banaan. 'Pitt heeft de leiding van het Stanton-onderzoek in handen.'

'Het Stanton-onderzoek? Nooit van gehoord.'

'Dat verbaast me niet. Ze maken ook geen reclame. Een of andere senator met weldoeners-ideeën heeft zich in zijn hoofd gezet, dat er bij het leger voorraden zenuwgaswapens onder het vloerkleed verstopt liggen. Vandaar dat hij een onderzoek heeft ingesteld om ze te vinden.' Steiger slokte de rest van zijn banaan op en gooide de schil in een van de laden van generaal Grosfields bureau. 'Pitt en zijn jongens hebben er nog geen hagelkorrel van kunnen vinden. Vandaar dat hij nu aan jullie wapenhandelaars is begonnen.'

'Wat raadt u mij aan?'

'Wat ik u aanraad,' flapte Steiger eruit, 'is die zak te geven wat hij wil. Als u bussen met gas in uw magazijnen hebt liggen, geef ze hem dan maar; daar bespaar je jezelf een zee van ellende mee. De Stanton-commissie is er niet op uit iemand te vervolgen. Ze willen er alleen maar verdomd zeker van zijn, dat er niet een of andere dictator in de Derde Wereld het verkeerde soort wapens in handen krijgt.'

'Bedankt voor uw advies, generaal,' zei Mapes. En toen:

'Mayonnaise, zei u? Zelf geef ik de voorkeur aan pindakaas met uien.'

'Ieder zijn meug, Mapes. Tot ziens.'

Steiger hing op en slaakte een diepe zucht van tevredenheid. Toen veegde hij de hoorn af met zijn zakdoek en liep de gang in. Hij was net de deur van het kantoor aan het dichtdoen, toen er een kapitein in legeruniform de hoek om kwam. Bij het zien van Steiger kwam er een enigszins wantrouwende uitdrukking in de ogen van de kapitein.

'Neemt u me niet kwalijk, kolonel, maar als u generaal Grosfield zoekt, die is weg om te gaan lunchen.'

Steiger richtte zich op in zijn volle lengte en keek de kapitein aan met een van zijn beste 'Ik ben hoger in rang'-blikken. 'Ik ken de generaal niet. Deze betonjungle heeft mijn richtingsgevoel in de war gebracht. Wat ik zoek is de afdeling Ongevallen en Veiligheid van de landmacht. Ik ben verdwaald en keek dit kantoor in om de weg te vragen.'

De kapitein leek merkbaar opgelucht te zijn door deze mogelijkheid tot vermijden van een netelige situatie. 'O, verdomd, ik verdwaal zelf tienmaal per dag. Ongevallen en Veiligheid is één verdieping lager. De lift vindt u als u bij de volgende hoek rechtsaf gaat.'

'Dank u, kapitein.'

'Het genoegen was geheel aan mijn kant, kolonel.'

In de lift glimlachte Steiger duivels bij zichzelf, toen hij zich afvroeg wat generaal Grosfield wel zou denken bij het vinden van die bananeschil in zijn bureaulade.

Anders dan de meeste mannen van particuliere bewakingsdiensten, die slecht passende uniformen dragen met door zware revolvers scheefgezakte riemen, zagen de mannen van Mapes er meer uit als modieus geklede gevechtstroepen zoals de redactie van het tijdschrift *Gentlemen's Quartely* zich die voorstelt. Twee ervan stonden alert aan de ingang van het opslagterrein van Phalanx, in keurige gevechtskleding en met het laatste woord op het gebied van wapens over hun schouder.

Mapes liet zijn Rolls-Royce cabriolet vaart minderen en stak beide handen op met een schijnbaar groetend gebaar. De bewaker knikte en wenkte naar zijn maat, die de poort van binnen uit open deed.

'Ik neem aan dat dit een soort sein was,' zei Pitt.
'Pardon?'
'Die handen zo in de lucht.'
'O ja,' zei Mapes. 'Als u een verborgen wapen op mij gericht had, zouden mijn handen aan het stuur gebleven zijn. Heel gewoon. En terwijl we dan doorgelaten zouden worden en uw aandacht werd afgeleid door de bewaker die de poort opende, zou zijn maat de auto van achteren zijn genaderd en u door het hoofd hebben geschoten.'
'Ik ben blij dat u niet vergeten bent uw handen op te steken.'
'U bent een scherp waarnemer, meneer Pitt,' zei Mapes. 'Maar u dwingt me nu wel tot het afspreken van een ander sein met de bewakers.'
'Ik zal barsten als u me er niet van verdenkt uw geheim niet te zullen bewaren.'
Mapes ging niet in op het sarcasme van Pitt. Hij hield zijn ogen gericht op een smalle asfaltweg die tussen schijnbaar eindeloze rijen Quonset-hutten doorliep. Na ongeveer anderhalve kilometer kwamen ze bij een open terrein aan dat volstond met zware tanks in diverse staten van roest en beschadiging. Een legertje monteurs was druk bezig met tien van die massieve voertuigen, die in formatie aan de kant van de weg stonden.
'Hoeveel hectare hebt u hier?' vroeg Pitt.
'Tweeduizend,' antwoordde Mapes. 'U kijkt naar het zesde leger van de wereld wat betreft uitrusting. Phalanx Arms neemt ook de zevende plaats in als luchtmacht.'
Mapes draaide zijn auto een zandweg op, die langs een aantal bunkers op een heuvelrug liep, en hield stil bij een bunker met de aanduiding ARSENAAL 6. Hij kwam achter het stuur vandaan en haalde een losse sleutel uit zijn zak, die hij in een groot messingslot stak om de grendel los te zetten. Toen deed hij een paar stalen deuren open en schakelde de verlichting in.
In de kelderachtige bunker lagen duizenden kisten munitie en kratten met een grote verscheidenheid aan granaten opgeslagen in een tunnel die zich tot in het oneindige leek uit te strekken. Nog nooit had Pitt zoveel potentiële vernieling op één plaats bij elkaar gezien.
Mapes maakte een gebaar naar een magazijnkar. 'Het

heeft geen zin om ons de blaren te gaan lopen. Deze opslagplaats loopt onder de grond nog drie kilometer door.'

Het was koud in het arsenaal en het gezoem van het elektrische wagentje leek in de vochtige lucht te blijven hangen. Mapes sloeg een zijtunnel in en minderde vaart. Hij hield een plattegrond bij het licht en bestudeerde die. 'Van hier tot een kleine honderd meter verderop bevindt zich de laatste voorraad zestienduims springkoppen ter wereld. Ze zijn verouderd, omdat ze alleen door slagschepen kunnen worden gebruikt en er is niet één slagschip meer dat nog in functie is. De gasgranaten die ik van Raferty heb gekocht moeten zich ongeveer halverwege bevinden.'

'Ik zie geen spoor van de bussen,' zei Pitt.

Mapes haalde zijn schouders op. 'Zaken zijn zaken. Roestvrijstalen bussen zijn geld waard. Ik heb ze verkocht aan een chemisch bedrijf.'

'Uw voorraad lijkt wel eindeloos. Het kan uren kosten om ze op te graven.'

'Nee,' antwoordde Mapes. 'De gasgranaten zijn ingedeeld bij Partij Zes.' Hij stapte uit de auto en liep ongeveer vijftig passen tussen de zee van projectielen door, om vervolgens te wijzen. 'Ja, hier zijn ze.' Hij stapte voorzichtig door een smalle toegang en bleef staan.

Pitt bleef in de gang staan, maar zelfs bij het flauwe licht van de lampen aan het plafond kon hij een uitdrukking van verwondering op het gezicht van Mapes zien.

'Moeilijkheden?'

Mapes schudde zijn hoofd. 'Ik begrijp er niets van. Ik zie er maar vier. Het hadden er acht moeten zijn.'

Pitt verstrakte. 'Ze moeten hier ergens liggen.'

'Begint u te zoeken aan de andere kant, bij Partij Dertig,' commandeerde Mapes. 'Dan ga ik terug naar Partij Eén en begin daar.'

Veertig minuten later kwamen ze elkaar in het midden weer tegen. Mapes had een verbijsterde blik in zijn ogen. Hij stak zijn handen op in een hulpeloos gebaar.

'Niets.'

'Verdomme, Mapes!' schreeuwde Pitt en zijn stem werd weerkaatst door de betonnen muren. 'Je moet ze verkocht hebben.'

'Nee,' protesteerde hij. 'Het was een miskoop. Ik heb me

vergist. Iedere regering die ik benaderde was bang om als eerste gas te gebruiken na Vietnam.'

'Goed, vier gevonden, vier nog op te sporen,' zei Pitt en beheerste zijn opwinding. 'Waar beginnen we van hieruit?'

Mapes leek even te worden opgeschud uit een gedachtengang. 'Voorraadadministratie ... we zullen de voorraden controleren aan de hand van de verkopen.'

Bij de ingang van de tunnel belde Mapes op naar zijn kantoor. Toen hij en Pitt daar weer aankwamen, had de hoofdboekhouder van Phalanx Arms de boeken al klaargelegd op zijn schrijftafel. Mapes liep snel de registerbladen door. Het kostte hem minder dan tien minuten om het antwoord te vinden.

'Ik heb me vergist,' zei hij kalm.

Pitt zei niets en wachtte af.

'De ontbrekende gasgranaten zijn verkocht.'

Pitt zei nog steeds niets, maar zijn ogen stonden op moord.

'Een vergissing,' zei Mapes verlegen. 'De arsenaalploeg heeft de granaten uit de verkeerde partij gehaald. In de originele verzendinstructies wordt melding gemaakt van het weghalen van veertig stuks zwaar marine-materiaal uit Partij Zestien. Ik kan alleen maar aannemen dat de één niet is overgekomen op de doorslag voor de verzendploeg en dat ze het als Partij Zes hebben gelezen.'

'Ik geloof wel te mogen zeggen, meneer Mapes, dat er bij u aan boord nogal slordig gewerkt wordt.' Pitt kneep hard met de vingers van één hand in de andere. 'Wat staat er voor naam op de factuur?'

'Ik ben bang dat daar diezelfde maand drie orders zijn uitgevoerd.'

God, dacht Pitt, waarom moet alles even moeilijk gaan? 'Ik wil graag een lijstje van afnemers.'

'Ik hoop dat u oog hebt voor mijn positie,' zei Mapes. Zijn stem had weer de harde, zakelijke klank. 'Als mijn afnemers te weten zouden komen dat ik hun wapentransacties bekend maakte ... Ik hoop dat u begrijpt waarom deze zaak strict vertrouwelijk moet worden gehouden.'

'Eerlijk gezegd, Mapes, zou ik je liefst in een van je eigen kanonnen stoppen en dan schieten. En geef me nu die lijst, voordat ik het departement van justitie op je afstuur.'

Het gezicht van Mapes werd een beetje bleek. Hij pakte een pen en schreef de namen van de kopers op een blocnote. Toen scheurde hij het papier af en gaf het aan Pitt.

Eén granaat was besteld door het Britse oorlogsmuseum in Londen. Twee waren er naar de oorlogsveteranen in Dayton City, Post 9974, Oklahoma gegaan. De resterende zevenendertig waren verkocht aan een agent van het Afrikaanse Revolutieleger. Een adres stond er niet bij vermeld.

Pitt stak het papier in zijn zak en stond op. 'Ik zal een ploeg mannen sturen om die andere gasgranaten weg te halen,' zei hij koud. Hij had een afkeer van Mapes en van alles waar de kleine, dikke handelaar des doods voor stond. Hij kon het dan ook niet laten om bij zijn vertrek nog een laatste schot af te vuren.

'Mapes?'

'Ja?'

Duizend beledigingen schoten Pitt door het hoofd, maar hij kon geen keus maken. Eindelijk, toen de afwachtende uitdrukking op het gezicht van Mapes in verwondering was overgegaan, vroeg Pitt: 'Hoeveel mensen zijn er vorig jaar en het jaar daarvoor door jouw goederen gedood of verminkt?'

'Wat anderen met mijn artikelen doen, is mijn zaak niet,' zei Mapes hooghartig.

'Als een van die gasgranaten af zou gaan, zou je verantwoordelijk zijn voor misschien miljoenen doden.'

'Miljoenen, meneer Pitt?' De ogen van Mapes werden hard. 'Voor mij is dat alleen maar een statistische aanduiding.'

46

Steiger zette de Spook F-140 straaljager licht aan de grond op de luchtmachtbasis Sheppard, bij Wichita Falls, in Texas. Na zich te hebben gemeld bij de officier van de vluchtcontrole, tekende hij voor een auto van de basis en reed naar het noorden, waar hij de Red River overstak en Oklahoma binnenreed. Hij reed autoweg drieënvijftig op en stopte toen aan de kant van de weg; hij had plotseling hoge nood. Al was het even over enen in de middag, toch was er kilometers ver geen auto of teken van leven te zien.

Steiger kon zich niet herinneren ooit zo'n vlak en onherbergzaam boerenland te hebben gezien. De wind blies over een landschap dat volkomen leeg was, afgezien van een oude hooivork en een schuur in de verte. Het was een deprimerend gezicht. Als iemand Steiger een revolver in de hand zou hebben gedrukt, zou hij geneigd zijn zichzelf dood te schieten uit pure melancholie. Hij deed zijn gulp dicht en liep terug naar de auto.

Even later verscheen er naast de kaarsrechte weg een watertoren, die steeds groter werd in de voorruit. Toen kwam er een dorp in zicht met een paar kostbare bomen en passeerde hij een bord dat hem welkom heette in Dayton City, de Koningin van het Tarweland. Hij stopte bij een oud en vervallen benzinestation, dat nog glazen tanks boven de pompen had.

Uit een garage kwam een man van middelbare leeftijd in monteurskleding tevoorschijn, die naar de auto toeschuifelde. 'Kan ik u helpen?'

'Ik zoek naar de oorlogsveteranen, Post negenennegentig vierenzeventig,' zei Steiger.

'Als u komt als spreker voor de lunch, bent u te laat,' waarschuwde de oude man.

'Ik ben hier voor andere zaken,' zei Steiger glimlachend.

De man was niet onder de indruk. Hij haalde een vette lap uit zijn zak en veegde daar zijn even vette handen mee af. 'Doorrijden tot het stoplicht midden in het dorp en dan linksaf. U kunt het niet missen.'

Steiger deed zoals hem gezegd was en kwam terecht op het parkeerterrein van een gebouw dat vergeleken bij de rest van het dorp opvallend modern was. Diverse auto's waren aan het wegrijden en lieten rode stofwolken achter. De lunch was voorbij, nam Steiger aan. Hij ging naar binnen en bleef even staan aan de kant van een grote zaal met een hardhouten vloer. Op verschillende tafels stonden nog borden met resten gebraden kip. Een groep van drie mannen merkte zijn aanwezigheid op en wenkte. Een groot, gangsterachtig individu van een jaar of vijftig en een meter of twee lang maakte zich los van de rest en slenterde naar Steiger toe. Hij had een rood gezicht en kortgeknipt haar met een scheiding in het midden. Hij stak zijn hand uit.

'Goedemiddag, kolonel. Wat voert u naar Dayton City?'

'Ik zoek de postcommandant, een zekere meneer Billy Lovell.'

'Ik ben Billy Lovell. Wat kan ik voor u doen?'

'Aangenaam,' zei Steiger beleefd. 'Mijn naam is Steiger, Abe Steiger. Ik ben hierheen gekomen uit Washington voor een nogal dringende aangelegenheid.'

Lovell keek Steiger met vriendelijke, maar bedachtzame ogen aan. 'U maakt me benieuwd, kolonel. Ik neem aan dat u me komt vertellen, dat er hier in de buurt een topgeheime Russische spionagesatelliet is geland.'

Steiger schudde achteloos zijn hoofd. 'Niets van dat dramatische. Ik ben op zoek naar een paar springkoppen die uw post heeft gekocht van Phalanx Arms.'

'O, die twee blindgangers?'

'Blindgangers?'

'Ja, we hadden ze willen opblazen tijdens de picknick op Veteranendag. We hadden ze op een oude tractor gezet en zijn er de hele middag mee bezig geweest, maar ze gingen niet af. We hebben nog geprobeerd om andere van Phalanx te krijgen.' Lovell schudde bedroefd zijn hoofd. 'Ze weigerden. Beweerden dat iedere verkoop definitief was.'

Bij Steiger kwam een ijzingwekkende gedachte op. 'Misschien zijn ze niet van het type met zelfontsteking.'

'Nee,' Lovell schudde zijn hoofd. 'Phalanx garandeerde dat het gebruiksklare granaten voor slagschepen waren.'

'Hebt u ze nog?'

'Jazeker, hier buiten. U bent er langs gekomen.'

Lovell nam Steiger mee naar buiten. De twee granaten lagen aan weerskanten van de ingang. Ze waren wit geschilderd en aan de zijkanten waren kettingen gelast over de promenade.

Steiger hield zijn adem in. De punten van de granaten waren afgerond. Het waren twee van de ontbrekende springkoppen. Zijn knieën leken opeens van rubber en hij moest gaan zitten op de stoep. Lovell keek vragend naar de verdwaasde uitdrukking op het gezicht van Steiger.

'Is er iets mis?'

'Jullie hebben op die dingen geschoten?' vroeg Steiger ongelovig.

'Bijna honderd rondjes hebben we erop afgevuurd. Alleen

maar een paar deuken, verder niets.'

'Het is een wonder...' mompelde Steiger.

'Een wat?'

'Dit zijn geen ontploffingsgranaten,' legde Steiger uit. 'Het zijn gasgranaten. Het ontstekingsmechanisme komt pas in werking als de parachute opengaat. Jullie kogels hadden geen effect, omdat ze niet zijn afgesteld op afgaan, zoals gewone projectielen.

'Boeoeoe,' hijgde Lovell. 'Bedoelt u dat er gifgas in die dingen zit?'

Steiger knikte alleen.

'Mijn God, we hadden het halve land kunnen uitroeien.'

'En de rest,' mompelde Steiger voor zich heen. Hij stond op van de stoep. 'Ik zou graag uw WC en uw telefoon willen gebruiken, in die volgorde.'

'Zeker, komt u maar. De WC is links in de gang en de telefoon bij mij op kantoor.' Lovell bleef staan en in zijn ogen kwam een slimme uitdrukking. 'Als we u die granaten geven . . . nou, ik vroeg me af . . .'

'Ik beloof u dat u en uw post tien zestienduims granaten in prima conditie krijgen, genoeg om op de volgende picknick op Veteranendag een superknal te produceren.'

Lovell grijnsde van oor tot oor. 'Voor elkaar, kolonel.'

Op de WC liet Steiger koud water over zijn gezicht stromen. De ogen die hem in de spiegel aankeken waren rood en moe, maar ze straalden ook hoop uit. Hij was erin geslaagd twee van de SD-koppen op te sporen. Hij kon alleen maar hopen dat Pitt evenveel succes zou hebben.

Steiger nam de telefoon op in Lovells kantoor en vroeg een door opgeroepene te betalen interlokaal gesprek aan.

Pitt lag te slapen op een bank in zijn NUMA-kantoor, toen zijn secretaresse, Zerri Pochinsky, zich over hem heenboog en hem zachtjes wakker schudde.

'Er is een bezoeker voor u en twee telefoontjes,' zei ze met haar zachte zuidelijke accent.

Pitt wreef zich de ogen uit en ging rechtop zitten. 'Telefoon van wie?' vroeg hij.

'Congreslid Smith,' antwoordde Zerri met iets zuurs in haar stem, 'en kolonel Steiger, interlokaal.'

'En de bezoeker?'

'Hij zegt dat zijn naam Sam Jackson is. Hij heeft geen afspraak, maar houdt vol dat het belangrijk is.'

Pitt liet de laatste slaapnevels uit zijn hoofd optrekken. 'Ik zal Steiger eerst nemen. Zeg maar tegen Loren dat ik haar terug zal bellen en laat Jackson binnen, als ik klaar ben met telefoneren.'

Zerri knikte. 'De kolonel is op toestel drie.'

Hij liep onzeker naar de schrijftafel en drukte op een van de knoppen. 'Abe?'

'Groeten uit het zonnige Oklahoma.'

'Hoe is het gegaan?'

'Een schot in de roos,' zei Steiger. 'Je kunt twee springkoppen schrappen.'

'Goed werk,' zei Pitt en glimlachte voor het eerst in dagen. 'Moeilijkheden?'

'Nee. Ik blijf hier tot er een ploeg komt om ze op te halen.'

'Ik heb in Dulles een Catlin van de NUMA staan met een vorkheftruck aan boord. Waar kan die landen?'

'Een ogenblik.'

Pitt hoorde gedempte stemmen toen Steiger aan de andere kant met iemand in gesprek was.

'Mooi,' zei Steiger. 'De commandant van de post zegt dat er op anderhalve kilometer ten zuiden van het dorp een klein privévliegveld is, ongeveer zevenhonderd meter lang.'

'Tweemaal zoveel als een Catlin nodig heeft,' zei Pitt.

'Heb jij al wat bereikt?'

'De curator van het Britse oorlogsmuseum zegt dat de granaat die zij van Phalanx hebben gekocht voor een tentoonstelling gewijd aan de marine in de tweede wereldoorlog definitief een antipantser-projectiel is.'

'Zodat het ARL de andere twee SD-koppen heeft.'

'Daar zit nog iets meer aan vast,' zei Pitt.

'Wat moeten ze in de Afrikaanse wildernis in godsnaam met zware marine-springkoppen doen?'

'Ons raadseltje voor vandaag,' zei Pitt en wreef zijn rood doorlopen ogen uit. 'In ieder geval zijn we tijdelijk getroost met het feit dat ze niet meer bij ons in de achtertuin liggen.'

'Hoe gaan we van hieruit verder?' vroeg Steiger. 'We kunnen moeilijk bij een stel terroristen aankomen met het verhaal dat ze het verschrikkelijkste wapen aller tijden moeten teruggeven.'

'Het eerste punt op de agenda,' zei Pitt, 'is precies nagaan waar die springkoppen zich bevinden. Met dat doel heeft admiraal Sandecker een oude vriend uit de marine, die nu bij de veiligheidsdienst zit, overgehaald tot het verrichten van enig speurwerk.'

'Klinkt griezelig. Die jongens zijn echt niet van gisteren. Ze zouden weleens moeilijke vragen kunnen gaan stellen.'

'Dat denk ik niet,' zei Pitt vol vertrouwen. 'De admiraal heeft er een klassiek verhaal bij bedacht. Ik zou het haast zelf geslikt hebben.'

47

Het was een moeilijke keuze. Dave Jarvis aarzelde tussen de appeltaart en het citroen-schuimgebak vol calorieën. Toen wuifde hij alle diëten vaarwel en zette ze allebei op zijn blad, met een kop thee. Hij betaalde het meisje aan het computer-kasregister en ging zitten aan een tafeltje bij een wand van het ruime cafetaria van het NSA-hoofdgebouw in Fort Meade, Maryland.

'Een dezer dagen zul jij je nog eens te barsten vreten.'

Jarvis hield op met eten en keek op naar het plechtige gelaat van Jack Ravenfoot, hoofd van de afdeling binnenland.

Ravenfoot was een en al spieren en botten en de enige volbloed Cheyenne-indiaan in Washington die de Yale-universiteit had doorlopen en de marine had verlaten met de rang van commandeur.

'Ik doe me liever tegoed aan lekkere en dik makende dingen dan aan die gezouten repen buffelvlees en gekookte prairiekonijnen die jullie voedsel noemen.'

Ravenfoot keek naar het plafond. 'Nu je het daar toch over hebt, ik heb geen prairiekonijn meer gegeten – tenminste geen echt en goed – sinds het overwinningsfeest na Little Big Horn.'

'Jullie weten het een bleekgezicht echt wel zo te vertellen dat het aankomt,' zei Jarvis grijnzend. 'Pak een stoel.'

Ravenfoot bleef staan. 'Nee dank je. Ik heb over vijf minuten een vergadering. Maar nu ik je toch te pakken heb,

John Gossard, van de afdeling Afrika, zei dat je bezig bent met een of ander wild project waarbij slagschepen betrokken zijn.'

Jarvis kauwde bedachtzaam op een stuk appeltaart. 'Slagschip, enkelvoud. Wat heb je op je hart?'

'Een oude vriend uit mijn marinetijd, James Sandecker . . .'

'De directeur van de NUMA?' onderbrak Jarvis.

'Die ja. Hij vroeg mij een bepaalde partij oude zestienduims springkoppen op te sporen.'

'En toen dacht je aan mij.'

'Zestienduims kanonnen vond je op slagschepen,' zei Ravenfoot. 'Ik kan het weten, want ik was officier aan boord van de *New Jersey* destijds in Vietnam.'

'Enig idee van waar Sandecker die voor wil hebben?' vroeg Jarvis.

'Hij beweert dat een stel van zijn wetenschapsmensen ze op een koraaleiland in de Stille Oceaan wil gooien.'

Jarvis stopte tussen twee happen in. 'Hij wat?'

'Ze zijn daar bezig met seismologische proeven. Het schijnt dat ontploffingsgranaten die vanuit een vliegtuig op zeshonderd meter hoogte op een koraalformatie worden geworpen een gerommel produceren dat nagenoeg gelijk is aan dat van een aardbeving.'

'Je zou zeggen dat grond-explosieven hetzelfde effect moesten hebben.'

Ravenfoot haalde zijn schouders op. 'Dat zou ik niet weten. Ik ben geen seismoloog.'

Jarvis viel op het schuimgebak aan. 'Ik zie er niets van belang in voor de taxatie-afdeling en wat dat betreft, ook geen sinistere bedoelingen van de admiraal. Waar neemt Sandecker aan dat deze speciale granaten zijn opgeslagen?'

'Het ARL heeft ze.'

Jarvis nam een slok thee en veegde zijn mond af met een servet. 'Waarom moeizaam onderhandelen met het ARL, terwijl je bij nagenoeg iedere schroothandelaar oud marinemateriaal kan kopen?'

'Het is een experimenteel type dat tegen het eind van de Koreaanse oorlog is ontwikkeld en nooit in de praktijk is gebruikt. Sandecker zegt dat ze veel beter werken dan het standaard-projectiel.' Ravenfoot steunde op de rug van een stoel. 'Ik heb Gossard aangesproken over de betrokkenheid van het ARL. Hij denkt dat Sandecker zich vergist. Die guerrilla's hebben evenveel behoefte aan die projectielen als een hardloper aan galstenen – einde citaat. Hij neemt aan dat de projectielen die de NUMA wil hebben ergens in een marine-depot liggen te verroesten.'

'En als het ARL toch die projectielen zou hebben, hoe wil Sandecker dan met ze onderhandelen?'

'Ik neem aan dat hij een ruil zal voorstellen, of ze opkoopt tegen een inflatieprijs. Tenslotte is het toch maar geld van de belastingbetaler.'

Jarvis leunde achterover en zette zijn vork in het schuimgebak. Hij had helemaal geen honger meer. 'Ik zou graag met Sandecker willen praten. Vind je het erg?'

'Natuurlijk niet. Maar waarschijnlijk bereik je meer via zijn directeur voor speciale projecten. Dat is de man die de leiding van het onderzoek in handen heeft.'

'Hoe heet hij?'

'Dirk Pitt.'

'De man die een paar maanden geleden de *Titanic* naar boven heeft gebracht?'

'Dezelfde, ja.' Ravenfoot keek op zijn horloge. 'Ik moet er gauw vandoor. Als je iets te weten komt over die projectielen, bel je me dan even op? Jim Sandecker is een oude vriend van me en ik ben hem wel wat verschuldigd.'

'Je kunt er op rekenen.'

Nadat Ravenfoot weg was gegaan bleef Jarvis nog een paar minuten verstrooid met zijn vork in het gebak zitten prikken. Toen stond hij op en liep in gedachten verzonken terug naar zijn kantoor.

Meteen toen haar chef binnenkwam wist Barbara Gore dat zijn intuïtie overwerk aan het verrichten was. Ze had die spookachtige blik van diepe concentratie al te vaak gezien om hem niet te herkennen. Zonder te wachten tot hij daarom vroeg, pakte zij haar blocnote en potlood en volgde ze Jarvis in zijn privékantoor. Toen ging ze zitten, kruiste haar prachtige benen en wachtte geduldig af.

Hij bleef staan en keek naar de muur. Toen draaide hij zich langzaam om en zijn ogen kregen weer een gerichte blik. 'Bel Gossard op en beleg een vergadering met zijn staf van de sectie Afrika, en zeg hem dat ik nog een keer naar de Operatie wilde roos wil kijken.'

'Bent u van gedachten veranderd? Zou er bij nader inzien toch iets in kunnen zitten!'

Hij antwoordde niet meteen. 'Misschien, heel misschien.'

'Verder nog iets?'

'Ja, vraag de afdeling ID alles op te sturen wat ze hebben over admiraal James Sandecker en ene Dirk Pitt.'

'Zitten die niet bij de NUMA?'

Jarvis knikte.

Barbara keek hem vragend aan. 'U denkt toch zeker niet dat er een verband is?'

'Het is nog te vroeg om daar wat over te zeggen,' zei Jarvis nadenkend. 'Je zou kunnen zeggen dat ik losse draden aan het opvissen ben om te zien of ze aan dezelfde spoel vastzitten.'

48

Frederick Daggat en Felicia Collins zaten te wachten in de limousine, toen Loren de zuilengang van het Capitool uitkwam. Zij zagen haar sierlijk de trappen afhuppelen, met haar krulharen wapperend in de wind. Ze droeg een lichtbruin broekpak met een tweerijer blazer en een vest. Om haar nek had zij een lange sjaal van grijze zijde. Haar tas was bekleed met dezelfde stof waar haar pak van gemaakt was.

De chauffeur deed het portier voor haar open. Ze ging zitten naast Felicia, terwijl Daggat galant een van de klapstoeltjes nam.

'Je ziet er prachtig uit, Loren,' zei Daggat vertrouwelijk – tè vertrouwelijk. 'Het was duidelijk dat de gedachten van mijn mannelijke collega's elders waren, toen jij opstond om het Huis toe te spreken.'

'In het debat heeft het soms zijn voordelen een vrouw te zijn,' zei ze koel. 'Je ziet er heel stijlvol uit, Felicia.'

Even kwam er een vreemde uitdrukking op Felicia's gezicht. Het laatste dat ze ooit van Loren zou verwachten was een compliment. Zij streek de rok van haar roomwitte jersey-pakje glad en vermeed de ogen van Loren.

'Aardig van je om bij ons te komen,' zei ze rustig.

'Had ik dan keus?' Het gezicht van Loren was een masker

van wrok. 'Ik durf bijna niet te vragen wat jullie nu van me willen.'

Daggat draaide de ruit achter de chauffeur omhoog. 'Morgen wordt er gestemd over het al dan niet steunen van het Afrikaanse Revolutieleger.'

'En dus hebben jullie je koppen uit de modder gestoken om te kijken of ik nog wel in het spoor liep,' zei Loren bitter.

'Je wilt dat maar niet begrijpen,' zei Felicia. 'Hier is niets persoonlijks bij betrokken. Frederick en ik gaan hier geen cent op vooruit. Onze enige beloning is de vooruitgang van ons ras.'

Loren keek haar aan. 'Jullie verlagen je dus tot chantage om jullie grote zaak te bevorderen.'

'Als dat het sparen van talloze duizenden levens inhoudt, ja,' Daggat sprak alsof hij een kind de les aan het lezen was. 'Elke dag die deze oorlog langer duurt betekent honderden doden. Op den duur zullen de negers winnen in Zuid-Afrika. Dat staat bij voorbaat vast. Het is de manier waarop ze winnen die van belang is. Hiram Lusana is geen moordlustige psychopaat zoals Idi Amin was. Hij heeft me verzekerd dat als hij eerste minister wordt, de enige fundamentele verandering waar hij naar streeft bestaat uit gelijke rechten voor de zwarte inwoners van Zuid-Afrika. Alle democratische principes waarop het huidige bewind gebaseerd is zullen worden gehandhaafd.'

'Hoe kun je zo dwaas zijn om een misdadiger op zijn woord te geloven?' vroeg Loren.

'Hiram Lusana is opgegroeid in een van de ergste krottenwijken van het land,' ging Daggat geduldig door. 'Zijn vader heeft zijn moeder en negen kinderen in de steek gelaten toen hij acht was. Ik verwacht niet dat je zult begrijpen hoe het is om pooier te moeten spelen voor je eigen zusters om te zorgen dat er eten op tafel komt, congreslid Smith. Ik verwacht ook niet dat je er een idee van hebt hoe het is om te wonen op de vijfde verdieping van een huurkazerne waarvan de scheuren in de muren dichtgestopt zijn met kranten om de sneeuw buiten te houden, met overlopende wc's omdat er geen water is, met een leger van ratten die hun strooptochten beginnen als de zon is ondergegaan. Als misdaad je enige manier is om in leven te blijven, grijp je die kans gretig. Ja, Lusana was een misdadiger. Maar toen hij de kans kreeg om uit de modder op te rijzen, greep hij die en besteedde hij al zijn energie aan het bestrijden van juist die toestanden die van hem een misdadiger hadden gemaakt.'

'Waarom dan voor God spelen in Afrika?' vroeg Loren argwanend. 'Waarom vecht hij niet voor verbetering van de levensomstandigheden van de negers in eigen land?'

'Omdat Hiram er heilig van overtuigd is, dat ons ras een stevige basis moet hebben waar het zich op kan ontwikkelen. De joden kijken met trots naar Israël; jullie Angelsaksen hebben een rijke Britse traditie. Ons vaderland daarentegen is nog steeds aan het worstelen om boven het peil van een primitieve gemeenschap uit te komen. Het is geen geheim dat de zwarten die het grootste gedeelte van Afrika hebben overgenomen er een rotzooi van hebben gemaakt. Hiram Lusana is onze enige hoop om het zwarte ras in de juiste koers te leiden. Hij is onze Mozes en Zuid-Afrika is ons Beloofde Land.'

'Bent u niet een beetje erg optimistisch?'

Daggat keek haar aan. 'Optimistisch?'

'Volgens de laatste legerberichten uit Zuid-Afrika zijn hun strijdkrachten Mozambique binnengedrongen en hebben ze daar het ARL en zijn hoofdkwartier vernietigd.'

'Ik heb die berichten ook gelezen,' zei Daggat, 'en ze veranderen niets aan de situatie. Een tijdelijke terugslag wellicht, niet meer dan dat. Hiram Lusana leeft nog. Hij zal een nieuw leger oprichten en ik zal alles doen wat in mijn vermogen ligt om hem te helpen.'

'Amen, broeder,' voegde Felicia eraan toe.

Ze waren alle drie te druk bezig met hun eigen gedachten om een auto op te merken, die voor de limousine kwam rijden en toen vaart minderde. Bij het volgende stoplicht zette de bestuurder zijn wagen bij het trottoir en sprong er uit. Voordat de chauffeur van Daggat kon reageren, rende de man op de limousine af, rukte het achterportier open en klom naar binnen.

Daggat zat met open mond van verbazing te kijken. Felicia verstrakte en kneep haar lippen op elkaar. Alleen Loren leek kalm verrast te zijn.

'Wie ben jij, verdomme?' vroeg Daggat. Over de schouder van de indringer heen zag hij zijn chauffeur in het handschoenenbakje naar een pistool grijpen.

'Wat onoplettend, dat u mij niet herkent van de foto's,' zei de man lachend.

Felicia trok Daggat aan zijn mouw. 'Hij is het,' fluisterde zij.

'Hij, wie?' riep Daggat, zichtbaar van de kook.

'Pitt. Mijn naam is Dirk Pitt.'

Loren keek Pitt opmerkzaam aan. Zij had hem al een paar dagen niet gezien en kon deze man nauwelijks in verband brengen met de man met wie ze in bed had gelegen. Hij had wallen onder zijn ogen door slaapgebrek en een stoppelbaard. Zijn gezicht vertoonde rimpels die ze nooit eerder had gezien, rimpels van spanning en uitputting. Zij stak haar arm uit en greep hem bij zijn hand.

'Waar kom jij vandaan?' vroeg Loren.

'Puur toeval,' antwoordde Pitt. 'Ik was op weg naar jou toe en zag je toevallig net bij het Capitool deze wagen instappen. Toen ik dichterbij kwam, zag ik congreslid Daggat achterin zitten.'

De chauffeur had het raam achter zich naar beneden gedraaid en hield een kleine revolver vlak bij het hoofd van Pitt. Daggat was zichtbaar opgelucht. Hij voelde zich nu weer heer en meester over de situatie.

'Het werd wellicht ook wel tijd, dat we elkaar eens ontmoetten, meneer Pitt.' Hij maakte een bijna onmerkbaar handgebaar. De chauffeur knikte en liet de revolver zakken.

'Helemaal mijn idee,' zei Pitt glimlachend. 'In feite bespaart me dit een tocht naar uw kantoor.'

'U wilde mij spreken?'

'Ja. Ik heb besloten een paar afdrukken te bestellen.' Pitt haalde een bosje foto's uit zijn zak en spreidde ze uit in één hand. 'Natuurlijk heb ik weleens betere gezien. Maar deze zijn dan ook niet helemaal in ideale studio-omstandigheden gemaakt.'

Loren bracht een hand naar haar mond. 'Weet jij dan van die foto's af? Ik heb geprobeerd je daar buiten te houden.'

'Eens kijken,' zei Pitt, alsof Loren niet had gesproken. Hij begon de foto's een voor een in de schoot van Daggat te laten vallen. 'Hier wil ik er twaalf van, en hiervan vijf . . .'

'Uw overdreven poging tot humor kan ik niet zo erg appreciëren,' onderbrak Daggat hem.

Pitt keek hem onschuldig aan. 'Ik dacht, dat u zolang u in

de porno-branche zat er geen bezwaar tegen zou hebben om uw cliënten – of moet ik zeggen modellen? – van dienst te zijn. Uiteraard verwacht ik wel korting.'

'Wat voor spelletje speelt u, meneer Pitt,' vroeg Felicia.

'Spel?' Pitt keek geamuseerd. 'Dit is geen spelletje.'

'Hij kan je vader en mij politiek ruïneren,' zei Loren. 'Zolang hij de negatieven van die foto's heeft, is hij de baas.'

'Kom nou,' zei Pitt en glimlachte tegen haar. 'Congreslid Daggat staat op het punt om het beroep van chanteur vaarwel te zeggen. Hij heeft er trouwens geen talent voor. Hij zou het geen tien minuten volhouden tegen een echte beroepsman.'

'Zoals jij?' vroeg Daggat dreigend.

'Nee, zoals mijn vader. Ik denk dat u wel van hem zult hebben gehoord. Senator George Pitt. Toen ik hem van uw kleine operatie vertelde, vroeg hij spottend een stel foto's als aandenken. Weet u, hij heeft zijn zoontje nog nooit eerder in actie gezien.'

'Je bent gek,' siste Felicia.

'Heb je dat aan je vader verteld?' mompelde Daggat. Hij keek min of meer verbijsterd. 'Ik geloof je niet.'

'Het moment van de waarheid,' zei Pitt, nog steeds met een glimlach om zijn lippen. 'Doet de naam Sam Jackson u een lichtje opgaan?'

Daggat hield zijn adem in. 'Hij heeft gepraat. De schoft heeft gepraat.'

'Heeft gezongen als een superstar. Haat u trouwens dodelijk. Sam zit te popelen om tegen u te getuigen op de hoorzitting van de congrescommissie voor ethische zaken.'

In de stem van Daggat klonk iets van angst. 'Je zou die foto's bij een onderzoek niet durven overleggen.'

'Wat heb ik daar verdomme bij te verliezen?' vroeg Pitt. 'Mijn vader is toch al van plan zich volgend jaar terug te trekken. En wat mij betreft: als die foto's eenmaal in circulatie zijn gebracht zal ik me waarschijnlijk met een knuppel moeten verdedigen tegen de helft van de secretaresses in deze stad.'

'Egoïstisch varken,' zei Felicia. 'Wat er met Loren gebeurt, zal je een zorg zijn.'

'Toch wel,' zei Pitt zacht. 'Ze is een vrouw en ze zal er wel onder te lijden hebben, maar dat is een lage prijs voor de zekerheid dat onze vriend Daggat hier een paar jaar door kan brengen met het maken van nummerborden. En als hij voorwaardelijk wordt vrijgelaten, zal hij een beroep moeten gaan zoeken, want zijn partij zal dan zeker niets meer van hem moeten hebben.'

Daggat werd rood en boog zich dreigend naar Pitt toe. 'Gelul!' brulde hij.

Pitt keek hem aan met een blik waar een haai nog van bevroren zou zijn. 'Het congres kijkt afkeurend naar tuig dat onderwereldmethodes toepast om er wetten door te krijgen. Er is een tijd geweest, nog niet zo erg lang geleden, dat uw plan wellicht succes zou hebben gehad, maar dezer dagen zijn er op Capitol Hill voldoende eerlijke mensen, die u de stad uit zouden trappen als zij hier lucht van kregen.'

Daggat zakte ineen. Hij was verslagen en hij wist het. 'Wat wil je dat ik doe?'

'De negatieven vernietigen.'

'Is dat alles?'

Pitt knikte.

Het gezicht van Daggat kreeg een loerende uitdrukking. 'Geen pond vlees, meneer Pitt?'

'We zwemmen niet allemaal in hetzelfde riool, congreslid. Ik denk dat Loren het wel met me eens zal zijn, dat het voor alle betrokkenen het best is de hele zaak verder te vergeten.' Pitt deed het portier open en hielp Loren uitstappen. 'O ja, nog één ding. Ik heb van Sam Jackson een beëdigde verklaring over uw relatie met hem. Ik vertrouw dat het niet nodig zal zijn om aan de bel te trekken over andere soortgelijke operaties van u en uw vriendin. Als ik merk dat u me bedrogen hebt, zal ik heel hard terugslaan, meneer. Dat is een belofte.'

Pitt smeet het portier dicht en boog zich over naar het raam van de chauffeur. 'Vooruit, vriend, rijden maar.'

Samen stonden ze de limousine na te kijken, tot die in het verkeer was verdwenen. Toen ging Loren op haar tenen staan en kuste zij de stoppelige wang van Pitt.

'Waar is dat voor?' vroeg hij, grijnzend van genoegen.

'Ter beloning omdat je me uit een nare situatie hebt gehaald.'

'Pitt als redder in de nood. Ik ben altijd een makkie geweest voor vrouwelijke congresleden in moeilijkheden.' Hij kuste haar op haar lippen, zonder zich iets aan te trekken van de nieuwsgierige blikken van voorbijgangers. 'En dat is jouw beloning voor het spelen van een nobele rol.'

'Hoe dat zo?'

'Je had me natuurlijk van die foto's moeten vertellen. Ik had je heel wat slapeloze nachten kunnen besparen.'

'Ik dacht dat ik het zelf wel aankon,' zei ze en ontweek zijn ogen. 'Vrouwen moeten zelfstandig kunnen zijn.'

Hij sloeg een arm om haar heen en bracht haar naar zijn auto. 'Er zijn tijden dat zelfs een vurig feministe de steun van een ouderwetse man nodig heeft.'

Toen Loren op de plaats naast de bestuurder ging zitten, zag Pitt een papiertje onder een van zijn ruitewissers. Eerst dacht hij dat het gewoon een reclameding was en hij stond op het punt om het weg te gooien, maar zijn nieuwsgierigheid kreeg de overhand en hij las het. Het was een geschreven boodschap in een keurig handschrift.

Geachte Heer Pitt,
Ik zou het bijzonder op prijs stellen, als u dit nummer (555-5971) zou willen bellen zodra u dat uitkomt. Bij voorbaat dankend,

DALE JARVIS

Onwillekeurig keek Pitt alle kanten op over het volle trottoir, in een vergeefse poging om zijn mysterieuze boodschapper te ontdekken. Het was onbegonnen werk, want binnen een straal van honderd meter liepen er wel tachtig mensen en ieder van hen had het papiertje kunnen vastzetten terwijl hij bezig was met Daggat.

'Ken jij een zekere Dale Jarvis?' vroeg hij aan Loren.

Ze dacht even na. 'Ik kan niet zeggen dat die naam me bekend voorkomt. Waarom?'

'Zo te zien,' zei Pitt nadenkend, 'heeft hij een liefdesbriefje voor me achtergelaten.'

49

De gure winterlucht drong door de kleren van de vrachtwagenvloer naar binnen en prikte Lusana's huid. Hij lag op zijn buik, handen en voeten stevig om zijn lichaam gebonden. De metalen ribbels van de vloer sloegen bij elke schok die de wagen met zijn strak aangespannen veren over de weg maakte tegen zijn hoofd. Lusana's zintuigen werkten nauwelijks. De kap over zijn hoofd maakte alles donker, zodat hij iedere oriëntatie kwijt was, en de verminderde bloedcirculatie had zijn lichaam verlamd.

Zijn laatste herinnering was het glimlachende gezicht van de piloot in de eersteklas bar op het vliegveld. De weinige heldere gedachten die hij daarna had gehad kwamen op hetzelfde beeld uit.

'Ik ben kapitein Mutaapo,' had de lange, slanke piloot gezegd. Hij was een kalende neger van middelbare leeftijd, maar zijn glimlach maakte hem jong. Hij droeg het donkergroene uniform van BEZA-Mozambique Airlines, met een overdaad van goud onderaan de mouwen. 'Een vertegenwoordiger van onze regering heeft mij verzocht te zorgen dat u een veilige en rustige vlucht hebt, meneer Lusana.'

'Voor het binnenkomen in de Verenigde Staten waren voorzorgsmaatregelen nodig,' had Lusana gezegd. 'Maar ik denk niet dat ik enig gevaar zal lopen bij een uitgaande vlucht in gezelschap van Amerikaanse toeristen.'

'Dat neemt niet weg, meneer, dat ik verantwoordelijk voor u ben, evenals voor de andere honderdvijftig passagiers. Ik moet u dan ook vragen of u moeilijkheden verwacht waarbij levens in gevaar kunnen komen.'

'Nee, kapitein, dat verzeker ik u.'

'Goed,' zei Mutaapo en zijn tanden flikkerden. 'Laten we dan drinken op een vlotte en comfortabele vlucht. Waarmee kan ik u van dienst zijn?'

'Een martini met alleen maar een scheutje gin, dank u.'

Stommiteit, dacht Lusana, terwijl de vrachtwagen over een spoorwegovergang rammelde. Te laat was het tot hem doorgedrongen, dat piloten van een luchtlijn vierentwintig uur voor de vlucht geen alcohol mogen gebruiken. Te laat besefte hij dat zijn drank een verdovend middel had bevat. De glimlach van de namaakpiloot leek te zijn bevroren, tot hij in de mist en in het niets verdween.

Lusana had geen idee van uren of dagen. Hij kon niet weten, dat hij door middel van frequente injecties voortdurend in een staat van verdoving werd gehouden. Onbekende gezichten verschenen en verdwenen als de kap even werd weggehaald, met trekken die in een etherische nevel leken te hangen tot alles weer zwart werd.

De vrachtwagen kwam tot stilstand en hij hoorde gedempte stemmen. Toen schakelde de bestuurder weer in en reed door, om anderhalve kilometer verder opnieuw te stoppen.

Lusana hoorde de achterdeuren opengaan en voelde twee paar handen, die hem ruw oppakten en zijn verdoofde lichaam een soort helling opdroegen. Uit de duisternis klonken vreemde geluiden. Het getoeter van een hoorn in de verte. Metaalachtig gekletter, alsof er stalen deuren open en dicht werden gegooid. Hij rook ook de geuren van verse verf en olie.

Ze lieten hem weer hardhandig op een harde vloer vallen en lieten hem daar liggen. Het volgende dat hij voelde was dat de touwen rond zijn lichaam werden losgesneden. Vervolgens werd de kap weggetrokken. Het enige licht kwam van een rood gloeilampje aan een muur.

Bijna een volle minuut bleef Lusana roerloos liggen, terwijl de circulatie geleidelijk zijn verlamde ledematen weer tot leven begon te brengen. Hij kneep zijn ogen halfdicht en keek om zich heen. Hij kreeg de indruk dat hij zich op de brug van een schip bevond. In het rode schijnsel van boven waren een stuurrad en een groot paneel met lampjes in diverse kleuren te zien, die reflecteerden in een lange rij vierkante ruiten in drie van de vier wanden.

Boven Lusana, met de kap nog in zijn handen, stond een enorme man. Vanuit Lusana's positie op het dek had de man iets van een misvormde reus, die met een vriendelijk glimlachend gezicht op hem neerkeek. Lusana liet zich daar niet door misleiden. Hij wist heel goed dat de meeste doorgewinterde beulen hun slachtoffers met de blik van een engel aankijken alvorens hun de keel door te snijden. En toch leek het gezicht van de man wel heel erg vrij van bloeddorstige neigingen. In plaats daarvan straalde het een soort onbevangen nieuwsgierigheid uit.

'U bent Hiram Lusana.' De diepe basstem weergalmde tegen de stalen schotten.

'Dat ben ik,' antwoordde Lusana schor. Zijn stem klonk hem vreemd in de oren. Hij had hem bijna vier dagen niet gebruikt.

'U hebt er geen idee van hoe ik heb uitgekeken naar een ontmoeting met u,' zei de reus.

'Wie bent u?'

'Zegt de naam Fawkes u iets?'

'Moet dat?' vroeg Lusana, die zich niet zonder meer gewonnen wilde geven.

'Och, het is toch wel droevig als mensen de namen vergeten van degenen die ze hebben vermoord.'

Het begon Lusana te dagen. 'Fawkes . . . de overval op de farm van Fawkes, in Natal.'

'Mijn vrouw en kinderen afgeslacht. Mijn huis platgebrand. Zelfs mijn arbeiders hebt u vermoord. Hele gezinnen met dezelfde huidskleur als u.'

'Fawkes . . . u bent Fawkes,' herhaalde Lusana, wiens verdoofde geest nog steeds bezig was zich te oriënteren.

'Ik ben er zeker van dat die misdadige actie is uitgevoerd door het ARL,' zei Fawkes en zijn stem werd iets harder. 'Het waren uw mannen en ze volgden uw instructies op.'

'Daar ben ik niet verantwoordelijk voor.' De mist begon op te trekken in Lusana's hoofd en althans van binnen begon hij weer in evenwicht te komen. 'Het spijt me wat er met uw gezin is gebeurd. Een volkomen zinloze moordpartij. Maar als u de schuldige wilt vinden, zult u ergens anders moeten gaan zoeken. Mijn mannen waren hier onschuldig aan.'

'Natuurlijk, een ontkenning viel te verwachten.'

'Wat bent u van plan met mij te doen?' vroeg Lusana, zonder angst in zijn ogen.

Fawkes keek naar buiten. Het was pikdonker buiten en de ruiten waren een beetje beslagen. Hij had in zijn ogen een vreemd soort droefheid.

Hij wendde zich tot Lusana. 'Wij gaan een uitstapje maken, u en ik. Een uitstapje zonder retour.'

50

Om precies half tien in de avond reed de taxi door een achteringang van de luchthaven Washington, waar Jarvis uitstapte achter een apart staande hangar op een weinig gebruikt gedeelte van het vliegveld. Afgezien van een flauw licht dat door een stoffige ruit van een zijdeur naar buiten scheen, leek het enorme gebouw op een grauwe en donkere spelonk. Hij duwde de deur open, die tot zijn verbazing niet piepte of kraakte. De goed gesmeerde scharnieren werkten geruisloos.

De enorme ruimte was schitterend verlicht door TL-buizen in het plafond. Midden op de betonnen vloer stond een eerbiedwaardig oud driemotorig Ford-vliegtuig als een geweldige gans, met zijn vleugels beschermend boven een aantal antieke auto's in verschillende staten van restauratie. Jarvis liep naar een wagen toe die veel weg had van een hoop oud roest. Van onder de radiateur uit staken een paar benen.

'Bent u meneer Pitt?' vroeg Jarvis.

'En u bent meneer Jarvis?'

'Ja.'

Pitt rolde zich onder de auto uit en ging rechtop zitten. 'Ik zie dat u mijn nederige woonplaats hebt kunnen vinden.'

Jarvis aarzelde en keek naar de vette overall van Pitt en zijn haveloze verschijning. 'Woont u hier?'

'Ik heb mijn kamers hierboven,' zei Pitt en wees naar een verdieping met glazen wanden boven de hangar.

'U hebt een mooie collectie,' zei Jarvis met een gebaar naar de antiquiteiten. 'Wat is dat er voor een, met die zwarte bumpers en zilveren carrosserie?'

'Een Maybach-Zeppelin van 1936,' antwoordde Pitt.

'En die waar u mee bezig bent?'

'Een Renault landaulet met open bestuurdersplaats van 1912.'

'Ziet eruit alsof hij nogal te lijden gehad heeft,' zei Jarvis en ging met zijn vinger over een laag roest.

Pitt glimlachte vergoelijkend. 'Zo beroerd ziet hij er nou ook weer niet uit, voor iets dat zeventig jaar in zee heeft gelegen.'

Jarvis begreep het meteen. 'Van de *Titanic?*'

'Ja. Na de berging mocht ik hem houden. Om zo te zeggen, een soort extra-beloning voor verleende diensten.'

Pitt ging Jarvis voor op de trap naar zijn kamers. Jarvis kwam binnen en liet zijn getrainde ogen met een routine-blik over het ongebruikelijke interieur heengaan. De bewoner moest een bereisd man zijn, dacht hij, te zien aan de scheepsvoorwerpen waarmee het interieur versierd was. Koperen duikerhelmen uit een andere eeuw, scheepskompassen, houten helmstokken, scheepsbellen, zelfs oude nagels en flessen, allemaal voorzien van etiketten met de namen van beroemde schepen waar Pitt ze vandaan had gehaald. Het had veel weg van het museum van een mensenleven.

Op uitnodiging van Pitt liet Jarvis zich in een leren sofa zakken. Hij keek zijn gastheer recht in de ogen. 'Kent u mij, meneer Pitt?'

'Nee.'

'En toch had u er geen bezwaar tegen om me te ontvangen?'

'Wie zou weerstand kunnen bieden aan zo'n intrigue?' grijnsde Pitt. 'Ik vind niet iedere dag een briefje onder mijn ruitewisser met een telefoonnummer dat van de nationale veiligheidsdienst blijkt te zijn.'

'U had natuurlijk al vermoed dat u gevolgd werd.'

Pitt zakte achteruit in een leren stoel en legde zijn voeten op een leren bankje. 'Laten we ophouden met schermutselen, meneer Jarvis, en terzake komen. Wat is uw sport?'

'Sport?'

'Uw belangstelling voor mij?'

'Goed dan, meneer Pitt,' zei Jarvis. 'Kaarten op tafel. Wat is het werkelijke doel van de speurtocht van NUMA naar een bepaald type zware springkoppen?'

'Wilt u niet iets drinken?' repliceerde Pitt.

'Nee dank u,' antwoordde Jarvis, met waardering voor de achteloze tegenmanoeuvre van Pitt.

'Als u weet dat we ervoor in de markt zijn, weet u ook wel waarom.'

'Seismologische proeven op koraalformaties?'

Pitt knikte.

Jarvis spreidde zijn armen uit over de rugleuning van de sofa. 'Voor wanneer staan die proeven op het programma?'

'Volgend jaar, de tweede helft van maart.'

'Juist ja,' Jarvis keek Pitt welwillend en vaderlijk aan en mikte toen recht op het hart. 'Ik heb met vier seismologen gesproken, waaronder twee van uw eigen bureau. Zij zien niets in uw idee van het uitwerpen van zestienduims springkoppen vanuit een vliegtuig. Ze vonden het zelfs ronduit bespottelijk. Ze hebben me ook verteld dat er geen seismologische proeven van de NUMA in de Stille Oceaan op het programma staan. Kort en goed, meneer Pitt, uw mooie bedenksel houdt geen steek.'

Pitt deed zijn ogen dicht en dacht na. Hij kon liegen of gewoon geen commentaar geven. Maar nee, dacht hij, zijn alternatieven waren tot nul gedaald. Er was praktisch geen kans op dat hij en Steiger en Sandecker de SD-springkoppen van het ARL konden terugkrijgen. Zij hadden de speurtocht zover doorgezet als ze met hun beperkte middelen konden komen. Het werd nu tijd om de beroepsmensen in te schakelen, besloot hij.

Hij deed zijn ogen weer open en keek Jarvis aan. 'Gesteld dat het in mijn vermogen lag u een organisme in handen te geven, dat driehonderd jaar lang een dodelijke ziekte zou kunnen verspreiden, wat zou u dan doen?'

De vraag van Pitt overrompelde Jarvis. 'Ik begrijp niet waar u heen wilt.'

'Geeft u dan maar gewoon antwoord op de vraag,' zei Pitt.

'Is het een wapen?'

Pitt knikte.

Jarvis kreeg een onbehaaglijk gevoel. 'Ik weet niets van een dergelijk wapen af. Chemische en biologische wapens zijn tien jaar geleden absoluut en onvoorwaardelijk verboden door alle leden van de Verenigde Naties.'

'Geef alstublieft antwoord op mijn vraag,' zei Pitt.

'Ik neem aan dat ik het over zou dragen aan de regering.'

'Weet u zeker dat dat de juiste procedure is?'

'Mijn God, man, wat wilt u anders? De zaak is trouwens puur hypothetisch.'

'Zo'n wapen dient vernietigd te worden,' zei Pitt. Zijn groene ogen leken diep in het brein van Jarvis te branden.

Er viel een korte stilte. Toen vroeg Jarvis: 'Bestaat het dan werkelijk?'

'Ja.'

De stukken vielen op hun plaats en voor het eerst in alle

jaren die hij zich kon herinneren, wenste Jarvis dat hij niet zo verdomd efficiënt was geweest. Hij keek Pitt aan en glimlachte flauw. 'Nu wil ik die borrel wel hebben,' zei hij kalm. 'En dan denk ik dat u en ik elkaar een paar heel verontrustende dingen te vertellen hebben.'

Het was na middernacht toen Phil Sawyer zijn auto neerzette voor het flatgebouw van Loren. Hij was wat de meeste vrouwen een knappe man zouden noemen, met een degelijk gezicht en een keurig gekapte massa voortijdig grijs haar.

Loren wierp hem een provocerende blik toe. 'Zou je de deur van mijn flat even willen openmaken? Dat slot blijft tegenwoordig altijd steken.'

Hij glimlachte. 'Hoe zou ik dat kunnen weigeren?'

Ze stapten uit en liepen zwijgend de voortuin door. Het trottoir was nat en weerspiegelde de glans van de straatlantaarns. Loren kroop tegen hem aan, toen de koude motregen hun haren en kleding begon te doordringen. De portier groette en hield de liftdeur open. Bij haar deur viste zij de sleutel op uit haar tasje en gaf hem aan Sawyer. Hij stak hem in het slot en ze gingen naar binnen.

'Schenk jezelf maar een drankje in,' zei ze en schudde haar natte haren uit. 'Ik ben zo terug.'

Loren glipte de slaapkamer in en Sawyer liep naar een kleine draagbare bar en schonk zichzelf een glas cognac in. Hij was aan zijn tweede cognac, toen Loren weer de kamer inkwam. Zij droeg een pyama met een zilvergrijs omgeslagen jasje en een met kant afgezette pantalon. Toen ze in de deuropening stond, werd het silhouet van haar lenige figuur door het dunne nylon heen verlicht door de slaapkamerlamp. De combinatie van de pyama, haar lichtbruine haar en haar violette ogen gaf Sawyer opeens het gevoel van een verlegen tiener.

'Je ziet er betoverend uit,' lukte het hem te zeggen.

'Dank je.' Zij schonk zichzelf een Galliano in en ging naast hem op de bank zitten. 'Het diner was heerlijk, Phil.'

'Dat doet me genoegen.'

Zij kwam dichterbij en streelde zacht zijn hand. 'Je lijkt vanavond heel anders. Ik heb je nog nooit zo ontspannen gezien. Je hebt het zelfs niet eenmaal over de president gehad.'

'Over zes weken en drie dagen legt de nieuw-gekozen president de eed af en komt er een eind aan mijn acht jaar lange gevecht met de dames en heren van de media. God, ik had nooit gedacht dat ik het nog eens fijn zou vinden om deel uit te maken van een niet herkozen regering.'

'Wat zijn je plannen voor na de ambtsaanvaarding?'

'Mijn baas heeft een goed idee. Zodra hij de teugels uit handen heeft gegeven, gaat hij met een twaalf-meter jacht naar de Stille Oceaan en daar gaat hij zich doodzuipen en naaien, zegt hij.'

Sawyer liet zijn glas zakken en keek Loren in de ogen. 'Wat mij betreft, ik voel meer voor de Caribische Zee, met name voor een huwelijksreis.'

Loren begon een voorgevoel te krijgen. 'Had je al iemand in gedachten?'

Sawyer zette hun beide glazen neer en nam Lorens handen in de zijne. 'Congreslid Smith,' zei hij met gespeelde ernst. 'Ik verzoek u met alle respect te stemmen vóór een huwelijk met Phil Sawyer.'

Lorens ogen werden somber en peinzend. Ze was er wel zeker van geweest dat dit moment te zijner tijd zou komen, maar wist nog steeds niet wat zij moest antwoorden. Sawyer interpreteerde haar aarzeling verkeerd.

'Ik weet wat je denkt,' zei hij vriendelijk. 'Je vraagt je af hoe het leven zou zijn met een werkloze perssecretaris van de president, niet? Nou, maak je maar niet ongerust. Ik heb uit betrouwbare bronnen vernomen, dat de partijleiding me bij de volgende verkiezingen kandidaat wil stellen als senator voor mijn staat.'

'In dat geval,' zei ze vastbesloten, 'stem ik voor.'

De onzekerheid in haar ogen zag Sawyer niet. Hij nam haar hoofd in zijn handen en kuste haar zacht op de lippen. De kamer leek in een nevel te verdwijnen en de vrouwelijke geur van haar lichaam overspoelde hem. Hij voelde zich dromerig behaaglijk en verborg zijn gezicht in haar borsten.

Later, toen Sawyer uitgeput lag te slapen, werd het kussen nat van Lorens tranen. Zij had haar uiterste best gedaan en er zich met hart en ziel voor ingezet. Ze had vurig meegedaan en zelfs de verwachte dierlijke geluiden uit haar keel gewrongen. Maar bij al dat vurige gevrij moest ze voortdurend Sawyer vergelijken met Pitt. Het verschil was op geen enkele manier logisch te verklaren. Ze voelden beiden in haar hetzelfde aan, maar Pitt maakte een wild en veeleisend dier van haar, terwijl Sawyer haar leeg en onbevredigd liet.

Zij drukte haar gezicht in het kussen om haar snikken te smoren. Naar de hel met jou, Dirk Pitt, zei ze stil bij zichzelf. Naar de eeuwige verdommenis!

'Ik weet eigenlijk niet wiens verhaal het meest onwaarschijnlijk klinkt,' zei Pitt. 'Het uwe of het mijne.'

Jarvis haalde zijn schouders op. 'Wie zal het zeggen. De ellende is dat er toch een mogelijkheid bestaat dat uw SD-springkoppen en mijn Operatie wilde roos elkaar aanvullen.'

'Een aanval op een grote kustplaats met een slagschip door Zuidafrikaanse negers die zich voordoen als terroristen van het ARL? Krankzinnig.'

'Toch niet,' zei Jarvis. 'Het plan heeft iets geniaals. Een paar bommen hier of daar, of nog weer eens een vliegtuigkaping zouden echt niet meer voldoende zijn om een hele natie op zijn achterste benen te doen staan. Maar een oud slagschip met wapperende vlaggen, dat een hulpeloze bevolking gaat bombarderen, dat is pas sensatie.'

'Welke stad?'

'Dat wordt nergens vermeld. Dat onderdeel blijft een mysterie.'

'Gelukkig ontbreekt het voornaamste ingrediënt.'

'Een slagschip,' zei Jarvis.

'U zei dat ze allemaal buiten bedrijf zijn gesteld.'

'Het laatste is maanden geleden als oud roest verkocht. De rest bestaat uit onbruikbare monumenten.'

Pitt staarde even voor zich uit. 'Ik herinner me nog maar een paar weken geleden een groot oorlogsschip aan een pier in Chesapeake Bay te hebben zien liggen.'

'Dat zal dan wel een zware kruiser geweest zijn,' zei Jarvis.

'Nee. Ik weet zeker dat het drie grote geschuttorens had,' zei Pitt beslist. 'Ik was onderweg naar Savannah en het vliegtuig ging er recht overheen voordat het afboog naar het zuiden.'

Jarvis was niet te overtuigen. 'Ik heb geen reden om te twijfelen aan de juistheid van mijn informatie. Maar ik zal voor alle zekerheid laten nagaan wat u daar gezien hebt.'

'Er is nog iets,' zei Pitt. Hij stond op en zocht op een boekenplank naar een deel van een encyclopedie. Hij haalde er een in zwart gebonden deel uit en begon er snel in te bladeren.

'Hebt u nog een herinnering op gang gebracht?' vroeg Jarvis.

'Operatie wilde roos,' antwoordde Pitt.

'Hoezo?'

'Die naam. Kan die een diepere betekenis hebben?'

'Dat hebben codenamen maar zelden,' zei Jarvis. 'Ze zouden er herkenbaar door kunnen worden.'

'Ik wil wedden om een fles oude wijn dat deze wel iets betekent.'

Pitt hield hem het boek voor. Het was opengeslagen bij een kaart. Jarvis zette zijn leesbril op en keek.

'Nou goed, dus Iowa is de Haviksoog-staat. En wat dan nog?'

Pitt wees op een plek ergens op de rechter pagina. 'De staatsbloem van Iowa,' zei hij zacht, 'is de wilde roos.'

Het gezicht van Jarvis werd plotseling bleek. 'Maar het slagschip *Iowa* is oud roest geworden.'

'Oud roest geworden, of *verkocht* als oud roest?' vroeg Pitt. 'Dat maakt een enorm verschil.'

Op het voorhoofd van Jarvis verscheen een aantal zorgelijke rimpels.

Pitt keek naar Jarvis en liet hem nog even ongeruster worden. 'Als ik u was, zou ik alle scheepswerven aan de westelijke Chesapeake-kust van Maryland controleren.'

'Uw telefoon.' Het was meer een bevel dan een verzoek.

Pitt wees zwijgend op een tafeltje.

Jarvis draaide een nummer. Terwijl hij op antwoord wachtte, vroeg hij aan Pitt: 'Hebt u ook een wagen die niet antiek is?'

'Ik heb er buiten een van de NUMA staan.'

'Ik ben hier gekomen met een taxi,' zei Jarvis. 'Als u zo goed zou willen zijn?'

'Geef me een minuut om me even op te knappen,' zei Pitt.

Toen hij terugkwam uit de badkamer, stond Jarvis bij de deur te wachten. 'U had gelijk,' zei hij vlak. 'Het slagschip *Iowa* ligt op de Forbes Marine Scrap and Salvage Yard, in Maryland.'

'Ik weet waar dat is,' zei Pitt. 'Een paar kilometer voorbij de monding van de Patuxent in de baai.'

51

Terwijl Pitt door de regen reed, leek Jarvis gehypnotiseerd te zijn door de heen en weer bewegende ruitewissers. Eindelijk kwam hij weer tot zichzelf en maakte een gebaar naar de weg vóór hen. 'Ik neem aan dat de volgende plaats Lexington Park is?'

'Nog zes kilometer,' zei Pitt, zonder zijn blik af te wenden.

'Aan de rand van de stad is een benzinestation dat 's nachts open is,' zei Jarvis. 'Stop daar even bij de telefooncel.'

Een paar minuten later kwam het naambord van Lexington Park in het licht van de koplampen. Anderhalve kilometer verderop, in een wijde bocht, was een stralend verlicht benzinestation te zien. Pitt reed de oprijlaan in en parkeerde de wagen bij een telefooncel.

De pompbediende zat warm en droog in zijn kantoortje, met zijn voeten op een oud petroleumkacheltje. Hij legde zijn tijdschrift weg en keek een paar minuten wantrouwend naar Pitt en Jarvis. Toen hij overtuigd was dat ze er niet als overvallers uitzagen, ging hij weer verder met lezen. Het licht in de telefooncel ging uit en Jarvis dook de auto weer in.

'Nog aanvullende berichten?' vroeg Pitt.

Jarvis knikte. 'Mijn staf heeft een verontrustend stuk nieuws ontdekt.'

'Slecht nieuws en rotweer horen bij elkaar,' zei Pitt.

'De *Iowa* is afgevoerd van de marine-registers en geveild als overtollig materiaal. De hoogste bieder was een bedrijf dat Walvisbaai Beleggingsmaatschappij wordt genoemd.'

'Nooit van gehoord.'

'Die maatschappij is een financiële camouflage voor het ARL.'

Pitt draaide even aan het stuur om een diepe plas te ontwijken. 'Kan het zijn dat Lusana het Zuidafrikaanse ministerie van defensie een loer heeft gedraaid door hoger te bieden dan zij?'

'Ik betwijfel het.' Jarvis huiverde van de vochtige kou en

hield zijn handen boven de ruitontdooier in het dashboard
'Ik ben ervan overtuigd dat het Zuidafrikaanse ministerie van defensie de *Iowa* heeft gekocht en de transactie via de Walvisbaar Beleggingsmaatschappij heeft laten lopen.'

'Denkt u niet dat Lusana op de hoogte is?'

'Dat kan hij niet weten,' zei Jarvis. 'Het is algemeen gebruikelijk om de namen van bieders op verzoek geheim te houden.'

'Jezus,' mompelde Pitt. 'De verkoop van die springkoppen door Phalanx Arms aan het ARL...'

'Ik ben bang,' zei Jarvis en zijn stem klonk gespannen, 'dat we met een beetje meer speurwerk zullen ontdekken dat Lusana en het ARL daar evenmin iets mee te maken hebben gehad.'

'Daar is de Forbes-scheepswerf, recht voor ons uit,' zei Pitt.

Het hoge hek van harmonikagaas om de scheepswerf heen kwam bij de weg en liep er parallel mee. Bij de hoofdingang remde Pitt af voor een dwars over de inrit gespannen kabel. Door de stromende regen was er niets van het schip te zien. Zelfs de enorme kranen waren verdwenen in de duisternis. De bewaker was bij het portier van Pitt nog voordat hij zijn raam helemaal naar beneden had gedraaid.

'Kan ik iets voor u doen, heren,' vroeg hij beleefd.

Jarvis boog zich voor Pitt langs en toonde zijn identiteitspapieren. 'Wij zouden graag even willen kijken of de *Iowa* hier ligt.'

'Neemt u maar van mij aan, meneer, dat het schip hier ligt. Ze zijn al bijna een half jaar bezig de installaties te vernieuwen.'

Pitt en Jarvis keken elkaar bezorgd aan bij het woord 'vernieuwen'.

'Mijn instructies zijn niemand toe te laten zonder pas of machtiging van de directie,' ging de bewaker door. 'Ik ben bang dat u voor een inspectie van het schip tot morgen zult moeten wachten.'

Het gezicht van Jarvis werd rood van woede. Maar voor hij een officiële tirade kon loslaten, stopte er een tweede auto, waar een man in smoking uit stapte.

'Moeilijkheden, O'Shea?' vroeg hij.

'Deze heren willen de werf op,' antwoordde de bewaker, 'maar ze hebben geen passen.'

Jarvis kwam de auto uit en liep de man tegemoet. 'Mijn naam is Jarvis, directeur van de nationale veiligheidsdienst. Mijn vriend hier is Dirk Pitt, van de NUMA. Het is van het hoogste belang dat wij onmiddellijk de *Iowa* inspecteren.'

'Om drie uur in de nacht?' mompelde de man verbaasd en bestudeerde de legitimatie van Jarvis. Toen richtte hij zich tot de bewaker.

'Het is in orde; laat ze maar door.' Hij wendde zich weer tot Jarvis. 'De weg naar het dok is vrij moeilijk te vinden. Ik kan beter even meegaan. Tussen twee haakjes, ik ben Metz, Lou Metz, hoofdopzichter van de werf.'

Metz liep terug naar zijn auto en zei iets tegen een vrouw op de plaats naast de bestuurder. 'Mijn vrouw,' verklaarde hij, terwijl hij bij Pitt achterin stapte. 'Vanavond vieren we onze huwelijksdag. We waren op weg naar huis en toevallig ben ik hier nog even langs gereden voor een paar tekeningen.'

O'Shea maakte de versperringskabel los en liet hem op de natte grond vallen. Hij wenkte naar Pitt en stak zijn hoofd door het raam naar binnen. 'Als u die buschauffeur nog ziet, meneer Metz, vraag hem dan eens waar hij door wordt opgehouden.'

Metz keek verbaasd. 'Buschauffeur?'

'Die kwam hier vanavond om een uur of zeven met een stuk of zeventig negers, op weg naar de *Iowa*.'

'En die heb je doorgelaten?' vroeg Metz ongelovig.

'Ze hadden allemaal passen die in orde waren, ook de chauffeur. Die is met ze meegegaan.'

'Fawkes!' snauwde Metz woedend. 'Wat voert die krankzinnige Schot nu weer in zijn schild?'

Pitt schakelde en reed de werf op. 'Wie is Fawkes?' vroeg hij.

'Kapitein Patrick Mackenzie Fawkes,' zei Metz. 'Brits oud-marineofficier. Hij maakt er geen geheim van dat hij door een stel zwarte terroristen is gehuurd om het schip opnieuw uit te rusten. De man is zonder meer knettergek.'

Jarvis keerde zich naar Metz toe. 'Hoe dat zo?'

'Fawkes heeft mij en mijn mensen afgebeuld om het hele schip van top tot teen op te knappen. Hij heeft ons er nagenoeg alles af laten halen en de hele bovenbouw laten vervangen door hout.'

'De *Iowa* is er nooit op berekend geweest om te drijven als een kurk,' zei Pitt. 'Als het drijfvermogen en de diepgang drastisch worden veranderd, kan het schip in een flinke storm wel kapseizen.'

'Moet je mij vertellen,' gromde Metz. 'Maandenlang heb ik met die oude idioot lopen bekvechten. Ik had net zo goed een scheet kunnen laten tegen een orkaan in voor alles wat ik ermee heb bereikt. Hij eiste zelfs dat we er twee perfect werkende General Electric turbinemotoren met tandwiel-overbrenging uithaalden en de naven afsloten.' Hij zweeg even en tikte Pitt op zijn schouder. 'Bij de volgende stapel platen rechtsaf en dan linksaf over het kraanspoor.'

De temperatuur was nog verder gedaald en de regen was ijzig geworden. In het licht van de koplampen werden de contouren van twee op dozen lijkende voorwerpen zichtbaar.

'De bus en de vrachtauto,' zei Pitt. Hij zette de wagen stil, maar liet de motor draaien en de lichten branden.

'Geen spoor van de bestuurders,' zei Jarvis.

Pitt haalde een zaklantaarn uit de deurzak van de auto en stapte uit. Jarvis volgde, maar Metz verdween haastig zonder een woord in het donker. Pitt liet de zaklantaarn door de ruiten van de bus en in de vrachtauto schijnen. Ze waren beide leeg.

Pitt en Jarvis liepen om de verlaten voertuigen heen en vonden Metz roerloos met gebalde vuisten staan. Zijn smoking was doorweekt en zijn haren plakten aan zijn hoofd. Hij zag eruit als een net opgeviste drenkeling.

'De *Iowa?*' vroeg Jarvis.

Metz wuifde met een wilde armbeweging door het donker heen. 'Gevlogen.'

'Gevl . . . Wat?'

'Die verdomde Schot is ermee weggevaren!'

'Jezus, weet je dat zeker?'

Van zijn gezicht en uit zijn stem sprak een wanhopig soort opgewondenheid. 'Ik maak geen slagschepen zoek. Hier heeft het al die tijd voor anker gelegen.' Opeens zag Metz iets en hij rende naar de kant. 'Mijn God, moet je dat zien! De meertouwen liggen nog vast aan de boeien. De krankzinnige idioten hebben de trossen losgegooid. Alsof ze nooit meer van plan zijn om aan te leggen.'

Jarvis boog zich voorover en keek naar beneden, waar de zware trossen in het inktzwarte water verdwenen. 'Mijn schuld. Misdadige nalatigheid om het teken aan de wand niet te geloven.'

'We weten nog niet zeker of ze echt wel door zullen gaan met een aanval,' zei Pitt.

Jarvis schudde zijn hoofd. 'Dat gaan ze doen, daar kun je op rekenen.' Uitgeput leunde hij tegen een paal. 'Als ze ons maar een datum en doelwit hadden gegeven.'

'De datum was er allang,' zei Pitt.

Jarvis keek hem vragend aan en wachtte.

'U zei dat de gedachte die aan de aanval ten grondslag lag het kweken van sympathie voor de blanke Zuidafrikanen was en het opwekken van de woede van Amerika tegen de revolutionairen,' ging Pitt door. 'Welke dag is dan nog geschikter dan vandaag?'

'Het is nu woensdagmorgen, vijf over twaalf.' De stem van Jarvis klonk gespannen. 'Daar kan ik niets bijzonders van maken.'

'De ontwerpers van de Operatie wilde roos hebben een perfect gevoel voor timing,' zei Pitt op een droge, ironische toon. 'Het is vandaag ook zeven december, de verjaardag van Pearl Harbor.'

52

Pretoria, Zuid-Afrika – 7 december 1988

Pieter de Vaal zat alleen een boek te lezen op zijn kantoor in het ministerie van defensie. Het was vroeg in de avond en het zomerlicht kwam binnen door de gebogen vensters. Er werd zacht op de deur geklopt.

De Vaal sprak zonder op te kijken van zijn boek.

'Ja?'

Zeegler kwam binnen. 'We hebben bericht gekregen dat Fawkes met de operatie begonnen is.'

Op het gezicht van De Vaal was geen spoor van belangstelling te zien; hij legde zijn boek opzij en reikte Zeegler een stuk papier aan. 'Zorg dat de verbindingsofficier die dienst heeft dit bericht persoonlijk overseint naar het Amerikaanse State Department.'

Ik voel mij verplicht uw regering te waarschuwen voor een op handen zijnde aanval op uw kust door terroristen van het Afrikaanse Revolutieleger onder leiding van kapitein Patrick Fawkes, vroeger in dienst van de Britse marine. Iedere ongewilde rol die mijn kabinet zou hebben gespeeld bij deze schandalige onderneming wordt door mij diep betreurd.

ERIC KOERTSMAN
Eerste minister.

'U bekent schuld in naam van onze premier, die van de Operatie wilde roos volslagen onwetend is,' zei Zeegler verbaasd. 'Mag ik vragen waarom?'

De Vaal vouwde zijn handen voor zich en keek Zeegler strak aan. 'Ik zie geen reden om over details te gaan discussiëren.'

'Mag ik dan vragen waarom u Fawkes voor de wolven hebt gegooid?'

De minister maakte een afscheidsgebaar en ging terug naar zijn boek. 'Zorg dat die boodschap wordt verzonden. Je vragen zullen te gelegener tijd worden beantwoord.'

'We hebben Fawkes beloofd dat we hem zullen trachten te redden,' hield Zeegler aan.

De Vaal zuchtte ongeduldig. 'Fawkes wist dat hij ten dode opgeschreven was op het moment dat hij de leiding van deze operatie op zich nam.'

'Als hij het overleeft en met de Amerikaanse autoriteiten praat, zal een bekentenis van hem rampzalig zijn voor onze regering.'

'Maakt u zich geen zorgen, kolonel,' zei De Vaal met een vals lachje. 'Fawkes zal beslist niet in leven blijven om te praten.'

'Daar schijnt u nogal zeker van te zijn, excellentie?'

'Dat ben ik,' zei De Vaal kalm. 'Jazeker.'

Diep in het binnenste van de *Iowa* liep een figuur in een vettige overall en een dik wollen vest uit een gang een vertrek binnen dat vroeger een ziekenboeg was geweest. Hij deed de deur achter zich dicht en werd omgeven door een verstikkende duisternis. Hij pakte zijn lantaarn en liet de lichtbundel door de kale ruimte gaan. Diverse schotten waren weggebrand, zodat het leek alsof hij zich in een reusachtige grot bevond.

Toen hij zich ervan overtuigd had, dat hij alleen was, knielde hij neer en haalde een klein pistool uit zijn binnenzak. Hij zette een geluiddemper op het eind van de loop en zette een magazijn met 20 patronen in de kolf.

Hij richtte het 27,5 Hocker-Rodine automatische pistool in de duisternis en haalde de trekker over. Een bijna onhoorbaar *pfff* werd gevolgd door twee zachte plofgeluidjes van de kogels die op de onzichtbare schotten ketsten.

Tevreden met het resultaat, maakte hij het pistool vast aan zijn kuit. Na een paar stappen om te voelen of het comfortabel zat, deed Emma zijn zaklantaarn uit, sloop de gang weer in en begaf zich in de richting van de machinekamer

53

Carl Swedborg, schipper van de visserstrawler *Molly Bender*, tikte met zijn knokkels op de barometer, keek even en liep toen naar de kaartentafel, waar hij een kop koffie pakte. In gedachten zag hij de rivier voor zich, terwijl hij zijn koffie dronk en keek naar het ijs dat zich op het dek aan het vormen was. Hij had een hekel aan die miserabele natte nachten. Het vocht drong in zijn zeventig jaar oude beenderen en pijnigde zijn gewrichten. Hij had er al tien jaar geleden mee moeten ophouden, maar met zijn vrouw dood en zijn kinderen verspreid door het hele land, kon Swedborg er niet tegen om in een leeg huis te blijven zitten. Zolang hij nog een plaats als schipper kon vinden, zou hij op het water blijven tot ze hem erin zouden begraven.

'Het zicht is nog ruim vierhonderd meter,' zei hij afwezig.

'Ik heb het wel erger gezien, veel erger,' zei Brian Donegal, een grote, ruwharige Ier die aan het roer stond. 'We kunnen beter rotweer hebben bij het uitvaren dan bij het binnenlopen.'

'Dat is zo,' zei Swedborg droog. Hij rilde en maakte de bovenste knoop van zijn wollen jas dicht. 'Pas op je roer en blijf goed uit de buurt van de Kanaalboei bij Ragged Point.'

'Maak u niet ongerust, schipper. Mijn trouwe Belfast-neus kan kanaalboeien ruiken als een bloedhond, heus.'

Het zware Ierse accent van Donegal liet zelden na een glimlach van Swedborg te produceren. De lippen van de schipper waren onwillekeurig omhoog gekruld, toen hij op een quasi-ernstige toon antwoordde: 'Ik heb liever dat u uw ogen gebruikt.'

De *Molly Bender* ging om Ragged Point heen en verder stroomafwaarts, af en toe langs een verlichte kanaalboei, die heen en weer zwiepte als een straatlantaarn boven een natgeregend boulevard-kruispunt. De lichten op het land glansden mat door de steeds dikker wordende natte sneeuw.

'Er komt iemand het kanaal op,' meldde Donegal.

Swedborg pakte een kijker en keek over de boegen heen. 'Het voorste schip heeft drie witte lampen. Dat wil dus zeggen een sleepboot met sleep. Te mistig om er omtrekken van te zien, maar het moet wel een lange sleep zijn. Ik zie twee witte tweeëndertigpuntslichten op het laatste schip, een kleine driehonderd meter achter de sleepboot.'

'We zitten op een aanvaringskoers, schipper. De mastlichten zijn in één lijn met onze boeg.'

'Wat voert die zak uit aan onze kant van de rivier?' vroeg Swedborg zich hardop af. 'Weet die verdomde idioot niet dat twee schepen die naar elkaar toevaren elk aan stuurboordkant van het kanaal moeten blijven. Hij zit in onze vaargeul.'

'Wij kunnen makkelijker uitwijken dan hij,' zei Donegal. 'We kunnen hem het beste maar waarschuwen en dan stuurboord aan stuurboord passeren.'

'Goed, Donegal. Draai naar bakboord en geef twee fluitstoten om onze bedoelingen kenbaar te maken.'

Er kwam geen antwoord. De lichten van de vreemde sleepboot, zo leek het Swedborg toe, kwamen veel sneller dichterbij dan hij redelijkerwijs kon verwachten, veel sneller dan hij ooit een sleepboot met sleep had zien doen. Met ontzetting zag hij het andere vaartuig draaien in de richting van de gewijzigde koers van de *Molly Bender*.

'Waarschuw die zak met vier korte fluitstoten!' riep Swedborg. Dat was het gevarensein voor de binnenwateren, dat gebruikt werd als de koers of bedoelingen van het andere vaartuig niet werden begrepen. Twee leden van de bemanning, die wakker waren geworden door de fluitstoten, kwamen nog duizelig binnen en werden meteen klaar wakker, toen ze zagen hoe snel de lichten van het vreemde vaartuig dichterbij kwamen. Het gedroeg zich kennelijk niet als een sleepboot die aan het slepen was.

In de paar resterende seconden pakte Swedborg een megafoon en brulde: 'Ahoy! Meteen naar bakboord draaien!'

Hij had evengoed tegen een spook kunnen schreeuwen. Er kwam geen antwoord; geen stem en ook geen fluit door de ijzige duisternis. De lichten kwamen meedogenloos op de *Molly Bender* af.

Swedborg zag dat een botsing onvermijdelijk was en zette zich schrap door zich vast te grijpen aan het raamkozijn.

Donegal, wachtend tot het laatst, schakelde wanhopig op achteruit over en rukte het stuurwiel naar rechts.

Het laatste wat een van hen zag was een monsterachtige grijze boeg die hoog boven de stuurhut uittorende, een massieve stalen wig met het nummer 61.

Toen werd de kleine vissersboot in stukken geslagen en verzwolgen door het ijskoude water van de rivier.

Pitt zette de wagen stil bij de ingang van het Witte Huis. Jarvis was er al half uit, toen hij zich omdraaide en Pitt aankeek. 'Bedankt voor je assistentie.'

'En nu?' vroeg Pitt.

'Ik heb de onaangename taak om de president en stafchefs uit hun bed te halen,' zei Jarvis met een vermoeid glimlachje.

'Kan ik nog iets doen om je te helpen?'

'Niets. Je hebt al meer dan je deel gedaan. Van hieraf kan het ministerie van defensie de bal verder spelen.'

'Die SD-springkoppen,' zei Pitt. 'Garandeer je me dat die worden vernietigd, als het schip is gevonden en overgenomen?'

'Ik kan het alleen maar proberen. Verder kan ik niets beloven.'

'Dat is niet genoeg,' zei Pitt.

Jarvis was te moe om erover te strijden. Hij haalde lusteloos zijn schouders op, alsof het hem niet meer kon schelen. 'Sorry, maar het is niet anders.' Toen smeet hij de deur dicht, liet zijn pas zien aan de wachtpost bij het hek en was weg.

Pitt draaide om en reed Vermont Avenue in. Een paar kilometer verderop zag hij een nacht-snackbar en reed de parkeerplaats op. Na bij een geeuwende serveerster een kop koffie te hebben besteld, liep hij naar de telefoon en belde twee nummers. Toen slurpte hij zijn koffie op, betaalde en ging weg.

54

Heidi Milligan kwam Pitt tegemoet toen hij het marinehospitaal Bethesda binnenkwam. Haar blonde haar was half verborgen onder een hoofddoek en ondanks de vermoeidheid die onder haar ogen te zien was, zag ze er levendig en merkwaardig jeugdig uit.

'Hoe is het met admiraal Bass?' vroeg Pitt.

Ze keek hem aan met een angstig gespannen blik. 'Walt hangt nog steeds tussen leven en dood. Het is een taaie; hij redt het wel.'

Pitt geloofde er geen woord van. Heidi hield zich krampachtig vast aan een laatste sprankje hoop en probeerde zich naar buiten toe flink te houden. Hij sloeg zijn arm om haar middel en nam haar zacht mee de gang in.

'Kan hij met me praten?'

Ze knikte. 'De doktoren vinden het eigenlijk niet goed, maar Walt stond erop toen ik hem je boodschap had doorgegeven.'

'Ik zou dit niet hebben gedaan als het niet belangrijk was,' zei Pitt.

Ze keek hem in de ogen. 'Ik begrijp het.'

Ze kwamen bij de deur en Heidi deed open. Ze wenkte Pitt naar het bed van de admiraal.

Pitt haatte ziekenhuizen. De misselijk makende lucht van ether, de deprimerende sfeer, de zakelijke houding van doktoren en verpleegsters grepen hem altijd aan. Hij had lang geleden al zijn besluit genomen: als zijn tijd gekomen was zou hij thuis sterven, in zijn eigen bed.

Zijn besluit werd nog eens versterkt door zijn eerste blik op de admiraal sinds Colorado. De wasachtige bleekheid van het gezicht van de oude man leek over te gaan in de kleur van het kussen, en zijn ruisende ademhaling ging gelijk op met het gesis van het ademhalingsapparaat. In zijn armen en onder de lakens lagen slangen, die hem van voedsel voorzagen en de afvalstoffen uit zijn lichaam afvoerden. Zijn eens gespierde lijf zag er verschrompeld uit.

Een dokter kwam naar voren en tikte Pitt op zijn arm. 'Ik betwijfel of hij de kracht heeft om te spreken.'

Het hoofd van Bass draaide een eindje de kant van Pitt op en hij maakte een zwak gebaar met een hand. 'Kom dichterbij, Dirk,' mompelde hij schor.

De dokter maakte een gebaar van overgave. 'Ik zal in de buurt blijven voor alle zekerheid.' Toen liep hij de gang in en deed de deur dicht.

Pitt trok een stoel naar het bed toe en boog zich over naar

het oor van Bass. 'De SD-springkop,' zei hij. 'Hoe werkt dat tijdens zijn vlucht?'

'Centrifugaalkracht . . . trekken.'

'Ik snap het,' antwoordde Pitt zacht. 'De spiraalvormige trekken in de loop veroorzaken een draaiende beweging van het projectiel en daardoor een centrifugaalkracht.'

'Stelt een generator in werking . . . en die een kleine radarhoogtemeter.'

'U bedoelt een barometrische hoogtemeter?'

'Nee . . . barometrisch werkt niet,' fluisterde Bass. 'Zware springkop heeft hoge snelheid en vlakke baan . . . te laag voor nauwkeurige barometer-aflezing . . . moet radar gebruiken om signaal van grond te echoën.'

'Het lijkt haast onmogelijk dat een radar-hoogtemeter bestand is tegen de hoge g-krachten bij het afvuren van het kanon,' zei Pitt.

Bass bracht het tot een glimlachje. 'Zelf uitgewerkt. Neem het maar op mijn woord aan. Instrument doorstaat de beginschok bij de explosie van de kruitlading.'

De admiraal sloot zijn ogen en bleef stil liggen, uitgeput door zijn inspanningen. Heidi kwam dichterbij en legde haar hand op Pitts schouder.

'Misschien kun je beter vanmiddag terugkomen.'

Pitt schudde zijn hoofd. 'Dan is het te laat.'

'Je vermoordt hem,' zei Heidi met een woedend gezicht en tranen in haar ogen.

De hand van Bass schoof over de lakens heen en greep Pitt slap bij zijn pols. Zijn ogen gingen knipperend open. 'Had even tijd nodig om op adem te komen . . . Niet weggaan . . . Dit is een bevel.'

Heidi zag de gekwelde blik van medelijden in de ogen van Pitt en trok zich met tegenzin terug. Pitt boog zich weer naar de admiraal toe.

'Wat gebeurt er dan?'

'Nadat het projectiel over zijn hoogtepunt heen is en teruggaat naar de aarde, begint de omnidirectionale indicator van de hoogtemeter de verminderingen in hoogte door te geven . . .'

Zijn stem stierf weg en Pitt wachtte geduldig af.

'Op vierhonderdvijftig meter gaat er een parachute open. De afdaling van het projectiel wordt afgeremd en er wordt een ontsteking in werking gesteld van een kleine explosieve lading.'

'Vierhonderdvijftig meter; parachute open,' herhaalde Pitt.

'Op driehonderd meter werkt de ontsteking en wordt de springkop gespleten, waardoor een zwerm minibommetjes met SD-organisme wordt losgelaten.'

Pitt leunde achteruit en stelde zich de werking van het projectiel voor volgens de beschrijving van de admiraal. Hij keek in de tanende ogen.

'De tijdfactor, admiraal. Hoeveel tijd tussen het openen van de parachute en het uitwerpen van SD?'

'Te lang geleden . . . weet niet meer.'

'Probeer het alstublieft,' smeekte Pitt.

Bass was duidelijk aan het wegzakken. Hij worstelde om zijn hersenen in werking te houden, maar de cellen reageerden niet vlot meer. Toen kwam er iets van ontspanning over zijn gezicht en fluisterde hij: 'Ik geloof . . . niet zeker . . . dertig seconden . . . dalingssnelheid ongeveer vijf meter per seconde . . .'

'Dertig seconden?' vroeg Pitt, voor een bevestiging.

De hand van Bass liet zijn pols los en viel terug op het bed. Zijn ogen vielen dicht en hij zakte weg in een coma.

55

De enige schade die de *Iowa* bij het vermorzelen van de *Molly Bender* had opgelopen was wat krassen in de verf aan de boeg. Fawkes had zelfs geen schokje gevoeld. Hij had het drama kunnen vermijden door het wiel snel naar bakboord te draaien, maar dat zou betekend hebben dat hij het slagschip uit de vaargeul en aan de grond zou hebben gezet.

Hij had iedere centimeter nodig die hij tussen de romp van de *Iowa* en de rivierbedding kon houden. Het maandenlang slopen van tonnen niet-essentieel staal hadden het schip omhooggebracht van een diepgang van negen tot ruim zes meter, waarmee Fawkes een mesdunne speling had. De grote schroeven waren al modder aan het opwerpen waar het kielzog van de *Iowa* over kilometers door vervuild werd.

De talloze keren dat Fawkes in het donker de rivier op en af was gevaren en waarbij hij iedere meter had gepeild, iedere boei had gemerkt, brachten nu hun rendement op. Door de wat minder geworden regen heen zag hij de verlichte midden-kanaalboei bij St.Clemens-eiland en een paar minuten later vingen zijn oren er de sombere bel van op als een oude vriend. Hij veegde zijn zwetende handen een voor een af aan zijn mouwen. Het moeilijkste gedeelte van de tocht stond nu voor de deur.

Al vanaf het moment dat hij de touwen losgegooid had, was Fawkes bezorgd geweest over het gevaar van Kettle Bottom Shoals, een stuk van tien kilometer rivier vol ondiepe zandbanken, die de *Iowa* bij de kiel konden grijpen en op een paar kilometer van de plaats van bestemming stuurloos konden maken.

Hij haalde één hand van het stuur af en pakte een microfoon: 'Ik wil een doorlopende dieptepeiling.'

'Begrepen, kapitein,' kraakte een stem uit de luidspreker.

Drie dekken lager begonnen twee leden van de zwarte bemanning om beurten de diepten op te lezen zoals die verschenen op de aangepaste dieptemeter, die de diepte niet aangaf in vadems, zoals gebruikelijk, maar in voeten.

'Zesentwintig voet . . . vijfentwintig . . . vierentwintig.'

Kettle Bottom Sands begon zich te laten gelden en Fawkes had zijn enorme handen aan de spaken van het wiel geklemd, alsof ze eraan waren vastgelijmd.

Beneden in de machinekamer maakte Emma veel vertoon van het helpen van de deerniswekkend kleine bemanning die het enorme schip op een of andere manier op gang moest houden. Iedereen baadde in het zweet bij het zwoegen om de taken te verrichten waar normaal vijfmaal zoveel mensen voor nodig waren. Het weghalen van twee motoren had wel geholpen, maar er bleef nog veel te veel over, vooral omdat ze, als het zover was, behalve de machines, ook nog de kanonnen zouden moeten bedienen.

Emma was niet iemand die zich vies wilde maken door zwaar lichamelijk werk en maakte zich dus nuttig door het uitdelen van grote kruiken water. In die stomende hel leek niemand iets te merken van zijn onbekende gezicht; ze waren maar al te blij met het water als vervanging voor het lichaamsvocht dat hun poriën uitstroomde.

Ze werkten in den blinde, zonder te weten wat er aan de andere kant van de scheepsromp gebeurde en zonder er zelfs maar een idee van te hebben waar het schip hen heenbracht... Alles wat Fawkes had gezegd toen ze aan boord kwamen was, dat ze een korte proeftocht gingen maken om de oude motoren weer te laten inlopen en een paar salvo's af te vuren met de kanonnen. Ze geloofden, dat ze de baai uitvoeren de Atlantische Oceaan op. Ze waren dan ook stomverbaasd, toen het schip opeens een harde schok kreeg en de romp onder hun voeten in protest begon te kraken.

De *Iowa* was op een zandbank gelopen. De weerstand van de modder had de snelheid drastisch verminderd, maar het schip ging nog wel vooruit. 'Volle kracht vooruit' kwam het sein van de brug. De twee massieve assen begonnen sneller te draaien, toen de motoren hun volle 106 000 pk gingen inzetten.

Op de gezichten van de mannen in de machinekamer was verwarring en verbijstering te lezen. Zij hadden gedacht in open water te zijn.

Charles Shaba, de eerste machinist, riep de brug aan: 'Kapitein, zijn we aan de grond gelopen?'

'Ja vriend, we zitten op een niet in kaart gebrachte zandbank,' klonk de basstem van Fawkes. 'Blijf maar zo hard mogelijk doorgaan, tot we er overheen zijn.'

Shaba was daar minder optimistisch over dan Fawkes. Het schip voelde aan alsof het nauwelijks nog vooruit kwam. Het dek trilde onder zijn voeten en de motoren stonden te schudden. Toen, geleidelijk aan, voelde hij het gedreun iets verminderen, alsof de schroeven weer in water begonnen te slaan. Een minuut later brulde Fawkes van de brug af: 'Zeg de jongens maar dat we losgekomen zijn. We zitten weer in diep water.'

De mannen in de machinekamer gingen weer aan het werk, met een opgeluchte glimlach op hun gezicht. Een van hen hief een populair liedje aan en zij namen het over in koor, met als achtergrond het gezoem van de grote turbines.

Emma deed niet mee. Alleen hij wist de waarheid over de vreemde tocht van de *Iowa*. Over een paar uur zouden de mannen om hem heen dood zijn. Misschien hadden ze gered kunnen worden, als de kiel van de *Iowa* goed was blijven

vastzitten in de modder. Maar het had niet zo mogen zijn.
Fawkes had geluk gehad, dacht hij. Verdomd veel geluk. Tot nu toe.

56

De president zat aan het hoofd van een lange conferentietafel in het noodkantoor honderd meter onder het Witte Huis en keek Dale Jarvis strak in de ogen. 'Ik hoef je zeker niet te vertellen, Dale, dat het laatste waar ik op het eind van mijn ambtstermijn behoefte aan heb een crisis is, en dan nog een crisis die niet tot morgen kan wachten.'

Jarvis voelde zich nerveus en gespannen. De president was berucht om zijn opvliegendheid. Jarvis was er meer dan eens getuige van geweest, dat de beroemde snor, dat godsgeschenk voor de karikaturisten, letterlijk rechtop ging staan van woede. Met weinig te verliezen, afgezien van zijn functie, ging Jarvis over tot de tegenaanval.

'Het is niet mijn gewoonte om u uit uw slaap te halen en de krijgshaftige dromen van de stafchefs te verstoren zonder dat ik daar een verdomd goede reden voor heb.'

Minister van defensie Timoty March haalde diep adem. 'Ik denk dat Dale bedoelt . . .'

'Wat ik bedoel,' zei Jarvis, 'is dat er ergens in de Chesapeake-Baai een stel krankzinnigen losloopt met een biologisch wapen dat ieder levend wezen in een grote stad kan uitroeien en daar voor God weet hoeveel generaties lang mee kan doorgaan.'

Generaal Curtis Higgins, hoofd van de generale staf, keek Jarvis twijfelend aan. 'Ik weet niets af van een wapen met die vernietigingskracht. Trouwens, de gaswapens in ons arsenaal zijn jaren geleden al onschadelijk gemaakt en vernietigd.'

'Dat zijn de smoesjes die we aan het publiek verkopen,' snauwde Jarvis. 'Maar iedereen hier in de kamer weet wel beter. De waarheid is dat het leger nooit is opgehouden met het ontwikkelen en opslaan van chemische en biologische wapens.'

'Rustig maar, Dale.' Onder de snor waren de lippen van de president tot een grijns gebogen. Hij had er een pervers soort plezier in, als zijn ondergeschikten het onder elkaar aan de stok kregen. Achteloos, in een gebaar om de sfeer te ontspannen, leunde hij achterover in zijn stoel en legde een been over de armleuning. 'Ik stel voor dat we Dales waarschuwing voorlopig dodelijk ernstig opnemen.' Hij richtte zich tot admiraal Joseph Kemper, de stafchef van de marine. 'Joe, aangezien dit een marine-aanval is, valt het in jouw rayon.'

Kemper had uiterlijk heel weinig weg van een militaire leider. Hij was een gezette man met witte haren, die evengoed een winkelchef van een groot warenhuis had kunnen zijn. Hij keek bedenkelijk naar de aantekeningen die hij had gemaakt van wat Jarvis had gezegd.

'Er zijn twee feiten die de waarschuwing van de heer Jarvis staven. Ten eerste is het slagschip *Iowa* verkocht aan de Walvisbaai Beleggingsmaatschappij. En sinds gisteren blijkt uit onze satellietfoto's dat het schip op de Forbes scheepswerf ligt.'

'En nu, op dit moment?' vroeg de president.

Kemper gaf geen antwoord, maar drukte op een knop voor hem op de tafel en stond op uit zijn stoel. De houten schotten aan de wand tegenover hen gleden weg en onthulden een groot projectiescherm. Kemper pakte een telefoon op en zei strak: 'Beginnen.'

Op het scherm verscheen een scherp gedetailleerd TV-beeld dat hoog boven de aarde was opgenomen. Helderheid en kleur waren veel beter dan wat op een gewoon toestel thuis kon worden ontvangen. De satellietcamera drong door de duisternis van de vroege morgen en het wolkendek heen alsof ze niet bestonden, en projecteerde een panorama van het oostelijke gedeelte van de Chesapeake-Baai, dat er uitzag alsof het van een ansichtkaart kwam. Kemper liep naar het scherm toe en maakte een cirkelvormige beweging met het potlood dat hij als aanwijsstok gebruikte.

'Hier zien we de ingang naar de Patuxent-rivier en het bekken met Drum Point in het noorden en Hog Point in het zuiden.' Het potlood bleef even stilstaan. 'Deze lijntjes hier zijn de Forbes-scheepswerf . . . Eén punt voor meneer Jarvis. Zoals u ziet, excellentie, is er geen spoor te zien van de *Iowa*.'

Op bevel van Kemper begonnen de camera's over het noordelijke gedeelte van de baai te gaan. Er volgde een parade van vrachtschepen, vissersboten en een fregat, maar niets dat op het massieve silhouet van een slagschip leek. Cambridge, rechts op het beeld, even later links de marine-academie in Annapolis, de brug bij Sandy Point en toen langs de Patapsco-rivier naar Baltimore.

'Wat ligt er in het zuiden?' vroeg de president.

'Behalve Norfolk, de eerste vijfhonderd kilometer geen stad van enige betekenis.'

'Ja maar heren, zelfs Merlijn en Houdini samen kunnen geen slagschip in het niets laten verdwijnen.'

Voordat iemand daar iets op kon zeggen, verscheen er een bode van het Witte Huis die een papier bij de president op tafel legde.

'Net binnengekomen van het departement van buitenlandse zaken,' zei de president, terwijl hij het bericht inkeek. 'Een boodschap van premier Koertsman, van Zuid-Afrika. Hij waarschuwt ons voor een op handen zijnde aanval op het continent van de Verenigde Staten door het ARL en biedt zijn verontschuldigingen aan voor eventuele onbedoelde betrokkenheid van zijn kabinet.'

'Merkwaardig dat Koertsman betrokkenheid met zijn vijand suggereert,' zei March. 'Je zou juist denken dat hij iedere relatie categorisch zou ontkennen.'

'Waarschijnlijk wil hij zich dekken door op twee paarden te wedden,' veronderstelde Jarvis. 'Koertsman kan wel vermoeden dat wij de Operatie wilde roos in handen hebben gekregen.'

De president staarde naar de woorden op het papier, alsof hij nog niet bereid was de gruwelijke waarheid te accepteren.

'Het ziet ernaar uit,' zei hij ernstig, 'dat we goed in de ellende komen te zitten.'

De brug was zijn enige misrekening geweest. De bovenbouw van de *Iowa* was te hoog om onder het enige door mensenhanden gemaakte obstakel tussen Fawkes en zijn doel door te gaan. De verticale marge was negentig centimeter kleiner dan hij had berekend.

Hij hoorde meer dan hij zag hoe het bovenste gedeelte van de triplex geschuttoren werd weggeslagen bij de botsing tegen de brug.

Howard McDonald ging op zijn remmen staan en slipte naar de kant van de weg tot hij stil bleef staan, waarbij de opeengestapelde kratten melk in zijn bestelwagen omvielen. Voor McDonald, die over de Harry W.Nice Memorial-brug reed om aan zijn dagelijkse route te beginnen, was het alsof er een vliegtuig door de brugbalken heengestort was, bijna op zijn wagen. Een ogenblik bleef hij geschokt zitten, terwijl zijn koplampen een enorme hoop puin verlichtten, die de twee smalle verkeersstroken blokkeerde. Angstig stapte hij uit en liep er naartoe, in de verwachting tussen het puin gemangelde stukken menselijk lichaam te vinden.

In plaats daarvan ontdekte hij niets anders dan stukken grijs geschilderd hout. Zijn eerste reactie was opkijken naar de zwaar bewolkte lucht, maar het enige dat hij zag was het rode waarschuwingslicht voor vliegtuigen op het hoogste punt van de brug. Toen liep McDonald naar de kant en keek naar beneden.

Behalve de lichten van wat er uitzag als een sleep die zich verwijderde naar Mathias Point, in het noorden, was het kanaal leeg.

57

Pitt, Steiger en admiraal Sandecker stonden om een tekentafel heen in de hangar van Pitt op het vliegveld van Washington en bekeken een kaart op grote schaal van de waterwegen in de buurt. 'Fawkes had een verdomd goede reden om de *Iowa* op te knappen,' zei Pitt. 'Ruim vijf meter. Zoveel heeft hij de diepgang verminderd.'

'Weet je zeker dat dit het juiste getal is?' vroeg Sandecker. 'Dan blijft er nog maar zeven meter diepgang over.' Hij schudde zijn hoofd. 'Het lijkt niet te geloven.'

'Ik heb het van de man die het beter kan weten dan wie ook,' antwoordde Pitt. 'Terwijl Dale Jarvis telefoneerde met het hoofdkwartier van de veiligheidsdienst, was ik Metz, de baas van de scheepswerf, aan het ondervragen. Die zweert bij deze maten.'

'Maar waarvoor?' zei Steiger. 'Door alle kanonnen te verwijderen en er houten modellen voor neer te zetten maak je het schip toch volkomen waardeloos.'

'Geschuttoren twee met alle toebehoren staat nog op zijn plaats,' zei Pitt. 'Volgens Metz kan de *Iowa* een salvo van tweeduizendpondsgranaten over dertig kilometer in een regenton mikken.'

Sandecker concentreerde zich geheel op het aansteken van een grote sigaar. Toen de sigaar tot zijn volle tevredenheid brandde, blies hij een wolk blauwe rook naar boven en sloeg met zijn knokkels op de kaart. 'Je plan is krankzinnig, Dirk. We bemoeien ons met een conflict dat boven onze verantwoordelijkheid uitgaat.'

'We kunnen hier niet blijven zitten zeiken en kreunen,' zei Pitt. 'De strategen van het Pentagon zullen de president overhalen òf tot het opblazen van de *Iowa*, met alle kans dat er dan SD naar alle kanten wordt verspreid, òf tot het uitsturen van een ploeg om de springkoppen buit te maken, met het idee ze aan het arsenaal van het leger toe te voegen.'

'Maar wat heb je aan een oncontroleerbaar organisme?' vroeg Steiger.

'Je kunt er donder op zeggen dat iedere bioloog in het land een subsidie krijgt om een geneesmiddel te vinden,' antwoordde Pitt. 'En als dat lukt, raakt er ook ooit ergens wel eens een generaal of admiraal in paniek, die bevel geeft om het te gebruiken. Ik heb geen zin om oud te worden met de wetenschap dat ik de kans heb gehad om talloze levens te redden en die onbenut heb gelaten.'

'Mooi gesproken,' zei Sandecker. 'Ik ben het er volkomen mee eens, maar in een race om de resterende twee SD-springkoppen zijn wij drieën nauwelijks opgewassen tegen het departement van defensie.'

'Als we eerst een man aan boord van de *Iowa* zouden kunnen smokkelen, een man die de ontstekingsmechanismen van de projectielen onschadelijk zou kunnen maken en de bommetjes met het organisme dan overboord zou kunnen gooien . . .' Pitt liet zijn idee inwerken.

'Jij zeker?' vroeg Sandecker.

'Van ons drieën ben ik de meest geschikte.'

'Vergeet u mij niet, meneer?' zei Steiger zuur.

'Als de rest misgaat, hebben we een goede man nodig aan het stuur van de helikopter. Sorry, Abe, maar daar kan ik niet mee omgaan, dus jij bent daar de aangewezen persoon voor.'

'Als je dat zo stelt,' antwoordde Steiger met een bitter lachje, 'hoe kan ik dan nog nee zeggen?'

'Waar het om gaat is dat we de *Iowa* moeten zien te vinden voordat die jongens van defensie dat hebben gedaan,' zei Sandecker. 'Dat zie ik niet zo gauw gebeuren, want zij hebben het voordeel van verkenningssatellieten.'

'En als wij nu eens precies wisten waar de *Iowa* naartoe gaat?' zei Pitt grijnzend.

'Hoe dan?' gromde Sandecker sceptisch.

'De diepgang heeft ze verraden,' antwoordde Pitt. 'Er is binnen het vaarbereik van Fawkes maar één waterweg waar de diepgang niet meer dan zeven meter mag zijn.'

Sandecker en Steiger stonden stil en met uitdrukkingloze gezichten af te wachten tot Pitt zijn geheim zou prijsgeven.

'De hoofdstad,' zei Pitt beslist. 'Fawkes vaart met de *Iowa* de Potomac op om Washington aan te vallen.'

Fawkes had pijn in zijn armen en door de inspannende concentratie droop het zweet over zijn verweerde gezicht in zijn baard. Zonder zijn armbewegingen had men hem voor een bronzen beeld kunnen houden. Hij was dood- en doodmoe. Hij stond al bijna tien uur aan het roer van de *Iowa* en wrong het enorme schip door vaarwegen heen waar het nooit op berekend was geweest. Zijn handpalmen zaten vol open blaren, maar daar lette hij niet op. Hij had de slotfase van zijn onmogelijke tocht bereikt. De lange, dodelijke kanonnen van toren nummer twee hadden Pennsylvania Avenue al binnen hun bereik.

Hij liet door de scheepstelegraaf vaart meerderen aan één kant, en de trillingen benedendeks namen toe. Als een oud strijdros op het geluid van de bugel, sloeg de *Iowa* zijn schroeven door de modderige rivier heen, de engte bij Cornwallis Neck, aan de kant van Maryland.

De *Iowa* leek niet van deze wereld, maar zag eruit als een gigantisch rook spugend monster dat uit de diepten van de hel was opgerezen. Nog sneller stormde het naar voren, langs de kanaalboeien die achter het schip vaag zichtbaar waren in de eerste ochtendschemering. Het was alsof het schip een hart en een ziel had en wist dat dit haar laatste reis was, wist dat het op het punt stond om te sterven, als laatste van de strijdende slagschepen.

Fawkes staarde gefascineerd naar de lichten van Washington, dertig kilometer voor hem uit. Voorbij de mariniersbasis van Quantico ging de onweerstaanbare massa van de *Iowa* om Hallowing Point heen en langs Gunston Cave. Nog maar één bocht lag er voor de boeg en dan zou het schip het rechte stuk invaren dat uitkwam bij de rand van het golfterrein van East Potomac Park.

'Drieëntwintig voet' dreunde de stem van de peiler door de luidspreker. 'Drieëntwintig . . . tweeëntwintig vijf . . .'

Het schip passeerde de volgende boei en de schroefbladen van vijf en een halve meter sloegen in het bodemslijk, de boeg wierp lagen wit schuim op, terwijl het schip tegen de stroom van vijf knopen in doorzwoegde.

'Tweeëntwintig voet, Kapitein.' De stem kreeg een angstige klank. 'Tweeëntwintig . . . tweeëntwintig . . . o God, eenentwintig vijf!'

Toen sloeg het schip tegen de oplopende rivierbodem als een hamer in een kussen. De schok leek meer te worden geweten dan gevoeld, toen de boeg zich in de modder boorde. De motoren bleven brommen en de schroeven bleven staan, maar de *Iowa* lag stil.

Het slagschip had zijn rustplaats gevonden aan de voet van Mount Vernon.

58

'Ik had het niet voor mogelijk gehouden,' zei admiraal Joseph Kemper en hij keek bewonderend naar het beeld van de *Iowa* op het scherm. 'Een fort van staal honderdvijftig kilometer in het holst van de nacht een smalle en kronkelende rivier opvaren is een verbluffend staaltje van zeemanschap.'

De president keek nadenkend. Hij wreef zich over zijn slapen. 'Wat weten we van die kerel Fawkes?'

Kemper knikte naar een aide, die de president een blauwe map aanreikte.

'De Britse admiraliteit was zo vriendelijk mij de staat van dienst van kapitein Fawkes toe te zenden. Meneer Jarvis heeft daar een paar aantekeningen van de veiligheidsdienst aan toegevoegd.'

De president zette zijn leesbril op en vouwde de map open. Een paar minuten later keek hij Kemper aan over de rand van zijn bril heen. 'Een verdomd goede staat van dienst. Wie hem heeft uitgezocht, wist wel van wanten. Maar waarom zou iemand met zo'n solide achtergrond zich plotseling inlaten met zo'n bizarre onderneming?'

Jarvis schudde zijn hoofd. 'Het meest waarschijnlijk is wel dat de moord op zijn vrouw en kinderen door terroristen hem uit zijn normale doen heeft gebracht.'

De president piekerde over de woorden van Jarvis en richtte zich toen tot de stafchefs. 'Heren, ik sta open voor uw voorstellen.'

Generaal Higgins schoof zijn stoel achteruit en liep naar het scherm. 'De planners van onze staf hebben een aantal alternatieven uitgewerkt, die allemaal gebaseerd zijn op de veronderstelling dat de *Iowa* een dodelijk biologisch wapen aan boord heeft. Ten eerste kunnen we de *Iowa* door een eskader F-21 Specter straaljagers van de luchtmacht met Copperhead-raketten laten opblazen. Gelijktijdig met die aanval kan het schip worden bestookt met artillerievuur van het leger vanaf de oever.'

'Te onzeker,' zei de president. 'Als de vernietiging niet onmiddellijk en totaal is, lopen we het risico het SD-organisme te verspreiden.'

'Ten tweede,' ging Higgins verder, 'kunnen we een ploeg SEAL-mannen van de marine sturen om vanuit het water aan boord van de *Iowa* te gaan en het achterdek af te zetten, waar zich een landingsplatform voor helikopters bevindt. Daarna kunnen er mariniers landen en het schip veroveren.' Higgins zweeg en wachtte de reacties af.

'En als ze het schip met battings afsluiten,' zei Kemper, 'hoe moeten de mariniers er dan inkomen?'

Jarvis pareerde de vraag. 'Volgens de mensen van de scheepswerf is het grootste deel van beplating en bovenbouw van de *Iowa* vervangen door hout. De mariniers zouden daar makkelijk doorheen kunnen komen, als ze tenminste niet bij de landing door de mannen van Fawkes worden neergemaaid.'

'Als alle andere middelen falen,' zei Higgins, 'is ons laatste alternatief de zaak af te maken met een kernwapen met geringe kracht.'

Bijna een minuut lang sprak niemand in de kamer een woord; geen der aanwezigen wilde de onvoorstelbare gevolgen van het laatste voorstel van de generaal onder woorden brengen. Tenslotte nam de president het initiatief, dat zoals hij wist zijn taak was.

'Het lijkt mij dat een kleine neutronenbom dan nog beter zou zijn.'

'Radioactiviteit alleen is niet voldoende om het SD-organisme te doden,' zei Jarvis.

'Bovendien,' kwam Kemper tussenbeide, 'betwijfel ik of de dodelijke stralen tot in de geschuttoren door zouden dringen. Als die afgesloten is, is dat nagenoeg hermetisch.'

De president keek naar Higgins. 'Ik neem aan dat uw mensen de verschrikkelijke mogelijkheden goed hebben overwogen.'

Higgins knikte ernstig. 'Het komt neer op de eeuwenoude keus van een paar mensen opofferen om er veel te redden.'

'Wat noemt u een paar?'

'Vijftig à vijfenzeventigduizend doden. Misschien het dubbele aantal gewonden. De kleine plaatsen vlakbij de *Iowa* en de dichtbevolkte wijk Alexandria zouden het zwaarst worden getroffen. Washington zelf zou betrekkelijk weinig schade oplopen.'

'Hoeveel tijd hebben de mariniers nodig om in actie te komen?' vroeg de president.

'Op dit moment zijn ze aan boord van de helikopters aan het gaan,' antwoordde generaal Guilford, commandant van de mariniers. 'En de SEAL-mannen zijn al onderweg in een patrouilleboot van de kustwacht.'

'Drie eenheden van tien man elk,' voegde Kemper eraan toe.

De telefoon bij de stoel van generaal Higgins begon te zoemen. Kemper boog zich voorover en nam de hoorn op, luisterde en legde de hoorn weer op de haak. Hij keek naar Higgins, die bij het scherm was blijven staan.

'Verbindingstroepen hebben camera's opgesteld op het voorgebergte boven de *Iowa*,' zei hij. 'Over enkele seconden zullen ze de beelden overseinen.'

Kemper was nauwelijks uitgesproken, of het beeld van de satellietcamera's verdween in het donker en werd vervangen door een opname van de *Iowa*, die het hele scherm vulde met de bovenbouw van het slagschip.

De president schonk zich langzaam een kop koffie in, maar hij dronk niet. In gedachten zocht hij naar de beslissing die alleen hij kon nemen. Eindelijk zuchtte hij en richtte zich tot generaal Higgins.

'We zullen het proberen met de SEAL-mannen en de mariniers. Als het ze niet lukt, laat dan de straaljagers komen en geef uw troepen opdracht om te schieten met wat ze maar hebben.'

'En de kernaanval?' vroeg Higgins.

De president schudde zijn hoofd. 'Ik kan de verantwoordelijkheid voor een massamoord op mijn landgenoten niet dragen, ongeacht de omstandigheden.'

'We hebben nog een half uur voor zonsopgang,' zei Kemper zacht. 'Fawkes heeft daglicht nodig voor het richten van zijn kanonnen. Alle automatische en radar-vuurgeleidingsinstallaties zijn van de *Iowa* weggehaald voordat het schip werd afgevoerd. Hij kan niet tot een redelijke precisie komen, tenzij hij in of bij het doelgebied een waarnemer heeft zitten die de accuratesse van het vuur van de *Iowa* over de radio kan doorgeven.'

'Die waarnemer kan best aan de overkant van de straat op een dak zitten,' zei de president en nam een teugje koffie.

'Dat zou me niet verwonderen,' antwoordde Kemper. 'Maar dan zou hij niet lang in de lucht blijven. We hebben driehoeksmetingsapparaten met computers opgesteld die hem binnen een paar seconden hebben opgespoord.'

De president zuchtte. 'Dat is het dan wel voor het moment, heren.'

'Nog één vraag, meneer de president, die ik voor het laatst bewaard heb,' zei Higgins.

'Zegt u het maar.'

'De SD-springkoppen. Als we die intact in handen krijgen, stel ik voor ze te laten analyseren op de laboratoria van defensie . . .

'Ze moeten worden vernietigd!' viel Jarvis in. 'Een wapen dat zo gruwelijk is mag niet worden bewaard.'

'Ik ben bang dat er een urgenter probleem is gerezen,' zei Timothy March.

Alle ogen gingen terug naar het scherm bij het horen van de toon waarop March dit zei. Kemper graaide de telefoon en schreeuwde: 'Lens naar achteren en boven het achterdek van de *Iowa!*'

Ongeziene handen deden plichtsgetrouw wat er gezegd werd en het beeld van de *Iowa* werd kleiner doordat de camera het gezichtsveld vergrootte. Ieders aandacht werd meteen getrokken door een stel luchtnavigatielichten die stroomopwaarts naderbij kwamen.

'Wat moet dat voorstellen?' vroeg de president.

'Een helikopter,' antwoordde Higgins kwaad. 'Een of andere verdomde burger die nieuwsgierig is geworden en het in zijn hoofd heeft gehaald de zaak van dichtbij te gaan bekijken.'

De mannen kwamen uit hun stoelen en verdrongen zich om het scherm, waar ze hulpeloos toekeken hoe het toestel zijn weg naar het vastgelopen slagschip vervolgde. De toeschouwers verstrakten, met een blik van hulpeloze frustratie in hun ogen.

'Als Fawkes in paniek raakt en het vuur opent voordat mijn troepen in positie zijn,' zei Kemper toonloos, 'zullen er heel wat slachtoffers vallen.'

De *Iowa* lag doodstil midden in de Potomac, met de motoren stil en de scheepstelegraaf op 'stop'. Fawkes keek om zich heen met een gematigd optimisme. De bemanning was iets heel anders dan hij ooit onder zich had gehad. Sommige bemanningsleden leken niet meer dan jongens en allen waren gekleed in de jungle-uniforms die door het ARL werden gebruikt. En afgezien van de efficiënte manier waarop ze de hun toegewezen taken uitvoerden, hadden ze maar heel weinig dat deed denken aan Zuidafrikaans marinepersoneel.

Aan Charles Shaba's taak als hoofdmachinist was een eind gekomen nu de motoren stilstonden, en overeenkomstig de instructies werd hij nu hoofdkanonnier. Toen hij bij de brug kwam, vond hij Fawkes gebogen boven een kleine radio. Hij salueerde stram.

'Pardon, kapitein, maar kan ik u even spreken?'

Fawkes draaide zich om en legde een arm als een boomstronk op Shaba's schouder. 'Wat heb je op je hart?' vroeg hij glimlachend.

Blij dat hij de kapitein in een goed humeur aantrof, bleef Shaba in de houding staan en stelde de vraag die de bemanning al zolang bezig hield. 'Kapitein, waar zijn we verdomme?'

'Het Aberdeen testgebied. Ken je dat?'

'Nee, kapitein.'

'Het is een groot stuk open land waar de Amerikanen hun wapens testen.'

'Ik dacht . . . of beter, de mannen dachten dat we de zee op zouden gaan.'

Fawkes keek het raam uit. 'Nee. De Yankees zijn zo vriendelijk geweest om ons toe te staan hun terrein te gebruiken voor het testen van onze kanonnen.'

'Maar hoe komen we hier ooit weer weg?' vroeg Shaba. 'Het schip is aan de grond gelopen.'

Fawkes keek hem vaderlijk aan. 'Maak je geen zorgen. Bij hoogtij zijn we zo weer los. Dat zul je zien.'

Shaba keek duidelijk opgelucht. 'De mannen zullen blij zijn dat te horen, kapitein.'

'Goed,' zei Fawkes en klopte hem op de rug. 'Ga nu maar terug naar je post en zorg dat het kanon geladen wordt.'

Shaba salueerde en verdween. Fawkes keek de jonge neger na en voor het eerst voelde hij een golf van verdriet over zich heengaan om wat hij ging doen.

Zijn gedachten werden verstoord door een geluid uit de lucht. Hij keek op naar de geleidelijk lichter wordende lucht en zag de veelkleurige lichten van een helikopter, die vanuit het oosten naderde. Hij pakte een kijker en richtte die op het toestel, toen het over het schip heenvloog. De letters NUMA waren vaag te zien door de lenzen.

National Underwater and Marine Agency, vulde Fawkes zwijgend in. Daar was geen gevaar bij. Waarschijnlijk op de terugreis naar de hoofdstad van een of andere oceanologische expeditie. Hij knikte naar zijn spiegelbeeld met een toenemend gevoel van zelfvertrouwen.

Hij legde de kijker weg en richtte zijn aandacht weer op de radio. Hij hield de ontvanger aan één oor en drukte de microfoontoets in. 'Black Angus één voor Black Angus twee. Over.'

Een lijzige stem met een onmiskenbaar zuidelijk accent antwoordde nagenoeg onmiddellijk. 'Hé man, al die codetroep hebben we niet nodig. Je komt even helder door als in een pure vriesnacht.'

'Een beetje minder omhaal van woorden graag,' snauwde Fawkes.

'Zolang u nog goed bent voor mijn brood, bent u de baas.'

'Doelbereik klaar?'

'Ja, komt in positie.'

'Goed,' Fawkes keek op zijn horloge. 'Vijf minuten en tien seconden tot Hogmanay.'

'Hog . . . wat?'

'Dat is Schots voor gelukkig nieuwjaar.'

Fawkes schakelde de microfoon uit en zag met genoegen dat de helikopter van de NUMA was doorgevlogen, richting Washington, en in de verte verdween.

Bijna op hetzelfde moment liet Steiger de Minerva M-88 helikopter een wijde bocht maken over het landschap van Maryland. Hij bleef laag vliegen, vlak over de kale boomtoppen en af en toe uitwijkend voor een watertoren. Hij trok een gezicht bij het horen van wat er uit de luidspreker kwam.

'Ze beginnen nu lelijk te doen,' zei hij achteloos. 'Generaal Dinges zegt dat hij ons zal neerschieten als we niet als de donder maken dat we wegkomen.'

'Zeg hem maar dat je zult gehoorzamen,' zei Pitt.

'Wie moet ik zeggen dat we zijn?'

Pitt dacht even na. 'De waarheid. We zijn een helikopter van de NUMA met een speciale opdracht.'

Steiger haalde zijn schouders op en begon in de microfoon te praten.

'De oude generaal Dinges is er ingetrapt,' zei hij. Hij boog zijn hoofd naar Pitt toe. 'Maak je maar vast klaar. Ik schat het nog acht minuten vóór we dalen.'

Pitt maakte zijn veiligheidsriem los, wachtte tot Sandecker hetzelfde had gedaan en ging toen naar het kleine bagageruim van de helikopter. 'Doe het wel meteen de eerste keer goed,' zei hij tegen Steiger. 'Anders maak je een vieze rooie smeerboel op het dek van de *Iowa*.'

'Je praat tegen een precisiemaniak,' zei Steiger glimlachend. 'Alles wat jij hoeft te doen is blijven hangen en het vliegen overlaten aan oom Abe. Als je voortijdig moet springen, zal ik zorgen voor een lekker waterkussen onder je kont.'

'Daar reken ik op.'

'We zijn vanuit het westen hierheen gekomen om gebruik te maken van het restje donker.' Steigers ogen gingen geen ogenblik van de voorruit af. 'Ik schakel nu de lichten uit. Sterkte.'

Pitt kneep hem in de arm, stapte de laadruimte van de Minerva in en deed de deur van de cockpit dicht. Het laadruim was ijskoud. Het luik stond open en de gure ochtendlucht gierde naar binnen in wat een trillende aluminium doodkist leek. Sandecker hield hem het harnas voor en hij maakte het vast.

De admiraal stond op het punt om iets te zeggen, maar hij aarzelde. Tenslotte, met zijn gietijzeren gelaatstrekken strak van emotie, zei hij: 'Ik verwacht je voor het ontbijt.'

'Voor mij graag roereieren,' zei Pitt.

Toen stapte hij de kille ochtend in.

Luitenant-ter-zee 2e klas Alan Fergus, aanvoerder van de SEAL-eenheden, trok de rits van zijn waterdichte pak dicht en vervloekte de idioterieën van het oppercommando. Nauwelijks een uur geleden was hij ruw uit een diepe slaap gehaald en werden hem haastig instructies gegeven voor wat hem de stomste oefening toeleek waar hij in zeven jaar bij de marine ooit mee te maken had gekregen. Hij trok zijn rubber cape aan en stopte zijn oren in de voering. Toen liep hij naar een grote, zwaargebouwde man toe die lui in een buitenmodel directeursstoel zat. Zijn voeten had hij op het hek van de brug en hij keek aandachtig de Potomac af.

'Wat betekent dit allemaal?' vroeg Fergus.

Luitenant-ter-zee 1e klas Oscar Kiebel, de norse kapitein van de patrouilleboot van de kustwacht die Fergus en zijn mannen vervoerde, trok zijn mondhoeken op in een uitdrukking van weerzin en haalde zijn schouders op. 'Ik weet er evenveel van als jij.'

'Geloof jij die lulkoek over een slagschip?'

'Nee,' zei Kiebel met zijn donderstem. 'Ik heb nog wel torpedojagers van vierduizend ton de rivier op zien gaan naar de marinewerf in Washington, maar een slagschip van vijftigduizend ton? Geen sprake van.'

'Aan boord gaan en het achterdek vrijhouden voor landing van helikopters met mariniers,' zei Fergus geïrriteerd. 'Als je het mij vraagt, zijn die orders je reinste waanzin.'

'Ik ben al net zo min blij met dit uitstapje als jij,' zei Kiebel. 'Ik voel meer voor mijn eigen type picknicks.' Hij grijnsde. 'Misschien is het wel een verrassing met veel drank en vrouwen.'

'Om zeven uur 's ochtends is dat geen van beide zo interessant. Niet in de open lucht, tenminste.'

'We zullen het zo wel weten. Nog drie kilometer en we zijn om Sheridan Point heen. En dan moeten onze doelen binnen . . .' Opeens zweeg Kiebel en hield zijn hoofd schuin, luisterend. 'Hoor je dat?'

Fergus zette zijn handen aan zijn oren en draaide zich om. 'Klinkt als een helikopter.'

'Komt als een vleermuis uit de hel, zonder lichten,' voegde Kiebel eraan toe.

'Mijn God!' riep Fergus uit. 'De mariniers zijn te hard van stapel gelopen en ze komen voortijdig aan.'

Even later ging ieder hoofd aan boord van het patrouillevaartuig omhoog, toen op zestig meter hoogte een helikopter over kwam brullen, een vage schaduw tegen een grijze lucht. Ze waren allemaal zo verdiept in het geheimzinnige toestel zonder lichten, dat zij de vage gestalte die onder en iets achter de helikopter meekwam pas zagen, toen deze over de dekken scheerde en de radioantennes meesleurde.

'Wat was dat, verdomme?' zei Kiebel stomverwonderd.

Pitt zou maar al te graag het antwoord hebben gegeven, als hij daar tijd voor had gehad. Vastgesnoerd in zijn harnas en hangend onder de helikopter, nog geen tien meter boven de rivier, zag hij maar net kans om zijn benen naar voren te steken bij zijn botsing met de antennes. Zijn voeten namen het grootste deel van de schok op, en gelukkig - verdomd gelukkig, dacht hij later - was er niets van de bedrading in zijn lichaam gedrongen om hem in schijfjes te hakken als een komkommer. Hij zou evengoed nog een striem dwars over zijn billen hebben waar die even in contact waren gekomen met een stuk dunne slang.

De opkomende zon werkte mee door zich verborgen te houden achter een lage, donkere wolkenformatie, waardoor alle details van het omringende landschap werden vertroebeld. De lucht was scherp en ijskoud en stak zelfs door de dikke kleding van Pitt heen. Zijn ogen traanden als lekkende kranen en zijn wangen en voorhoofd voelden aan als een overbelast speldenkussen.

Pitt was bezig aan een kermisrit die geen enkel lunapark kon evenaren. De Potomac was iets wazigs, waar hij overheen scheerde met een snelheid van driehonderd kilometer per uur. Bomen op de oevers suisden voorbij als auto's op een hoofdweg bij Los Angeles. Hij keek omhoog, zag een klein bleek ovaaltje en herkende dat als het bezorgde gezicht van admiraal Sandecker.

Hij voelde een zijwaartse beweging, toen Steiger een grote bocht van de rivier volgde. Het lange navelsnoer waarmee hij aan een lier in het laadruim vastzat strekte zich de andere kant uit en zwiepte hem naar buiten. Hij werd een beetje opzij gedraaid en keek naar de velden van Mount Vernon. Toen kwam de kabel terug in de normale stand en kreeg hij de enorme massa van de *Iowa* in het oog, met het voorste kanon dreigend stroomopwaarts gericht.

Boven hem minderde Steiger vaart. Pitt voelde de riemen van het harnas op zijn borst drukken bij het vaart minderen en zette zich schrap voor de val. De bovenbouw van het slagschip vulde de hele voorruit van de cockpit, terwijl Steiger de helikopter liet zweven boven de stuurboordkant van het schip, achter de commandobrug.

'Te hard; te hard,' mompelde Steiger steeds weer, bang dat Pitt voor de helikopter uit zou zweven als het gewicht onderaan een penduleslinger.

Steigers angst was gegrond. Pitt schoot inderdaad naar voren in een niet te controleren beweging hoog boven het hoofddek, waar hij voornemens was te landen. Hij ging rakelings langs een lege geschuttoren heen en kwam toen aan het eind van zijn boog. Het was nu of nooit. Hij nam een besluit en maakte de gesp los waarmee alles tegelijk open ging, zodat hij uit het harnas viel.

Vanuit de deuropening van de helikopter staarde Sandecker met angstig gespannen ogen de vroege ochtendschemering in, en hield zijn adem in toen Pitts ineengekrompen gestalte achter de bovenbouw voor op het schip viel en verdween. Toen was ook de *Iowa* verdwenen, want Steiger had de helikopter in een steile hoek naar boven gezet. Zodra het toestel weer in horizontale stand kwam, maakte Steiger zijn veiligheidsbeugel los en ging terug naar de cockpit.

'Is hij weg?' vroeg Steiger gespannen.
'Ja, hij is beneden,' antwoordde Sandecker
'Heel?'
'Dat kunnen we alleen maar hopen,' zei Sandecker, zo zacht dat Steiger hem nauwelijks boven het geluid van de motor kon horen. 'En hoop is alles wat ons overblijft.'

59

Fawkes maakte zich niet al te druk over de helikopter, zolang die zijn koers vervolgde. Hij zag in de schemering geen menselijke gestalte naar beneden vallen, want al zijn aandacht werd in beslag genomen door een boot die met grote snelheid naderde. Hij twijfelde er geen moment aan dat dit een welkomstcomité was, een hoffelijk gebaar van de Amerikaanse regering. Hij sprak in een microfoon.
'Shaba.'
'Kapitein?' kraakte de stem van Shaba terug.
'Zorg dat zij die de machinegeweren bedienen op hun post staan, klaar om indringers terug te drijven.' Indringers terugdrijven. Mijn God, dacht Fawkes; wanneer zou de kapitein van een groot schip zo'n bevel voor het laatst hebben gegeven?
'Is dit een oefening, kapitein?'
'Nee, Shaba, dat is het niet. Ik ben bang dat Amerikaanse extremisten, die de vijanden van ons land steunen gaan proberen het schip te veroveren. Geef uw mannen instructies om te schieten op iedere persoon, ieder vaartuig of vliegtuig dat de veiligheid van dit schip en zijn bemanning in gevaar brengt. Ze kunnen beginnen met een boot van de terroristen die nadert vanuit het westen.'
'Ja, kapitein.' De radio kon de opwinding in Shaba's stem niet verbergen.
Fawkes kreeg steeds meer de neiging om zijn niets vermoedende bemanning van de *Iowa* af te sturen, maar kon zichzelf er niet toe brengen toe te geven dat hij bezig was achtenzestig onschuldige mannen te vermoorden, mannen die men had laten geloven dat ze een land aan het dienen waren dat hen nauwelijks beter behandelde dan stukken vee.

Fawkes had een probaat middel tegen schuldgevoelens gevonden. Hij haalde zich het beeld van een afgebrande farm voor de geest, met de verkoolde lichamen van zijn vrouw en kinderen, en was toen heel gauw weer vastbesloten om de taak die hem te doen stond uit te voeren.

Hij greep weer naar de microfoon. 'Hoofdbatterij.'

'Hoofdbatterij gereed, kapitein.'

'Op commando één schot.' Hij wierp nog een blik op de berekeningen die naast hem lagen. 'Bereik, tweeëntwintigduizend meter. Hoek nul-een-vier graden.'

Fawkes staarde gehypnotiseerd naar de drie kanonnen van bijna twintig meter die uit de toren van hoofdbatterij twee staken, iedere loop met toebehoren 134 ton zwaar, en die nu gehoorzaam hun gigantische muilen omhoog brachten tot een hoek van vijftien graden. Toen stopten ze en wachtten op het commando om hun verschrikkelijke kracht los te laten. Fawkes haalde diep adem en drukte op de knop 'zenden'.

'In positie, Angus twee?'

'Zeg het maar, man,' antwoordde de waarnemer.

'Shaba?'

'Gereed om te vuren, kapiteitn.'

Dit was het. De reis die begonnen was op een farm in Natal had zijn meedogenloze verloop gehad tot op dit moment. Fawkes stapte naar buiten op het balkon van de brug en hees de ARL-vlag op een geïmproviseerde mast. Toen ging hij terug naar binnen en sprak de fatale woorden.

'Je kunt vuren, Shaba.'

Voor de mannen in de patrouilleboot van de kustwacht was het alsof ze de dag des oordeels waren binnengevaren. Weliswaar had maar één van de drie kanonnen recht over de boeg van de *Iowa* heengeschoten, maar het schot produceerde een baan van woeste golven en een grote arm van gloeiende gassen die het kleine scheepje volkomen reddeloos maakte. De meeste mannen die aan dek stonden sloegen tegen de grond. Zij die op het moment van het schot met hun gezicht naar de *Iowa* stonden schroeiden hun haren en waren enkele ogenblikken verblind.

Nog bijna voordat het effect was uitgewerkt, had Luitenant-ter-zee 1e klas Kiebel het stuur gepakt en de boot in een scherpe S-bocht geleid. Toen werd de voorruit van de brug verbrijzeld. Een onderdeel van een seconde dacht hij aangevallen te worden door een zwerm wespen. Hij voelde ze zoemend langs zijn wangen en haren gaan. Pas nadat zijn rechterarm van het wiel afgerukt werd en hij, toen hij er naar keek, een rij roodwordende gaatjes op onderling gelijke afstanden in zijn jasmouw zag verschijnen, besefte hij wat er gebeurde.

'Overboord met je mannen!' brulde hij Fergus toe. 'De schoften schieten op ons!'

Hij hoefde het geen tweemaal te zeggen. Onmiddellijk krabbelde Fergus het dek op en beval zijn mannen de twijfelachtige veiligheid van de rivier op te zoeken. Sommigen duwde hij gewoon overboord. Als door een wonder was Kiebel de enige gewonde. Alleen op de brug en in het volle zicht was hij voor de schutters van de *Iowa* bijna een acteur op het toneel geweest.

Kiebel bracht de boot zo dicht naast de *Iowa*, dat de stootkussens opzij werden vermorzeld tegen de massieve muur van staal. Het was een verstandige manoeuvre; de schutters boven konden hun vizieren zo laag krijgen en schoten een stuk van de radarmast af. Toen schoot Kiebel opeens weg naar open water, en de kogels kwamen vijftien meter voorbij stuurboord terecht, als bewijs hoe verrast zijn tegenstanders waren. De afstand werd groter. Hij keek achterom en was opgelucht te zien dat Fergus en zijn mannen weg waren.

Hij had voor afleiding gezorgd en verder was het een zaak voor de SEAL-mannen. Met een zucht van verlichting gaf Kiebel het roer over aan zijn eerste officier en keek zuur toe hoe een onderofficier een eerstehulp-set openmaakte en de met bloed doordrenkte mouw van zijn jasje begon weg te snijden.

'De rotzak,' mompelde Kiebel.

'Sorry, maar u zult even uw tanden op elkaar moeten zetten en er doorheen moeten.'

'Dat kun jij makkelijk zeggen,' snoof Kiebel. 'Jij hebt geen tweehonderd dollar voor dat jasje neergeteld.'

Douane-inspecteur Donald Fisk liep te trimmen op het trottoir van de Arlington Memorial-brug en blies witte wolken ijskoude lucht uit.

Hij was op de terugweg om het gedenkteken van Lincoln heengelopen en liet zijn gedachten dwalen van niets naar niets, toen een vreemd geluid hem plotseling deed stilstaan. Toen het harder werd, deed het hem denken aan het geluid van een optrekkende goederentrein. Toen veranderde het in een gierend *woesj* en opeens verscheen er een grote krater midden op de 23e straat, gevolgd door een donderende klap en een regen van modder en asfalt.

Fisk bleef doodstil staan en merkte tot zijn verbazing dat hij ongedeerd was. Het projectiel was over hem heengegaan en schuin in de straat geslagen.

Een meter of honderd verderop kreeg een man in een bestelwagen zijn voorruit in zijn gezicht. Hij zag kans te remmen en eruit te komen, maar zijn gezicht zag eruit als biefstuk tartaar.

Hij stak zijn handen voor zich uit en brulde: 'Ik kan niet zien! Help me! Help me alsjeblieft!'

Fisk schudde de koude rillingen van de schok van zich af en rende naar de gewonde chauffeur toe. De ochtenddrukte zou pas een uur later beginnen en de straat was leeg. Hij vroeg zich af hoe hij de politie en een ambulance moest bellen. Het enige andere voertuig dat hij zag was een straatveger, die rustig over Independence Avenue schoof, alsof er niets was gebeurd.

'Angus twee,' riep Fawkes. 'Geef effect van schot door.'

'Man, je hebt wel een rotzooitje van de straat gemaakt.'

'Geen commentaar,' zei Fawkes geïrriteerd. 'Je uitzending zal zeker worden gevolgd.'

'Goed, grote broer; je schot was vijfenzeventig meter te krap en honderdzeventig meter teveel naar links.'

'Gehoord, Shaba?'

'Wordt gecorrigeerd, kapitein.'

'Daarna meteen vuren, Shaba.'

'Jawel, kapitein.'

Opgesloten in de stalen koepel van zeventienhonderd ton begonnen zwetende zwarte Zuidafrikanen te laden, vloekend en schreeuwend op de maat met de lier, terwijl vijf dekken lager de mannen van het magazijn granaten en zijden zakken met springstof naar boven stuurden. Vervolgens werd alles hermetisch afgesloten en op commando spoot het grote kanon zijn verwoestende lading weg en sloeg meer dan een meter terug.

Twintig kilometer verderop was Donald Fisk bezig de gewonde chauffeur te helpen, toen de goederentrein voor aankwam en in het Lincoln-monument sloeg. In een duizendste seconde spatte de holle ballistische kegel van het projectiel uiteen, toen het op het witte marmer terechtkwam. Toen boorde de kogel van gehard staal daarachter zich een weg in het monument en ontplofte.

Voor Fisk leek het alsof de zesendertig Dorische zuilen als bloembladeren naar buiten puilden alvorens in stukken te vallen. Toen stortten het dak en de binnenwanden in en grote stukken kwamen de trappen afrommelen als blokken uit een blokkendoos en boven alles uit verhief zich een grote wolk van wit poeder.

Terwijl de explosie nog nagalmde over Washington heen, krabbelde Fisk volkomen verbijsterd overeind.

'Wat is er gebeurd?' riep de verblinde chauffeur. 'Zeg me in godsnaam wat er aan de hand is.'

'Niet in paniek raken,' zei Fisk. 'Dat was nog zo'n explosie.'

De chauffeur trok een gezicht en zette zijn tanden op elkaar. In zijn gezicht zaten een stuk of dertig glassplinters. Eén van zijn ogen zat vol stollend bloed; het andere was weg, doorgesneden.

Fisk trok de trui van zijn trainingspak uit en drukte hem de chauffeur in zijn handen. 'Hier, als je het niet meer kunt harden, knijp dan hierin, of verscheur hem of bijt erin, maar blijf met je handen van je gezicht af. Ik moet even weg.' Hij zweeg bij het horen van sirenes in de verte. 'De politie komt er al aan, en dan komt er zo ook wel een ambulance.'

De chauffeur knikte en ging op de rand van het trottoir zitten. Hij rolde de trui stijf op en kneep erin tot zijn knokkels wit waren. Fisk rende de straat over, onwennig en niet op zijn gemak in zijn blote bovenlijf. Hij zwierf om de grote stukken marmer heen en kwam bij wat vroeger de toeganspoort was geweest.

Daar bleef hij opeens stokstijf en stomverbaasd staan.

Midden tussen het puin en de nog steeds neerdalende stofwolken zat daar de gestalte van Abraham Lincoln, volkomen puntgaaf. De muren en het dak van het gebouw waren niet in, maar uit elkaar gevallen en hadden het standbeeld van zes meter hoog ongedeerd gelaten.

Zonder ook maar één scheurtje of lidteken keek het melancholieke gezicht van Lincoln ernstig naar beneden, het oneindige in.

60

Generaal Higgins smakte de hoorn op de haak. Het was de eerste keer dat hij zijn humeur de vrije loop liet. 'We hebben de waarnemer gemist,' zei hij bitter. 'Ze hadden hem wel gelokaliseerd, maar toen onze eerste patrouille arriveerde, was hij er al vandoor.'

'Kennelijk een mobiele eenheid,' zei Timothy March. 'Waar drie of vier wagens die nu op de weg zijn een draagbare zender hebben, zal het nagenoeg onmogelijk zijn om de schoft te identificeren.'

'Onze speciale patrouilles en de politie zijn in de buurt van het Capitool barricades aan het opwerpen,' zei Higgins. 'Als we de waarnemer uit het zicht van zijn doelen kunnen houden, kan hij geen correcties voor het richten doorgeven aan het schip en moet Fawkes blindelings schieten.'

De ogen van de president keken somber naar het scherm en het vergrote beeld van het verwoeste Lincoln-monument. 'Evengoed handig bekeken,' mompelde hij. 'Een paar doden zouden voor de meeste Amerikanen niet meer betekend hebben dan een paar krantekoppen. Maar als je een algemeen vereerd monument verwoest, raak je iedereen. U kunt er zeker van zijn, heren, dat er vanavond heel wat Amerikanen op zoek zijn naar iets om hun woede op bot te vieren.'

'Als de volgende granaat die met SD is . . .' De stem van Jarvis stierf weg.

'Het heeft iets weg van Russisch roulette,' zei March. 'Twee granaten afgevuurd. Dat betekent dat de kansen nu verhoogd zijn met twee op de zesendertig.'

Higgins keek over de tafel heen naar admiraal Kemper. 'Wat denkt u dat de vuursnelheid van de *Iowa* is?'

'De interval tussen het eerste en het tweede schot was vier minuten en tien seconden,' antwoordde Kemper. 'Langzaam vergeleken bij het vroegere gevechtstempo, maar lang niet gek als je de verouderde apparatuur en ongetrainde bemanning in aanmerking neemt.'

'Wat mij verbaast,' zei March, 'is dat Fawkes alleen het middelste kanon gebruikt. Hij lijkt niet de minste aanstalten te maken om iets te doen met de andere twee.'

'Hij werkt volgens het boekje,' zei Kemper. 'Je krachten sparen en eerst één schot tegelijk afvuren. Hij heeft geluk gehad en bij het tweede schot zijn doel al gevonden. Je kunt er donder op zeggen dat hij de volgende keer wel met alle drie tegelijk schiet.'

De telefoon bij Higgins zoemde. Hij nam op en luisterde even met een sombere uitdrukking op zijn gezicht. 'Het derde salvo is in aantocht.'

De satellietcamera ging een eind omhoog en liet een gebied om het Witte Huis heen zien met een straal van drie kilometer. Alle ogen waren gericht op het panorama van de stad en iedereen trachtte te raden wat het volgende doelwit zou zijn en voelde zich tegelijkertijd doodsbang bij de gedachte dat het volgende projectiel het SD-organisme zou bevatten. Toen kwam er een explosie die een stuk trottoir van vijftien meter en twee bomen aan de noordkant van Constitution Avenue in een geyserachtige poederwolk omhoog liet spuiten.

'Hij is aan het richten op het Nationale Archief,' zei de president met iets bitters in zijn stem. 'Fawkes probeert de onafhankelijkheidsverklaring en de grondwet te vernietigen.'

'Excellentie, ik verzoek u nu dringend onmiddellijk toestemming te geven voor een kernaanval op de *Iowa.*' Het gewoonlijk rode gezicht van Higgins was grijs geworden.

De president zag er opgejaagd uit. Hij zat met opgetrokken schouders, alsof hij het koud had. 'Nee,' zei hij vastbesloten.

Higgins liet zijn handen naast zich neervallen en zakte zwaar op zijn stoel ineen. Kemper zat met een potlood op tafel te tikken en iets te overwegen.

'Er is nòg een oplossing,' zei hij langzaam en nadrukkelijk. 'We schieten de actieve geschuttoren van de *Iowa* weg.'

'Wegschieten?' zei Higgins met een sceptische blik in zijn ogen.

'Sommige van die F-eenentwintig Specter-straaljagers zijn uitgerust met *Satan*-projectielen,' legde Kemper uit. 'Ja toch, generaal?'

Generaal Miles Sayre van de luchtmacht knikte. 'Elk vliegtuig is voorzien van vier *Satans*, die erop berekend zijn om door bijna drie meter beton heen te dringen.'

'Ik begrijp waar u naar toe wilt,' zei Higgins, 'maar hoe staat het met de precisie? Met een niet volkomen accuraat schot kun je best het SD-organisme verspreiden.'

'Het is niet onmogelijk,' zei de gewoonlijk zwijgzame generaal Sayre. 'Zodra de projectielen zijn afgevuurd, schakelen de piloten de besturing over op de grondtroepen. Uw mensen, generaal Higgins, zijn dicht genoeg bij de *Iowa* om de *Satan* te geleiden met een precisie van een halve meter.'

Higgins greep de telefoon en keek de president aan. 'Als Fawkes zijn tempo van nu aanhoudt, hebben we minder dan twee minuten.'

'Vooruit maar,' zei de president zonder aarzelen.

Terwijl Higgins instructies gaf aan de troepen bij de *Iowa*, keek Kempes een dossier met constructiegegevens in.

'Die geschuttoren is voorzien van stalen pantserplaten met een dikte van acht tot vijfendertig centimeter,' zei Kemper. 'Ook als we hem niet vernielen, zal de bemanning zeker van de kaart zijn.'

'De SEAL-mannen,' zei de president. 'Kunnen we die waarschuwen voor wat we van plan zijn?'

Kemper keek somber. 'Dat zouden we doen als we konden, maar sinds ze overboord zijn gegaan is het radiocontact verbroken.'

Fergus kon geen contact maken, want de radio was hem uit zijn handen geschoten door een machinegeweer van de *Iowa*. De kogel had de middelvinger van zijn linkerhand geamputeerd en was toen door zijn rechter handpalm en door de zender gegaan. Ook de ontvanger was verloren gegaan, want die zat aan de riem van een pelotonleider die nu levenloos de rivier afdreef.

Van zijn ploeg van dertig man had Fergus er bij het enteren van de *Iowa* zes verloren. Ze waren aan de zijkanten omhoog geklommen na te hebben geschoten en hadden toen lijnen overdwars naar boven afgeschoten, waaraan nylon touwladders waren bevestigd, die opgetrokken werden tegen de bovenbouw op. Toen de mannen op het hoofddek kwam werden ze verwelkomd met een vernietigend geweervuur. Individueel en in kleine groepen beantwoordden zij het vuur van de verdedigers.

Fergus werd geïsoleerd van zijn mannen en zat ingesloten bij de resten van de kraan voor vliegtuigen. De frustratie kreeg de overhand op de pijn in zijn gewonde handen. Hij begon in tijdnood te raken. Zijn instructies waren het verzekeren van een landingsplaats, voordat de Zuidafrikanen het vuur konden openen. Hij brulde een vloek toen het derde kanonschot over de rivier heen galmde.

In de verte zag hij de helikopters met de mariniers in de lucht hangen, die ongeduldig wachtten op zijn signaal om te landen. Voorzichtig keek hij om de poot van de kraan heen. De geweren achter de stalen pantserplaten op de brug negeerden Fergus nu en concentreerden zich op zijn mannen, die zonder hem verder naar voren waren gekomen.

Met zijn automatische geweer in één arm, sprong Fergus overeind en rende het open dek over, terwijl hij als dekking een vuurgordijn voor zich uit liet gaan. Hij was bijna in veiligheid gekomen bij de geschuttoren, toen de mannen van Fawkes zijn attentie beantwoordden en er een kogel door de kuit van zijn rechterbeen ging.

Hij struikelde nog een paar stappen, viel en rolde tot onder de houten geschuttoren. De nieuwe wond voelde aan alsof er aan iedere zenuw van zijn been werd geknaagd. Hij bleef op het dek liggen luisteren naar het geweervuur en de pijn ondergaan, toen uit de vroege morgenzon twee Specter-straaljagers tevoorschijn kwamen en hun dodelijke lading afschoten.

Zonder de doffe pijn in iedere centimeter van zijn lichaam zou Pitt gezworen hebben, dat hij dood was. Bijna met tegenzin dwong hij de grijze mist in zijn hoofd tot optrekken en deed hij zijn ogen open.

Toen ging hij met zijn handen over zijn benen en lichaam. Afgezien van talloze blauwe plekken, was het ergste dat hij kon vinden een paar gekneusde ribben. Hij betastte zijn hoofd en zuchtte opgelucht, toen zijn vingers er zonder bloed van afkwamen. Wat hem verwonderde waren de houten splinters in zijn rechterschouder.

Hij worstelde zich omhoog tot een zittende houding en liet zich toen omrollen op handen en knieën. Al zijn spieren werkten nog op commando. Tot zover goed dus. Hij haalde diep adem en kwam overeind. Toen hij stond, had hij een gevoel alsof hij de Mount Everest had beklommen. Door een gat op ruim een meter afstand kwam een straal daglicht naar binnen en hij strompelde er naar toe.

Zijn hersenen begonnen geleidelijk op zes van de acht cilinders te draaien en te begrijpen waarom hij niet in stukken was geslagen bij zijn smak tegen de bovenbouw van het schip. De panelen van triplex die de stalen schotten hadden vervangen hadden zijn val gebroken. Hij was als een kogel door één van die schotten heengegaan en had een flinke bluts gemaakt in een tweede, waarna hij in een gang bij de officierskajuit was blijven liggen. Dat verklaarde meteen die splinters in zijn schouder.

Door de mist heen herinnerde hij zich een enorme knal en een trilling. De dertigduims kanonnen, begreep hij. Maar hoe vaak waren ze afgevuurd? Hoe lang was hij buiten westen geweest? Van buiten kwam het geluid van geweer- en mitrailleurvuur. Wie was met wie aan het vechten? Hij schoof die gedachten nagenoeg meteen weer opzij; het was niet echt belangrijk. Hij had zijn eigen problemen op te lossen.

Hij liep een meter of zes de gang door, bleef staan en haalde uit zijn ene zak een zaklantaarn en uit de andere een opgevouwen plattegrond van de *Iowa*. Het kostte hem bijna twee minuten om precies na te gaan waar hij zich bevond. De doolhof van het inwendige van een slagschip had veel weg van een doorsnede van een omgevallen wolkenkrabber.

Hij stelde de route vast naar de munitiemagazijnen en begon geruisloos de gang door te lopen. Hij had nog maar een klein stukje afgelegd, toen het schip begon te schudden onder een regen van zware slagen. Verstikkende stofwolken van het jarenlang opgelegde schip stegen op. Pitt sloeg zijn armen uit om zijn evenwicht niet te verliezen, struikelde en greep naar de spant van een deur die toevallig open was gezwaaid. Terwijl de schokken minder werden, stond hij daar het stof weg te slikken.

Hij had het bijna gemist en zou het in feite gemist hebben,

als er niet een soort nieuwsgierigheid diep in zijn brein had geknaagd. Of eigenlijk geen nieuwsgierigheid, maar eerder het gevoel dat er iets in zijn gezichtsveld niet klopte. Zijn zaklantaarn scheen op een bruine schoen – een dure, met de hand gemaakte bruine schoen – die vastzat aan het been van een zwarte man in een duur pak met vest. Zijn handen waren ver uit elkaar vastgebonden aan pijpen boven zijn hoofd.

61

Hiram Lusana kon de gelaatstrekken van de man die in de deuropening van zijn cel stond niet onderscheiden. Hij zag er groot uit, maar niet zo groot als Fawkes. Dat was het enige wat Lusana kon nagaan; de zaklantaarn in de handen van de vreemdeling verblindde hem.

'Ik neem aan dat u de winnaar van de populariteitstest hier aan boord bent,' zei een stem die eerder vriendelijk klonk dan vijandig.

De donkere gestalte achter het licht kwam dichterbij en Lusana voelde hoe zijn touwen werden losgemaakt. 'Waar brengt u mij naar toe?'

'Nergens. Maar als u er prijs op stelt ooit AOW te trekken, raad ik u aan als de donder te maken dat u overboord komt, voor ze dit schip in puin schieten.'

'Wie bent u?'

'Niet dat het er veel toe doet, maar mijn naam is Pitt, Dirk Pitt.'

'Behoort u tot de bemanning van kapitein Fawkes?'

'Nee, ik werk freelance.'

'Dat begrijp ik niet.'

Pitt maakte Lusana's linkerhand los en begon zonder te antwoorden aan de andere.

'U bent Amerikaan,' zei Lusana, die er steeds minder van begreep. 'Hebt u het schip overgenomen van de Zuidafrikanen?'

'Daar zijn we mee bezig,' zei Pitt, die wilde dat hij maar een mes had meegenomen.

'U weet dus niet wie ik ben.'

'Moet dat dan?'

'Mijn naam is Hiram Lusana. Ik ben de leider van het Afrikaanse Revolutieleger.'

Pitt was klaar met de laatste knoop en deed een stap achteruit om het licht op Lusana's gezicht te laten vallen. 'Ja, dat zie ik nu. Wat is uw rol hierbij? Ik dacht dat dit een Zuidafrikaanse show was.'

'Ik ben ontvoerd toen ik een vliegtuig terug naar Afrika nam.' Lusana duwde zacht de lantaarn opzij. Toen kwam er een gedachte bij hem op. 'Weet u iets af van de Operatie wilde roos?' vroeg hij.

'Sinds gisterenavond pas. Maar mijn regering was er al maanden van op de hoogte.'

'Uitgesloten,' zei Lusana.

'Zoals u wilt.' Pitt draaide zich om en liep naar de deur. 'Zoals ik al zei, kunt u beter overboord springen voordat de zaak uit de hand loopt.'

Lusana aarzelde heel even. 'Wacht even.'

Pitt draaide zich om. 'Sorry, maar ik heb geen tijd.'

'Luister alstublieft even,' zei Lusana en kwam dichterbij. 'Als uw regering en de media er achter komen dat ik hier ben, zullen ze geen andere keus hebben dan de waarheid negeren en mij verantwoordelijk stellen.'

'Nou en?'

'Geef me de kans om mijn onschuld aan deze gruwelijke zaak te bewijzen. Zeg me wat ik doen kan om u te helpen.'

Pitt zag de oprechtheid in Lusana's ogen. Hij haalde een oude Colt 45 uit zijn gordel en reikte hem de neger aan. 'Dek me hiermee in de rug. Ik heb beide handen nodig om die lantaarn vast te houden en op een plattegrond te kijken.'

Verrast pakte Lusana de revolver aan. 'Vertrouwt u me daarmee?'

'Natuurlijk,' zei Pitt achteloos. 'Wat koopt u ervoor om een wildvreemde vent in de rug te schieten?'

Toen wenkte hij Lusana om hem te volgen en gingen ze vlug op weg naar het voorschip.

Geschuttoren twee had de aanval van de Satan-raketten doorstaan. De pantserplaten waren op acht plaatsen gedeukt en gescheurd, maar nergens doorboord. De loop van het kanon aan bakboord was bij de terugslagbasis zwaar beschadigd.

Door de scherven van de ruiten op de brug stond Fawkes er duizelig naar te kijken. Als door een wonder was hij ongedeerd gebleven. Hij had achter een van de weinige overgebleven stalen schotten gestaan, toen de *Satans* [illegible] op toren nummer twee kwamen aanvliegen. Hij graaide de microfoon.

'Shaba, met de kapitein. Kun je me horen?'

Het enige antwoord was statische ruis.

'Shaba!' brulde Fawkes. 'Zeg wat, man. Meld je schade.'

De luidspreker begon te kraken. 'Kapitein Fawkes?'

De stem klonk onbekend. 'Ja, met de kapitein. Waar is Shaba?'

'Beneden in het magazijn, kapitein. De lier is stuk en hij is naar beneden om hem te repareren.'

'Wie ben je?'

'Obasi, kapitein. Daniel Obasi.' De stem klonk heel jong.

'Heeft Shaba de leiding aan jou overgedragen?'

'Ja, kapitein,' zei Obasi trots.

'Hoe oud ben je, jongen?'

Er klonk een schor gekuch. 'Sorry, kapitein, maar er hangt hier een heel zware rook.' Nog meer gehoest. 'Zeventien.'

Grote God, dacht Fawkes. De Vaal zou hem ervaren mannen hebben gestuurd, geen jongens waarvan hij de namen en gezichten nog nooit bij daglicht had gezien. Hij had de leiding over een totaal onbekende bemanning. Zeventien jaar. Niet meer dan zeventien. De gedachte deed hem huiveren. Was dit het waard? God, was zijn persoonlijke wraak deze verschrikkelijke prijs waard?

Fawkes hardde zich en vroeg: 'Ben je in staat om de kanonnen te bedienen?'

'Ik denk het wel. Ze zijn alle drie geladen en stevig afgesloten. Maar de mannen zien er niet zo best uit. Hersenschudding, denk ik. De meesten bloeden uit hun oren.'

'Waar ben je nu, Obasi?'

'In de officierscabine van de geschuttoren, kapitein. Het is hier ontzettend heet. Ik weet niet of de mannen nog tot veel in staat zijn. Er zijn er nog een paar bewusteloos. Een of twee kunnen er wel dood zijn; dat is zo niet te zeggen. Ik denk dat de mannen die uit hun mond bloeden dood zijn.'

Fawkes kneep in de microfoon en zag er besluiteloos uit.

Als het schip ten onderging, en hij wist dat het moest gebeuren, wilde hij op de brug staan, als laatste kapitein van een slagschip sterven op zijn post. De stilte over de radio werd drukkend door de kwellende onzekerheid. Toen trok de sluier een klein beetje weg en onderkende Fawkes iets van de draagwijdte van zijn daden.

'Ik kom naar beneden.'

'Het luik naar het dek kan niet meer open, kapitein. U zult via het magazijn moeten.'

'Dank je, Obasi. Blijf op je post.' Fawkes zette zijn oude marinepet af en veegde het zweet en vuil dat uit alle poriën van zijn voorhoofd kwam weg. Hij keek door de versplinterde ramen en bestudeerde de rivier. De koude mist boven de zandbanken deed hem denken aan een *loch* in Schotland op net zo'n ochtend. Schotland; het leek wel duizend jaar geleden sinds hij Aberdeeen had gezien.

Hij zette zijn pet weer op en pakte de microfoon. 'Angus twee, meld je.'

'Hier ben ik.'

'Bereik?'

'Zeventig meter tekort, maar haarzuiver. Even een hoogtecorrectie en je zit midden in de roos.'

'Je bent klaar, Angus twee. Wees voorzichtig.'

'Te laat. Ik geloof dat de jongens in khaki me al te grazen hebben. De groeten, broer.'

Fawkes staarde naar de microfoon en wilde nog iets aardigs zeggen tegen die man die hij nooit had gezien, hem bedanken omdat hij zijn leven op het spel had gezet, al was het dan voor een prijs. Wie Angus twee ook mocht zijn, het zou lang duren voordat hij het geld kon uitgeven, dat door het Zuidafrikaanse ministerie van defensie op een buitenlandse bankrekening was gestort.

'Een straatveegmachine,' snoof Higgins. 'De waarnemer van Fawkes reed in een straatveegmachine. De politie arresteert hem nu.'

'Dat verklaart hoe hij langs de barricades kon rijden zonder verdenking op zich te laden,' zei March.

De president leek het niet te horen. Zijn aandacht was volledig geconcentreerd op de *Iowa*. Hij zag duidelijk kleine gestalten in natte zwarte pakken van de ene dekking naar de andere rennen, alleen maar pauzerend om hun wapens af te vuren en steeds dichter bij de machinegeweren komend die hun aantal voortdurend verminderden. De president telde tien SEAL-mannen die roerloos op het dek lagen.

'Kunnen we niets doen om die mannen daar te helpen?'

Higgins haalde hulpeloos zijn schouders op. 'Als we van de wal af het vuur openen, schieten we waarschijnlijk meer van die jongens dood dan we er redden. Ik ben bang dat we voorlopig heel weinig kunnen doen.'

'Waarom sturen we er de mariniers niet op af?'

'Die helikopters worden stilstaande doelen zodra ze boven het schip hangen om te landen. Ze hebben elk vijftig man aan boord. Het zou een slachtpartij worden waar we niets mee zouden bereiken.'

'Ik ben het eens met de generaal,' zei Kemper. 'Die *Satans* hebben ons een adempauze bezorgd. Geschuttoren twee schijnt buiten bedrijf te zijn. We kunnen het ons dus permitteren om de SEAL-mannen nog wat tijd te geven om het dek vrij te maken.'

De president leunde achteruit en staarde de mannen om zich heen aan. 'Dus wij zitten hier te wachten – dat bedoelde u toch? Wij zitten hier te wachten en in kleur te kijken naar mannen die voor onze ogen op dat verdomde TV-scherm worden afgeslacht?'

'Ja,' antwoordde Higgins. 'Wij wachten.'

62

Terwijl hij onderweg af en toe zijn plattegrond van het schip raadpleegde, nam Pitt Lusana zonder zich te vergissen mee door een serie donkere gangen en langs vochtige ruimen, tot hij eindelijk bleef staan bij een deur in een stalen schot. Lusana bleef volgzaam staan en wachtte op nadere uitleg.

'Waar zijn we?' vroeg hij.

'Bij het munitie-magazijn,' antwoordde Pitt. Hij duwde met zijn volle gewicht tegen de deur, die moeizaam en krakend voor driekwart openging. Pitt keek in een zwak verlichte ruimte en luisterde. Beiden hoorden ze mannen schreeuwen tegen een achtergrond van metaalachtig gerammel van zware toestellen en kettingen en het gebrom van motoren. De geluiden leken van boven te komen. Hij stapte voorzichtig over de drempel heen.

De grote pantsergranaten lagen keurig op rekken om de pijp van de lier heen; de conische neuzen glansden onder twee gele gloeilampjes. Pitt liep er langs en keek naar boven.

Op het dek boven hem waren twee negers bezig die vloekend over het luik van de lier gebogen stonden te hameren op het draagframe. Door de explosies die het schip hadden doen schokken was het mechanisme vastgelopen. Pitt ging terug en begon de granaten te onderzoeken. Het waren er eenendertig, en maar één granaat had een ronde neus.

De tweede SD-granaat was er niet bij.

Pitt pakte een paar stukken gereedschap uit zijn gordel en gaf de zaklantaarn aan Lusana. 'Licht me bij terwijl ik aan het werk ben.'

'Wat gaat u doen?'

'Een granaat onschadelijk maken.'

'Als ik dan in stukken moet springen,' zei Lusana, 'mag ik dan ook weten waarom?'

'Nee,' snauwde Pitt. Hij knielde neer en wenkte om bijgelicht te worden. Zijn handen gingen om de conus van de granaat heen met de soepelheid van een bankrover die het nummer van een safe aan het draaien is. Toen hij de bevestigingsschroeven had gevonden, begon hij ze voorzichtig los te draaien. De schroefdraden waren vastgeroest in de loop der jaren en verzetten zich tegen iedere draaibeweging. Tijd, dacht Pitt wanhopig, hij had tijd nodig, voordat de mannen van Fawkes de lier hadden gerepareerd en terug zouden komen in het magazijn.

Plotseling, onverwacht, liet de laatste schroef los en had hij de neuskegel in zijn handen. Voorzichtig, alsof het een slapend kind was, zette hij hem weg en keek in de springkop.

Toen begon Pitt de springstoflading te demonteren die bedoeld was om de springkop te splijten en de lading SD te verspreiden. Er was niets bij het karwei dat bijzonder moeilijk of gevaarlijk was. Pitt dacht aan de theorie dat teveel concentratie bevende handen veroorzaakt en floot daarom zachtjes voor zich heen, blij dat Lusana hem niet lastig viel met vragen.

Hij knipte de draden van de radar-hoogtemeter door en verwijderde de ontsteking. Hij wachtte even en haalde toen een klein geldbuideltje uit zijn jaszak. Lusana zag enigszins geamuseerd dat het zakje het opschrift WHEATON SECURITY BANK droeg.

'Ik heb het nog nooit een sterveling verteld,' zei Lusana, 'maar ik heb eens een bankauto beroofd.'

'Dan moet je je nu wel thuis voelen,' antwoordde Pitt. Hij haalde de minibommetjes met SD uit de springkop en stopte ze in het buideltje.

'Verdomd knappe manier van smokkelen,' zei Lusana glimlachend. 'Heroïne of diamanten?'

'Dat zou ik ook weleens willen weten,' zei Patrick Fawkes, terwijl hij zich bukte om binnen te komen.

63

De eerste reflex van Lusana was Fawkes doodschieten. Hij draaide zich met een ruk om en bracht de Colt omhoog, vertrouwend dat hij een zo massief doel niet zou kunnen missen en er zeker van dat de kapitein een onderdeel van een seconde voorsprong had.

Lusana hield zichzelf nog net op tijd tegen. Fawkes kwam met lege handen. Hij was ongewapend.

Lusana liet de Colt langzaam zakken en keek naar Pitt om te zien hoe die op de situatie reageerde. Voorzover hij kon zien, reageerde Pitt helemaal niet.

Hij ging rustig door met het buideltje vullen, alsof er geen indringer bestond.

'Heb ik de eer me te richten tot Patrick McKenzie Fawkes,' vroeg Pitt tenslotte, zonder op te kijken.

'Ja, ik ben Fawkes.' Hij kwam dichterbij met een nieuwsgierige trek op zijn gezicht. 'Wat gebeurt hier?'

'Sorry dat ik niet opsta,' zei Pitt achteloos, 'maar ik ben een gasgranaat onschadelijk aan het maken.'

Vijf seconden lang lieten Fawkes en Lusana die mededeling tot zich doordringen, keken eerst verbijsterd naar elkaar en toen naar Pitt.

'Je bent geschift!' flapte Fawkes eruit.

Pitt hield een van de minibommetjes op. 'Ziet dit eruit als een van uw normale explosieve ladingen?'

'Nee, dat niet,' gaf Fawkes toe.

'Is het een soort zenuwgas?' vroeg Lusana.

'Erger nog,' antwoordde Pitt. 'Eèn organisme dat een besmettelijke ziekte verspreidt en een goddeloze sterkte heeft. Twee granaten die met dit organisme geladen zijn meegestuurd met deze partij.'

Er volgde een verbijsterde stilte van ongeloof. Fawkes bukte zich en bekeek de granaat en het bommetje dat Pitt in zijn hand hield. Lusana bukte zich ook en keek, zonder goed te weten waar hij eigenlijk naar moest kijken.

De sceptische blik verdween uit de ogen van Fawkes. 'Ik geloof u,' zei hij. 'Ik heb genoeg gasgranaten gezien om ze te kunnen herkennen.' Toen keek hij Pitt vragend aan. 'Zou u me nu willen zeggen wie u bent en hoe u hier bent gekomen?'

'Nadat we die andere granaat hebben gevonden en onschadelijk hebben gemaakt,' zei Pitt en duwde hem weg. 'Hebt u nog een munitie-magazijn?'

Fawkes schudde zijn hoofd. 'Behalve de drie die we hebben afgevuurd, en dat waren allemaal pantsergranaten, is dit alles...' Hij brak af toen hem een lichtje opging. 'De geschuttoren! Alle kanonnen zijn geladen en vergrendeld. Het andere projectiel moet in een van de drie kanonnen zitten.'

'Idioot!' brulde Lusana. 'Moordzuchtige idioot!'

De wanhoop in de ogen van Fawkes was duidelijk te zien. 'Maar het is nog niet te laat. De kanonnen worden alleen op mijn commando afgeschoten.'

'Kapitein, u en ik gaan die andere springkop onschadelijk maken,' beval Pitt. 'Meneer Lusana, wilt u zo vriendelijk zijn dit overboord te werpen?' Hij gaf Lusana het zakje met SD-bommetjes aan.

'Ik?' hijgde Lusana. 'Ik heb er geen idee van hoe ik uit deze drijvende doodskist moet komen. Ik heb een gids nodig.'

'Blijf maar steeds doorlopen naar boven,' zei Pitt kalmerend. 'Op den duur komt u heus wel een keer buiten. Dan gooit u dit in het diepste gedeelte van de rivier.'

Lusana stond op het punt om weg te gaan, toen Fawkes een van zijn grote klauwen op zijn schouder legde. 'Wij rekenen later nog wel af.'

Lusana keek hem rustig aan. 'Dat zal me dan een waar genoegen zijn.'

Toen loste de leider van het Afrikaanse Revolutieleger op in de duisternis.

Op zeshonderd meter veranderde Steiger de hellingshoek een beetje en de Minerva dook over het Jefferson-monument heen naar Independence Avenue en bleef deze volgen.

'Het is druk hier,' zei hij en wees op een aantal helikopters van het leger die van de ene kant naar de andere boven het gazon van het Capitool vlogen als een zwerm boze bijen.

Sandecker knikte en zei: 'Blijf maar uit de buurt. Ze kunnen wel geneigd zijn om eerst te schieten en later vragen te gaan stellen.'

'Hoe lang is het geleden dat de *Iowa* het laatste schot heeft gelost?'

'Bijna achttien minuten.'

'Misschien is het dan wel afgelopen,' zei Steiger.

'We zullen niet landen voordat we zekerheid hebben,' antwoordde Sandecker. 'Hoe is de brandstofsituatie?'

'Genoeg om nog bijna vier uur in de lucht te blijven.'

Sandecker draaide zich op zijn zitplaats heen en weer om zijn pijnlijke billen te ontlasten. 'Blijf zo dicht als je durft bij het Nationale Archief. Als de *Iowa* weer gaat schieten, kun je er zeker van zijn dat dat het doel is.'

'Ik vraag me af hoe het Pitt vergaan is.'

Sandecker keek geforceerd onbezorgd. 'Die weet wel van wanten. Pitt is het minste van onze problemen.' Hij keek door een zijraam om Steiger de bezorgde rimpels op zijn gezicht niet te laten zien.

'Ik had eigenlijk zelf moeten gaan,' zei Steiger. 'Dit is een strict militaire aangelegenheid. Een burger heeft zijn leven niet te riskeren om iets te gaan doen waar hij niet voor is opgeleid.'

'En dat was jij wel, neem ik aan.'

'U zult moeten toegeven dat mijn geloofsbrieven wel iets zwaarder wegen dan die van Pitt.'

Sandecker kon een glimlach niet onderdrukken. 'Zou je willen wedden?'

Steiger hoorde iets in de toon van de admiraal. 'Wat wilt u daarmee zeggen?'

'Hij heeft je belazerd, kolonel, doodgewoon.'
'Belazerd?'
'Pitt heeft de rang van majoor bij de luchtmacht.'
Steiger keek de majoor strak aan. 'Wilt u me soms vertellen, dat hij kan vliegen?'
'Ongeveer alles wat er ooit is gebouwd, met inbegrip van deze helikopter.'
'Maar hij zei . . .'
'Ik weet wat hij zei.'
Steiger keek verslagen. 'En u zat daar maar bij en zei niets?'
'Jij hebt vrouw en kinderen. Ik ben te oud. Dirk was de aangewezen man om te gaan.'
De gespannenheid verdween uit het lichaam van Steiger en hij zakte ineen. 'Als hij het dan ook maar redt,' mompelde hij binnensmonds. 'Bij God, als hij het maar redt.'

Pitt zou graag de laatste cent van zijn spaargeld hebben gegeven om ergens anders te zijn dan op een pikdonkere trap diep in een schip dat ieder ogenblik in een hel kon veranderen. Zijn voorhoofd was klam en koud van het zweet, alsof hij hoge koort had. Opeens bleef Fawkes staan en Pitt liep tegen hem op als tegen een boomstronk.
'Blijf staan alstublieft, heren.' De stem kwam van de donkere overloop even verder naar boven. 'U kunt mij niet zien, maar ik zie genoeg van u om u een kogel door het hart te schieten.'
'Dit is de kapitein,' snauwde Fawkes kwaad.
'Ha, kapitein Fawkes zelf. Dat komt goed uit. Ik was al bang dat ik de boot gemist had. U was niet op de brug, zoals ik gedacht had.'
'Identificeer je,' beval Fawkes.
'Mijn naam is Emma. Niet erg mannelijk, dat geef ik toe, maar ik doe het er wel mee.'
'Hou op met die onzin en laat ons door.' Fawkes ging twee treden omhoog, toen de Hocker-Rodine siste en er een kogel langs zijn hals vloog. Hij bleef met zijn voet op de volgende trede staan. 'Mijn God, man, wat wil je eigenlijk?'
'Ik hou van een houding zonder flauwekul, kapitein. Ik heb opdracht u te doden.'
Langzaam, onopgemerkt door Fawkes en, naar hij hoopte, door de man op de overloop, liet Pitt zich op zijn buik glijden,

met de massieve gestalte van de kapitein als dekking. Toen begon hij voorzichtig als een slang naar boven te kruipen.

'Opdracht, zeg je,' zei Fawkes. 'Van wie?'

'Mijn opdrachtgever doet er niet toe.'

'Waar is dan al dat gezwam goed voor? Waarom schiet je me niet gewoon in mijn borst en klaar is kees?'

'Daar heb ik wel een bedoeling mee, kapitein Fawkes. Ze hebben u bedonderd en ik vind dat u dat behoort te weten.'

'Bedonderd?' brulde Fawkes. 'Jouw vage gezwam zegt me niks.'

Ergens in Emma's achterhoofd klonk een alarm, een alarm dat was afgesteld in de loop van jaren kat-en-muis spelen. Hij bleef doodstil staan, zonder de kapitein antwoord te geven, luisterend naar een geluid of een spoor van beweging.

'En de man achter mij?' vroeg Fawkes. 'Hij heeft hier niets mee te maken. Er is geen reden om een onschuldige af te maken.'

'Wees maar gerust, kapitein,' zei Emma. 'Ik ben maar betaald voor één leven. Het uwe.'

Met martelende traagheid tilde Pitt zijn hoofd op, tot hij op ooghoogte was met de overloop. Nu kon hij Emma zien. Niet in detail - daar was het te donker voor - maar hij kon vaag een gezicht en een gestalte zien.

Pitt wachtte niet tot hij meer kon zien. Hij veronderstelde dat Emma Fawkes halverwege een zin in zijn hart zou schieten, na hem met wat gepraat te hebben afgeleid. Een oude, maar doeltreffende truc. Hij zette zijn voetzolen schrap op de tree, haalde diep adem en sprong naar de benen van Emma, terwijl hij omhoog greep naar het pistool.

De geluiddemper siste hem in het gezicht en een stekende pijn schoot door de rechter zijkant van zijn hoofd, toen hij Emma's arm greep. Na de harde schok begon hij het bewustzijn te verliezen en te vallen, vallen . . . Na wat een eeuwigheid leek te duren werd hij opgeslokt door de zwarte leegte en was er niets meer.

64

Aangezet door de sprong van Pitt, kwam Fawkes de trap op als een dolle stier en gooide zijn zware lijf tegen de lichamen van beide mannen. Pitt verslapte en bleef aan één kant liggen, Emma worstelde om het pistool te richten, maar Fawkes sloeg het hem uit zijn handen als een stuk speelgoed bij een kind. Toen greep Emma naar beneden, pakte penis en ballen van Fawkes en begon meedogenloos te knijpen.

Het was de verkeerde manoeuvre. De kapitein brulde donderend en reageerde door zijn massieve vuisten van boven zijn hoofd op het omhoog gekeerde gezicht van Emma te laten neerkomen, waarbij kraakbeen werd vermorzeld en de huid werd gescheurd. Het verbazingwekkende was dat Emma bleef knijpen.

Ofschoon zijn geslachtsdelen aanvoelden alsof ze in een withete pijnzee zouden barsten, was Fawkes verstandig genoeg om niet naar de handen te slaan, die hem als een bankschroef ingeklemd hielden. Kalm en methodisch, als iemand die precies weet wat hij voornemens is te gaan doen, begon hij het hoofd van Emma op de metalen overloop te rammen met iedere gram sterkte van zijn boomstamachtige armen. De druk werd minder, maar in de razernij van zijn pijn ging hij door tot Emma's achterhoofd een brij was geworden. Toen zijn woede eindelijk botgevierd was, rolde hij zich om en begon vloekend zacht over zijn liezen te wrijven.

Na een paar minuten stond hij moeizaam op, pakte de beide mannen bij hun jaskraag en sleepte ze de trap op. Na nog één korte trap en een paar meter door een gang kwam hij bij een laadluik boven in het stuurboordgedeelte van de *Iowa*. Hij zette het luik ver genoeg open om wat daglicht binnen te laten en onderzocht de wond van Pitt.

De kogel had de linkerslaap geschampt en de schade zou naar Fawkes aannam hooguit een lelijke scheur zijn en een hersenschudding. Toen onderzocht hij Emma. Wat er door het bloed heen aan huid op het gezicht te zien was, begon blauw te worden. Fawkes doorzocht zijn zakken, maar vond alleen een reservemagazijn voor het Hocker-Rodine pistool. Om een dikke wollen trui heen zat een opblaasbaar zwemvest.

‘Kon niet zwemmen, hè?’ zei Fawkes glimlachend. ‘Ik denk niet dat je dit nog nodig zult hebben.’

Hij maakte het zwemvest los en deed het Pitt om. Toen stak hij een hand in zijn eigen zak en haalde er een notitieboekje uit, waar hij met potlood een paar aantekeningen in maakte. Toen pakte hij zijn leren tabakszak, gooide hem leeg, stopte er het boekje in en schoof het onder het hemd van Pitt. Hij sloot het vest aan op een CO_2-cilinder en blies het op.

Fawkes liep terug naar Emma, greep het lijk bij de trui en sleurde het naar het open luik. Het gewicht was te groot voor die hoek en de trui gleed over Emma’s hoofd heen. Iets aan het bovenlijf van Emma viel Fawkes op. Het was een nylon band die strak om de borst heen zat. Nieuwsgierig maakte Fawkes een gesp los en het nylon liet los en ontblootte twee kleine heuveltjes met roze knopjes.

Een ogenblik bleef Fawkes versteend staan.

‘Heilige Moeder Gods!’ mompelde hij ontsteld.

Emma was inderdaad een vrouw geweest.

Dale Jarvis wees naar het scherm. ‘Daar, net onder de tweede geschuttoren, aan de zijkant van de romp.’

‘Wat maak jij daarvan?’ vroeg de president.

‘Iemand heeft het laadluik van het voorruim opengemaakt,’ antwoordde Kemper. Hij richtte zich tot generaal Higgins. ‘U kunt het best uw mannen waarschuwen, dat de bemanning wellicht zal proberen te ontkomen.’

‘Ze komen geen drie meter de oever op,’ zei Higgins. Ze zagen het luik geheel opengaan en een monster van een man naar boven komen met iets dat er uitzag als een lichaam, dat hij overboord smeet. Het plonsde in het water en verdween. Even later kwam hij terug met een tweede lichaam, maar ditmaal liet hij het aan een touw zakken – bijna teer, leek het de mannen in de conferentiekamer toe – tot de slappe gestalte wegdreef van het schip. Toen werd het touw losgegooid en het luik weer dichtgedaan.

Kemper wenkte een aide. ‘Neem contact op met de kustwacht en laat ze die man daar op de rivier zo snel mogelijk oppikken.’

‘Wat was de bedoeling van deze vertoning?’ vroeg de president, als een echo van de gedachten van de mannen om de tafel.

'Het bedonderde is,' zei Kemper zacht, 'dat we daar misschien nooit achter zullen komen.'

Na wat een eeuwige tijd geduurd leek te hebben, vond Hiram Lusana een deur die uitkwam op het hoofddek. Rillend in zijn dunne pak strompelde hij naar buiten, met het zakje met bommetjes stijf in beide handen vastgeklemd. Het plotselinge daglicht verblindde hem en hij bleef staan om zich te oriënteren.

Hij zag dat hij onder de vuurcontrolebrug achter stond, iets voor geschuttoren drie. Om hem heen was geweer- en mitrailleurvuur te horen, maar hij had alleen maar aandacht voor het verwijderen van SD-bommetjes en negeerde het schieten. De rivier lokte en hij begon te rennen naar de verschansing. Hij had nog een meter of zes te lopen, toen er uit de schaduw van de geschuttoren een man in een waterdicht pak van zwarte rubber tevoorschijn kwam en een machinegeweer op hem richtte.

Luitenant Alan Fergus voelde de brandende pijn van het gat in zijn been niet meer en ook niet de ellende van het zien afslachten van zijn gevechtseenheden. Zijn hele lichaam trilde van haat tegen de mannen die er verantwoordelijk voor waren. Dat de man die hij zag in burger was en ongewapend deed er niet toe. Fergus kon in hem alleen maar een man zien die zijn vrienden aan het vermoorden was.

Lusana bleef abrupt staan en keek naar Fergus. Nog nooit had hij zoveel ijskoude haat op het gezicht van een man gezien. Ze keken elkaar op minder dan vier meter afstand in de ogen en trachtten in dat korte ogenblik gedachten uit te wisselen. Geen woord werd er gesproken, maar wel was er een vreemd soort wederzijds begrip. De tijd leek stil te staan en alle geluiden werden teruggedrongen naar een vage achtergrond.

Hiram Lusana wist dat zijn strijd om uit te rijzen boven de modder van zijn kindertijd hier en op dit moment zijn hoogtepunt had bereikt. Hij was tot het inzicht gekomen dat hij geen leider kon worden van een volk dat hem nooit volkomen als een der hunnen zou accepteren. Zijn koers was duidelijk. Hij kon veel meer doen voor de onderdrukten van Afrika door een martelaar voor hun zaak te worden.

Lusana aanvaardde de uitnodiging van de dood. Hij

glimlachte vergevend naar Fergus en sprong naar de verschansing toe.

Fergus haalde de trekker over en loste een automatisch salvo. De plotselinge schok van drie kogels in zijn zij duwde Lusana naar voren in een schokkende dans, die de lucht uit zijn longen wegsloeg. Als door een wonder bleef hij op de been en wankelde hij verder.

Fergus vuurde opnieuw.

Lusana viel op zijn knieën en bleef doorkruipen naar de rand van het dek. Fergus keek met iets van bewondering toe en vroeg zich af wat deze vreemd geklede neger bewoog tot het negeren van zeker een dozijn kogels in zijn lijf.

Met zijn bruine ogen glazig van schokken en pijn en met een vastbeslotenheid van een man die niet van opgeven weet, kroop Lusana over het dek, met het buideltje tegen zijn buik geklemd.

De verschansing was geen meter meer van hem vandaan. Hij vocht zich er een weg heen, ondanks de zwartheid die zijn gezicht begon te vertroebelen en het bloed dat uit zijn mondhoeken stroomde. Met een innerlijke kracht die uit absolute wanhoop voortkwam, gooide hij het buideltje.

Eén ogenblik, dat een eeuwigheid leek te duren, bleef het aan de verschansing hangen, schommelend, toen viel het in de rivier. Lusana's gezicht viel op het dek en hij zakte weg in het niets.

Het inwendige van de geweldige kanonnenkast rook naar zweet en bloed en naar de scherpe geuren van kruit en hete olie. De meeste bemanningsleden lagen nog in shock, met glazige ogen, verdoofd door angst en verwarring; anderen lagen tussen de machines in onnatuurlijke houdingen met bloed uit mond en oren stromend. Een slachthuis, dacht Fawkes, een verdomd slachthuis. God, ik ben geen haar beter dan de slagers die mijn gezin hebben uitgeroeid.

Hij keek via de centrale liftkoker naar het magazijn en zag Charles Shaba met een moker op een vastgeklemd draagstuk staan hameren, een meter of drie onder het dek. De koppeldeuren, bedoeld om bij weigering van het afgrendelingsmechanisme het overslaan van vuur naar de magazijnen te voorkomen, stonden open en het leek Fawkes alsof hij in een bodemloze kuil keek. Toen begon de zwarte leegte pluizig te worden en opeens besefte hij wat het probleem was. De lucht was te bedompt om te ademen. Zij die de hersenschuddingg als gevolg van de Satan-raketten hadden overleefd waren aan het sterven door gebrek aan zuurstof.

'Buitenluik open!' brulde hij. 'Er moet frisse lucht komen.'

'Dat zit vast, kapitein,' kraakte een stem aan de andere kant van de toren. 'Muurvast.'

'De ventilatoren! Waarom werken die niet?'

'Kortsluiting.' zei een andere man hoestend. 'De enige lucht hier komt uit de kokers naar het magazijn.'

In de verstikkende donkere mist kon Fawkes nauwelijks de gestalte onderscheiden van de man die sprak. 'Zoek iets waar ik dat luik mee open kan wrikken. We moeten hier dwarsventilatie hebben.'

Hij strompelde om de lichamen heen naar het luik dat uitkwam op het hoofddek. Bij het zien van deze achttien centimeter dikke muur van hard staal kreeg Fawkes een goed idee van wat hem te wachten stond. De enige punten in zijn voordeel waren de gebroken grendelstangen en een spleetje daglicht bovenin, waar het luik naar binnen was gedrukt.

Er tikte iemand op zijn schouder en hij draaide zich om. Het was Shaba. 'Ik hoorde u beneden in de liftkoker, kapitein. Ik dacht dat u dit wellicht kon gebruiken.' Hij reikte Fawkes een zware stalen stang aan van 1,20 m lang en vijf centimeter dik.

Fawkes verspilde geen woorden aan dankbetuigingen. Hij stak meteen de stang in de spleet en begon te wrikken. Zijn gezicht werd rood van inspanning en zijn massieve armen begonnen te beven, maar het luik kwam niet in beweging.

Die weerstand van het luik kwam voor Fawkes niet als een verrassing. Het oude spreekwoord zegt dat een boom niet valt bij de eerste klap. Hij deed zijn ogen dicht en begon zwaar te ademen. Iedere cel van zijn lichaam was nu geconcentreerd op het aanwakkeren van de kracht die in dat geweldige lijf opgesloten zat. Shaba keek gefascineerd toe. Nog nooit had hij zo'n demonstratie gezien van verbeten concentratie. Fawkes stak de stang opnieuw in de spleet, wachtte een paar seconden en begon te wrikken. Voor Shaba leek het alsof de kapitein was versteend; er was geen opvallend krachtvertoon, met uitpuilende spieren. Het zweet begon Fawkes van zijn voorhoofd te druipen en in zijn nek zwollen de pezen op;

alle spieren waren keihard gespannen. Toen, langzaam en ongelooflijk, begon het luik te piepen door het schrapen van staal over staal.

Een dergelijke brute kracht had Shaba niet voor mogelijk gehouden; hij wist dan ook niet van het geheim dat Fawkes opzweepte tot ver boven zijn normale sterkte. De lichtspleet tussen luik en dek werd een paar centimeter breder, vijf, tien centimeter, en opeens raakte het geblutste staal los van de gebroken scharnieren en viel kletterend op het benedendek.

Stank en rook verdwenen bijna onmiddellijk, om plaats te maken voor koele, vochtige lucht van beneden. Fawkes deed een stap opzij en gooide de stang door het luik. Zijn kleren waren doornat van het zweet en zijn lichaam beefde, terwijl hij weer op adem kwam en zijn bonzende hart weer normaal begon te kloppen.

'Kulassen vrij en kanonnen vergrendelen,' beval hij.

Shaba keek beteuterd. 'We hebben geen hydraulische druk meer voor de stamper. Hij kan niet worden omgekeerd om de granaten eruit te halen.'

'Naar de hel met die stamper,' snoof Fawkes. 'Doe het met de hand.'

Shaba gaf geen antwoord. Hij had er geen tijd voor. Door het open luik werd een geweerloop naar binnen gestoken en een regen van kogels spatte door de gepantserde ruimte heen. Het salvo ging vlak langs Fawkes heen. Shaba was niet zo gelukkig. Vier kogels drongen bijna tegelijkertijd zijn hals binnen. Hij zakte op zijn knieën met een onbegrijpende blik op Fawkes; zijn mond bewoog, maar er kwamen geen woorden uit, alleen een bloedstroom die over zijn borst heenging.

Fawkes stond hulpeloos toe te kijken hoe Shaba stierf. Toen maakte zich een razende woede van hem meester en hij draaide zich om en greep de geweerloop vast. De hitte van de loop schroeide het vlees van zijn handen, maar hij was voorbij ieder gevoel van pijn. Fawkes trok met alle macht en de SEAL-man buiten, die hardnekkig weigerde zijn wapen los te laten, werd door de nauwe opening heen naar binnen geslingerd, nog steeds met zijn vinger aan de trekker.

Een man die zeker weet dat hij op het punt staat te sterven kent geen angst. Fawkes had die zekerheid niet. Zijn gezicht was bleek van angst, angst om te zullen sterven alvorens hij de SD-granaat in een van de drie kanonnen onschadelijk zou kunnen maken.

'Verdomde idioot!' gromde hij, toen de SEAL-man hem in zijn maag trapte. 'De kanonnen . . . in de kanonnen . . . een ziekte . . .'

De SEAL-man maakte een heftige wringbeweging en sloeg met zijn vrije hand uit naar de kaak van Fawkes. In zijn gevecht om de loop van zijn lichaam weg te houden kon Fawkes niet anders doen dan de klap opvangen. Zijn kracht was aan het verminderen, toen hij met een ruk achteruit schoof en gedeeltelijk door het luik viel, waarbij hij nog een laatste poging deed om zijn tegenstander het geweer af te pakken. In plaats daarvan scheurde het vlees van zijn vingers en handpalmen af en hij raakte zijn greep kwijt. De SEAL-man sprong opzij, liet het geweer zakken en richtte het langzaam en vastbesloten op de maag van Fawkes.

Daniel Obasi, de jongen in de officierscabine van de geschuttoren, zag met ontzetting hoe de SEAL-man zijn vinger om de trekker klemde. Hij probeerde te gillen om de man in het waterdichte pak af te leiden, maar zijn keel was droog en er kwam niet meer dan een gefluister over zijn lippen. In pure wanhoop, voor wat hij hoopte dat een laatste kans zou zijn om het leven van zijn kapitein te redden, drukte Obasi op de rode knop 'Vuur'.

65

Er was geen enkele manier om het proces om te keren of tot staan te brengen. De kruitladingen ontploften en twee projectielen spoten uit de lopen in het midden en aan stuurboord, maar in het kanon aan bakboord liep de springkop vast op de breuk die door de Satan-raketten was veroorzaakt, waardoor de exploderende gassen werden geblokkeerd.

Een nieuw kanon zou de enorme terugslag en de geweldige druk misschien hebben weerstaan, maar de oude en roestige kulas had zijn tijd gehad en begaf het. In een fractie van een seconde werd de geschuttoren gevuld met een vulkanische uitbarsting van vlammen, die door de liftkokers heen naar de magazijnen sloegen en de kruitzakken diep beneden tot ontploffing brachten.

De *Iowa* vloog in de lucht.

Patrick Fawkes zag in het ogenblik waarin hij door het luik naar buiten werd geslingerd de absolute zinloosheid en domheid van zijn daden. Hij strekte zijn arm uit naar zijn geliefde Myrna om haar vergiffenis te vragen, toen hij op het dek werd gesmakt en verbrijzeld.

De pantsergranaat van het stuurboordkanon bereikte zijn hoogtepunt en daalde dwars door de koepel van het gebouw van het Nationale Archief. Bij puur toeval viel het langs de tweeëntwintig verdiepingen boeken en platen, kraakte door de vloer van de tentoonstellingszaal heen op minder dan drie meter van de glazen kast met de Onafhankelijkheidsverklaring en kwam tot stilstand met de halve lengte begraven in de keldervloer.

Granaat nummer twee was een blindganger.

Nummer drie niet.

In werking gesteld door zijn mini-generator, begon de radarhoogtemeter in de SD-springkop seinen naar de grond uit te zenden en zijn dalende baan te registreren. Lager en lager viel de springkop, tot op vierhonderdvijftig meter hoogte een elektrische impuls de parachute in werking bracht en er een paraplu van oranje zijde tegen de blauwe lucht opbloeide. Merkwaardigerwijs doorstond het meer dan dertig jaar oude materiaal de plotselinge spanning zonder te scheuren op de naden.

Ver onder de straten van Washington zaten de president en zijn adviseurs roerloos in hun stoelen met knipperende ogen de onverbiddelijke daling van het projectiel te volgen. Eerst zaten ze als de passagiers van de *Titanic*, die weigerden te geloven dat de oceaanreus aan het zinken was, gefascineerd te kijken zonder dat het tot hen doordrong welke omvang de gebeurtenissen eigenlijk hadden, met een soort optimisme dat het mechanisme in de springkop zou weigeren, zodat het zonder schade aan te richten op het gazon terecht zou komen.

Toen begon bij allen de wanhoop met toenemende kracht als een tang te knijpen.

Uit het noorden stak een lichte bries op, die de parachute in de richting van de gebouwen van het Smithsonian

Instituut deed drijven. Soldaten die de straten in de buurt van het Lincolnmonument en de gebouwen van het Nationale Archief hadden afgezet en horden ambtenaren die in het ochtendverkeer waren vastgelopen stonden als schapen naar boven te staren.

Om de conferentietafel heen was de atmosfeer geladen met een toenemende angst die onverdraaglijk werd. Jarvis kon het niet langer meer aanzien. 'Afgelopen,' zei hij met een schorre stem. 'Het is afgelopen met ons.'

'Kan er echt niets meer gedaan worden?' vroeg de president, met zijn ogen gekleefd aan het zwevende voorwerp op het scherm.

Higgins haalde verslagen zijn schouders op. 'Als we dat monster de lucht uitschieten, verspreiden we de bacillen alleen nog maar verder. En iets anders zie ik niet.'

Jarvis zag het besef groeien in de ogen van de president, het verschrikkelijke besef dat ze aan het eind van de weg waren gekomen. Het was iets onmogelijks, niet te accepteren, niet te geloven, maar het was er. De dood voor miljoenen was nog maar een paar seconden en een paar honderd meter weg.

Zo geconcentreerd zaten ze te kijken, dat ze het stipje op de achtergrond niet groter zagen worden. Admiraal Kemper was de eerste die het opmerkte; hem ontging zelden iets. Hij kwam uit zijn stoel omhoog en staarde met ogen als laserstralen. Toen zagen de anderen het ook: het stipje was uitgegroeid tot een helikopter die recht op de springkop afvloog.

'Wat zou die in godsnaam ...' mompelde Higgins.

'Het ziet eruit als dezelfde piloot die over de *Iowa* heenging,' zei Kemper.

'Maar ditmaal zullen we hem krijgen,' zei Higgins en greep naar de telefoon.

De stralen van de lage zon maakten van de helikopter een glinsterend object dat het beeld op het scherm domineerde. Het toestel werd groter en toen werden er grote zwarte letters zichtbaar aan de zijkant.

'NUMA', zei Kemper. 'Het is een van die helikopters van de NUMA.'

Jarvis liet zijn handen van zijn gezicht vallen en keek op alsof hij plotseling uit een diepe slaap werd gewekt. 'Zei u NUMA?'

'Kijk zelf maar,' zei Kemper en wees.

Jarvis keek. Toen schopte hij als een razende zijn stoel weg en sloeg Higgins dwars over de tafel heen de telefoon uit zijn hand. 'Nee!' brulde hij.

Higgins keek verbijsterd.

'Laten gaan!' snauwde Jarvis. 'Die piloot weet wat hij doet.'

Het enige dat Jarvis zeker wist, was dat Dirk Pitt iets te maken had met het drama dat zich boven de hoofdstad afspeelde. Een helikopter van de NUMA en Pitt. Daar moest een verband tussen bestaan. Jarvis kreeg een sprankje hoop, terwijl hij de afstand tussen helicopter en springkop kleiner zag worden.

De Minerva ging op de helder oranje parachute af als een stier op de mantilla van de matador. Het zou een spannende race worden. Steiger en Sandecker hadden de baan van de SD-springkop overschat en ze hingen boven het gebouw van het Nationale Archief, toen ze een paar honderd meter verderop de parachute open zagen gaan. Kostbare tijd ging verloren terwijl Steiger koortsachtig het toestel dichterbij probeerde te brengen voor een laatste wanhopige poging, die Pitt een paar uur tevoren had uitgedacht.

'Twaalf seconden,' meldde Sandecker onbewogen vanuit de deuropening.

Nog achttien seconden voor de klap, dacht Steiger.

'Klaar bij haak en lier,' zei Sandecker.

Steiger schudde zijn hoofd. 'Te riskant. We krijgen maar één kans. We moeten met de boeg op de touwen in.'

'Dan komen ze in de rotorbladen terecht.'

'Het is onze enige kans,' zei Steiger.

Sandecker ging er verder niet op in. Hij liet zich haastig in de stoel van de tweede piloot zakken en maakte zijn veiligheidsgordel vast.

De springkop doemde op voor de voorruit. Steiger zag dat hij marineblauw was geverfd. Hij trapte de smoorkleppen van de beide turbinemotoren van de assen in en rukte tegelijk de hellingregelaar achteruit. De Minerva werd zo hard afgeremd, dat de mannen naar voren tegen hun veiligheidsgordels werden gesmakt.

'Zes seconden,' zei Sandecker.

De schaduw van de enorme parachute viel over de helikopter heen en Steiger liet het toestel naar stuurboord kantelen. Door deze manoeuvre ging de scherpe boeg van de Minerva als een mes door de draagtouwen heen. De voorruit werd afgedekt door oranje zijde en de zon verdween. Drie van de touwen begonnen zich om de rotor-as te wikkelen; toen gaf het oude materiaal de strijd op en scheurde. De andere touwen wonden zich om de romp heen en brachten de Minerva bijna tot staan, toen ze zich strak trokken en de belasting van de zware springkop opvingen.

'Twee seconden,' siste Sandecker met zijn tanden op elkaar.

De Minerva werd naar beneden getrokken door het gewicht van het projectiel. Steiger liet het toestel terugkomen in horizontale stand, zette de smoorkleppen weer terug en trok met een razendsnelle handbeweging de collectieve spoedhandle in de maximale stand.

De twee motoren vochten tegen de belasting. Sandecker had opgehouden met tellen: de tijd was om. De hoogtemeter trilde op zeshonderd meter. Sandecker leunde uit een open raam en keek langs de wapperende zijde naar de springkop die onder de romp hing, ieder ogenblik een explosie verwachtend.

De rotorbladen van de Minerva hakten door de lucht met een bonzend geluid dat kilometers ver te horen was boven de zee van gefascineerd toekijkende gezichten. Parachute, projectiel en helikopter bleven als één geheel hangen. Sandecker keek weer naar de hoogtemeter. Onveranderd. Zijn voorhoofd begon te glanzen van het zweet.

Tien seconden gingen voorbij, naar het gevoel van Sandecker tien jaren. Steiger vocht verbeten met de besturing. De admiraal kon niets anders doen dan hulpeloos toekijken. Voor het eerst sinds jaren voelde hij zich volkomen nutteloos.

'Omhoog, verdomme, omhoog,' smeekte Steiger tegen de Minerva.

Sandecker staarde gehypnotiseerd naar de hoogtemeter. Het leek hem alsof de naald een geringe beweging begon te maken boven de zeshonderd meter uit. Was de wens hier de vader van de gedachte, of begon het instrument werkelijk een stijging aan te geven? Ja, langzaam, bijna onmerkbaar, begon de naald te bewegen.

'We stijgen,' meldde hij met een trilling in zijn stem.

Steiger gaf geen antwoord.

De stijgsnelheid nam iets toe. Sandecker bleef doodstil zitten kijken, tot hij er zeker van was dat zijn ogen hem niet bedrogen. Maar nu was er geen twijfel meer mogelijk. De naald was bij het volgende cijfer gekomen.

66

De opluchting van de mannen aan de conferentietafel was met geen pen te beschrijven. Bij een interview zouden ze stuk voor stuk hebben gezegd dat ze nog nooit zoiets moois hadden gezien. Zelfs de verzuurde generaal Higgins liet de breedste grijns zien die hij ooit vertoond had. De verstikkende wolk van angst was plotseling opgetrokken en ze juichten toen ze zagen hoe de Minerva zijn dodelijke lading naar een veilige hoogte bracht.

De president hing achterover in zijn stoel en permitteerde zich de luxe van een sigaar. Hij knikte door een rookwolk heen naar Jarvis, aan de andere kant van de tafel.

'Je zou haast zeggen dat jij helderziende bent, Dale.'

'Een berekende gok, excellentie,' zei Jarvis.

Admiraal Kemper pakte de telefoon op. 'Verbind mij met die helikopter van de NUMA,' beval hij.

'We zijn er nog niet,' zei Higgins. 'Die jongens daar kunnen niet eeuwig door blijven vliegen.'

'We hebben verbinding,' werd er door de telefoon gemeld.

Kemper begon te spreken, terwijl hij beide ogen gericht hield op de Minerva. 'Met admiraal Joseph Kemper van de generale staf. Identificeert u zich, alstublieft.'

'Jim Sandecker, Joe. Wat heb je op je hart?'

De president ging rechtop zitten. 'De directeur van de NUMA?'

Kemper knikte. 'Je weet verdomd goed wat ik op mijn hart heb,' snauwde hij tegen de telefoon.

'O ja, de SD-springkop. Ik neem aan dat je op de hoogte bent van de vernietigingskracht?'

'Ja.'

'En je wilt nu weten wat ik er mee ga doen?'

'De gedachte *was* bij me opgekomen.'

'Zodra we op vijftienhonderd meter zitten,' zei Sandecker, 'zetten de piloot, kolonel Abe Steiger, en ik koers naar zee en dan laten we dat rotding zo ver van de kust af vallen als onze brandstof ons brengt.'

'Hoe ver dacht je ongeveer?' vroeg Kemper.

Er volgde een pauze, waarin Sandecker even in beraad ging met Steiger. 'Ongeveer duizend kilometer ten oosten van de kust van Delaware.'

'Hoe vast zit de springkop?'

'Zo te zien goed vast. Het zou allemaal beter gaan als we niet alles op instrumenten hoefden te doen en van het landschap konden genieten.'

'Hoe dat zo?'

'De parachute is over onze voorruit gevallen. We kunnen alleen nog recht naar beneden kijken.'

'Kunnen we jullie helpen?' vroeg Kemper.

'Ja,' antwoordde Sandecker. 'Door alle luchtverkeer opdracht te geven uit onze buurt te blijven en ons vrij baan naar zee te laten.'

'Komt in orde,' zei Kemper. 'Ik zal ook zorgen voor een reddingsvaartuig in de buurt van de plaats waar jullie neerkomen.'

'Kan niet, Joe. Steiger en ik appreciëren het gebaar, maar het zou zinloos weggooien van mensenlevens zijn. Dat begrijp je toch.'

Kemper gaf niet meteen antwoord. In zijn ogen kwam een blik van diepe droefheid. Toen zei hij: 'Begrepen. Kemper uit.'

'Kunnen ze op geen enkele manier gered worden?' vroeg Jarvis.

Kemper schudde zijn hoofd. 'De droeve waarheid is dat admiraal Sandecker en kolonel Steiger bezig zijn met zelfmoord plegen. Als de brandstof op is en de helikopter stort in zee, gaat de springkop mee. Op zeshonderd meter hoogte wordt het SD-organisme verspreid. De rest hoef ik je niet te zeggen.'

'Maar ze kunnen het ding toch lossnijden en doorvliegen tot een veilige afstand om er dan uit te springen,' zei Jarvis.

'Ik begrijp wat admiraal Kemper bedoelt,' zei Higgins.

'Het antwoord is te zien op het scherm. De parachute is het doodskleed van de helikopter. De koorden hebben zich om de basis van de rotor gewikkeld en hangen langs de kant tegenover de vrachtdeur. Zelfs in stationnaire positie is het uitgesloten dat een man daar ver genoeg overheen kan kruipen om er met een mes bij te komen.

'Kunnen ze niet uit de helikopter springen voordat die begint te zakken?' vroeg Jarvis.

Generaal Sayre schudde zijn hoofd. 'In tegenstelling tot gewone vliegtuigen hebben helikopters geen automatische piloot. Ze moeten iedere seconde met de hand worden bestuurd. Als de bemanning eruit zou springen, zouden ze het toestel bovenop zich krijgen.'

'Hetzelfde geldt voor een redding vanuit de lucht,' zei Kemper. 'We zouden een van de mannen kunnen oppikken, maar niet alle twee.'

'Dus we kunnen niets doen?' In de stem van Jarvis was een hapering te horen.

De president staarde een tijdje naar het gelakte tafelblad. Toen zei hij: 'Laten we dan tenminste bidden dat ze die gruwel veilig ver uit de kust weten te brengen.'

'En als ze dat doen?'

'Dan kunnen wij hier hulpeloos toekijken hoe twee dappere mannen sterven.'

Het ijskoude water bracht Pitt weer bij. De eerste minuut knipperde hij met zijn ogen tegen het schelle daglicht en probeerde hij zijn toestand na te gaan en uit te vinden waarom hij in een koude en smerige rivier dreef. Toen begon de pijn echt door te zetten en zijn hoofd voelde aan alsof het vol spijkers zat.

Hij voelde een trilling in het water en hoorde een gedempt ploffend geluid. Even later kwam er een boot van de kustwacht uit de opstijgende zon tevoorschijn. Twee mannen in waterdichte pakken sprongen overboord en maakten hem handig vast in een ophaalnet. Toen werd het sein gegeven en werd hij voorzichtig aan boord gehesen.

'Een beetje vroeg in de morgen om te gaan zwemmen,' zei een beer van een man met zijn arm in een draagverband. 'Of ben je soms aan het trainen om het Kanaal over te steken?'

Pitt keek om zich heen en zag de glasscherven en

houtsplinters op de brug van de boot. 'Waar zijn jullie vandaan gekomen. De slag bij Nieuwpoort?'

De beer grijnsde en antwoordde: 'Wij waren op weg naar de haven, toen we opdracht kregen om jou uit de plomp te vissen. Ik ben Kiebel, Oscar Kiebel, kapitein van wat ooit de netste boot op de binnenwateren was.'

'Dirk Pitt, van de NUMA.'

Kiebel fronste zijn wenkbrauwen. 'Wat voerde je dan uit op dat slagschip?'

Pitt keek nog eens naar de schade aan de boot. 'Ik geloof dat ik jullie een nieuwe antenne schuldig ben.'

'Was jij dat dan?'

'Ja, sorry dat ik ben doorgegaan na de botsing, maar ik had geen tijd om een schaderapport op te maken.'

Toen zag Pitt een grote rookwolk om de bocht van de Potomac heen. 'De *Iowa,*' vroeg hij. 'Wat is er met de *Iowa* gebeurd?'

'Die is in de lucht gevlogen.'

Pitt zakte ineen tegen de verschansing aan.

Kiebel kwam met een deken. 'Doe het maar even kalm aan tot we aanleggen. In het dok zit een dokter op ons te wachten.'

'Het doet er niet toe,' zei Pitt. 'Helemaal niets meer.'

Kiebel bracht hem naar de stuurhut en gaf hem een dampende kop koffie. 'Sorry dat we geen drank aan boord hebben. Voorschriften en verboden. Het is trouwens nog wel een beetje vroeg voor een borrel.' Toen draaide hij zich om en vroeg door de open deur aan zijn verbindingsofficier: 'Hoe staat het nu met die helikopter?'

'Die bevindt zich nu boven de Chesapeake-Baai, kapitein.'

Pitt keek op. 'Wat is dat voor helicopter?'

'Nou, een toestel van jullie,' zei Kiebel. 'Te gek om los te lopen. Een granaat van het laatste salvo van de *Iowa* kwam naar beneden aan een parachute, en die gek van de NUMA heeft hem opgevangen in de vlucht.'

'Goddank!' zei Pitt, toen het tot hem doordrong wat dat inhield. 'Een radio. Ik heb jullie radio nodig.'

Kiebel aarzelde. Hij kon de urgentie zien in de ogen van Pitt. 'Burgers gebruik te laten maken van militaire verbindingsmiddelen is niet helemaal kosjer.' Pitt stak een hand op om hem het zwijgen op te leggen. Het gevoel begon terug te komen in zijn door de kou verdoofde huid en hij voelde onder zijn hemd iets tegen zijn maag drukken. Hij haalde een klein pakje tevoorschijn en bekeek het verwonderd.

'Waar zou dit in jezusnaam vandaan gekomen zijn?'

Steiger hield zorgvuldig de thermometer in het oog, toen de naald in de richting van het rood begon te komen. De Atlantische kust was nog honderd kilometer verderop, en het laatste dat hij wilde was wel een vastgelopen turbinelager.

Het radiolampje ging aan als teken van een oproep, en de admiraal drukte op de knop 'zenden'. 'Met Sandecker; over.'

'Ik ben klaar voor die roereieren,' zei Pitt met een krakende stem door de microfoon.

'Dirk!' riep Sandecker uit. 'Alles goed met je?'

'Een beetje beschadigd, maar nog wel bruikbaar.'

'En de andere springkop?' vroeg Steiger gespannen.

'Onschadelijk gemaakt.'

'En het SD-organisme?'

In de stem van Pitt klonk niets van onzekerheid. 'Weggespoeld het riool in.'

Pitt kon alleen maar hopen dat Hiram Lusana de bommetjes overboord had gegooid, maar hij was niet van plan om Steiger en de admiraal te laten weten, dat al hun inspanningen wellicht toch tevergeefs waren geweest.

Sandecker vertelde Pitt in het kort hoe ze de parachute hadden opgevangen en legde hem uit dat de vooruitzichten somber waren. Pitt luisterde zonder iets te zeggen. Toen de admiraal aan het eind van zijn verhaal was gekomen, stelde Pitt maar één vraag: 'Hoe lang kunnen jullie nog in de lucht blijven?'

'Ik kan het met de brandstof nog twee tot twee en een half uur redden,' antwoordde Steiger. 'Mijn dringendste probleem zijn de turbines. Die beginnen warm te lopen.'

'Zo te horen heeft het doek van de parachute de inlaten gedeeltelijk verstopt.'

'Ik sta open voor briljante ideeën. Heb jij er een?'

'Toevallig wel, ja,' zei Pitt. 'Luister goed. Over twee uur maak ik opnieuw contact met jullie. Tot dan beginnen jullie alles overboord te gooien wat je maar enigszins kunt missen. Stoelen, gereedschappen, ieder onderdeel van het toestel dat jullie kunnen demonteren om jullie gewicht te verminderen. Doe alles wat daarvoor nodig is, maar zorg dat je in de lucht blijft tot ik weer contact opneem. Pitt uit.'

Hij schakelde de microfoon uit en wendde zich tot Luitenant-ter zee 1e klas Kiebel. 'Ik moet zo vlug mogelijk aan wal zien te komen.'

'Over acht minuten zijn we in de haven.'

'Ik heb ook vervoer nodig.'

'Ik zie nog steeds niet wat jouw rol in deze troep is,' zei Kiebel. 'Het kan evengoed zijn dat ik je zou moeten arresteren.'

'Het is nu niet de tijd om dat soort spelletjes te spelen,' snauwde Pitt. 'Jezus, moet ik dan alles zelf doen?' Hij richtte zich tot de radioman. 'Stel mij in verbinding met het hoofdkantoor van de NUMA en de Stransky Instrument Company, in die volgorde.'

'Ga je niet een beetje erg vrij om met mijn manschappen en apparatuur?'

Pitt twijfelde er geen moment aan of Kiebel zou hem tegen de grond hebben geslagen, als hij twee goede armen had gehad. 'Wat moet ik doen om je medewerking te krijgen?'

Kiebel keek Pitt met zijn lichtbruine ogen moordzuchtig aan; toen begonnen ze geleidelijk te trillen en om zijn mond kwam een glimlach. 'Alsjeblieft zeggen.'

Pitt gehoorzaamde en precies twaalf minuten later zat hij in een helikopter van de kustwacht, op weg naar Washington.

67

Voor Steiger en Sandecker gingen de twee uren met martelende traagheid voorbij. Bij de Slaughter-baai waren ze over de kust heen gevlogen en nu bevonden ze zich op ruim achthonderd kilometer van de kust boven de Atlantische Oceaan. Het weer bleef betrekkelijk rustig en de enkele donderwolken waren beleefd uit hun route gebleven.

Alles wat niet vastgeschroefd zat en sommige dingen die dat wel waren hadden ze overboord gegooid. Sandecker schatte dat hij hun gewicht met een kleine tweehonderd kilo had verminderd. Daardoor en ook door het gewichtsverlies als gevolg van het brandstofverbruik waren de protesterende turbines weerhouden van oververhitting bij hun inspanningen om de overbelaste Minerva in de lucht te houden.

Sandecker lag met zijn rug tegen de achterwand van de cabine. Hij had alle stoelen verwijderd, behalve die van Steiger. De inspanningen van de afgelopen twee uur hadden hem uitgeput. Hij lag te hijgen en zijn armen en benen waren stijf van vermoeidheid.

'Al iets . . . iets van Pitt gehoord?'

Steiger schudde zijn hoofd, zonder zijn blik van de instrumenten af te wenden. 'Doodse stilte,' zei hij. 'Maar wat wil je? Die man is geen tovenaar.'

'Ik heb hem anders wel dingen zien doen die niemand voor mogelijk had gehouden.'

'Ik herken een overdreven poging om valse hoop op te wekken als ik die hoor,' zei Steiger en keek op de klok. 'Twee uur en acht minuten sinds het laatste contact. Ik denk dat hij ons heeft afgeschreven.'

Sandecker was te uitgeput om er nog tegenin te gaan. Als in een dichte mist, strekte hij een arm uit en zette een koptelefoon op. Een gevoel van vrede begon over hem heen te komen, toen hij plotseling werd opgeschrikt door een luide stem.

'Hé, kale, je vliegt al net zoals je naait.'

'Giordino!' riep Steiger uit.

Sandecker drukte op de knop 'zenden'. 'Al, waar zit je?'

'Zowat achthonderd meter achter jullie en zestig meter lager.'

Sandecker en Steiger keken elkaar verbijsterd aan.

'Je moet eigenlijk in het hospitaal liggen,' zei Sandecker versuft.

'Pitt heeft ervoor gezorgd dat ik weg mocht.'

'Waar *is* Pitt?' vroeg Steiger.

'Die kijkt naar je kont, Abe,' antwoordde Pitt. 'Ik zit aan het stuur van Giordino's Catlin M-200.'

'Je bent laat,' zei Steiger.

'Sorry, maar dit soort dingen kost tijd. Hoe is het met jullie brandstof?'

'De bodem van de tank komt in zicht,' antwoordde Steiger. 'Met een beetje geluk kan ik nog een minuut of twintig in de lucht blijven.'

'Honderd kilometer verderop, ligging tweehonderdzeventig graden ligt een Noors toeristenschip klaar voor jullie. De kapitein heeft alle passagiers van het zonnedek gehaald. Jullie moeten het kunnen redden . . .'

'Ben je gek?' onderbrak Steiger hem. 'Toeristenschip, zonnedek ... waar zit je over te kletsen?'

Pitt vervolgde rustig: 'Zodra wij de springkop hebben losgesneden, vliegen jullie naar dat schip toe. Je kunt het niet missen.'

'Ik zal echt jaloers op jullie zijn,' zei Giordino. 'Lekker op het zonnedek zitten en cocktails slurpen.'

'Cocktails slurpen,' hijgde Steiger. 'Mijn God, ze zijn allebei stapelgek geworden.'

Pitt richtte zich tot Giordino, die opgevouwen op de zitplaats van de tweede piloot zat, en knikte naar het gipsverband aan zijn ene been. 'Zie je kans om met dat ding de instrumenten te bedienen?'

'Het enige dat ik er niet mee kan,' zei Giordino en tikte op het gips, 'is krabben aan de binnenkant.'

'Aan jou de eer dan.'

Pitt liet de stuurkolom los, klom uit zijn stoel en ging naar het laadruim van de Catlin. Door het open luik woei een ijskoude wind naar binnen. Een Noordeuropees uitziende man in een bont skipak zat ineengedoken bij een lang, zwart, rechthoekig voorwerp op een zware driepoot. Dr. Paul Weir was er kennelijk niet op gebouwd om midden in de winter aan boord van een tochtig vliegtuig te zitten.

'We zijn in positie,' zei Pitt.

'Bijna klaar,' antwoordde Weir met lippen die blauw begonnen te worden. 'Ik ben bezig de koelpijpen aan te sluiten. Als we niet voor een goede watercirculatie zorgen, wordt de hele zaak veranderd in een kampvuur.'

'Ik had eigenlijk een meer exotische apparatuur verwacht,' zei Pitt.

'Grote argon-lasers zijn niet ontworpen voor science-fiction-films, meneer Pitt.' Dr. Weir ging door met praten, terwijl hij de draadaansluitingen aan een laatste controle onderwierp. 'Ze zijn berekend op het uitzenden van een samenhangende lichtbundel voor alle mogelijke praktische toepassingen.'

'Zou het sterk genoeg zijn voor dit karwei?'

Weir haalde zijn schouders op. 'Achttien watt geconcentreerd in een miniatuurbundeltje dat niet meer dan twee kilowatt energie uitstraalt lijkt niet veel, maar ik verzeker u dat het ruimschoots voldoende is.

'Hoe dicht wilt u dat we bij de springkop komen?'

'De afwijking van de bundel maakt het nodig zo dicht mogelijk bij te komen. Minder dan vijftien meter.'

Pitt drukte op de knop van de microfoon. 'Al?'

'Ja?'

'We moeten het projectiel naderen tot maximaal twaalf meter.'

'Op die afstand krijgen we wel last van windstoten van de rotor.'

'Daar is niets aan te doen.'

Weir schakelde de laser in.

'Abe, ontvang je me?' vroeg Pitt.

'Ik luister.'

'Het idee is dat Giordino het vliegtuig dicht genoeg bij jullie brengt om de parachute-koorden met een laserstraal door te snijden.'

'Dus dat is het,' zei Sandecker.

'Ja, dat is het, admiraal.' De stem van Pitt klonk zacht en bijna onverschillig. 'We komen nu in positie. Houd vooral je koers aan en als je nog vingers over hebt, duim er dan maar mee.'

Giordino bediende de stuurinrichting met de precisie van een horlogemaker en bracht de Catlin naast en iets onder de Minerva.

Hij begon de windstoten op de draagvlakken te voelen en klemde zijn handen strak om het stuur heen. Achterin het laadruim deden de heftige windstoten alles wat niet vastgemaakt was rammelen. Pitt keek afwisselend van de springkop naar Weir.

De chef-fysicus van Stransky Instruments boog zich over de laserkop heen. Van enige angst was bij hem geen spoor te merken. Het had er meer van weg dat hij zich amuseerde.

'Ik zie geen straal,' zei Pitt. 'Werkt hij nu al?'

'Sorry als ik u moet teleurstellen,' antwoordde Weir, 'maar argon laserstralen zijn onzichtbaar.'

'Met dit geweervizier van dertig dollar,' hij tikte op de ronde buis die hij aan het laser-apparaat had vastgeschroefd, 'zal ik geen Nobelprijs winnen, maar ik zal het er wel mee redden.'

Pitt ging op zijn buik liggen en kroop naar voren tot hij zijn hoofd door het open luik heen naar buiten kon steken. De ijzige wind rukte aan het verband om zijn hoofd, dat aan één kant begon te wapperen als een vlag in een orkaan. De springkop hing onder de helikopter, niet helemaal verticaal, maar een beetje de kant van de achterste rotor op. Terwijl hij er naar lag te kijken, kon Pitt zich nauwelijks voorstellen, dat zo'n klein pakje zo'n zee van ellende bevatte.

'Dichterbij,' riep Weir. 'Nog drie meter.'

'Drie meter dichterbij,' zei Pitt in de microfoon.

'Als we nog dichterbij komen, kunnen we volstaan met een schaar,' mompelde Giordino. Van zijn uiterste gespannenheid liet hij niets blijken. Zijn gezicht zag eruit als dat van iemand die half was ingeslapen. Alleen aan de brandende ogen was iets te zien van de concentratie waarmee hij zijn precisievlucht maakte. Onder zijn verband voelde het zweet aan alsof het eruit zou spatten en de zenuwen in zijn been krijsten van irritatie.

Pitt merkte nu iets op – een zwart wordende vlek in de ineengestrengelde koorden boven de springkop. De onzichtbare straal was begonnen het nylon weg te smelten. Hoeveel koorden waren er? vroeg hij zich af. Misschien wel een stuk of vijftig.

'Het wordt oververhit!' riep Weir. 'Te koud hier met dat open luik. De koelpijpen zijn bevroren.'

Weir richtte zijn ogen weer op het telescoopvizier. Pitt kon diverse koorden zien knappen. De verkoolde uiteinden werden door de luchtstroom horizontaal aan het wapperen gebracht. De scherpe lucht van brandend isolatiemateriaal begon de cabine te vullen

'Die pijp maakt het niet lang meer,' zei Weir.

Nog een stuk of zes koorden werden doorgesneden, maar de rest bleef strak gespannen en onbeschadigd. Weir ging plotseling rechtop zitten en trok zijn smeulende handschoenen uit.

'God, het spijt me!' riep hij. 'De pijp is kapot.'

De SD-springkop hing nog dreigend onder de Minerva.

Een halve minuut bleef Pitt liggen staren naar het dodelijke projectiel dat daar in de lucht hing te schommelen. Zijn gezicht vertoonde geen enkele uitdrukking, alleen concentratie. Toen verbrak hij de stilte.

'We zijn de [illegible] kwijt,' meldde hij zonder omhaal.

'Verdomme, verdomme, verdomme!' gromde Steiger. 'Hebben we dan ook nooit een beetje geluk?' Zijn stem klonk bijna woest van verbittering en frustratie.

'En toen?' vroeg admiraal Sandecker kalm.

'Uitschakelen en in duikvlucht gaan,' antwoordde Pitt.

'Wat?'

'De laatste troefkaart. Een duikvlucht. En dan optrekken als jullie hard genoeg vallen. Misschien keert Abe's geluk en wordt de springkop dan losgerukt.'

'Dat wordt wel griezelig,' zei Steiger. 'Ik moet helemaal op de instrumenten afgaan. Ik zie geen barst met die parachute over mijn voorruit.'

'Wij blijven bij jullie,' zei Giordino.'

'Maar kom niet te dichtbij, anders worden jullie nog aangestoken,' antwoordde Steiger. Hij begon de afstand tussen helikopter en vliegtuig te vergroten. 'We zullen er nu het beste maar van hopen.' Toen duwde hij de stuurknuppel naar voren.

De Minerva kantelde naar voren en naar beneden onder een hoek van vijfenzeventig graden. Sandecker zette zich schrap met zijn voeten tegen de stoel van Steiger en zocht naar een handvat. De mannen in de Catlin keken gefascineerd hoe de neus van de helikopter bijna recht op de zee afging.

'Dalingshoek een beetje verminderen,' zei Pitt. 'De springkop komt anders te dicht bij jullie staartrotor.'

'Begrepen,' zei Steiger en zijn stem klonk gespannen. 'Het is alsof je met je ogen dicht van een dak afspringt.'

'Het ziet er goed uit,' zei Pitt geruststellend. 'Niet te hard. Als je boven de zeventig komt, loop je het risico je rotorbladen kwijt te raken.'

'Ik moet er niet aan denken.'

Twaalfhonderd meter.

Giordino deed geen moeite om Steiger meter voor meter bij te blijven. Hij liet de Catlin een eind verder naar achteren geleidelijk dalen in een spiraalvormige beweging. Dr. Weir, die verder niets te doen had, kroop terug naar de warmte van de cabine.

De scherpe hoek van de cabinevloer van de helikopter gaf admiraal Sandecker het gevoel alsof hij met zijn rug tegen een muur stond. Steigers ogen gingen onophoudelijk heen en weer tussen de hoogtemeter, de luchtsnelheidsmeter en de kunstmatige horizon.

Negenhonderd meter.

Pitt zag hoe het doek van de parachute gevaarlijk dicht bij de rotor wapperde, maar hij zei niets. Steiger had genoeg aan zijn hoofd, vond hij, om nog eens naar een alarmkreet te luisteren. Hij keek toe hoe de zee op de Minerva af kwam stormen.

Steiger begon een toenemende trilling waar te nemen. Het geluid van de wind werd harder naarmate de snelheid toenam. Een ogenblik kwam de gedachte bij hem op om de stuurknuppel in dezelfde stand te houden en een eind aan de marteling te maken. Maar toen dacht hij voor het eerst die dag aan zijn vrouw en kinderen, en zijn verlangen om die terug te zien maakte hem vastbesloten om in leven te blijven.

'Abe, nu!' riep Pitt. 'Optrekken!'

Steiger trok de stuurknuppel achteruit.

Zeshonderd meter.

De Minerva trilde onder de enorme zwaartekrachtweerstand die op iedere klinknagel van de constructie inwerkte. Het toestel bleef stil zweven en de springkop reageerde op die kracht als een gewicht aan een enorme penduleslinger en werd naar buiten getrokken. De koorden, die weerstand hadden geboden aan de laserstraal werden strak gespannen als banjosnaren. Bij twee en drie tegelijk begonnen ze te knappen.

Net toen het ernaar uitzag dat de SD-springkop tegen de helikopter aan zou smakken, werd hij losgerukt en viel.

'Hij is weg!' brulde Pitt.

Steiger was te uitgeput om te antwoorden. Sandecker verzette zich tegen de duisternis die hem overviel door de plotselinge verandering van richting en schudde Steiger bij zijn schouder.

'Op naar dat schip,' zei hij met een dodelijk vermoeide en heel erg opgeluchte stem.

Pitt keek niet naar de Minerva, die op weg ging naar de veiligheid. Hij keek de springkop na, tot de blauwe huls zich vermengde met het blauw van het zeewater en uit het gezicht verdween.

Het projectiel was berekend op een daalsnelheid van ruim

vijf meter per seconde en stortte voorbij de driehonderd meter zonder dat de ontsteking in werking kwam. Met een snelheid van bijna honderd meter per seconde verdween het biologische organisme met alle potentiële ellende in de peilloze diepte van de zee.

Pitt lag nog steeds te kijken, toen de golven zich boven het witte schuimkopje sloten waar de springkop in zee was verdwenen.

Het heeft iets heel treurigs om een trots schip te zien ondergaan. De president voelde zich diep geroerd en hield zijn ogen strak gericht op de rookzuilen die opstegen van de *Iowa,* terwijl de brandweerboten tot dicht bij de vuurzee kwamen in een vruchteloze poging om de vlammen te blussen.

Hij was achtergebleven met Timothy March en Dale Jarvis, want de stafchefs waren teruggekeerd naar hun kantoren om de verwachte onderzoeken te gaan instellen, de verwachte rapporten uit te schrijven en de verwachte instructies te geven. Binnen een paar uren zou de eerste schok uitgewerkt zijn en de nieuwsmedia zouden om bloed gaan roepen, van wie dan ook.

De president had zijn koers bepaald. Het publieke misbaar zou tot bedaren moeten worden gebracht. Bij het uitroepen van de overval tot weer een dag van nationale schande was niets te winnen. De scherven moesten zo discreet mogelijk onder het vloerkleed worden geveegd.

'Het bericht is net binnengekomen dat admiraal Bass in het marinehospitaal Bethesda is overleden,' meldde Jarvis zacht.

'Hij moet een sterke figuur zijn geweest om de last van dit gruwelijke geheim al die jaren te hebben kunnen dragen,' zei de president.

'Daarmee is het dus afgelopen,' mompelde March.

'We hebben het eiland Rongelo nog,' zei Jarvis.

'Ja,' zei de president en knikte vermoeid. 'Dat is er ook nog.'

'We mogen geen spoor van het organisme laten bestaan.'

De president keek Jarvis aan. 'Wat is jouw voorstel?'

'Het eiland van de kaart vegen,' antwoordde Jarvis.

'Onmogelijk,' zei March. 'De Sowjets zouden te keer gaan

als bezetenen, als we een bom tot ontploffing brengen. Het verbod op bovengrondse kernproeven wordt al twintig jaar lang door beide naties gerespecteerd.'

Om de lippen van Jarvis verscheen een glimlachje. 'De Chinezen hebben dat verdrag nog steeds niet ondertekend.'

'Wel, en?'

'We kunnen dus volgens het boekje van de Operatie wilde roos te werk gaan,' legde Jarvis uit. 'We sturen een van onze onderzeeërs met kernbewapening zo dicht naar de Chinese kust toe als we durven en geven dan opdracht tot het afvuren van een kernraket op Rongelo.'

March en de president keken elkaar nadenkend aan. Toen keerden ze zich weer naar Jarvis toe, in afwachting van de rest.

'Zolang er geen Amerikaanse voorbereidingen voor een kernproef zijn genomen en er binnen drieduizend kilometer van het doelgebied geen enkel oppervlaktevaartuig of vliegtuig van ons is waar te nemen, kunnen de Russen geen enkel concreet bewijs aanvoeren om een eventuele beschuldiging mee te staven. Aan de andere kant kunnen hun verkenningssatellieten niet anders melden, dan dat de baan van het projectiel op Chinees grondgebied moet zijn begonnen.'

'Als we behoedzaam genoeg te werk gaan, zouden we het wellicht kunnen redden,' zei March, die warm begon te lopen voor het plan. 'Natuurlijk zouden de Chinezen iedere betrokkenheid van de hand wijzen. En na de gebruikelijke lelijke beschuldigingen van het Kremlin, ons eigen departement van buitenlandse zaken en andere verontwaardigde naties en een scherpe veroordeling van Peking, zou de hele episode zijn afgesloten en binnen veertien dagen zo goed als vergeten zijn.'

De president staarde voor zich uit en vocht met zijn geweten. Voor het eerst in bijna acht jaar voelde hij de enorme kwetsbaarheid van zijn ambt. Het pantser van de macht zat vol kleine haarscheurtjes, die door een onverwachte klap konden openspringen.

Eindelijk, moeizaam als een man van tweemaal zijn leeftijd, stond hij op.

'Ik bid God,' zei hij met droefheid in zijn ogen, 'dat ik de laatste man op aarde ben die bewust opdracht geeft tot het uitvoeren van een kernaanval.'

Toen keerde hij zich om en liep langzaam naar de lift die hem naar het Witte Huis zou brengen.

Gekkengambiet

Umkono, Zuid-Afrika - januari 1989

De hitte van de vroege ochtendzon was al duidelijk voelbaar, toen de beide mannen voorzichtig de touwen door hun handen lieten glijden en de houten kist naar de bodem van het graf lieten afdalen. Toen werden de touwen losgemaakt en schuurden ze met een zacht ruisend geluid over de scherpe randen van de kist heen.

'U weet zeker dat ik het graf niet moet dichtgooien?' vroeg een pikzwarte doodgraver, terwijl hij het touw om zijn schouder wikkelde.

'Bedankt; daar zorg ik zelf wel voor,' zei Pitt en stak hem een paar Zuidafrikaanse bankbiljetten toe.

'Nee dank u,' zei de doodgraver. 'De kapitein was een vriend. Als ik honderd graven voor hem zou delven, zou ik daar nog niet mee kunnen terugbetalen wat hij bij zijn leven voor mijn gezin heeft gedaan.'

Pitt knikte begrijpend. 'Ik wil graag je spade lenen.'

De doodgraver gaf hem die, schudde Pitt stevig de hand en glimlachte breed tegen hem. Toen ging hij op weg over het smalle pad van het kerkhof naar het dorp.

Pitt keek om zich heen. Het landschap was weelderig, maar ruw. Van de vochtige bodemvegetatie kwamen stoomwolken omhoog naarmate de zon hoger in de lucht kwam te staan. Hij ging met een mouw over zijn bezwete voorhoofd en strekte zich uit onder een mimosaboom, terwijl hij keek naar de pluizige gele balletjes en luisterde naar het getoeter van claxons in de verte. Toen richtte hij opnieuw zijn aandacht op de grote granieten steen boven het graf.

HIER LIGT DE FAMILIE FAWKES
Patrick McKenzie
Myrna Clarissa
Patrick McKenzie Jr.
Jennifer Louise
Voor eeuwig bij elkaar
1988

Iemand met een profetische blik, de kapitein, dacht Pitt. De steen was maanden voor zijn dood aan boord van de *Iowa* gemaakt. Hij veegde een zwervende mier weg en bleef nog twee uur liggen sluimeren. Hij werd wakker door het geluid van een auto.

De chauffeur in uniform, een sergeant, bracht de Bentley tot stilstand, stapte uit en deed de achterdeur open. Kolonel Joris Zeegler stapte uit, gevolgd door minister van defensie Pieter de Vaal.

'Het ziet er vreedzaam genoeg uit,' zei De Vaal.

'Sinds de moordpartij bij Fawkes is het hier rustig gebleven,' zei Zeegler. 'Ik geloof dat het graf deze kant op is.'

Pitt stond op en klopte zijn kleren af, toen zij dichterbij kwamen. 'Erg vriendelijk, heren, om van zo ver hierheen te komen,' zei hij en stak zijn hand uit.

'Geen moeite, dat kan ik u verzekeren,' zei De Vaal arrogant. Hij negeerde de uitgestoken hand van Pitt en ging oneerbiedig op de grafsteen van Fawkes zitten. 'Toevallig had kolonel Zeegler een inspectietocht door het noorden van de provincie Natal op het programma staan. Er is dus alleen maar sprake van een kleine omweg en een kort oponthoud.'

'Ik zal u niet lang ophouden,' zei Pitt en controleerde zijn zonnebril op vlekken. 'Hebt u kapitein Fawkes gekend?'

'Ik begrijp dat uw nogal vreemde verzoek om mij te ontmoeten op een plattelandskerkhof afkomstig is uit hoge kringen in uw regering, maar u moet wel begrijpen dat ik hier beleefdheidshalve ben en niet om vragen te beantwoorden.'

'Dat begrijp ik,' zei Pitt.

'Ja, ik heb kapitein Fawkes een keer ontmoet.' De Vaal keek voor zich uit. 'Vorig jaar oktober, meen ik. Kort na de moordpartij op zijn gezin. Ik heb hem toen gecondoleerd namens het ministerie van defensie.'

'Is hij toen ingegaan op uw aanbod hem de aanval op Washington te laten leiden?'

De Vaal vertrok geen spier. 'Kletskoek. De man was geestelijk uit zijn evenwicht geraakt door de moord op zijn vrouw en kinderen. Hij heeft de hele zaak op eigen houtje gepland en uitgevoerd.'

'Werkelijk?'

'In mijn positie hoef ik me niet te laten beledigen.' De Vaal kwam overeind. 'Goedendag, meneer Pitt.'

Pitt liet hem een meter of vijf weglopen en zei toen: 'De Operatie wilde roos, excellentie. Onze inlichtingendienst was daar nagenoeg van begin af aan van op de hoogte.'

De Vaal bleef met een ruk staan, keerde zich om en keek naar Pitt. 'Wisten ze daarvan af?' Hij liep terug tot hij vlak tegenover de man van de NUMA stond. 'Waren ze op de hoogte van de Operatie wilde roos?'

'Dat zou u van alle mensen wel het minst moeten verwonderen,' zei Pitt vriendelijk. 'U was het tenslotte die dat had laten uitlekken.'

De hooghartige houding van De Vaal kreeg een klap en hij keek naar Zeegler op zoek naar steun. De ogen van de kolonel knipperden niet en zijn gezicht was steenhard. 'Belachelijk,' zei De Vaal. 'U lanceert een wilde beschuldiging die nergens op gebaseerd is.'

'Ik geef toe dat het niet helemaal waterdicht is,' zei Pitt 'maar ik ben er dan ook laat ingekomen. Een mooi plan, en hoe de afloop ook is, u wint, excellentie. Het plan was nooit bedoeld om te slagen. Er het ARL van beschuldigen om sympathie voor de zaak van de blanke minderheid in Zuid-Afrika op te wekken was een rookgordijn. Het eigenlijke doel was de partij van premier Koertsman in een lastige situatie brengen en de regering laten vallen, zodat het ministerie van defensie een excuus zou hebben om op de proppen te komen met een nieuwe regering, onder leiding van niemand anders dan Pieter de Vaal.'

'Waarom doet u dit?' vroeg de Vaal kwaadaardig. 'Wat denkt u hierbij te winnen?'

'Ik hou er niet van om verraders rijk te zien worden,' antwoordde Pitt. 'Tussen twee haakjes, hoeveel hebben u en Emma bij elkaar gebracht? Drie, vier, vijf miljoen dollar?'

‘Je ziet spoken, Pitt. Kolonel Zeegler hier kan je bevestigen dat Emma een betaalde agent van het ARL was.’

‘Emma verkocht vervalste rapporten uit de archieven van het ministerie van defensie aan iedere zwarte revolutionair die goedgelovig genoeg was om ervoor te betalen en deelde dan de opbrengst met u. Een heel lucratieve bijverdienste, De Vaal.’

‘Ik hoef hier niet naar deze smerige aantijgingen te blijven staan luisteren,’ siste de minister. Hij knikte naar Zeegler en maakte een gebaar in de richting van de wachtende Bentley.

Zeegler bewoog zich niet. ‘Het spijt me, excellentie, maar ik geloof dat we beter even kunnen luisteren naar wat meneer Pitt te vertellen heeft.’

De Vaal stikte bijna van woede. ‘Je bent al tien jaar bij me in dienst, Joris. Je weet heel goed dat ik insubordinatie met de uiterste strengheid straf.’

‘Dat is me bekend, ja, maar ik geloof toch dat we beter kunnen blijven, vooral gezien de omstandigheden.’ Zeegler wees op een neger die zijn weg zocht tussen de grafstenen door. Zijn gezicht stond somber en vastberaden en hij was gekleed in het uniform van het ARL. In zijn hand hield hij een lang en gebogen Marokkaans mes.

‘De vierde acteur in het drama,’ zei Pitt. ‘Mag ik u voorstellen Thomas Machita, de nieuwe leider van het Afrikaanse Revolutieleger.’

Weliswaar was er niemand van het gevolg van de minister gewapend, maar Zeegler stond er onverschillig bij. De Vaal draaide zich om en met wilde gebaren naar Machita schreeuwde hij de chauffeur toe: ‘Sergeant! Schiet hem dood! In godsnaam, schiet dan toch!’

De sergeant keek dwars door De Vaal heen alsof de minister doorschijnend was. De Vaal keerde zich naar Zeegler, met een toenemende angst in zijn ogen. ‘Joris, wat gebeurt hier?’

Zeegler gaf geen antwoord. Zijn gezicht was volkomen leeg en uitdrukkingloos.

Pitt wees naar het open graf. ‘Het was Kapitein Fawkes die uw listige plannen aan het licht bracht. Hij was dan wel uit zijn evenwicht door de dood van zijn gezin en verblind door wraakzucht, maar toen u Emma op hem afstuurde om hem te elimineren, drong het tot hem door hoe verschrikkelijk hij misbruikt en gedupeerd was. Een noodzakelijk onderdeel van uw plan. Als de kapitein levend gevangen zou worden genomen, zou hij uw directe betrokkenheid aan het licht kunnen brengen. Bovendien kon u het risico niet lopen, dat hij er op een of andere wijze achter zou komen dat u de man achter de overval op zijn farm was.'

'Nee!' kraste De Vaal.

'Kapitein Patrick McKenzie Fawkes was de enige man in Zuid-Afrika die de Operatie wilde roos kon uitvoeren. U gaf opdracht tot de moord op zijn vrouw en kinderen, omdat u wist dat een zo zwaar getroffen man vergelding zou zoeken. De moordpartij was een meesterlijk staaltje van geslepenheid. Zelfs uw eigen mensen op het ministerie hadden er moeite mee de overvallers in verband te brengen met een bekende opstandelingen-organisatie. Het idee dat hun chef een troep zwarte huurlingen uit Angola had binnengesmokkeld kwam uiteraard nooit bij ze op.'

In de ogen van De Vaal was een verbijsterde wanhoop te zien. 'Hoe is het mogelijk dat je dit allemaal weet?'

'Als een goed officier van de inlichtingendienst, zette kolonel Zeegler zijn onderzoek voort tot hij achter de waarheid kwam,' zei Pitt. 'Bovendien hield Fawkes een logboek bij, zoals de meeste scheepskapiteins doen. Ik was er bij toen Emma hem trachtte om te brengen. Fawkes redde mij het leven, voordat het schip in de lucht vloog. Maar voordat hij dat deed, stopte hij zijn logboek met nog een paar aantekeningen over u in een waterdichte tabakszak, die hij onder mijn hemd stopte. Het was verdomd interessante lectuur, met name voor de president en de directeur van de veiligheidsdienst.'

'Tussen twee haakjes,' ging Pitt verder. 'Die valse mededeling van u waarin premier Koertsman bij de zaak werd betrokken, is door niemand serieus opgenomen. Het Witte Huis was ervan overtuigd, dat de Operatie wilde roos achter zijn rug was opgezet en uitgevoerd. Zo werd uw glibberige plan om uw eigen regering ten val te brengen dus een mislukking. Op het laatst heeft Fawkes u er nog ingeluisd, al was het dan ook postuum. De overige details zijn afkomstig van kolonel Machita, die met kolonel Zeegler overeengekomen is de strijdbijl lang genoeg te begraven om met u af te rekenen. Wat mijn eigen aanwezigheid betreft, ik heb de rol van ceremoniemeester gevraagd en gekregen vanwege mijn schuld aan kapitein Fawkes.'

De Vaal staarde Pitt met een verslagen blik aan. Toen keerde hij zich naar Zeegler. 'Joris, heb jij deze hinderlaag georganiseerd?'

'Geen man blijft loyaal aan een verrader.'

'Als er ooit iemand verdiend heeft te sterven, ben jij het, De Vaal,' zei Machita. De haat leek uit zijn poriën te druipen.

De Vaal negeerde Machita. 'Een man in mijn positie kan niet zonder meer worden geëxecuteerd. De wet schrijft een rechtszaak voor.'

'Premier Koertsman wenst ieder schandaal te vermijden,' zei Zeegler, zonder zijn chef in de ogen te kijken. 'Hij heeft voorgesteld u te laten omkomen bij het vervullen van uw taak.'

'Dat zou een martelaar van me maken.' Er kwam iets van vertrouwen terug in de blik van De Vaal. 'Kunt u mij zien als een martelaar?'

'Nee, excellentie. Daarom is hij ook ingegaan op mijn voorstel u als vermist op te geven. U kunt beter een vergeten mysterie worden dan een nationale held.'

Te laat zag De Vaal het staal flitsen, toen Machita's mes omhoog ging tussen zijn kruis en zijn navel. De ogen van de minister puilden uit van geschoktheid. Hij probeerde te spreken; zijn mond bewoog, maar het enige geluid dat er uitkwam was een dierlijk gekreun. Een rode vlek breidde zich uit over zijn uniform.

Machita hield zijn hand aan het heft van zijn mes en keek naar de dood zoals die over De Vaal heenkwam. Toen het lichaam ineenzakte, gaf Machita het een duw en De Vaal viel in het open graf. De drie mannen liepen naar de rand en keken naar beneden, waar stromen modder en zand op de gevallen gestalte neerkwamen.

'Een passende rustplaats voor zijn soort,' mompelde Machita.

Het gezicht van Zeegler was bleek. Hij was gehard tegen het zien van de dood op het slagveld, maar dit was wel iets heel anders. 'Ik zal de chauffeur het graf laten dichtgooien.'

Pitt schudde zijn hoofd. 'Dat hoeft niet. Fawkes heeft een laatste verzoek gedaan in zijn logboek. Ik heb mezelf beloofd dat ik daarvoor zou zorgen.'

'Zoals u wilt,' Zeegler draaide zich om en wilde weggaan.. Machita zag eruit alsof hij nog iets wilde zeggen, maar bedacht zich en ging op weg naar het struikgewas aan de kant van het kerkhof.

'Wacht even,' zei Pitt. 'Geen van u kan zich permitteren om deze kans te laten lopen.'

'Kans?' zei Zeegler.

'Na te hebben samengewerkt om een gemeenschappelijk kwaad te vernietigen, zou het dwaasheid zijn niet meteen uw geschillen te bespreken.'

'Verspilling van woorden,' zei Zeegler minachtend. 'Thomas Machita kent alleen de taal van het geweld.'

'Zoals alle westerlingen, meneer Pitt, hebt u naïeve denkbeelden over onze strijd,' zei Machita met een strak gezicht. 'Door praten wordt aan het onvermijdelijke niets veranderd. De racistische regering van Zuid-Afrika wordt op den duur ten val gebracht door de negers.'

'U zult er duur voor betalen voordat uw vlag boven Kaapstad wappert,' zei Zeegler.

'Een gekkengambiet,' zei Pitt. 'Jullie spelen een gekkengambiet.'

'In uw ogen misschien wel, meneer Pitt. Maar voor ons heeft dit een diepgang die door geen buitenstaander te peilen is.'

De kolonel liep door naar zijn auto en Machita verdween in het bos.

De wapenstilstand was voorbij. De kloof was te breed om overbrugd te worden.

Een golf van machteloze woede kwam over Pitt heen. 'Wat zal dit er allemaal over duizend jaar nog toe doen?' riep hij ze achterna.

Hij pakte de spade op en begon langzaam modder in het graf te scheppen. Hij kon zichzelf er niet toe brengen om naar De Vaal te kijken. Al gauw hoorde hij het geluid van modder op modder en wist hij dat niemand de minster van defensie ooit nog zou zien.

Toen hij klaar was en de grafheuvel een nette vorm had gegeven, maakte hij een doos open die naast de grafsteen in het gras lag en haalde er vier bloeiende planten uit. Die pootte hij zorgvuldig op de vier hoeken van het graf van Fawkes. Toen kwam hij overeind en deed een stap achteruit.

'Rust zacht, kapitein Fawkes. Moge u niet te streng worden beoordeeld.'

Zonder enig gevoel van berouw of droefenis, maar eerder tevreden, nam Pitt de lege doos onder zijn arm en begaf zich met de spade over zijn schouder op weg naar het dorp Umkono.

Achter hem keerden de vier bougainvillea's hun bloemen naar de Afrikaanse zon toe.

Omega

Stille Oceaan - januari 1989

Het eiland Rongelo - eigenlijk een minuscuul atol en alleen in naam een eiland - was een eenzaam stukje land dat geïsoleerd in een leeg stuk oceaan van 800 000 vierkante kilometer lag. Het stak nog geen twee meter boven het zeeoppervlak uit, zo laag dat het van vijftien kilometer afstand onmogelijk te zien was.

Door wind en getij in beweging gezet, sloegen de golven over het fragiele rif om het hagelwitte strookje strand heen, om honderden kilometers verder door te gaan tot de volgende kust.

Het eiland was onbegroeid op een paar rottende kokospalmen na, die door tyfoongolven tot niet veel meer dan stompen ineen waren geslagen. Midden op het hoogste punt lagen de skeletten van dr. Vetterly en zijn assistenten, in de loop der jaren grauw en poreus geworden, op het hoekige koraal, met lege oogholten naar boven te kijken alsof zij in afwachting waren van hun redding.

De zon ging onder en de donderwolken achter Rongelo vingen de verminderde stralen op met een gouden gloed, terwijl de raket geruisloos uit de lucht kwam vallen, omdat hij het gedonder van zijn tocht ver achter zich had gelaten.

Plotseling werd de zee door een blauwwitte vlam over honderden kilometers verlicht en een geweldige vuurbal slokte het atol op. In minder dan een seconde barstte de vurige massa open en groeide als een monsterachtige luchtbel. De verblindende kleuren aan de oppervlakte gingen van oranje over naar roze en tenslotte donkerpaars. De schokgolf zwiepte over het water heen als een bliksemstraal en drukte de rollende golven plat.

Toen liet de vuurbal de oppervlakte los en steeg op in de lucht, waarbij miljoenen tonnen koraal werden verwerkt voordat ze in een kolkende geyser van stoom en puin werden uitgebraakt. De massa zwol op tot het een doorsnede van acht kilometer had en in minder dan een minuut bereikte de vuurhaard een hoogte van bijna vijfendertig kilometer. Daar bleef hij hangen om geleidelijk af te koelen tot een immense donkere wolk, die langzaam afdreef naar het noorden.

Het eiland Rongelo was verdwenen. Alles wat ervan overbleef was een gat van negentig meter diep over een lengte van drie kilometer. De zee kwam aanstormen en bedekte ieder spoor van de gapende wond. De zon leek bij het verdwijnen achter de horizon spookachtig geelgroen.

Het organisme van de Snelle Dood had opgehouden te bestaan.

Lees ook van A.W. Bruna Uitgevers B.V.

Clive Cussler

Operatie IJsberg

In een ijsberg wordt een lang vermist, uitgebrand schip gevonden. Dirk Pitt moet erheen om te kijken of de uiterst geheime lading nog aan boord is.
Vol goede moed gaat Pitt van start en baant zich een weg door de miljoenen tonnen ijs om vervolgens te ontdekken dat iemand hem voor is geweest.
Ongelovig staart Pitt naar het schouwspel: van de bemanning is niets meer over dan verkoolde lijken, en de kostbare, supergeheime lading blijkt spoorloos. Negen gouden ringen die onder een van de lijken worden gevonden, vormen het enige aanknopingspunt voor de ontrafeling van dit mysterie...

ISBN 90 461 1160 1